DESAPARECIDAS

Kristina Ohlsson

DESAPARECIDAS

TRADUÇÃO DE ROGÉRIO BETTONI

2ª EDIÇÃO

Copyright © 2011 Kristina Ohlsson. Publicado mediante acordo com a Salomonsson Agency.
Copyright da tradução © 2019 Editora Gutenberg

Título original: *Änglavakter*

Todos os direitos reservados pela Editora Gutenberg. Nenhuma parte desta publicação poderá ser reproduzida, seja por meios mecânicos, eletrônicos, seja via cópia xerográfica, sem a autorização prévia da Editora.

GERENTE EDITORIAL
Arnaud Vin

EDITOR ASSISTENTE
Eduardo Soares

PREPARAÇÃO
Eduardo Soares

REVISÃO
Renata Silveira

CAPA
Carol Oliveira

DIAGRAMAÇÃO
Larissa Carvalho Mazzoni

Dados Internacionais de Catalogação na Publicação (CIP)
Câmara Brasileira do Livro, SP, Brasil

Ohlsson, Kristina
 Desaparecidas / Kristina Ohlsson ; tradução de Rogério Bettoni. – 2. ed. – Belo Horizonte : Editora Gutenberg, 2019.

 Título original: Änglavakter
 ISBN: 978-85-8235-598-5

 1. Ficção policial e de mistério 2. Ficção sueca I. Título.

19-27613   CDD-839.73

Índices para catálogo sistemático:
1. Ficção : Literatura sueca 839.73

Iolanda Rodrigues Biode - Bibliotecária - CRB-8/10014

A **GUTENBERG** É UMA EDITORA DO **GRUPO AUTÊNTICA**

São Paulo
Av. Paulista, 2.073 . Conjunto Nacional
Horsa I . 23º andar . Conj. 2310 - 2312
Cerqueira César . 01311-940 . São Paulo . SP
Tel.: (55 11) 3034 4468

Belo Horizonte
Rua Carlos Turner, 420
Silveira . 31140-520
Belo Horizonte . MG
Tel.: (55 31) 3465 4500

www.editoragutenberg.com.br

Para Pia

"Nos filmes, os assassinatos são sempre muito limpos. Eu mostro como é difícil e imundo matar um homem."

Alfred Hitchcock

PASSADO

Premiere

QUANDO O FILME COMEÇOU, ela não tinha a menor ideia de o que veria. Também não tinha se dado conta das consequências devastadoras que aquelas imagens e as decisões que então tomaria trariam para o resto de sua vida.

Tinha colocado o projetor sobre a mesa do café, e o filme estava projetado numa tela que ela desenterrara do depósito e esticara no meio do chão. Para conseguir o ângulo certo, apoiara o projetor em cima de um livro: *Um beijo antes de morrer*, de Ira Levin. Uma amiga havia lhe dado de Natal e ela ainda não tinha tido coragem de ler.

O som do projetor rodando o filme era como o de gotas de chuva batendo na janela. A sala está toda escura, e ela, sozinha em casa. Não saberia explicar por que teve curiosidade em relação a esse filme. Talvez por não se lembrar de tê-lo visto antes. Ou por sentir que ele tinha sido escondido dela por alguma razão.

A primeira cena mostra uma sala. Ela tem certeza de que parece familiar. A imagem é sombria, levemente sem foco. Alguém cobriu todas as janelas com lençóis, mas mesmo assim a luz do dia entra um pouco. Há muitas janelas, que parecem cobrir toda a parede até o teto. O filme continua, a imagem fica mais nítida. Uma porta se abre e aparece uma moça. Ela hesita na entrada; parece estar dizendo alguma coisa. Olha para a câmera com um sorriso tímido. A imagem oscila para cima e para baixo, deixando claro que a câmera não está fixada num tripé; alguém a segura.

A mulher então entra na sala e fecha a porta.

Quando vê a porta se fechando, percebe onde o filme foi gravado: no gazebo do jardim, na casa dos seus pais. Sem saber por quê, sente um medo repentino. Quer desligar o projetor, mas não consegue tomar a iniciativa.

A porta do gazebo é aberta de novo e entra um homem mascarado, com um machado na mão. Quando a jovem o vê, começa a gritar e a empurrá-lo para trás. Ela bate em um dos lençóis e o homem a segura, evitando que caia pela janela no jardim. Ele então a empurra para o meio da sala; a câmera treme um pouco.

As cenas seguintes são difíceis de entender. O homem golpeia o peito da mulher com o machado. Uma, duas vezes. Depois a cabeça. Pega uma faca e – *meu Deus* – logo ela está morta, no chão. Passam-se um, dois, três segundos e o filme acaba. O projetor continua girando impaciente, esperando que ela o desligue e rebobine o filme.

Ela é incapaz de fazer qualquer coisa. Olha inexpressiva para a tela. O que tinha acabado de ver? Por fim, acaba desligando o projetor com os dedos tensos. Rebobina o filme. Roda-o de novo. Depois de novo.

Não tem certeza se é real, mas isso não importa. O conteúdo é repugnante, e quando vê as imagens pela segunda vez, reconhece o homem mascarado. Quando tinha sido gravado? Quem é a moça? E onde estavam seus pais quando ocuparam o gazebo, cobriram todas as janelas e fizeram um filme violento lá dentro?

Já é noite quando decide o que fazer. Ainda há mais perguntas do que respostas, mas isso não afeta sua capacidade de agir. No momento em que ele coloca a chave na porta e diz "Oi, querida!", ela já tinha tomado uma decisão.

Ela nunca mais ia ser a querida de ninguém.

E seu filho nunca teria um pai.

PRESENTE

2009

TRECHO DO INTERROGATÓRIO DE ALEX RECHT
01/05/2009

"Trabalho como policial há muito tempo, mais da metade da minha vida. Esse é sem dúvida o caso mais revoltante que já vi. É um pesadelo, um inferno maligno. Uma história sem a menor chance de um final feliz."

TERÇA-FEIRA

1

O SOL TINHA NASCIDO HAVIA menos de uma hora quando Jörgen viu uma pessoa morta pela primeira vez. As nevadas tão comuns no inverno, seguidas pela chuva da primavera, haviam amolecido o solo e aumentado os níveis da água. As forças dos ventos e do tempo tinham agido de forma conjunta e coberto o corpo camada por camada, e por fim uma cratera imensa se abriu no chão entre as pedras e as árvores.

No entanto, a mulher morta ainda não estava totalmente visível. Foi o cachorro que a desenterrou. Jörgen estava de pé entre as árvores, um pouco confuso.

– Vem pra cá, Svante.

Ele sempre achou difícil se posicionar no mundo, ganhar o respeito dos outros. Seu chefe havia dito isso em inúmeras avaliações de desempenho, e sua esposa o havia deixado pela mesma razão.

– Você ocupa tão pouco espaço que é praticamente invisível –, dissera ela na noite em que fora embora.

E agora ali estava ele, no meio de uma floresta desconhecida, com um cachorro que nem era seu. Sua irmã tinha insistido para que ele se mudasse para a casa dela enquanto cuidava de Svante. Afinal de contas, seria apenas por uma semana, e com certeza não ia fazer muita diferença para Jörgen o lugar em que moraria por tão pouco tempo – argumentara a irmã.

Ela estava errada; Jörgen conseguia sentir em cada célula de seu corpo a diferença que fazia o lugar onde morava. Nem ele nem Svante estavam particularmente felizes com a nova situação.

As árvores filtravam alguns raios de sol fraquinhos, fazendo a clareira arder levemente com uma luz dourada. Silêncio e tranquilidade. O único elemento perturbador era Svante, que não parava de revirar o monte de terra, cavando com as patas da frente como se batesse num tambor. A terra voava em todas as direções.

– Vem pra cá, Svante – tentou Jörgen, dessa vez com um pouco mais de autoridade. Mas o cão não escutou seu apelo e começou a choramingar, agitado e frustrado. Jörgen suspirou e foi andando preguiçosamente até o cão e, desajeitado, passou-lhe a mão nas costas.

– Escuta, a gente precisa ir pra casa. Quer dizer, nós estivemos aqui ontem também. Amanhã a gente volta.

Prestou atenção em como estava soando: como se estivesse falando com uma criança pequena. Mas Svante não era uma criança. Era um pastor-alemão que devia pesar uns trinta quilos e que tinha farejado alguma coisa muito mais interessante do que o irmão enfadonho de sua dona, ali parado num montinho de musgos, batendo os pés sem parar.

– Você precisa mostrar para ele quem é que manda – dissera a irmã de Jörgen. – Dê comandos claros.

A rajada do canto de um pássaro fez Jörgen olhar em volta, ansioso. Foi tomado pelo medo repentino de haver alguém por perto.

Com um clique, prendeu a guia na coleira de Svante e estava prestes a travar a batalha final para levá-lo embora quando viu o saco plástico exposto pelos esforços do pastor-alemão. O cachorro tinha travado as mandíbulas e agora puxava o plástico; acabou rasgando um pedaço grande.

Um corpo?

Uma pessoa morta, enterrada no chão?

– Svante, sai daí! – gritou Jörgen.

O cachorro congelou o movimento e se afastou. Pela primeira e única vez, obedeceu seu dono temporário.

INTERROGATÓRIO DE FREDRIKA BERGMAN
02/05/2009, 13h15 (gravação em fita)

Presentes: Urban S., Roger M. (interrogadores um e dois), Fredrika Bergman (testemunha).

Urban: Poderia nos contar sobre os eventos que aconteceram na ilha de Storholmen no dia 30 de abril, no final da tarde?
Fredrika: Não.
(A testemunha parece incomodada.)
Urban: Não? Ok, por que não?
Fredrika: Eu não estava lá.
Roger: Mas você pode nos falar sobre as circunstâncias do caso.
(Silêncio.)
Urban: Constitui delito você não colaborar com a gente nessa situação, Fredrika.
(Silêncio.)
Roger: Afinal de contas, a gente já sabe de tudo. Ou achamos que sabemos.
Fredrika: Então por que precisam de mim?
Urban: Bom, achar que a gente sabe de alguma coisa não configura muito bem o trabalho da polícia. E Peder Rydh é colega de nós três. Por isso a gente quer saber se existe algum atenuante. Agora.
(A testemunha parece cansada.)
Roger: Você passou por momentos difíceis nas últimas semanas, a gente sabe disso. Seu marido está sob custódia, e sua filha...
Fredrika: Nós não somos casados.
Roger: Como?
Fredrika: Eu e Spencer não somos casados.
Urban: Isso é irrelevante; esse caso tem sido extremamente difícil e...
Fredrika: Vocês estão completamente fora de si. Estão falando em atenuantes... De quantos atenuantes vocês precisam? Jimmy, o irmão dele, está morto. Morto. Entenderam isso?
(Pausa.)
Roger: A gente sabe que o irmão de Peder está morto. A gente sabe que Peder estava numa situação perigosa. Mas o reforço já estava a caminho, e

não há nada que indique que ele não tivesse a situação sob controle. Então por que atirou?
(A testemunha está chorando.)
Roger: Você poderia simplesmente contar a história inteira, do início até o fim?
Fredrika: Mas vocês já sabem de tudo.
Urban: Não de tudo, Fredrika. Do contrário, a gente não estaria aqui.
Fredrika: Vocês querem que eu comece de onde?
Urban: Do início.
Fredrika: Da descoberta do corpo de Rebecca Trolle?
Urban: Sim, acho que esse é um bom começo.
(Silêncio.)
Fredrika: Ok. Vou começar por aí.

2

O inspetor Torbjörn Ross estava parado, imóvel, na clareira no meio das árvores. Tinha as costas eretas e os pés aquecidos por galochas acolchoadas. Uma brisa fria de primavera soprava enquanto a luz do sol era filtrada pelas árvores. Quase na hora de puxar o barco.

Torbjörn olhou para a descoberta macabra que viera à tona quando os dois sacos desenterrados pelo cachorro uma hora antes foram abertos. A parte inferior de um corpo e o torso.

– Há quanto tempo ela está aqui? – perguntou para o legista.
– É impossível precisar agora, mas imagino que uns dois anos.
Torbjörn assobiou.
– Dois anos!
– É só um palpite, Ross. – Ele deu uma tossida para chamar a atenção de Torbjörn, e prosseguiu: – Não conseguimos encontrar as mãos, nem a cabeça.
Torbjörn murmurou consigo mesmo e disse:
– Essa cena do crime é velha. Quero um exame detalhado da área inteira para ver se as partes que faltam estão por aí. Usem cães e cavem com cuidado.

Ele não esperava encontrar as mãos ou a cabeça, mas queria ter certeza. Casos como esse sempre chamam muita atenção da imprensa. Havia uma margem limitada de erros. Ele se virou de novo para o legista.

– Quantos anos você acha que ela tinha?
– Infelizmente, nesse estágio só posso dizer que era jovem.
– E não há sinal nenhum de roupa?
– Não, não encontrei nenhum vestígio de malha podre.
– Crime sexual.
– Ou um assassinato em que fosse importante não identificar a vítima.
Torbjörn concordou, pensativo.
– Talvez você tenha razão.
O legista estendeu a mão, segurando um pequeno objeto.

– Olha isso.
– O que é?
– Um piercing de umbigo.
– Puta merda!

Ele segurou a joia entre o polegar e o indicador: uma argola de prata com um disco minúsculo. Torbjörn o esfregou na manga.

– Tem alguma coisa gravada.

Deu uma olhada de perto, afastando a peça do brilho do sol.

– Acho que é "Liberdade".

A peça escorregou de sua mão e desapareceu no solo enquanto falavam.

– Droga.

O legista parecia aflito.

Torbjörn pegou o piercing de novo e saiu para colocá-lo dentro de um saquinho. A identificação não seria um problema agora. Estranho que um assassino tão meticuloso deixasse passar um detalhe crucial assim.

As partes do corpo foram colocadas sobre uma maca, depois cobertas e levadas embora. Torbjörn continuou no local para dar um telefonema.

– Alex – disse. – Desculpa ligar tão cedo, mas queria te alertar sobre um caso que provavelmente vai parar na sua mesa.

Faltava pouco para o horário do almoço. Spencer Lagergren não estava com fome, mas como tinha uma reunião à uma da tarde e não sabia quanto tempo ia demorar, queria comer alguma coisa antes.

Pediu frango e arroz no restaurante Kung Krål, na Antiga Praça em Uppsala, e, depois de comer, atravessou rapidamente a cidade caminhando na direção do Carolina Rediviva, passou pela majestosa biblioteca e seguiu adiante até o campus do Parque Inglês, onde ficava o Departamento de Literatura. Quantas vezes já tinha feito esse caminho? Às vezes tinha a sensação de que poderia percorrê-lo de olhos fechados.

Começou a sentir uma dor na perna e no quadril quando estava quase na metade do caminho. Os médicos tinham prometido que ele recuperaria todos os movimentos depois do acidente de carro, contanto que tivesse paciência. Apesar disso, ele achou difícil ser otimista num primeiro momento. Tinha escapado por tão pouco! Como seria irônico se morresse justamente quando as coisas começavam a dar certo. Depois de décadas de infelicidade, Spencer tinha estado prestes a se reestruturar emocionalmente e a fazer a coisa certa. Mas o que obteve foi uma infelicidade ainda maior.

Ficou de licença médica por vários meses. Quando se tornou pai pela primeira vez, estava começando a voltar a andar. Durante o parto, ele não se decidia entre ficar de pé ou se sentar; a enfermeira se dispôs a trazer uma maca para que ele se deitasse, mas ele recusou – educadamente, mas com firmeza.

Junto com a bebê, veio uma energia renovada e a capacidade de se recuperar. A separação de Eva não foi nem de perto tão dramática quanto pensou que seria. Sua saída de casa foi ofuscada pelo acidente de carro que quase lhe custou a vida, e a mulher que agora era sua ex-esposa não disse uma palavra quando o pessoal da mudança esvaziou a casa tirando os pertences dele em poucas horas. Spencer estava lá para garantir que tudo correria tranquilamente, supervisionando todo o processo sentado em sua poltrona predileta. Quando encheram a van, foi uma atitude quase simbólica ele se levantar e deixar que a poltrona fosse carregada como último item.

– Se cuida – disse ele, parado na porta.
– Você também – disse Eva.
– Eu entro em contato.
Ele levantou a mão num gesto hesitante de despedida.
– Ótimo.
Ela sorriu enquanto falava, mas seus olhos se encheram de lágrimas que não rolaram. Quando estava quase fechando a porta, ele a ouviu sussurrar:
– Vivemos coisas boas durante um tempo, não foi?
Ele fez que sim com a cabeça, mas o nó na garganta o impediu de falar. Fechou a porta da casa em que havia morado por quase trinta anos, e um dos carregadores o ajudou a descer os degraus.

Isso tinha acontecido quase nove meses antes, e desde então ele não tinha voltado àquela casa.

No entanto, a vida se enchera de outros passos mais triviais durante a recuperação. O retorno ao trabalho era um exemplo. Os boatos se espalharam como incêndio pela faculdade, dizendo que o estimado professor havia abandonado a esposa e sua casa para morar com uma mulher mais jovem em Estocolmo, e que os dois tinham acabado de ter uma filha. Spencer entendeu, com um sorriso sardônico, que as pessoas não sabiam se era apropriado lhe dar os parabéns por ter se tornado pai.

A única coisa que ele achou difícil na nova vida, além de sua mobilidade limitada, foi a mudança para Estocolmo. De uma hora para a outra, viu-se perdido espiritualmente. Quando o trem parou na estação em Uppsala a caminho de Estocolmo, ele não quis voltar. Essa cidade tinha um papel importantíssimo na sua identidade, tanto no nível profissional quanto no pessoal. O ritmo de vida da capital não lhe agradava muito, e ele sentia mais falta de Uppsala do que estava preparado para admitir.

Chegou à universidade. O chefe do Departamento de Literatura era Erland Malm, e Spencer o conhecia desde que ambos tinham começado a trabalhar depois de formados e faziam doutorado. Nunca foram íntimos, mas também não eram inimigos ou rivais. Tinham uma boa relação, nada mais.

– Senta aí, Spencer – disse Erland.

– Obrigado.

Era bom descansar as pernas e o quadril depois da caminhada. Encostou a bengala inclinada contra o braço da poltrona.

– Acho que recebi uma notícia desoladora – prosseguiu Erland.

Desoladora?

– Você se lembra de Tova Eriksson?

Spencer pensou por um momento.

– Fui supervisor dela no outono passado, junto com Malin, a nova orientadora. Eu tinha começado a trabalhar meio período.

– Você se lembra do seu trabalho com ela?

Um som no corredor os alertou de que a porta da sala de Erland estava aberta; ele se levantou para fechá-la.

– Não me lembro de ter havido algum problema.

Spencer esticou as mãos, desejando que Erland lhe oferecesse uma xícara de café.

– Ela não era particularmente aplicada, e tanto eu quanto Malin nos perguntamos por que ela escolheu um assunto tão complexo para a monografia. Não era fácil fazê-la andar nos trilhos. Pelo que me lembro, a monografia dela não foi aprovada na qualificação.

– Vocês tiveram muitas reuniões?

– Não, só umas duas; Malin cuidou do resto. Acho que isso deixou Tova irritada; ela não queria orientação de uma monitora, mas de um professor.

A bengala de Spencer escorregou para um lado, e ele a apoiou na mesa de Erland.

– Qual é a questão, afinal?

Erland pigarreou.

– Tova Eriksson está dizendo que você colocou obstáculos no caminho dela desde o começo. Que você não a ajudaria, a não ser que...

– A não ser que...?

– Ela lhe prestasse favores sexuais.

– Como é que é?

Spencer deu uma gargalhada antes de ser tomado pela raiva.

– Me desculpa, mas você não levou isso a sério, não é? Eu praticamente não tive nada a ver com ela! Vocês falaram com a Malin?

– Falamos, e ela te defendeu. Mas, ao mesmo tempo, reconhece que não esteve presente nas suas reuniões com Tova.

A última frase ficou solta no ar.

– Erland, pelo amor de Deus! A garota deve estar fora de si. Eu nunca ultrapassei limites com minhas alunas, você sabe disso.

Erland pareceu sem graça.

– Você tem uma filha com uma de suas ex-alunas. Diversos membros do departamento acham isso muito estranho. Eu não, é claro, e você sabe disso, mas algumas pessoas...

– Quem, por exemplo?

– Spencer, não precisa ficar transtornado...

– *Quem?*

– É... Barbro e Manne, por exemplo.

– Barbro e Manne! Mas que inferno, Manne vive com a enteada, e...

Erland bateu a mão na mesa, irritado.

– Nós estamos falando de você, Spencer! Manne foi um péssimo exemplo, retiro o que disse.

Ele suspirou profundamente.

– Um outro aluno viu você dando um abraço em Tova uma vez.

Spencer vasculhou a mente superaquecida.

– Ela disse que o pai tinha tido um infarto, e que por isso estava com dificuldades para se concentrar. Estava passando muito tempo no hospital.

– O pai dela morreu, Spencer. Ele era vereador; morreu de leucemia há vários anos.

A bengala escorregou e caiu, mas Spencer não se deu o trabalho de apanhá-la.

– Tem certeza de que foi por isso que deu um abraço nela?

Spencer olhou para ele, que fez mais uma tentativa.

– Quer dizer, um abraço não é necessariamente uma coisa ruim, desde que a gente saiba o que está por trás dele.

– Ela disse que o pai estava doente, Erland. Foi o que ela disse.

Erland se mexeu na cadeira, desconfortável.

– Acho que vamos ter que levar isso adiante, Spencer.

A luz do sol entrou na sala, fazendo a sombra das flores na janela dançar projetada no chão. O festival de Valborg estava próximo, 30 de abril, e os alunos já se preparavam para a festa: piqueniques nos parques, *rafting* no Rio Fyris.

– Spencer, você está me ouvindo? Isso é sério. A melhor amiga de Tova acaba de ser eleita presidente do comitê de igualdade do centro acadêmico; não fica bem se a gente não der atenção ao que ela está falando.

– E quanto a mim?

Sentiu uma pontada no coração por Fredrika.

– Você teve um ano difícil; tire um tempo pra você.

– Se essa é sua palavra final, há um risco de eu nunca mais voltar.

Do outro lado da mesa, choque.

– Escuta, Spencer. Isso tudo vai se resolver no final do verão. Garotas como Tova sempre são pegas se não estiverem falando a verdade.

– *Se* não estiverem falando a verdade?

Spencer bufou e se levantou.

– Eu esperava mais de você, Erland.

Erland Malm caminhou lentamente em volta da mesa e apanhou a bengala de Spencer.

– Mande lembranças para Fredrika.

Spencer saiu da sala sem se preocupar em responder. Estava furioso e ansioso ao mesmo tempo. O que ia fazer para sair dessa?

– Rebecca Trolle – disse Alex Recht.

– Como você sabe? – perguntou Torbjörn Ross.

– Porque eu cuidei da investigação quando ela desapareceu há quase dois anos.

– E vocês nunca a encontraram?

Alex olhou para o colega.

– Obviamente, não.

– As mãos e a cabeça desapareceram, e o corpo está em condições deploráveis. A identificação vai ser difícil, mas é claro que podemos usar DNA se tiver alguma coisa para comparar.

– Podemos, sim. Mas você pode considerar a identificação oficial como formalidade; eu sei que é Rebecca Trolle.

Alex conseguiu sentir o olhar do colega; encontrou mais olhares assim do que poderia contar nos últimos seis meses. Olhos curiosos fingindo transmitir simpatia, mas que na verdade só carregavam dúvidas.

"Será que ele ia dar conta?", pareciam perguntar. Será que ia conseguir, agora que tinha perdido a esposa?

Margareta Berlin, chefe do setor de Recursos Humanos, era uma reconfortante exceção à regra.

– Estou confiante de que você vai me dar os sinais que preciso – dissera ela. – Não hesite em pedir ajuda. E não duvide do meu apoio, porque ele existe. Pode ter cem por cento de certeza disso.

Foi só por isso que Alex baixou a guarda e pediu licença.

– Você quer que eu te afaste por motivo de saúde? Posso fazer isso.

– Não, só quero uma folga. Acho que vou viajar um pouco.

Para Bagdá, poderia ter acrescentado, mas parecia exótico demais para dizer em voz alta.

Alex mostrou a joia que estava presa no piercing de umbigo.

— Rebecca ganhou isso da mãe quando passou nas provas finais na escola. Por isso sei que é ela.

— Mas que presente, hein?

— Ela também ganhou 25 mil coroas para ajudar nos estudos. Rebecca foi a primeira pessoa da família a fazer curso superior, então a mãe estava bem orgulhosa.

— Alguém entrou em contato com ela? Com a mãe?

Alex olhou para cima.

— Ainda não. Acho que vou fazer isso amanhã.

— Hoje não?

— Não, quero ver se ainda encontramos a cabeça e as mãos da vítima. Não há motivo para agir tão rápido. A mãe dela já esperou tanto tempo; um dia a mais não vai fazer diferença.

Só quando terminou a frase é que entendeu como aquelas palavras eram doídas. Um dia podia ser uma vida inteira. Ele teria dado dez anos da própria vida para passar um único dia a mais com Lena. Só mais um dia.

Dói tanto viver sem ela.

Com a mão tremendo um pouco, Alex colocou a joia de volta no bolso.

— Como você está de pessoal? Pode assumir um caso tão grande? — perguntou Torbjörn.

— Acho que sim.

Torbjörn parecia em dúvida.

— Rydh ainda está na sua equipe?

— Está. E Bergman. Mas ela ainda está de licença-maternidade, cuidando da filha.

— Ah, sim.

O colega deu um sorrisinho.

— Ela acabou prenha daquele professor velho, não é?

O sorriso de Torbjörn sumiu assim que viu a expressão no rosto de Alex.

— Se for pra dizer esse tipo de merda, Torbjörn, fale com outra pessoa. Não estou interessado.

Torbjörn mudou de assunto.

— Mas ela vai voltar logo, não vai?

— Acho que sim. Se não voltar, posso convocar outros investigadores. Mas seria excelente se Fredrika voltasse logo. Amanhã, por exemplo.

Alex abriu um sorriso triste.

— Nunca se sabe — respondeu Torbjörn. — Talvez ela esteja cansada de ficar em casa.

— Talvez — disse Alex.

3

— Amanhã? – disse Fredrika Bergman.
— Por que não? – respondeu Spencer.
Fredrika se sentou à mesa da cozinha, completamente surpresa.
— Aconteceu alguma coisa?
— Não.
— Ah, qual é, Spencer.
A chaleira fez um clique quando ele a ligou. As costas de Spencer diziam tudo que Fredrika precisava saber. Tinha alguma coisa errada.
Ela estava perfeitamente feliz com a decisão de os dois não compartilharem igualmente as licenças paternidade e maternidade. O futuro estava bem claro: Spencer continuaria casado com Eva, e Fredrika seria a principal cuidadora da filha que estavam esperando. Mas, de repente, tudo mudou. Spencer decidiu contar sua história pouco a pouco. O sogro que o ameaçava. A esposa que exigia um estilo de vida que ele não podia bancar. Um erro na juventude que acabou moldando toda sua vida. E depois, do nada, a força para acabar com tudo.
— Se você quiser – dissera ele quando ela foi visitá-lo no hospital depois do acidente de carro no último verão.
— Se você quiser o quê?
— Se você quiser viver comigo. Direito.
Por vários motivos, ela achou difícil responder de imediato. Ela e Spencer formavam um casal "não oficial" havia mais de dez anos; levaria tempo para se acostumar à ideia de que ele poderia ser dela para valer.
"É isso que eu quero?", perguntou-se. "Será que quero viver com ele, ou eu simplesmente *achava* que queria quando ele era inatingível?"
A pergunta lhe causou taquicardia. Eu quero. *Eu quero, eu quero, eu quero.*

A imobilidade de Spencer depois do acidente a deixou apavorada. Não suportava a ideia de vê-lo envelhecer mais rapidamente do que já envelhecia. Não conseguiria lidar com Spencer se tornando um fardo ao mesmo tempo que cuidava de uma recém-nascida. Talvez ele tenha sentido o medo de Fredrika, pois se esforçou ao máximo para melhorar. Ainda estava usando bengala, mas não por muito tempo.

A bebê acordou da soneca depois do almoço e eles ouviram um barulho no quarto. Spencer se adiantou e saiu para buscar Saga. Ela raramente chorava quando acordava; em vez disso, ficava deitada, murmurando sozinha. Ou balbuciando, soprando bolhinhas de saliva. Ela se parecia tanto com Fredrika que era quase assustador.

Spencer entrou na cozinha segurando Saga, sorridente, nos braços.

– Você disse que queria voltar ao trabalho.

– Eu sei, mas essas coisas precisam de planejamento. Quanto tempo você está pensando em ficar em casa?

– Poucos meses – respondeu Spencer. – Não mais do que dois.

– E depois?

– Depois ela pode ir para a creche.

– A gente conseguiu uma creche para agosto, Spencer.

– Exatamente. Antes disso, teremos tempo para tirar umas férias. Seria perfeito se eu ficasse em casa até o verão.

Fredrika fez silêncio, olhando para o rosto expressivo de Spencer. Ela via como o amor dele por Saga o havia pegado de surpresa, como ele estava encantado pela força dos sentimentos pela menina. Mas em nenhum momento ele tinha demonstrado interesse em tirar licença-paternidade.

– O que houve, Spencer?

– Nada.

– Não minta para mim.

As pupilas dele se dilataram.

– O departamento está uma bagunça – disse ele.

Fredrika franziu a testa, lembrando-se de que ele havia falado de dois colegas que tinham discutido. Ela não tinha percebido que ele estava envolvido.

– A mesma discussão de antes?

– Sim, só que dessa vez está pior. O clima está terrível, e acho que está afetando os alunos.

Ele fez uma careta e colocou Saga no chão. Fredrika notou que ele sentiu dor com o movimento.

– Você consegue cuidar da Saga sozinho o dia todo, todos os dias? Eu posso voltar meio período, no início.

Ele concordou com a cabeça.

– Ótima ideia. Eu ainda preciso ir a algumas reuniões em Uppsala.

Seus olhos tremeluziram para um lado, incapazes de se encontrar com o olhar dela. Ele estava escondendo alguma coisa. Ela conseguia sentir.

– Ok – disse ela.

– Ok?

– Vou falar com Alex. Vou ligar no trabalho agora à tarde e ver o que ele diz. Deve estar trabalhando em algum caso novo.

Um corpo desmembrado em dois sacos de plástico. Rebecca Trolle, segundo Alex. Peder Rydh olhou ceticamente para as fotos das partes encontradas. A cabeça e as mãos continuavam desaparecidas, mas Alex reconhecera o piercing do umbigo. Os testes de DNA confirmariam ou não sua teoria. Peder tinha suas dúvidas. É verdade que a joia era incomum, principalmente por causa da palavra "liberdade" gravada no disco, mas eles não podiam fundamentar a identificação com base apenas nisso.

A terra úmida e os sacos de plástico cumpriram um papel na preservação do corpo, mas pelas fotografias era difícil imaginar a aparência da vítima enquanto viva. Tinha sido magra ou gorda? Tinha as costas retas, ou era o tipo de pessoa que sempre levantava os ombros um pouco demais, dando uma impressão encurvada? Peder abriu a pasta que Alex tinha lhe dado e puxou uma fotografia de Rebecca Trolle, tirada pouco antes de desaparecer. Linda. Saudável. Rosto sardento, sorrindo largamente para a câmera. Uma blusa violeta que acentuava o azul dos olhos. O cabelo loiro-escuro preso num rabo de cavalo. Confiante.

E agora, estava morta.

Era uma mulher de muitos talentos. Tinha vinte e três anos e estava prestes a se formar em História da Literatura na Universidade de Estocolmo. Passou um ano na França depois que terminou o ensino médio e fazia parte de um clube de leitura francês. Cantava no coral da igreja e dava aulas de natação para bebês uma tarde por semana.

Isso deixava Peder cansado. Como os jovens conseguiam fazer tanta coisa diferente ao mesmo tempo? Ele não se lembrava de viver assim, com tantos projetos paralelos, sempre iniciando uma atividade diferente.

Ela estava solteira quando desapareceu. Tinha uma ex-namorada que foi entrevistada pela polícia diversas vezes, e havia boatos de um novo amor, mas ninguém se apresentou e a polícia não conseguiu descobrir quem era. Tinha muitos amigos, e todos parecem ter sido interrogados ao menos uma vez. O mesmo valia para os tutores na universidade, seus colegas no clube de natação e os membros do coral.

Peder percebeu que a investigação não tinha chegado a absolutamente lugar nenhum. Sentiu-se aliviado por não se envolver num caso tão deprimente. Leu as anotações de Alex nas margens da documentação e viu que a situação parecia ter sido desesperadora. Por fim, a polícia começou a se perguntar se Rebecca Trolle não tinha simplesmente resolvido desaparecer. Estava transtornada por causa de uma briga com a mãe e isso poderia ter confirmado seus planos de passar um tempo estudando no exterior. Seu pai não morava mais em Estocolmo: mudara-se para Gotemburgo quando Rebecca tinha doze anos. A polícia também conversou com ele.

Rebecca desapareceu numa noite perfeitamente comum, a caminho de um evento social promovido por alguns professores da universidade. Tinha telefonado para a mãe às seis horas falando da festa. Depois recebem uma ligação de um celular pré-pago sem registro. Às sete horas da noite, sua vizinha a encontrou no corredor da pensão estudantil em Körsbärsvägen, onde ela morava, arrumada e nitidamente nervosa. Algumas testemunhas a viram no ônibus da linha 4 às sete e quinze, indo na direção do Radiohuset. Isso deixou a polícia confusa, porque era a direção exatamente oposta à universidade. Os amigos que a esperavam na faculdade disseram que ela não apareceu. E ninguém sabia para onde ela poderia ir no ônibus 4.

Pouco antes das sete e meia, ela foi vista saindo do ônibus e caminhando na direção do Gärdet. A partir disso, não havia mais nenhum testemunho; era como se Rebecca tivesse sido engolida pela terra.

Peder pegou um mapa que tinha sido usado na investigação original. Todas as pessoas envolvidas de alguma maneira no caso e que moravam nas redondezas do Radiohuset foram marcadas no mapa; nenhuma parecia especialmente suspeita. Eram poucas pessoas, e todas tinham um álibi válido. Nenhuma tinha marcado de se encontrar com Rebecca naquela noite. Nenhuma a tinha visto – até aquele momento, se é que o corpo encontrado nos plásticos era mesmo dela.

A descoberta foi feita nas redondezas do Midsommarkransen. Será que alguma pessoa presente na investigação original tinha alguma conexão com aquela parte da cidade? Era um tiro no escuro, mas valia a pena.

Havia poucos suspeitos no caso. A análise do telefone celular de Rebecca não ajudou em nada; o último registro de localização confirmava apenas que ela estivera nas redondezas do Radiohuset, e depois disso não havia mais nenhuma atividade. Não conseguiram encontrar inimigos, mas isso não significava necessariamente que eles não existiam. A mãe de Rebecca havia mencionado uma discussão com um colega no clube de natação, mas a pista se esfriou rapidamente. O colega reagiu com surpresa, referindo-se à discussão como uma bobagem sem importância.

Além disso, ele tinha um álibi para a noite em que Rebecca foi dada como desaparecida.

Peder se sobressaltou. Quem sente falta de uma garota na mesma noite em que ela desaparece? O primeiro relatório mostrava que um amigo tinha ligado para a polícia às onze horas daquela noite. Rebecca não tinha aparecido na festa como combinado, e não atendia o telefone. De início, a reação da polícia foi tranquila. Entraram em contato com os pais dela por uma questão de rotina, mas eles também não sabiam dela. A mãe não se preocupou a princípio; a filha era perfeitamente capaz de cuidar de si mesma. Mas às duas da manhã, a situação mudou. Segundo a mãe dela, Rebecca ainda não tinha entrado em contato com os amigos, e seu celular estava desligado. Na manhã do dia seguinte, ela foi oficialmente dada como desaparecida, e a investigação começou.

A primeira pessoa que tinha ligado para a polícia foi Håkan Nilsson. Por que ligar para a polícia e não para os pais de Rebecca? Talvez não os conhecesse. Mas por que não esperou? Por que estava preocupado? Peder vasculhou um documento depois do outro. Håkan Nilsson fez de tudo para ajudar a polícia em toda a investigação: um amigo que achou terrível o desaparecimento de Rebecca e por isso quis ajudar. Mas por que Nilsson tinha ajudado mais do que qualquer outro amigo de Rebecca? Ele imprimiu cartazes, deu entrevista para um jornal estudantil. Não parava de dizer que "nós" estávamos preocupados, mas não havia nenhuma indicação de a quem ele se referia com esse "nós".

Peder resolveu mencionar o fato a Alex. Abriu a base de dados de endereços residenciais no computador e verificou o registro de Håkan Nilsson. Ele tinha morado na mesma pensão estudantil de Rebecca, e atualmente morava na Tellusgatan. Em Hägersten. Que ficava em Midsommarkransen.

Peder olhou para a tela. Se fosse mesmo o corpo de Rebecca Trolle naqueles plásticos, Håkan Nilsson teria de dar algumas explicações.

Quando Fredrika Bergman bateu na porta de Alex, ele estava jogado na cadeira, com o cenho franzido. Fredrika tinha encontrado com ele poucas vezes desde que ficara viúvo, e seria capaz de chorar quando viu o quanto ele tinha envelhecido em poucos meses. Embora admitir fosse contra seus princípios, ela tinha notado a mesma coisa em Spencer. Os dois homens tinham passado por tempos difíceis recentemente, o que havia deixado uma marca. Ela se forçou a sorrir.

– Fredrika – disse Alex assim que ela entrou.

O rosto dele se abriu com um sorriso que a tranquilizou. Depois de hesitar um pouco, ele se levantou e contornou a mesa para dar um abraço na colega. Os braços fortes em volta do corpo de Fredrika; ela sentiu o rosto ficando vermelho.

– Como está? – perguntou.

Alex deu de ombros.

– Nada mal – respondeu.

Os dois se sentaram.

– Como está sua filha?

– Saga é maravilhosa. Está quase andando.

– Mas ainda é cedo, não é?

– Na verdade, não... está quase com um ano.

Fredrika olhou em volta da sala. Alex tinha várias fotografias na parede atrás de si. Fotos de família; da esposa, que não mais existia.

A gente tem uma merda de vida só para morrer em seguida.

– Estávamos falando de você hoje mais cedo – disse Alex.

– Sério?

Alex ficou animado na mesma hora, cautelosamente otimista.

– A gente sente sua falta. Estávamos esperando que você voltasse logo, talvez no verão?

Fredrika se sentiu ridícula.

– Bom, na verdade... eu poderia voltar antes disso.

– Maravilhoso. Quando estava pensando?

Será que devia dizer? Devia explicar que seu companheiro dissera de repente que queria passar um tempo em casa com Saga? Que as coisas estavam difíceis no trabalho dele, e ele não conseguiu suportar?

De repente, ela se perguntou se alguma vez *quis* voltar ao trabalho. Os dias com Saga tinham sido maravilhosos. Fredrika tinha engravidado junto com várias de suas amigas, e elas se encontravam quase toda semana durante a licença-maternidade. Elas iam achar que ela estava maluca se telefonasse para dizer que tinha voltado a trabalhar de repente.

– Eu podia começar meio período... trabalhar talvez três quartos do dia?

– A partir de quando?

Ela hesitou.

– Amanhã...?

Margareta Berlin, chefe do Recursos Humanos, tinha uma Reunião com Fredrika um pouco mais tarde. Geralmente, não se preocupava com questões de rotina, mas quando percebeu que tinha a ver com a escalação da equipe de Alex Recht, mandou chamar Fredrika.

– Obrigada por vir.

Fredrika sorriu e se sentou.

– Eu já estava indo para casa, espero que não demore muito tempo...

– Não, claro que não.

Margareta juntou alguns papéis e os colocou num fichário atrás de si. Era alta e forte, ou melhor, tinha uma constituição poderosa. Fredrika não queria descrevê-la como gorda, mas dava a impressão de ser uma mulher robusta.

– Como você está? – perguntou.

A pergunta provocou uma má impressão em Fredrika.

– Estou bem. Obrigada.

Margareta assentiu.

– Você parece bem. Só queria confirmar, na verdade. Como está Alex?

– Acho que isso você vai ter de perguntar para ele.

– Mas estou perguntando para você.

Houve um breve silêncio enquanto Fredrika pensava na pergunta.

– Acho que ele parece bem. Melhor, de todo modo.

– Eu também acho. Mas tenho que admitir que as coisas não estiveram bem durante um tempo.

Ela se inclinou sobre a mesa.

– Conheço Alex há mais de vinte anos, só quero o que é melhor para ele.

Ela fez uma pausa.

– Mas se ele tiver alguma conduta imprópria, se mostrar que não está apto para o trabalho, então eu vou ter que agir.

– Quem disse que ele não está apto para o trabalho? – perguntou Fredrika, parecendo mais confusa do que gostaria.

– Ninguém, até agora. Mas me disseram na surdina que ele tem pegado muito pesado com alguns colegas. Eu diria que ele está fazendo o meu trabalho – completou, dando uma leve risada.

Fredrika, no entanto, não riu. Ela tinha o maior respeito por Margareta Berlin, sobretudo porque ela tinha colocado um limite nos absurdos de Peder Rydh. Mas a lealdade de Fredrika era devida a Alex, não à chefe do RH. Não esperava que isso causasse algum conflito.

– De todo modo – disse Margareta, concluindo –, só queria deixar uma abertura, caso você queira conversar sobre alguma coisa comigo.

– Sobre Alex?

– Ou qualquer outra coisa.

A reunião acabou e Fredrika estava pronta para sair.

– Esse novo caso – disse Margareta, quando Fredrika já estava na porta.

– Sim?

– Eu me lembro de como Alex estava quando conduziu a investigação sobre o desaparecimento de Rebecca Trolle.

Fredrika esperou.

— Parecia um homem possuído. Foi o último caso dele antes de ter a chance de formar sua própria equipe, essa da qual você e Peder fazem parte. Ele achou muito ruim o fato de não a termos encontrado.

— E você acha que o peso em cima dele vai ser muito grande, agora que ela finalmente apareceu?

— Mais ou menos isso.

Fredrika hesitou, repousando a mão na maçaneta.

— Vou ficar de olho nele – disse.

QUARTA-FEIRA

4

A PRIMAVERA ESTAVA FANTÁSTICA, pensou Malena Bremberg, enquanto cuidava das flores que uma das moradoras do asilo tinha recebido do filho. Todas aquelas horas de sol depois de um longo inverno.

Ela voltou para o quarto da senhora com um vaso.

– Não são adoráveis? – disse ela.

A senhora se inclinou adiante para inspecionar as flores.

– Não gosto das amarelas – disse com firmeza.

Malena achou difícil conter a risada devido à ênfase que ela deu à palavra *não*.

– Ó, minha querida – disse Malena –, que pena ouvir isso. O que quer que eu faça com elas?

– Joga tudo fora.

– Ah, não, elas são tão bonitas! E de um homem tão elegante.

– Bobagem, ele só está atrás do meu dinheiro. Leve as flores embora, dê para Egon. Ele nunca recebeu muitas visitas.

Malena levou o vaso para a cozinha, sentindo o vidro frio na palma das mãos.

– Ela também não quis receber as flores hoje? – perguntou uma colega, enquanto esvaziava a lava-louças.

As duas riram.

– Mandou jogar tudo fora.

A colega de Malena balançou a cabeça.

– Não sei por que ele continua aparecendo toda semana, quando ela é tão desagradável.

– Ela diz que é por causa da herança.

– Eu digo que é por amor.

Malena colocou o vaso sobre uma das mesas.

– Você acha que ela vai reconhecer as flores na hora do jantar? – perguntou.

– Sem chance. A memória dela parece estar piorando com o tempo. Já está quase na hora de ver se tem espaço para ela no andar de cima.

Andar de cima. O eufemismo para se referir à ala de segurança no andar superior, onde se cuidava dos doentes psiquiátricos. Parecia que muitos moradores acabavam indo para lá, mais cedo ou mais tarde. As portas pesadas da ala assustavam Malena. Ela pedia a Deus todos os dias para não ser afetada por alguma forma de demência.

A televisão estava na cozinha. A notícia sobre o corpo de uma mulher encontrado no bosque em Midsommarkransen chamou a atenção de Malena. A polícia não deu muitos detalhes, mas o homem que tinha encontrado o corpo estava sendo entrevistado.

– Foi o cachorro que a encontrou – disse ele, com o corpo bem ereto. – Infelizmente, não tenho permissão para dizer mais nada.

– Mas qual era a aparência dela? – perguntou um repórter.

O homem pareceu confuso.

– Não posso dizer.

– Pode nos contar se ela usava alguma roupa?

A autoconfiança que ele demonstrava antes desapareceu completamente.

– Preciso ir. Venha, Svante – disse ele, afastando-se das câmeras e levando o cachorro consigo.

O celular de Malena tocou no bolso do jaleco. O uniforme horroroso que o asilo dava aos funcionários tinha uma única vantagem: bolsos grandes em que ela podia guardar o celular, pastilhas para a garganta e outros itens desnecessários.

Ela arrepiou quando viu quem estava ligando. Tanto tempo tinha se passado, mas a memória não se apagava de jeito nenhum. Ele continuava ligando, fazendo exigências. Ameaçando e dizendo coisas terríveis.

– Alô.

– Olá, Malena. Como você está?

Ela saiu da cozinha e atravessou o corredor, esperando que a colega não ouvisse a conversa.

– O que você quer?

– O mesmo de antes.

– A gente fez um trato.

– Sim, e ele continua de pé. Peço desculpas se você entendeu errado.

A respiração dela estava ofegante; sentiu o pânico fervilhar dentro de si como borbulhas numa garrafa de refrigerante.

– Ninguém esteve aqui.

– Ninguém?

– Nem uma alma viva.

– Ótimo. Entro em contato se precisar de mais alguma informação.

Ela continuou parada no corredor durante um bom tempo depois de desligar o telefone. Nunca seria livre. Certas dívidas nunca poderiam ser liquidadas. Simples assim.

5

– A gente não vai se encontrar no Covil dos Leões?
Peder parou de repente quando ouviu a pergunta de Fredrika.
– Não podemos usar o Covil no momento; o sistema de ar-condicionado estragou, e o corredor inteiro fede a merda. Vamos usar a sala dos outros, por enquanto.
"Os outros", pensou Fredrika. Jeito interessante de descrever os colegas que ocupavam o mesmo corredor mas não pertenciam à equipe de Alex.
Peder olhou para ela.
– Você voltou rápido – disse ele. – Da noite para o dia, na verdade.
Como Fredrika não respondeu, ele acrescentou imediatamente:
– É ótimo ter você de volta, é claro.
– Obrigada – disse Fredrika. – As coisas mudaram lá em casa, então acabei voltando um pouco antes do previsto.
Peder continuava surpreso, mas Fredrika não podia ajudá-lo. Ela mesma estava confusa. O passo que ia desde começar a sentir falta do trabalho e pensar que seria bom voltar meio período até realmente começar a trabalhar foi muito mais curto do que ela esperava. Surpreendentemente curto, na verdade. E ela não estava totalmente de volta. Trabalharia meio período nas próximas três semanas, e depois... Bom, ela teria de esperar para ver o que seria melhor.
Alex estava esperando pelos dois na sala de reuniões, que parecia quase idêntica ao Covil. Fredrika estava incomodada com a lembrança de sua conversa com Margareta Berlin. Prometera procurá-la se a liderança de Alex parecesse insatisfatória, fora do comum de alguma maneira. Poucas coisas eram piores do que se voluntariar a ser espiã para a chefe do RH. Mas sua atitude não era de todo voluntária.
É porque me importo com você, Alex.
Fredrika tinha ouvido falar sobre a viagem dele para o Iraque e chorou quando soube por que ele tinha ido. Não havia palavras para descrever como ela se sentia quando pensava na bondade do que Alex fizera: viajar

meio mundo para devolver um anel de noivado para uma mulher que havia perdido o homem que amava, sem saber como ou por quê.

Eu quase te perdi, Spencer.

Eles se sentaram em volta da mesa: Fredrika, Alex, Peder e um monte de rostos que Fredrika não conhecia. A equipe contava com outros colegas por causa do corpo desmembrado nos sacos plásticos.

Rebecca Trolle. Os testes iniciais de DNA feitos num corpo em estado avançado de decomposição provaram sua identidade. O processo tinha sido acelerado por causa das circunstâncias incomuns, e foi tratado com prioridade no SKL, o laboratório médico-legal em Linköping, bem como nos outros lugares que se fizeram necessários.

Alex, que nunca tivera dúvida a respeito da identidade do corpo, estava ansioso para começar.

– Tivemos notícia do SKL há menos de uma hora, e só vamos liberar as informações para a imprensa depois de avisar a mãe de Rebecca.

– Vamos dizer a ela que a filha está morta? – perguntou Peder.

"Seria esse o termo correto para informar que o corpo de uma pessoa desaparecida há dois anos foi encontrado?", pensou Fredrika. Concluiu que provavelmente sim. Mesmo que a morte fosse a única suposição lógica, não havia motivo para não ter esperança. Não quando realmente amamos a pessoa desaparecida, não se precisarmos dessa esperança. Se Saga desaparecesse, quantos anos levaria para Fredrika desistir? Cem? Mil?

– Vamos dizer que a filha foi encontrada morta – disse Alex. – Eu mesmo vou fazer isso quando a reunião acabar. Fredrika pode vir comigo.

– Mas eu queria perguntar uma coisa para ela – objetou Peder. – Para a mãe, quero dizer.

– Você vai ter muitas oportunidades para falar com ela, Peder. Eu mantenho contato com ela desde que Rebecca desapareceu, e acho que a notícia vai lhe dar paz de espírito. Ela desconfia que a filha esteja morta, mas quer a confirmação. E é claro que quer saber o que aconteceu.

Alex respirou fundo.

– É difícil estabelecer a causa exata da morte porque o corpo estava enterrado lá havia muito tempo. Não há nada que indique ferimentos a bala ou outros traumas físicos, como costelas quebradas, por exemplo, que sugeririam uma luta. Ela pode ter sido estrangulada, mas não podemos ter certeza.

Ele abriu uma pasta e pegou um monte de fotografias.

– No entanto, o legista conseguiu descobrir que ela estava grávida quando morreu.

Fredrika levantou a cabeça, surpresa.

– A gente sabia disso?

— Não, nenhuma das entrevistas que fizemos durante a primeira investigação revelou isso. E nós falamos com todas as pessoas que ela conhecia. Interrogamos todas as pessoas com quem ela tinha conversado pelo telefone, verificamos todas as pessoas da sua lista de contatos de e-mail, e ninguém mencionou o fato de ela estar grávida.

— Então ninguém sabia? — disse Fredrika.

— Parece que não — respondeu Alex. — E nesse caso, precisamos perguntar por quê. Por que uma jovem não conta para ninguém que está grávida de quatro meses?

— Quatro meses? — repetiu Peder. — A barriga não teria aparecido?

— Se tivesse aparecido, alguém teria nos contado — disse Alex.

— Ela deve ter confidenciado o segredo para alguém — insistiu Fredrika.

— O pai da criança, talvez? — disse Peder. — Que não ficou muito feliz com a notícia e a matou?

— E depois picotou o corpo? — disse Alex.

Ele apontou para as fotografias.

— Há dois motivos básicos que levam um criminoso a desmembrar o corpo da vítima. Um: dificultar a identificação. Dois: o assassino é um maníaco doente que gosta de atividades sádicas. Mas, nesse caso, ele provavelmente enterraria tudo num lugar só.

— Talvez pelos dois motivos — sugeriu Fredrika.

Alex olhou para ela.

— Talvez. Nesse caso, temos um problema real. Porque Rebecca talvez não seja a única vítima.

— Mas se colocamos a gravidez na nossa hipótese, o crime se torna pessoal — disse Peder.

— Com certeza, e é por isso que vamos partir daí — disse Alex. — Quem era o pai da criança e por que ninguém sabia que ela estava grávida?

— O que aconteceu na investigação original? — perguntou Fredrika. — Você conseguiu estreitar a lista de suspeitos?

— Falaram de um novo namorado, e tentamos de tudo para encontrá-lo, mas não conseguimos. Foi uma história peculiar do início ao fim. Não conseguimos encontrar nenhum rastro dele — nem no celular, nem no e-mail. Ninguém sabia o nome dele, mas várias pessoas disseram que "tinha ouvido falar dele". Ou seja, ele permeou toda a investigação como um espírito do mal, mas nós nunca o vimos. E não encontramos outros suspeitos convincentes.

Peder franziu a testa.

— Também tinha uma ex-namorada.

— Daniella.

— Exatamente, então como de repente Rebecca podia estar com um namorado?

Alex pareceu cansado.

— Como é que eu vou saber? A mãe a considerava "indecisa". Rebecca teve vários namorados, mas apenas uma namorada.

— E essa Daniella chegou a ser suspeita? — perguntou Fredrika.

— Trabalhamos com essa hipótese durante um tempo — respondeu Alex. — Mas ela tinha álibi, e não conseguimos encontrar um motivo.

— E Håkan Nilsson? — perguntou Peder.

Um sorriso brotou no rosto de Alex, perdeu-se entre as linhas de expressão e sumiu. Esse sorriso fugaz tinha se tornado a marca de seu sofrimento.

— Ficamos no pé de Håkan. Não de início, mas depois, quando não tínhamos mais pistas para seguir. A vontade dele em ajudar, a campanha para garantir que ela fosse encontrada a qualquer preço — tudo parecia indicar mais do que uma amizade. Era quase maníaco. Quando os amigos dela não deram mais conta de ajudar, Håkan continuou firme, procurando.

— Quem tem muito o que esconder...

— ...é o mais propenso a mostrar que se importa. Eu sei. Mas no caso de Håkan, não acho que isso fosse verdade.

Quando Alex fez uma pausa, Peder falou:

— Ele mora em Midsommarkransen, Alex. Precisamos investigá-lo de novo.

Alex endireitou o corpo. Ele não sabia disso.

— Com certeza — disse ele. — Temos que investigar todo mundo de novo, mas principalmente Håkan. Colocá-lo sob vigilância e ver para onde ele vai.

Alex olhou para Fredrika.

— E você vem comigo para vermos Diana Trolle, mãe de Rebecca.

Eles mal se falaram a caminho da casa de Diana Trolle. Alex conseguia sentir as perguntas de Fredrika pairando no ar — como estavam as coisas? Ele estava solitário? Como estava se sentindo por voltar ao trabalho? Ele também tinha perguntas — como era Saga? Ela dormia à noite ou mantinha os pais acordados? Estava comendo bem? Os dentinhos já tinham nascido? No entanto, não conseguiu mexer a boca. Era como se tivesse se transformado num mexilhão impossível de abrir. Aquele tipo de mexilhão dispensado com facilidade.

Eles não estavam longe de Spånga, onde Diana morava. Alex já tinha ido lá no passado, mas havia muito tempo. Lembrava-se de ter gostado dela, tinha-a achado atraente. Uma alma artística perdida num emprego entediante na prefeitura.

No início, ela estava otimista durante as buscas por Rebecca. Alex tinha sido honesto com ela: os primeiros dias eram críticos. Se a filha não fosse encontrada naquele período, a perspectiva de encontrá-la viva num estágio posterior era mínima. Ela aceitou as palavras dele tranquilamente, não porque a filha fosse insignificante na sua vida, mas porque não queria negociar com o problema. Então se ateve a esse ponto de vista durante um bom tempo.

– Desde que não esteja morta, estará viva – disse ela, dando a Alex uma expressão que ele usaria depois, em situações semelhantes.

Mas agora não tinha como evitar a verdade. Rebecca estava morta, violada e enterrada. A joia que usava no umbigo estava no bolso da jaqueta de Alex. Não havia nada de misericordioso na notícia que ele e Fredrika dariam à mãe da vítima. Talvez houvesse uma chance de encerramento, mas só se eles também pudessem explicar o que causou a morte de Rebecca. Mas isso eles ainda não sabiam.

Diana abriu a porta antes que eles tocassem a campainha. Foi Alex quem deu a notícia enquanto estavam sentados na sala de estar. Diana chorou sentada sozinha numa grande poltrona.

– Como ela morreu?

– Não sabemos, Diana. Mas prometo que vamos descobrir.

Alex olhou em volta. Rebecca ainda vivia naquela sala, nas fotografias com o irmão e num quadro que a mãe tinha pintado quando a filha crismou.

– Eu soube assim que vi vocês saindo do carro. Mas tinha a esperança de que vocês viessem me dizer outra coisa.

Fredrika se levantou.

– Eu posso fazer alguma coisa para a gente tomar, desde que você não se importe de eu mexer na sua cozinha.

Diana assentiu em silêncio, e Alex se perguntou se já tinha visto alguma vez Fredrika oferecer alguma coisa do tipo. Ele achava que não.

Dava para ouvir o som da chaleira e das xícaras sendo colocadas numa bandeja. Alex escolheu as palavras com cuidado.

– Vamos dar toda prioridade à investigação daqui pra frente; espero que a senhora não pense o contrário.

Diana sorriu entre as lágrimas, com algumas gotas brilhando no alto das bochechas. Olhos escuros, cabelo levemente comprido. O sofrimento provocado pela saudade da filha a envelhecera? Para Alex, não.

– Vocês não encontraram a pessoa que fez isso com ela – lembrou Diana.

– Não, ainda não – disse Alex. – Mas a situação é diferente agora.

– Diferente como?

– Temos uma cena do crime, uma localização geográfica à qual podemos conectar o criminoso. Esperamos encontrar provas concretas da pessoa que fez isso, mas...

– Mas já passou muito tempo – completou Diana.

– Ainda podemos conseguir.

A voz dele estava tensa, com raiva e convicção. Era sempre doloroso abandonar a esperança que precedia o desespero; ninguém sabia disso melhor que Alex.

Ainda podemos conseguir. Porque qualquer outra coisa é inaceitável.

Ele dissera essas palavras para Lena mais vezes do que queria ouvir. Por fim, passou tanto tempo tentando encontrar uma maneira de salvá-la que não conseguia mais enxergar que ela estava piorando.

– Mamãe está morrendo – disse sua filha. – E você está perdendo o final, pai.

As lembranças eram tão dolorosas. Tão agoniantes.

Sua visão ficou embaçada por causa das lágrimas. Fredrika voltou com uma bandeja de café, resgatando-o sem perceber.

– Prontinho – disse ela. – Leite?

Eles beberam em silêncio, permitindo que a ausência de palavras trouxesse paz.

Até então, Alex não tinha falado nada sobre as circunstâncias da descoberta do corpo de Rebecca; não tinha contado para Diana que ele estava desmembrado e enterrado em sacos de plástico. Hesitou antes de falar; odiava essa parte do trabalho.

Diana ouviu, de olhos arregalados.

– Eu não entendo.

– Nós também não, mas estamos fazendo tudo o que podemos para descobrir o que aconteceu.

– Quem seria doente o suficiente para...?

– Nem pense nisso.

Alex engoliu.

– Tem mais uma coisa que preciso dizer. Quero dizer, duas, na verdade. Não quero que a senhora saiba disso pela imprensa.

Ele então contou sobre a cabeça e as mãos desaparecidas, calmamente e com palavras simples. Depois deu a ela a joia encontrada. Diana a pegou sem dizer nada, e depois de um instante, perguntou:

– Você disse que eram duas coisas.

A voz dela tremia de tensão, com as lágrimas derramando pelo rosto.

– Ela estava grávida.

– O quê?

– Você não sabia?

Ela balançou a cabeça, tremendo todo o corpo.

– Estamos ansiosos para identificar o pai da criança – disse Fredrika. – Eu sei que a senhora não sabia de nenhum namorado específico, mas Rebecca falava se queria ter filhos?

– Claro que falava, mas não tão jovem assim. A gente conversava abertamente sobre esse tipo de coisa. Ela estava tomando pílulas; tomava muito cuidado para evitar a gravidez.
– Há quanto tempo ela tomava pílulas?
– Deixa eu pensar... Quantos anos ela tinha quando tocamos no assunto pela primeira vez? Uns dezessete, eu acho. Eu a levei até a clínica.
Uma mãe exemplar, aos olhos de Fredrika.
Alex assumiu, pois não queria que o primeiro encontro com Diana desde a descoberta do corpo de Rebecca durasse muito tempo.
– Já faz um tempo desde que Rebecca desapareceu – disse ele. – Alguma coisa nova aconteceu nesse período?
Quanto tempo equivalia a dois anos? Dois anos era a diferença entre estar solteiro e ter uma família, entre ter uma família e perdê-la.
Diana pigarreou.
– Uma amiga me contou uma coisa horrível há algum tempo, mas não dei muita importância. Era uma coisa tão absurda!
Fredrika e Alex esperaram.
– Minha amiga tem uma filha que fazia o mesmo curso que Rebecca, e ela disse que a pessoa que a levou podia ser alguém que ela tinha conhecido pela internet.
– Não parece tão improvável – disse Fredrika, hesitante. – Hoje em dia, muita gente se conhece desse jeito.
– Não do jeito que ela falou – disse Diana. – Ela quis dizer que... Bom, a filha dela disse que Rebecca estava vendendo coisas pela internet.
– Coisas? – perguntou Alex.
– Ela mesma.
Alex congelou.
– De onde foi que ela tirou isso?!
– Ela disse que correu um boato depois que Rebecca desapareceu. Mas mesmo nos meus piores pensamentos, eu não acredito...
A voz dela sumiu.
– Rebecca era uma moça insegura? – perguntou Fredrika.
– Deus, não.
– Solitária?
– Ela tinha muitos amigos.
– Estava sem dinheiro?
– Ela teria me procurado se estivesse. Sempre fazia isso.
Nem sempre. Alex tinha aprendido uma coisa ao longo dos anos: "sempre" é uma palavra usada pelos pais quando "geralmente" seria a mais apropriada.
– Nós gostaríamos muito de falar com sua amiga e com a filha dela – disse Fredrika.

Diana concordou com a cabeça.

– Preciso ligar para o irmão de Rebecca – disse ela.

– É claro – respondeu Alex. – Nós podemos providenciar uma assistência psicológica, se quiser.

– Não vai ser necessário.

Eles caminharam na direção da porta, passando por várias fotografias de Rebecca nas paredes. "Não as tire daí", pensou Alex. "Pode se arrepender amargamente depois."

– O que aconteceu com as coisas dela? – perguntou Fredrika.

– Está tudo guardado – disse Diana. – Eu e o irmão dela esvaziamos o quarto da pensão estudantil, depois que os investigadores pegaram o que precisaram, e colocamos tudo na garagem da minha irmã. Se quiser dar uma olhada, posso passar o endereço.

– Seria ótimo – disse Fredrika.

– Só mais uma coisa – disse Alex.

Eles pararam.

– Você se lembra de Håkan Nilsson?

– É claro. Nós ainda temos contato; ele gostava muito da Rebecca.

– Eram amigos desde a escola, não é?

– Isso mesmo. E Rebecca o ajudou quando ele perdeu o pai; foi no último ano da escola.

Quando a porta da frente se abriu, o sol da primavera inundou a entrada.

– Rebecca alguma vez deu a entender que ele podia ser um problema? – perguntou Fredrika.

Diana olhou por cima de Fredrika, para o meio da rua. Um mundo inteiro esperava do outro lado da porta. Ela teria de pensar no assunto quando estivesse pronta para encará-lo de novo.

– Eu me lembro de Rebecca dizer que ele tinha ficado chateado quando ela disse que estudaria na França. Imagino que ele quisesse que ela ficasse em Estocolmo.

– Essa esperança tinha algum motivo? Eles namoravam?

– Não, de jeito nenhum. Ele não fazia o tipo dela.

Alex pensou por um instante.

Mas eles ficaram amigos de novo quando ela voltou?

– Sei que eles retomaram o contato, mas foi só depois que eu percebi que eles eram íntimos.

– O que a fez perceber isso?

– Era a única explicação lógica. Por que ele se envolveria tanto depois que ela desapareceu?

6

A NOTÍCIA DE QUE REBECCA TROLLE tinha sido encontrada em Midsommarkransen ofuscou todas as outras notícias daquela tarde. Cumprindo seu papel como oficial a cargo da investigação, Alex deu uma breve coletiva de imprensa. Escolheu omitir os detalhes macabros – o fato de que o corpo estava desmembrado, com algumas partes desaparecidas.

Os jornalistas fizeram muitas perguntas, mas as respostas foram limitadas.

Não, ele não podia falar sobre o progresso da investigação; era cedo demais para isso.

Não, ele não queria comentar se tinham algum suspeito.

Não, ele não queria explicar como conseguiram identificar o corpo tão rapidamente, apesar de Rebecca ter ficado enterrada por tanto tempo que não haveria possibilidade de reconhecê-la.

Ele terminou a coletiva e voltou para sua sala. Sua filha Viktoria o telefonou no celular.

– Você vem hoje à noite para a gente comer alguma coisa, pai? Seria ótimo ver você.

– Eu não sei... estou no meio de uma nova investigação, e...

– Eu te vi na TV; seu suéter estava lindo!

O suéter que ele tinha ganhado de Natal. O pior Natal de que tinha lembrança.

– Você vem?

– Hum, se eu conseguir acabar a tempo. Você sabe como é, esses casos levam tempo e...

– Pai?

– Sim?

– Simplesmente venha. Tudo bem?

Ela se parecia demais com a mãe. A mesma voz, a mesma energia, a mesma obstinação. Ia se dar bem na vida.

Alex caminhou devagar até a sala de Fredrika; ela estava concentrada nos documentos da investigação do desaparecimento de Rebecca. Quando ouviu os passos dele, levantou a cabeça, sorrindo.

– Achei que você estava trabalhando meio período – disse Alex.

Meio brincando, meio sério.

Não seja como nós – não se esqueça da sua família assim que voltar do trabalho depois de uma licença-maternidade.

– Eu estou – respondeu Fredrika. – Só queria ler um pouco antes de ir embora. Ela deve ter sido uma pessoa muito ativa.

– Rebecca? Ela era sim, para dizer o mínimo. A investigação resultou num monte de becos sem saída. Empregos de meio período, a vida de estudante, o coral da igreja, amigos e mais um monte de gente.

– Precisamos conversar com aquela amiga de Diana e com a filha dela sobre o boato de que Rebecca estava se vendendo na internet.

– Precisamos – sorriu Alex. – Mas não você, Fredrika. Está na sua hora.

Ela devolveu o sorriso.

– Em um minuto. Uma pergunta antes de eu ir embora: o que ela estava estudando quando desapareceu?

– História da Literatura, pelo que me lembro.

– Em qual período ela estava?

– Não tenho certeza, acho que já estava escrevendo a monografia. Nós conversamos com o orientador; ele era meio esquisito, mas dificilmente seria o namorado dela, e definitivamente não um assassino.

– Álibi?

– Sim, como todas as outras pessoas com quem conversamos.

Fredrika folheou os papéis na sua frente.

– Quem será esse namorado dela? Quer dizer, pode ter sido alguém que ela conheceu na internet.

Alex assentiu, concordando.

– Você está certa. Mas, nesse caso, por que absolutamente ninguém disse que ela estava marcando encontros online? As mulheres conversam sobre esse tipo de coisa, não?

– Sim.

Fredrika parecia pensativa.

– O bebê – disse ela. – Alguém devia saber que ela estava grávida. Ela deve ter procurado um centro de aconselhamento à gravidez.

– Deve? No quarto mês?

Fredrika mexeu na pilha de papéis.

– Analisei com cuidado a lista de itens que a polícia levou – disse ela. – Vocês viraram o quarto dela do avesso, anotaram até a pasta de dente que ela usava, a marca predileta de absorvente. E não há nada sobre anticoncepcional.

Alex entrou na sala, deu a volta na mesa e olhou os papéis por cima do ombro de Fredrika.

– Eles anotaram todos os medicamentos encontrados no quarto dela.

– Remédio para tosse, Alvedon, Panodil – leu Fredrika. – Pode acreditar, nada disso funciona como contraceptivo.

– Talvez tenha acabado – sugeriu Alex. – E como não estava num relacionamento, não renovou o estoque.

– E quando fizeram sexo, não usaram nenhuma proteção. Isso me soa estranho, dado o cuidado dela no passado.

Fredrika se virou para olhar para Alex.

– Eu quero falar com Diana Trolle de novo. Perguntar se ela sabia onde a filha conseguia receita para as pílulas.[1]

– Tudo bem. Talvez isso mostre quando ela parou de tomar.

– Exatamente. E talvez nos dê mais informações sobre a gravidez, pelo menos se ela costumava pegar as receitas numa clínica. Não temos motivos para achar que ela conversaria sobre a gravidez num lugar completamente diferente.

– Se é que conversou com alguém.

Fredrika juntou os documentos sobre a mesa e os entregou a Alex.

– Vou telefonar agora mesmo para Diana. E depois vou para casa. A equipe de vigilância deu alguma notícia de Håkan Nilsson?

Alex segurou as pastas junto ao peito.

– Nada até agora. Ele ainda está no trabalho. Eu e Peder provavelmente vamos trazê-lo para conversar hoje à tarde.

Fredrika assentiu, tentando se lembrar da aparência de Håkan Nilsson pelas fotos que viu nos arquivos. Pálido, magro, olhar perdido. Sua expressão parecia de raiva em algumas fotos. Quanta raiva é preciso sentir para matar alguém e depois desmembrar o corpo? Colocar os pedaços em sacos plásticos e enterrá-los? Ela estremeceu. A morte nunca era bonita, mas às vezes era tão horrível que se tornava totalmente incompreensível.

Diana Trolle sabia exatamente onde sua filha conseguia anticoncepcionais: primeiro, na clínica da juventude em Spånga; depois, quando não

---

[1] Na Suécia, assim como na maioria dos países do hemisfério norte, não se vendem anticoncepcionais sem receita médica. [N.T.]

tinha mais idade para frequentá-la, na maternidade em Serafen, em frente ao Conselho Municipal de Estocolmo.

– Ela disse um monte de coisas positivas sobre o lugar – lembrou-se Diana. – Mas eu nunca estive lá.

Fredrika decidiu procurar a maternidade a caminho de casa, parcialmente porque teve vontade de caminhar, e parcialmente porque estava curiosa.

Tentou falar com Spencer quando saiu do trabalho. Eles já tinham se falado duas vezes durante o dia. Ela notou uma tensão em sua voz e se perguntou se ele não estava aguentando coisa demais. Ao mesmo tempo, ela se assustou com a direção que seus pensamentos tomaram.

O que aconteceria com Saga se Fredrika morresse e Spencer fosse incapaz de cuidar da filha? Será que moraria com o irmão de Fredrika?

Sem chance. Spencer nunca abandonaria sua única filha, Fredrika tinha certeza disso.

Spencer interrompeu suas elucubrações quando finalmente atendeu o telefone. Saga estava dormindo, disse ele. Tudo bem se ela chegasse um pouco mais tarde do que tinham combinado.

A caminhada da delegacia em Kronoberg até a maternidade em frente ao Conselho Municipal foi curta, mas revigorante. Fredrika decidiu ir pela Hantverkargatan para aproveitar o ar fresco da primavera, que sempre parecia mais leve e limpo que o ar de qualquer outra época do ano. Bom para a alma.

A maternidade ficava no primeiro andar do magnífico prédio que lembrava uma mansão inglesa – bem à beira d'água. Fredrika olhou para todas as futuras mamães sentadas na sala de espera com aqueles barrigões, muitas delas com outras crianças mais velhas nos carrinhos. Como as pessoas conseguiam cuidar de mais de um filho? Ela não conseguia entender. Nem ela nem Spencer queriam mais uma criança. Pelo menos era o que sentiam naquele momento.

– Uma é mais do que suficiente – murmurou Spencer uma noite quando Saga teve um resfriado e passou a noite toda acordando sem parar.

Fredrika mostrou a identificação para a recepcionista e explicou por que estava ali. A enfermeira hesitou quando ela pediu para ver as anotações que eles pudessem ter sobre Rebecca.

– Me espera um segundo, já volto – disse ela, voltando depois com uma colega mais velha.

Fredrika explicou a situação de novo, e a parteira ouviu atentamente. Com os dedos compridos, procurou nas pastas suspensas do arquivo. Assentiu em silêncio consigo mesma enquanto puxava uma das pastas.

— Fui eu que a atendi da última vez que ela esteve aqui — disse, apontando para uma anotação na margem e franzindo as sobrancelhas. — Vejo muitas mulheres todos os dias, é difícil se lembrar de todas elas.

"Você não precisa se lembrar de todas", pensou Fredrika. "Só dessa."

— Mas acho que sei de quem você está falando — disse a parteira, para o alívio de Fredrika. — Ela esteve aqui para renovar a receita de anticoncepcional, mas desconfiava de que estivesse grávida. Estava muito transtornada, eu me lembro direitinho.

— O que aconteceu?

— Ela estava grávida, é claro. Acho que a gente concluiu que devia estar no terceiro mês. Estava apavorada.

— E depois?

— Depois ela foi embora, dizendo que ia se livrar do bebê. Não tenho a menor ideia se ela abortou ou não; ela nunca mais voltou.

Fredrika deu uma olhada rápida nas anotações.

— Você se lembra de mais alguma coisa de quando encontrou Rebecca?

— Só que ela parecia ansiosa. E perguntou se era possível interromper mesmo que o pai quisesse o bebê.

Fredrika baixou a pasta.

— Ela disse isso mesmo?

— Sim. Achei que era uma pergunta descabida. É óbvio que é a mulher que decide se quer ou não ser mãe.

Mas não era óbvio, e tanto Fredrika quanto a parteira sabiam disso. Fredrika começou a ficar preocupada. Por que Rebecca sentiu necessidade de fazer essa pergunta? Quem era o homem que ela achava que queria ficar com o bebê?

— Håkan Nilsson — disse Alex quando Fredrika o telefonou.

— Foi exatamente o que pensei.

— Mas?

— Mas seria fácil demais.

— Ele mantinha contato com Diana, deu-lhe os pêsames, etc. Perguntou se podia passar lá.

— E o que ela disse?

— Que não.

Eles desligaram o telefone, e Alex continuou a investigação que estava fazendo. Havia uma riqueza de material, mas nenhuma pista.

Uma moça por quem todos esperavam numa festa da faculdade sai de casa e pega um ônibus que segue na direção oposta à festa. Grávida em

segredo de quatro meses, com medo de que uma interrupção possa contrariar o pai da criança. Isso quer dizer que ela falou para ele sobre o bebê?
Para onde você estava indo naquele dia, Rebecca?
Peder apareceu na porta; entrou e se sentou. Tinha passado um bom tempo conversando com os amigos e amigas mais íntimos de Rebecca pelo telefone, e com o pai e o irmão dela.

– Passei para a Ellen uma lista das pessoas que você destacou na investigação do desaparecimento de Rebecca – disse Peder. – Pedi para ela verificar a ficha de todo mundo para ver se alguém tinha se envolvido em alguma coisa suspeita nesse período.

– Ótimo – disse Alex. – E as entrevistas que você fez até agora com os outros investigadores? Descobriram alguma coisa?

– Talvez – respondeu Peder, mordendo um pedaço da unha.

Alex olhou para ele, encorajando-o.

– Pouco depois que Roger desapareceu, correu um boato de que ela estava se prostituindo na internet.

– A mãe dela disse a mesma coisa – comentou Alex. – Uma amiga lhe contou.

– Temos que verificar isso, mas eu não acredito.

– Nem eu.

– Também ouvi outra coisa que me pareceu mais crível. Você falou com a ex-namorada dela?

– Várias vezes. Por quê?

– Segundo a fofoca, ela nunca superou o pé na bunda que Rebecca lhe deu, nem o fato de Rebecca a considerar apenas uma experiência.

Alex esfregou as mãos. Costumava fazer isso quando estava distraído, ou quando estava pensando. Mãos cicatrizadas depois de terem sido queimadas e curadas. A lembrança constante de um caso que havia terminado em caos, um caso que deixou todos perturbados durante muito tempo.

– Vimos alguns indícios de que a ex-namorada não era muito bem o que parecia – disse Alex. – Foi internada numa clínica psiquiátrica para jovens quando era mais nova; acho que era diagnosticada como bipolar.

– Alguma tendência violenta?

– Não que a gente saiba.

– A gente devia falar com ela de novo, de todo modo.

– Concordo – disse Alex. – No entanto, a gente tem certeza absoluta de uma coisa.

Peder esperou.

– Ela não podia ser o pai da criança que Rebecca estava esperando.

Peder riu.

– Não, mas Håkan Nilsson poderia ter sido.
– Com certeza.
– Uma das amigas de Rebecca disse umas coisas bem desagradáveis sobre ele. Aparentemente, Rebecca o achava inconveniente; parece que ele não entendia que os dois não eram mais amigos íntimos.
– Nesse caso, acho que a gente precisa conversar com ele – disse Alex.

Peder trabalhou até tarde naquele dia. Telefonou para casa para avisar a Ylva que não chegaria a tempo para jantar. Uma conversa que, dois anos antes, teria desencadeado uma briga gigantesca, mas que agora ela aceitava com tranquilidade. Ele e Ylva tinham resolvido tudo quando resolveram não se divorciar, mas voltar a morar juntos e tentar de novo. Dizer que tinham "resolvido" talvez seja simplificar demais as coisas; a retomada da relação foi longa, cheia de transtornos dolorosos ao longo do caminho. Ylva precisou de tempo para perdoar e aprender a confiar em Peder de novo. Ele também precisou de tempo para perdoar a si mesmo. Por todos os problemas que tinha causado. Por toda a responsabilidade que ele não conseguira aceitar.

O terapeuta disse que eles precisavam parar de brigar por problemas que não podiam ser resolvidos. O trabalho de Peder nunca ia mudar, a menos que ele o abandonasse e fizesse outra coisa. No entanto, ele podia tentar negociar horários melhores com o chefe, o que foi feito.

Voltar para Ylva fez bem a Peder. Pouco a pouco ele retomou o sentimento de completude que sentira nos primeiros anos de relacionamento, quando tinha acabado de entrar para a polícia e tudo corria bem. O nascimento dos gêmeos arruinara tudo, destruíra qualquer tentativa de ter uma vida familiar normal, porque Ylva teve uma séria depressão pós-parto. O desejo dela de ter filhos se transformou em desespero e insegurança. Peder foi infiel pela primeira vez e a partir dali se viu numa espiral sem fim aparente.

O fato de o fim não ser aparente não significava que não existia. Chegou um dia em que foi chamado pela chefe do RH, que o mandou fazer um curso de igualdade no ambiente de trabalho e passar por uma terapia de aconselhamento. Ele odiou aquela velha cafona, que o punia por coisas que não tinha feito. Odiou-a até que a notícia sobre a doença da esposa de Alex se espalhou no trabalho, e ao mesmo tempo o amante de Fredrika sofreu um sério acidente de carro. Foi como se Peder ganhasse perspectiva a respeito dos próprios problemas, e, em determinado aspecto, as coisas deram uma virada. A partir disso, começaram a melhorar.

Peder e Alex pensaram se deviam chamar Håkan Nilsson imediatamente, ou se esperavam o dia seguinte. O promotor tinha deixado claro que eles seriam incapazes de mantê-lo em custódia; as evidências eram fracas demais e principalmente circunstanciais. No entanto, com certeza eles podiam chamá-lo para depor.

Peder saiu com um grupo sem uniforme para apanhá-lo. Eram quase cinco e meia e ele estava morto de fome. No caminho, pararam rapidamente num quiosque de *fast-food*.

Håkan Nilsson abriu a porta no segundo sonido da campainha. Era óbvio que tinha chorado, e Peder sentiu algo similar a desprezo.

– Håkan Nilsson? Podemos entrar?

Peder falou rapidamente do motivo da visita. Sem dúvida, Håkan tinha visto a notícia de que o corpo de Rebecca tinha sido encontrado; será que ele se importaria de ir até a delegacia para umas perguntas rápidas? Não, não, ele era tão suspeito quanto qualquer outra pessoa, mas eles queriam conversar para que pudessem retirá-lo das investigações; ele tinha sido muito útil no passado.

Håkan não era tão facilmente manipulável quanto Peder esperava. Ele fez uma série de perguntas, principalmente sobre o que tinha acontecido quando encontraram Rebecca. Qual era a aparência dela? Como tinha morrido? Não conseguiu nenhuma resposta.

Por fim, concordou em acompanhá-los até a delegacia e eles voltaram para Kungsholmen. Alex e Peder conduziram juntos a entrevista.

– Poderia nos dizer como você e Rebecca se conheceram?
– Vocês já sabem disso.

Alex pareceu distraído.

– Eu sei – disse –, mas Peder não sabe. Ele não sabe tanto do caso quanto eu.

– Nós estudamos juntos e ficamos amigos naquela época.
– Vocês eram mais do que amigos?

Håkan ficou vermelho.

– Não.
– Mas você gostaria de ter sido?
– Não.
– Ok – disse Peder. – O que vocês costumavam fazer quando se viam?

Håkan encolheu os ombros estreitos.

– A gente só saía junto. Tomava um café, via TV.
– Com que frequência vocês se viam?
– De vez em quando.
– Poderia ser mais preciso?
– Uma vez por semana, talvez. Às vezes menos que isso.

Peder olhou para o caderninho.

– Como você se sentiu quando ela foi estudar na França?
Håkan pareceu cansado.
– Fiquei decepcionado.
– Por quê?
– Eu achei que éramos mais amigos. Não foi tanto o fato de ela ter ido embora, mas de não ter me dito nada de antemão.
Alex pareceu surpreso.
– Ela foi embora sem dizer nada?
– Não, não. Quer dizer, quase. Ela me contou uma semana antes da viagem, alguma coisa assim.
Håkan se mexeu na cadeira.
– Mas a gente resolveu tudo – continuou. – Não havia ressentimento entre nós.
Alex olhou para ele, franzindo a testa.
– Você ajudou bastante a polícia quando ela desapareceu.
– Era importante pra mim ajudar – disse Håkan.
– Ela era muito importante pra você? – perguntou Peder.
Håkan concordou com a cabeça.
– Eu não tinha tantos amigos.
Peder inclinou-se sobre a mesa, com uma postura mais relaxada.
– Ela era bonita – disse Peder.
– Ela era – concordou Håkan. – Era adorável.
– Você dormiu com ela?
Håkan pareceu estarrecido, e Peder levantou as mãos num gesto de defensiva.
– Não perguntei por mal – disse ele a Håkan. – Só estou dizendo que vocês dois eram amigos, ela era bonita, e você pode ter ficado a fim dela. Não tem nada de estranho nisso, eu sei bem como essas coisas acontecem.
Alex lhe deu uma olhada de soslaio, mas não disse nada. Não queria saber nada a respeito do estilo de vida de Peder além do que Margareta Berlin já tinha lhe contado.
Håkan mordeu a cutícula sem dizer nada.
– O que Peder está tentando dizer é que talvez vocês tenham passado uma noite juntos, mesmo que não fossem um casal – disse Alex. – Como Peder falou, essas coisas acontecem, não é o fim do mundo.
– Foi só uma vez – disse Håkan sem olhar para os dois.
– Por que não contou isso para a gente antes? – perguntou Alex.
Håkan olhou para ele como se tivesse perdido a razão.
– Porque não tinha nada a ver com vocês. Que merda vocês estão pensando de mim?

Peder o interrompeu.
– Quando foi isso?
– Pouco antes de ela desaparecer.
– Quanto tempo?
– Três ou quatro meses.
– Você usou proteção?
Håkan se mexeu na cadeira.
– Eu não, mas ela sim. Ela estava tomando anticoncepcional.
– Então não engravidou? – perguntou Alex.
– Não.
Håkan evitou olhar para Alex quando respondeu.
Será que estava mentindo?
– Tem certeza?
Um gesto silencioso com a cabeça. Nenhum contato visual.
– De um ponto de vista puramente hipotético – continuou Alex –, se ela tivesse engravidado, o que você teria feito?
Por fim, Håkan levantou a cabeça.
– A gente teria o bebê, é claro.
– É claro? – repetiu Peder. – Vocês eram muito novos; ninguém os culparia se quisessem abortar.
– Fora de questão – disse Håkan. – Isso nunca teria acontecido. Aborto é assassinato se o bebê foi concebido por uma relação de amor. Desprezo quem pensa de outro jeito.
– Você e Rebecca concordavam nesse aspecto?
– É claro que sim.
A expressão de Håkan se entristeceu e sua voz ficou rouca.
– Teríamos sido ótimos pais, se ela estivesse viva.

INTERROGATÓRIO DE FREDRIKA BERGMAN
02/05/2009, 15h30 (gravação em fita)

Presentes: Urban S., Roger M. (interrogadores um e dois), Fredrika Bergman (testemunha).

Urban: Então nesse ponto você achava que Håkan Nilsson era o culpado?
Fredrika: Havia uma série de indícios que levavam a crer que sim. Ele tinha um motivo e os traços de personalidade que nos fizeram acreditar que era capaz de matar.
Roger: Você descobriu a ligação com a escritora Thea Aldrin nessa fase?
Fredrika: Nessa fase, a gente mal sabia quem era Thea Aldrin; ela ainda não tinha aparecido na investigação.
Urban: Então você não tinha identificado o clube de cinema?
Fredrika: Com certeza não.
Roger: Ok, voltando a Håkan Nilsson. E o álibi dele?
Fredrika: Foi verificado na primeira investigação e considerado válido. Chegamos à mesma conclusão. Ele tinha passado a noite toda num evento social de alunos e professores, e as testemunhas confirmaram que ele estava lá das cinco da tarde até meia-noite.
Urban: Mas mesmo assim vocês não o desconsideraram completamente?
Fredrika: Não. Nenhum álibi é cem por cento confiável.
Roger: Como Peder Rydh estava nesse ponto?
Fredrika: Não entendi a pergunta.
Urban: Ele estava estável?
Fredrika: Sim. Estava se sentindo melhor, como há muito não se sentia.
Urban: Então você está dizendo que em algumas ocasiões Peder Rydh não se sentiu muito bem e agiu de forma imprudente?
(Silêncio.)
Roger: Você precisa responder, Fredrika.
Fredrika: Sim, ele teve alguns momentos de instabilidade.
Urban: E foi imprudente?
Fredrika: E foi imprudente. Mas, como eu disse, ele estava bem durante toda a investigação e...

Roger: Ainda não chegamos aí. É muito cedo para falar da investigação como um todo. Por enquanto ainda estamos em Håkan Nilsson.
(Silêncio.)
Urban: O que aconteceu depois?
Fredrika: Depois?
Urban: O que aconteceu depois do primeiro interrogatório com Håkan Nilsson?
Fredrika: A equipe que estava trabalhando na cena do crime telefonou para Alex. Eles tinham encontrado outra coisa.

QUINTA-FEIRA

7

Como sempre, o café da manhã foi servido numa caneca azul com seu nome escrito. Ela não conseguia decidir se aquilo era infantil ou humilhante, ou as duas coisas. A cuidadora caminhava discretamente ao redor dela, servindo-lhe pão, manteiga e geleia. Ovo mole, iogurte natural. A enfermeira era novata; chamava a atenção por ser altiva. As novatas costumavam ficar muito agitadas em volta de Thea; às vezes, ela as escutava sussurrando na cozinha minúscula.

– Dizem que ela não fala uma única palavra há uns trinta anos. Deve estar completamente maluca.

Com o passar do tempo, foi ficando cada vez mais fácil ignorar esse tipo de conversa. Não era culpa dos jovens o fato de não entenderem. Eles não tinham recursos para entender a história de Thea, tampouco havia obrigação de entendê-la. Thea estava tão idosa que já tinha se esquecido da própria juventude. Os anos anteriores àqueles que ela decidiu matar com o silêncio foram muito bons. Ela se lembrava de sua adolescência, tão feliz que doía pensar nela. Lembrava-se da primeira vez que se apaixonou, do primeiro livro que escreveu e de como seu coração se acelerava quando a imprensa colocava nas alturas seus livros infantis, prevendo um sucesso assombroso. Tudo tinha sido destroçado e tirado dela. Nada mais lhe restava.

A nova enfermeira estava agitada atrás dela, e parou para olhar o vaso de flores. Uma auxiliar entrou e começou a trocar os lençóis da cama de Thea. "Desagradável", pensou Thea. Podia muito bem ter esperado até que terminasse o café.

– Que flores lindas – disse a enfermeira.

Não para Thea, mas para a auxiliar.

– Ela recebe um buquê novo toda semana.

– De quem?

– Não sabemos. São entregues pela floricultura; a gente costuma trazer e ela mesma arruma.

Thea observou a enfermeira de costas, sabendo que ela lia o cartão que chegara com as flores.
— Diz "Obrigado" — Thea ouviu dizer. — Obrigado pelo quê?
— Não tenho a menor ideia — repetiu a auxiliar. — Tem tanta coisa estranha nisso tudo que...
Ela parou de falar quando se deu conta de que Thea as observava. Elas pareciam nunca se dar conta de que a audição dela era excelente. Supunham que ela fosse uma idiota, simplesmente porque tinha escolhido não falar.
A auxiliar se aproximou da enfermeira e baixou o tom de voz.
— A gente não sabe o quanto ela entende do que acontece ao redor — disse. — Mas às vezes eu acho que ela escuta. Quer dizer, ela tem todos os movimentos. Não há nada que indique que ela não entende o que dizemos.
Thea quase caiu na gargalhada. O iogurte estava horrível, e o pão, seco. Mas comeu do mesmo jeito. A enfermeira e a auxiliar não disseram mais nada, e pouco tempo depois, a deixaram sozinha. Quando a porta se fechou, Thea sentiu apenas alívio.
Ela se levantou da mesa e mudou o canal da televisão. Segurou o controle remoto com força e voltou a se sentar. O derrame que tivera poucos anos antes deixara-lhe com algumas sequelas que a impediam de viver sozinha, mas, de modo geral, ela se saía relativamente bem com a vida cotidiana. Ficava furiosa se o pessoal interferia na sua vida mais do que já interferiam.
O noticiário da manhã tinha acabado de começar.
"A polícia confirmou ontem que o corpo encontrado em Midsommarkransen era de Rebecca Trolle, uma jovem estudante que desapareceu numa noite há quase dois anos. Eles não liberaram mais detalhes e disseram que ainda não têm um suspeito específico nesse estágio da investigação."
Thea olhou fixamente para a televisão. Depois de saber que o corpo encontrado era de Rebecca Trolle, ela acompanharia todos os noticiários. Seu coração estava levemente acelerado. Agora ia começar, ela tinha certeza. Estava esperando uma conclusão há quase trinta anos, uma conclusão que não demoraria a chegar.

8

ALEX RECHT CAMINHOU ATÉ A cratera e olhou para a terra úmida. Os homens que estavam na beirada da área escavada estavam cercados por árvores. Peder se aproximou, inclinando-se para ter uma visão melhor.

– Como vocês o encontraram? – perguntou Alex.

– Cavamos em volta da área onde Rebecca Trolle estava enterrada e encontramos um sapato masculino que parecia estar enterrado havia muito tempo. Expandimos a área de busca e cavamos mais fundo, até encontrá-lo.

O homem que tinha respondido à pergunta de Alex apontou exatamente para onde o segundo corpo fora encontrado.

– Há quanto tempo ele está aqui?

– O legista disse que só pode ter certeza depois de examinar o corpo, mas provavelmente há muitas décadas.

Alex respirou o ar fresco; apesar de tudo, era bom ver os raios de sol acariciando as árvores e o solo ainda úmidos de orvalho. A primavera era sua estação predileta do ano, e ele era definitivamente uma pessoa matinal. Ainda eram sete horas, e ele estava feliz por Peder poder acompanhá-lo ainda tão cedo.

– Como sabe que é um homem? – perguntou Peder.

– A altura – respondeu uma policial, envolvida na investigação da cena. – O legista estimou que o corpo devia ter 1,82 m; poucas mulheres têm essa altura.

– Isso pode facilitar a identificação – disse Peder. – Se tivéssemos uma ideia de há quanto tempo o corpo está enterrado, além da idade e da altura aproximadas, podemos cruzar os dados com o perfil das pessoas que desapareceram na época.

Alex se agachou, analisando as duas covas.

– Não existe a menor chance de isso ter sido coincidência.

– Como assim?

— O fato de Rebecca ter sido enterrada nesse ponto específico.

Alex semicerrou os olhos, voltado contra o sol.

— A pessoa, ou as pessoas que enterraram Rebecca aqui também enterraram alguém no passado.

— Embora a pessoa possa ter se sentido mais segura da última vez – disse a policial.

— Em que sentido?

— O homem que encontramos essa noite ainda tinha a cabeça e as mãos.

Alex pensou por um momento.

— O criminoso era mais jovem da primeira vez – disse ele. – O que quer dizer que talvez fosse ingênuo e descuidado.

Peder fechou o zíper da jaqueta como se tivesse percebido de repente que estava frio.

— Como sabemos que foi a primeira vez?

Fredrika Bergman tinha acabado de se levantar quando Alex telefonou para dizer que ele e Peder estavam a caminho do lugar onde Rebecca Trolle tinha sido encontrada, e que na noite anterior mais um corpo tinha sido encontrado no mesmo lugar.

— Te vejo na delegacia – disse Alex.

Fredrika correu até a cozinha para tomar café da manhã.

Spencer estava sentado à mesa, lendo o jornal. Ela lhe deu um beijo na testa e apertou-lhe o queixo. Serviu-se de uma xícara de café e duas fatias de pão. Olhou em silêncio para o amor de sua vida.

Fale comigo, Spencer. Eu te conheço há mais de dez anos; sei dizer quando não está feliz.

Ele não disse nada, recusando-se a deixá-la se envolver.

— O que vai fazer hoje? – perguntou Fredrika.

— Não sei. Acho que vou sair para caminhar um pouco – disse ele, baixando o jornal. – Talvez possa ser bom ir a Uppsala à tarde, e prefiro ir sem Saga.

— Está ótimo – disse Fredrika, mesmo suspeitando que o dia no trabalho poderia ser longo. – Venho para casa quando você precisar sair.

Ela mordeu um pedaço do sanduíche, mastigou e engoliu. Suas amigas aceitaram a notícia de que ela ia voltar ao trabalho muito melhor do que esperava. Muitas delas deram a entender que nem ficaram surpresas.

— Você vai à universidade? – perguntou Fredrika.

— Sim, a uma reunião.

Uma reunião. Nada mais, nada menos. Quando é que tinham começado a falar por frases curtas? Fredrika pensou em Alex, lembrou-se do inverno anterior, quando a esposa dele descobriu que estava doente e não disse para ele. De repente, sentiu um calafrio.

– Spencer, você não está doente, está?

Ele olhou surpreso para ela. Olhos cinzentos, como pedras rajadas com mais tonalidades do que ela poderia contar.

– Por que eu estaria doente?

– Sei que tem alguma coisa errada. Alguma coisa além de uma discussão no trabalho.

Spencer balançou a cabeça.

– Não é nada, acredite em mim. A única coisa que não comentei foi que...

Ele hesitou, e Fredrika esperou.

– Aparentemente, uma das minhas alunas não ficou feliz com a supervisão no semestre passado.

– Mas que coisa, você estava de licença a maior parte do tempo!

– Esse foi o problema – disse Spencer. – Tive que compartilhar a orientação com uma monitora que tinha acabado de entrar no departamento, e não foi uma decisão muito boa.

Fredrika sentiu uma onda de alívio passando pelo corpo.

– Achei que você estava morrendo ou alguma coisa assim!

Spencer deu aquele sorrisinho torto que sempre a fazia se derreter.

– Eu não a deixaria logo agora que finalmente estamos vivendo juntos.

Fredrika se inclinou para beijá-lo, mas foi interrompida pelo barulho inconfundível de Saga acordando no quarto ao lado. Ela seguiu Spencer com os olhos enquanto ele saiu mancando da cozinha.

– O que fazemos agora? – perguntou Peder quando chegaram de volta ao Casarão, como chamavam a delegacia.

– Esperamos detalhes mais precisos do legista e continuamos investigando o assassinato de Rebecca Trolle – respondeu Alex. – Falei com o legista pelo telefone; ele acha que o homem estava enterrado havia pelo menos vinte e cinco anos, talvez mais.

– Um serial killer?

– Que mata aleatoriamente? Vítimas tão distintas, separadas por três décadas? – Alex balançou a cabeça, fechando a cara. – Acho que não. Além disso, serial killers são poucos, aparecem de vez em quando. Isso é outra coisa.

Irritou-se com as próprias falhas, mesmo sabendo que era inútil. Na época do desaparecimento de Rebecca, não houve nada que indicasse que ela fosse uma de várias vítimas. A investigação tinha se baseado na premissa de que aquele era um incidente isolado. "Haveria mais vítimas?", perguntou-se Alex. Não hesitou em pedir uma escavação completa do lugar onde os corpos tinham sido encontrados, expandindo os limites da área de busca. Demoraria vários dias para completar a tarefa, mas se houvesse outros corpos enterrados ali, Alex queria encontrá-los.

– Se pensarmos que uma mesma pessoa matou Rebecca e o homem que foi encontrado ontem, dificilmente foi Håkan Nilsson – disse Peder. – Ele não tinha nem nascido quando o homem foi morto.

– Eu estava pensando justamente nisso – disse Alex. – Mas ainda sabemos muito pouco para eliminá-lo da lista. Ele poderia ter alguma ligação com o primeiro assassino. Quero um exame de DNA para ver se o filho que Rebecca estava esperando era dele, se isso for possível. Se ele for o pai, já temos o suficiente para acusá-lo.

– E se ele se recusar a cooperar?

– Se ele se recusar a fornecer material voluntariamente, pedimos ao promotor. Nós sabemos que Rebecca estava grávida, e que estava preocupada com o fato de o pai querer ficar com o bebê, mesmo que ela quisesse interromper a gravidez. Também sabemos que Rebecca e Håkan dormiram juntos, e que Håkan gostaria de ter o bebê se ela tivesse engravidado. É suficiente. Mais do que suficiente. Mesmo que eu tenha que admitir que não vejo Håkan como assassino.

– Temos outras pistas?

– Diante do fato de termos encontrado outro corpo, os boatos sobre a prostituição de Rebecca pela internet ganham uma projeção maior do que sua gravidez. Veja o que consegue descobrir; deve ter alguma coisa nessa história, o corpo desse cara deve encaixar em algum lugar.

Peder olhou para o caderninho.

– Tem a ex-namorada, também – disse.

– Acho que Fredrika pode cuidar dela quando chegar.

Nesse instante, Fredrika apareceu na porta.

– Cuidar de quem?

– Da ex-namorada de Rebecca Trolle, Daniella. Bom dia, aliás.

– Bom dia.

Fredrika estava usando uma echarpe azul-clara por cima dos ombros da jaqueta.

– Precisamos dar uma olhada nas coisas dela também.

Alex parecia em dúvida.

– Por quê? Já temos cópia de tudo considerado interessante quando vimos as coisas há dois anos.

Fredrika franziu a testa.

– Ontem fiquei pensando que, ao que parece, uma boa quantidade ficou de fora. Por exemplo, não consigo encontrar informações sobre livros didáticos, ou cópias das anotações dela.

– Por que ia querer olhar isso? – perguntou Peder.

– Ela era estudante quando desapareceu. Isso quer dizer que passava boa parte do tempo estudando, assistindo palestras, saindo com as amigas. Segundo Alex, ela estava escrevendo a monografia quando morreu. Não encontrei nada que aludisse ao tema.

Alex passou a mão no cabelo, escolhendo as palavras com cuidado.

– Como eu disse ontem, nós conversamos com o orientador. Ele falou sobre o tema, mas, para ser honesto, não achei que fosse relevante. Acho que ela estava escrevendo sobre uma escritora infantil: Thea Aldrin, talvez você se lembre dela.

Alex encolheu os ombros.

– O tema em si não sugere teorias mirabolantes, então não pensamos no assunto.

– Você se importa se eu der mais uma olhada? – perguntou Fredrika. – Thea Aldrin foi uma figura controversa, para dizer o mínimo.

Alex suprimiu um suspiro. Quantas vezes ele já tinha tido uma conversa semelhante com Fredrika?

– Se você tiver tempo – disse. – Mas quero que fale com a ex-namorada de Rebecca primeiro. Você pode ver as outras coisas amanhã.

Fredrika voltou para sua sala; Peder continuou com Alex.

– Vou começar com a amostra de DNA de Håkan, depois analiso os rumores sobre a prostituição.

– Ótimo – disse Alex. – Espero que logo tenhamos notícias do legista; quero que a segunda vítima seja identificada o mais rápido possível.

Håkan Nilsson ficou bastante irritado quando Peder tocou sua campainha, acompanhado por um colega. Peder apresentou o policial e explicou por que estavam ali.

– Por que vocês querem meu DNA? – perguntou Håkan.

– Rebecca estava grávida quando morreu, e precisamos descobrir quem era o pai.

Toda a cor do rosto de Håkan desapareceu.

– Grávida? Vocês não me falaram isso ontem.

A voz dele saiu fraca, e os olhos ficaram arregalados.

– Você não sabia?

O tom de Peder foi mais duro do que no dia anterior.

– Não.
Era difícil saber se ele estava dizendo a verdade.
– Vocês acham que eu a matei?
Håkan tentou dar uma de durão, mas a incerteza estava estampada na cara dele, brilhando como sapatos recém-engraxados.
– Nós não achamos nada – respondeu Peder. – E queremos continuar não achando nada a seu respeito. Por isso estamos pedindo seu DNA, para que possamos retirá-lo das investigações.
– Eu preciso trabalhar. Posso passar lá depois?
– Não, você precisa vir conosco agora. Dê um telefonema e diga que vai se atrasar.
Ele inclinou a cabeça e acrescentou num tom de voz mais gentil:
– Diga que está ajudando a polícia nas investigações. Costuma causar boa impressão nos chefes.
Håkan olhou bem para ele, depois entrou para pegar as chaves e a carteira.
– Não importa se sou ou não o pai da criança – disse ele. – Vocês já checaram meu álibi e sabem que não fiz nada.
– Se me lembro direito, você estava numa festa no dia que Rebecca desapareceu. Será que alguém ia notar se você sumisse por algumas horas?
Como Håkan não respondeu, Peder olhou mais de perto para ele. Parecia incomodado. Magoado.
– Não era uma festa – disse ele. – Era mais um jantar para os orientadores. O evento durou o dia todo. Rebecca devia ter ido, mas não apareceu.
Peder franziu a testa.
– Vocês se desentenderam? Foi por isso que ela não apareceu?
– Eu respondi essa pergunta ontem.
Håkan pegou a jaqueta.
– Vocês acham que estou por trás disso tudo – disse. – Vão ficar surpresos quando descobrir como estão errados.
– Tenho certeza que sim – disse Peder.

Fredrika procurou a ex-namorada de Rebecca acompanhada por uma colega – a inspetora criminal Cecilia Torsson, que dirigia o carro, com Fredrika sentada no banco do carona.
– Você acabou de voltar para o trabalho, não é? – perguntou Cecilia.
– Ontem – respondeu Fredrika.
Elas estavam fazendo o curto trajeto entre o Casarão e o parque Tegnérlunden, onde a ex-namorada de Rebecca morava num apartamento

alugado. A cidade estava linda sob o céu azul limpo: Estocolmo em seus melhores dias.

– Foi você que teve um filho com um homem casado?

Fredrika endireitou o corpo. Que tipo de pergunta era aquela, pelo amor de Deus?

– Não – respondeu. – E se tiver mais alguma pergunta sobre minha vida pessoal, sugiro que guarde pra você.

– Ah, meu Deus, me desculpa, não sabia que era um assunto delicado.

O silêncio reinou no carro. Fredrika respirou fundo para evitar que explodisse. Obviamente, ela sabia que sua vida pessoal despertava alguma curiosidade, mas será que custava às pessoas serem mais sutis? Ela teria sido. Pelo menos pensava que sim.

– É aqui que ela mora.

Cecilia estacionou junto ao meio-fio.

– A gente não pode estacionar aqui – disse Fredrika, apontando para uma placa.

Cecilia prendeu um papel no para-brisa para indicar que o carro era da polícia.

– Agora a gente pode.

Aquilo não era verdade, mas Fredrika não podia correr o risco de se tornar mais impopular do que já era. O papel só podia ser usado quando os policiais estavam envolvidos em alguma operação, o que não era o caso naquele momento.

Daniella morava no segundo andar, e não havia elevador. Fredrika havia consultado a ficha dela antes de sair da estação. A ex de Rebecca teve um passado pitoresco. Enquanto ainda estava no ensino médio, foi internada várias vezes em clínicas psiquiátricas infantis e juvenis. Também tinha ficha criminal e era suspeita de outros casos, mas todos por ofensas menores, como roubo e vandalismo. Quando terminou os estudos, cursou um período de faculdade e depois disso estava ou trabalhando ou de licença por motivo de saúde.

Rebecca e Daniella se conheceram quando Rebecca voltou da França. Fredrika teve dificuldades para imaginar o que as duas teriam em comum, além do desejo de experimentar. Rebecca era uma garota sensível, com uma vida estruturada e ambições bem definidas – pelo menos no papel. Embora isso possa ter sido um problema, é claro. Quando estrutura e ambição tornam-se sufocantes, o desejo de ultrapassar limites costuma ficar mais forte.

Cecilia tocou a campainha.

Sem resposta. Tentou de novo. Ouviram o som de passos pesados correndo no apartamento, indo na direção da entrada. O trinco fez um barulho e a porta se abriu.

– Daniella?
Fredrika se esgueirou na frente de Cecilia e mostrou a identificação.
– Polícia. Gostaríamos de conversar com você.
Daniella se afastou da porta. Fredrika e Cecilia entraram.
– Café?
As duas recusaram.
– Não vamos demorar – disse Cecilia.
– Isso não significa que vocês não possam tomar um café, não é?
Daniella as levou até a cozinha, onde se jogou numa das cadeiras destoantes do resto da decoração. O apartamento tinha poucos móveis; tratava-se nitidamente de uma sublocação. As paredes nuas estavam cobertas de fotografias, todas mostrando a mesma pessoa: um rapaz olhando para a câmera com uma expressão desafiadora.
– Quem é? – perguntou Fredrika, apontando para uma das fotos.
– Meu irmão.
– Vocês parecem da mesma idade.
– Errado. Ele era dez anos mais velho do que eu. Morreu.
Fredrika se sentou à mesa, bem ciente da expressão triunfante de Cecilia devido à gafe de Fredrika.
– Sinto muito – disse tranquilamente.
– Eu também.
Daniella não tinha a aparência que Fredrika esperava. Era mais corpulenta, quase gorda; seu cabelo era espetado e preto igual carvão, contrastando bastante com os olhos pálidos.
– Imagino que vocês vieram por causa de Rebecca.
– Sim, nós a encontramos.
– Eu vi na televisão.
– Você ficou feliz por ela ter sido encontrada? – perguntou Cecilia.
Daniella deu de ombros, indiferente.
– Não me importei na época e não me importo agora. Ela foi uma grande filha da puta.
A linguagem era bem distante do que qualquer palavra que Fredrika geralmente usaria.
– Por que diz isso?
– Ela brincou comigo e me fez acreditar que o que a gente tinha era verdadeiro.
– Quando foi isso?
– Há alguns anos, quando ela voltou da França.
Há alguns anos. E ela ainda era uma filha da puta.
– Você devia gostar mesmo dela – disse Cecilia, gentilmente.

Em vez de responder, Daniella se levantou para pegar um copo d'água. Dessa vez, não se deu ao trabalho de perguntar se as duas queriam tomar alguma coisa.

– Como vocês terminaram? – perguntou Fredrika.

– Ela me telefonou e disse que tinha acabado.

– Isso é cruel, não te dizer frente a frente – comentou Cecilia.

– Exatamente – concordou Daniella. – Depois, ela me procurou outra vez.

– Vocês reataram?

– Não propriamente, só rolaram uns amassos. Ela estava na faculdade; era demais pro meu caminhãozinho. Acho que tinha vergonha de mim.

Fredrika olhou uma fotografia em cima da geladeira: o irmão de Daniella de novo. Ele estava em todos os lugares.

– Quando vocês pararam de se falar?

Daniella se mexeu, desconfortável.

– A gente não parou de se falar. Eu não queria romper completamente, se é que me entende.

– Não muito.

– Quando a gente gosta de alguém, quer manter contato. Não quer que a pessoa desapareça.

Como seu irmão desapareceu.

– E o que Rebecca achava disso? Ela te ligava de vez em quando, ou era sempre você que ligava para ela?

– Basicamente, eu que ligava. Ela sempre estava ocupada demais. Tinha a aula de natação para bebês, o coral da igreja e sabe lá Deus o quê mais. E também tinha o inferno daquele Håkan.

Fredrika endireitou o corpo.

– Håkan?

– Ele não parava de se meter, dizendo para eu não ligar para ela. Estava totalmente maluco e não percebia que Rebecca também não queria que ele ligasse para ela.

– Rebecca considerava Håkan um problema?

Daniella deu uma gargalhada curta.

– Ele a seguia igual um cachorrinho. Parecia achar que eram melhores amigos, ou alguma coisa do tipo.

– Mas não eram?

– Nem fodendo! No final, ela não conseguia suportar mais o Håkan.

"Será que conseguia suportar você?", pensou Fredrika.

– Quando foi a última vez que você falou com Rebecca? – perguntou Cecilia.

– Um dia antes de ela desaparecer; telefonei, mas ela estava sem tempo para conversar. Estava de saída para se encontrar com aquele orientador arrogante que ela tinha. Ficou de me ligar mais tarde, mas não ligou.

Fredrika registrou mentalmente a informação sobre o orientador de Rebecca; ele aparecia diversas vezes, mas ela ainda não sabia se o dado era ou não importante.

– Só mais uma pergunta – disse Fredrika. – Você sabe se Rebecca estava envolvida em encontros pela internet?

– Tudo mundo sabia disso.

– Tudo bem, mas ela chegou a comentar isso com você?

– Não, acho que não.

– Ouvimos boatos de que ela estava se prostituindo na internet; você sabe alguma coisa sobre isso?

As bochechas de Daniella estavam queimando quando olhou para Fredrika.

– Não.

Sua voz saiu desanimada, quase um sussurro.

– Daniella, é extremamente importante que você não esconda nada da gente nesse momento – disse Cecilia.

Daniella pigarreou e olhou nos olhos de Cecilia.

– Não estou escondendo nada, porque não sei de nada. Ok?

Fredrika e Cecilia se entreolharam e tomaram a decisão conjunta de parar por ali.

– Ela está mentindo – disse Cecilia enquanto entravam no carro.

– Está mesmo – disse Fredrika. – Mas por quê? E sobre o quê?

9

ALEX TENTOU CONVENCER O LEGISTA a trabalhar mais rápido. Estava ansioso para dar um passo a mais na identificação do segundo corpo descoberto na floresta.

– Estou fazendo o melhor que posso – disse o legista. – Não posso trabalhar mais rápido que isso com um corpo tão antigo.

Alex se sentiu envergonhado, mas agradeceu aos astros pelo fato de se conhecerem há tanto tempo. A relação dos dois era meramente profissional; com o passar dos anos, os contatos pessoais foram poucos e escassos. Se o legista sabia que Alex tinha ficado viúvo, era porque alguém tinha lhe dito. Alex jamais diria alguma coisa.

Não é porque te esqueci, Lena.

Alex reuniu a equipe na sala de reuniões temporária. Fredrika ainda estava lá.

– Quantas horas você está realmente trabalhando? Achei que seriam três quartos do dia.

Ele estava tentando soar atencioso, e não irritado.

– Estou trabalhando aproximadamente três quartos – respondeu Fredrika. – Na verdade, eu devia estar em outro lugar depois do almoço, mas a situação se resolveu sozinha.

Um tom evasivo, dando a entender que seus arranjos de trabalho eram negociáveis. Alex não sabia o que dizer. Aparentemente, ele e o pai da criança tinham a mesma idade; e ele se perguntava como aquilo era possível. Com certeza ele não queria começar tudo de novo com um bebê. Ter de lidar com fraldas sujas e noites sem dormir, limpar ranho no nariz e ensinar a usar o troninho. A ideia o deixou um pouco triste. Ele não tinha tirado licença-paternidade e, para ser honesto, também não tinha limpado muitos narizes com ranho. Durante muito tempo, se convencera de que não tinha perdido nada, e que podia compensar esse tempo com as crianças posteriormente.

Poucas mentiras na história da humanidade são tão predominantes quanto a ideia de que podemos compensar o tempo que não passamos com os filhos quando eles são pequenos. Quando Alex se viu diante da tarefa horrenda de enterrar a esposa, mãe dos seus filhos, ficou muito claro quem era a figura mais próxima deles. O filho saiu da América do Sul durante o verão e ficou até o fim de todo o processo. Em cada gesto que fazia e em cada palavra que dizia, Alex reconhecia Lena. Ele não via a si mesmo em lugar nenhum.

– O legista deve retornar amanhã com alguma informação – disse ele –, mas não deveríamos ter muitas esperanças. O segundo corpo ficou enterrado muito tempo, e a principal evidência não existe mais.

Ele se levantou e começou a escrever no quadro branco, num dos cantos da sala.

– No que se refere a Rebecca Trolle, isto é o que sabemos: ela desapareceu a caminho de uma festa, mas foi vista num ônibus indo na direção oposta; não sabemos por que ela estava no ônibus. Estava esperando um filho que não queria e podia estar com medo de o pai da criança não querer que ela interrompesse a gravidez. No momento em que desapareceu, não mantinha nenhuma relação estável, pelo que sabemos. Mas a gente sabe que ela teve relação sexual com um amigo, Håkan Nilsson, a quem se referia como um incômodo quando falava com outros amigos. E Håkan adoraria ter sido pai.

Alex fez silêncio.

– Também sabemos que, depois de seu desaparecimento, apareceram boatos de que ela estava se prostituindo na internet, mas não conseguimos descobrir nada sobre isso – disse Peder. – Ninguém sabe em qual site ela supostamente oferecia seus serviços e ninguém sabe dizer exatamente há quanto tempo ela estaria fazendo isso. Nem ninguém se lembra de quando o boato começou ou de onde ele veio.

– O que aconteceu com as amigas de Diana Trolle? – quis saber Alex. – Você falou com ela e a filha?

– Vou vê-las daqui a uma hora.

– Isso me parece absurdo – disse Fredrika. – Não temos nada que explique por que Rebecca faria uma coisa dessas. Se prostituir não é exatamente uma coisa que você faz por ser divertido, mas porque tem que fazer, ou porque é doente e não tem discernimento.

– Concordo – disse Alex. – Vamos ver até que ponto avançamos depois que Peder falar com a amiga de Diana e a filha dela.

Ele deu um passo para trás e olhou suas anotações.

– Håkan Nilsson ainda é a figura mais importante. A menos que o teste de DNA mostre que o pai era outra pessoa; se esse for o caso, precisamos priorizar a busca pelo namorado secreto.

– Håkan ainda pode ser importante, mesmo que não seja o pai – disse Fredrika. – Na verdade isso pode colocá-lo ainda mais no centro da investigação. Ele obviamente gostava muito mais de Rebecca do que ela gostava dele. Pode ter descoberto que ela estava grávida e a enfrentado, enlouquecido de ciúmes.

– E a matado – intrometeu-se Peder.

Alex olhou para ele.

– Não só a matado – disse ele –, mas também desmembrado o corpo. Ele deixou as palavras pairando no ar.

– Poderia ter acontecido – disse Peder. – Ele é um cara estranho. Desagradável.

– Não estou dizendo que você está errado – disse Alex. – O que estou dizendo é que o fato de o corpo dela ter sido violado daquele jeito nos diz alguma coisa importante sobre o assassino. Ele precisou de tempo e oportunidade para desmembrar o corpo, depois transportá-lo em sacos até o lugar em que o enterrou.

– Podemos dizer que ele sabia o que estava fazendo quando esquartejou o corpo? – perguntou Fredrika.

Alex fez uma pausa antes de responder.

– Soube de alguma coisa a esse respeito antes de vir para cá. O legista disse que o corpo foi desmembrado com uma motosserra, o que definitivamente não mostra que o assassino sabia o que estava fazendo.

Ninguém disse nada. Alex deu-lhes algum tempo para digerir o que tinham acabado de escutar.

– O uso de uma motosserra prova que o assassino deve ter tido acesso a uma propriedade distante, provavelmente isolada, que pertencia a ele mesmo. Não dá para entrar na garagem de um amigo e esquartejar um corpo com uma motosserra; faria uma sujeira imensa, difícil de limpar.

– E o que isso nos diz quanto ao perfil do assassino? – perguntou Fredrika. – Fazer uso de uma violência extrema... é doentio. Isso tem de ser pessoal. Parece que o assassino queria humilhar Rebecca, mesmo depois de morta.

Alex concordou.

– Por isso temos que tomar cuidado. Sob hipótese alguma essa informação pode vazar para a imprensa. Primeiro porque a atenção criaria problemas para nós, e depois porque seria difícil interrogar os suspeitos. Ninguém iria querer falar com a gente.

Alex pareceu preocupado.

– E Daniella, a ex-namorada? – perguntou, virando-se para Fredrika. – Podemos eliminá-la das investigações?

Fredrika pensou na resposta.

– Não totalmente. Ela reagiu de um jeito estranho quando falamos dos rumores sobre a possível prostituição de Rebecca. Tive a sensação de que ela estava mentindo, ou escondendo alguma coisa da gente.

– Ok, vamos mantê-la na lista por enquanto. Você acha que ela pode ter sido a fonte dos boatos?

– Não sei. Isso passou pela minha cabeça.

Fredrika resolveu continuar falando enquanto tinha oportunidade.

– Essa festa em que Rebecca não apareceu, dos orientadores: do que se tratava?

– Rebecca fazia parte de um programa de orientação, ou de tutoria – explicou Alex. – Trocando em miúdos, os alunos selecionados tinham uma espécie de orientador ou tutor pessoal, com quem mantinham contato regular e de quem recebiam orientação. Esse grupo de tutores é formado por uma gama de diferentes pessoas: grandes talentos da indústria, padres, escritores, alguns políticos.

– Quem era o tutor de Rebecca?

– Deixa eu pensar... Valter Lund.

Fredrika ficou surpresa.

– Valter Lund? Chefão da Axbergers?

– Exatamente.

– Mas por que ele seria tutor de Rebecca se ela estava estudando História da Literatura? Eles distribuíam esses tutores de forma aleatória?

– Não faço a menor ideia – disse Alex. – Eu me lembro de falarmos com ele, mas o descartamos quase imediatamente.

Peder começou a falar.

– Dei uma olhada na agenda de Rebecca hoje de manhã. Muito difícil de entender.

Alex assentiu, parecendo estar nada feliz.

– Muito obrigado por me lembrar disso, Peder.

– Como assim "difícil de entender"? – perguntou Fredrika.

– Ela tinha um jeito próprio de anotar as coisas – disse Alex. – Por exemplo, ela nunca escrevia o nome da pessoa com quem ia se encontrar, apenas as iniciais. Conseguimos identificar algumas delas, mas tivemos de abrir mão de outras. Fizemos uma lista de todas as pessoas mencionadas na agenda nos meses que antecederam o desaparecimento.

– Duas semanas antes de desaparecer ela se encontrou com "TA" – disse Peder. – Quem é?

Alex franziu a testa, tentando se lembrar.

– Acho que tinha alguma coisa a ver com a monografia. Completamente irrelevante.

– E com quem ela ia se encontrar no dia em que desapareceu? – perguntou Fredrika.

– Ninguém. Usamos a agenda para estabelecer os passos dela nos dias que antecederam o desaparecimento, mas não descobrimos nada fora do normal.

– Posso ficar com uma cópia?

– Fica com a minha – ofereceu Peder. – Não estou precisando nesse momento.

Fredrika pareceu agradecida e começou a juntar suas coisas.

Alex de repente sentiu uma pontada no peito. É claro que ela estava indo para casa; tinha uma família com a qual se ocupar. Pensou no jantar que tivera com a filha na noite anterior. Ele era avô agora; mais cedo do que esperava, talvez, mas a sensação era boa.

Já Lena não soube o que era ser avó.

– Até amanhã – disse ele para Fredrika.

O resto da equipe ainda ficou um tempo discutindo uma série de questões. Os policiais convocados para complementar a equipe ficaram em silêncio durante a primeira parte da reunião, mas agora se sentiam capazes de verbalizar suas ideias e visões. Alex se pegou não prestando atenção. Em vez disso, pensava em Diana Trolle, cuja filha tivera o corpo esquartejado com uma motosserra. Ele ia resolver esse caso nem que fosse a última coisa que faria na vida.

10

A REUNIÃO ACONTECEU NA SALA de Erland Malm, a que Spencer Lagergren tinha visitado alguns dias antes. Além de Spencer e Erland, havia um representante do corpo discente e uma representante da diretoria da universidade. Spencer tinha presumido ingenuamente que a reunião colocaria um fim naquela situação lastimável e não via a hora de dizer ao seu chefe que não tinha a menor intenção de voltar a trabalhar naquele momento, mas que queria continuar de licença-paternidade. Fredrika não conseguira voltar para casa a tempo como havia prometido, então Spencer levou a filha consigo para a reunião.

Ele odiava mentir para Fredrika. Na verdade, não estava exatamente mentindo, mas tinha ocultado informações que deveria ter compartilhado com ela. Não conseguia contar para ela o que tinha acontecido, além de que imaginava que a questão seria logo resolvida.

Percebeu imediatamente que tinha cometido uma série de erros. Levar Saga com ele não parecia bem; ela estava lá, dormindo no carrinho, a própria personificação de sua vida ímpia. Além disso, a reunião não parecia ter o objetivo de pôr um fim ao lamentável mal-entendido. Spencer rapidamente se deu conta de que o encontro tinha o objetivo contrário.

– Spencer, estamos fazendo uma série de entrevistas sobre a situação que estamos enfrentando – disse Erland Malm. – E, acredite em mim, não tem sido uma tarefa fácil.

Ele fez uma pausa e olhou para Spencer, certificando-se de que estava sendo ouvido. Spencer prestava atenção.

– As acusações de Tova são tão sérias que sentimos não ter alternativa a não ser levar a questão adiante, para que quaisquer incertezas possam ser sanadas de uma vez por todas.

Erland apelou silenciosamente para os colegas, esperando que alguém se sentisse capaz de continuar. Ninguém disse nada.

– Que incertezas? – disse Spencer.
– Como?

– Você disse que queria sanar algumas incertezas, mas não entendo o que quer dizer.

Erland mordeu os lábios e olhou para a representante do corpo diretor, que assumiu a fala:

– Quando uma aluna nos procura para relatar experiências como as que Tova descreveu, é nosso dever levá-la a sério – disse. – Do contrário, nossa reputação pode correr sérios riscos, e a confiança que os alunos têm em nós pode ser prejudicada. A questão foi levantada dentro do corpo discente, e estamos sendo pressionados a tomar uma atitude.

– Pelo amor de Deus – disse Spencer. – Eu disse que isso tudo é um absurdo. Eu conversei com Malin, que também foi orientadora de Tova. Ela pode confirmar que Tova está mentindo.

– Infelizmente, isso não será possível – disse Erland. – Malin não sabe o que aconteceu quando você esteve sozinho com Tova. Além disso, surgiram outras coisas que precisamos levar em consideração.

– Como o quê?

– Como seus e-mails para Tova, por exemplo.

Spencer piscou.

– E-mails?

Erland puxou uma folha de papel de uma pasta de plástico e a colocou na frente de Spencer. Ele passou os olhos pela página, com uma surpresa cada vez maior.

– Mas que merda...?

A mulher do corpo diretor concordou.

– Foi exatamente o que eu disse. Que merda passou pela cabeça do professor Lagergren? Você não pode ter esse tipo de liberdade!

Spencer olhou descrente para as mensagens impressas.

– Eu não enviei isso – disse ele, colocando a folha sobre a mesa. – Para começar, eu não me comunico com os alunos por e-mail; além disso, eu jamais me expressaria dessa maneira.

– Os e-mails foram mandados da sua conta, Spencer.

– Mas que inferno, qualquer pessoa pode ter entrado na minha sala e mandado! Isso aqui não é a CIA; meu computador fica aberto e qualquer pessoa pode usar, se eu tiver me esquecido de fechar a porta!

– Vamos nos acalmar – disse Erland, numa tentativa desesperada de impor sua autoridade. – Você tem que entender que a gente não pode simplesmente dizer que alguém mandou as mensagens. E dada a gravidade do conteúdo e a natureza concreta das acusações, decidimos aconselhar Tova a prestar uma queixa formal na polícia.

Spencer sentiu a cor desaparecer do seu rosto.

Ele olhou para o papel de novo. Três mensagens.

"Tova, é uma pena que você não tenha aceitado ceder às minhas exigências. Infelizmente, parece que você terá problemas com sua monografia se não fizer o que pedi. Venha à minha sala amanhã às 19h e tenho certeza de que podemos chegar a um acordo. Spencer."

Sem querer, deu uma gargalhada.

– Mas isso é ridículo. Eu nunca mandei essas mensagens, e certamente não as escrevi. Eu...

Spencer se levantou de repente.

– Vamos até a minha sala olhar as mensagens – disse ele. – Se saíram mesmo do meu computador, devem estar na pasta "Enviados".

– E se não estiverem? – disse a representante da diretoria. – Isso pode significar simplesmente que você as deletou.

Spencer já estava saindo da sala, indo na direção da sua, seguindo pelo corredor. O restante do grupo o seguiu, hesitante. Spencer estava mancando, porque tinha deixado Saga no carrinho; sem o carrinho para se apoiar ou uma bengala, sua perna doía mais que o comum.

Demorou dois minutos para entrar na conta, mas o suficiente para que ele começasse a ficar extremamente nervoso. Usava e-mails com muito pouca frequência, então não se dava ao trabalho de organizar tudo em pastas. As mensagens que outra pessoa enviou podiam muito bem estar na pasta "Enviados" esperando para serem descobertas, percebeu ele enquanto clicava nos menus com a mão trêmula.

Mas elas não estavam lá. Não havia rastro nenhum das mensagens enviadas para Tova, nem na pasta da lixeira.

– Isso não prova nada – disse Erland.

Spencer engoliu seco.

– E o que você quer na verdade? O que posso fazer para sair dessa confusão?

– Prove que nada disso aconteceu – disse Erland. – Mas, para ser honesto, acho que vai ser bem difícil.

Uma vez, quando Peder era criança, um colega começou a espalhar um boato sobre ele.

– Peder puxa o saco da professora, por isso ela sempre dá nota máxima nos testes de matemática.

Não fazia diferença Peder mostrar que tinha acertado todas as perguntas; as outras crianças continuavam acreditando no garoto que dizia que Peder ganhava nota máxima porque puxava o saco da professora. Foi a primeira vez que Peder percebeu como uma batalha contra um boato pode destruir nossa alma. É impossível se livrar de certas coisas: elas adquirem vida própria e não podem ser suprimidas.

A sugestão de que Rebecca Trolle estava se prostituindo na internet parecia ser apenas um boato. Todos os amigos ouviam dizer, mas ninguém sabia de onde a informação tinha vindo. Quando a polícia começou a fazer perguntas, as pessoas ficavam evasivas. Ninguém queria ser responsável por passar uma fofoca adiante, ninguém estava preparado para admitir que tinha começado um boato.

Interessante era que o boato tinha começado *depois* do desaparecimento de Rebecca. Como se fosse uma resposta para um por quê. Por que ela desapareceu? Porque estava se prostituindo pela internet e um dos clientes a matou.

Peder se encontrou com a amiga de Diana Trolle e sua filha na recepção.

– Queríamos falar com vocês separadamente – explicou ele.

A amiga de Diana saiu com um policial enquanto Peder cuidou da filha, Elin. Ela pareceu assustada quando ele abriu a porta de uma das salas de entrevista, bem iluminada; ela hesitou e, por um momento, ele pensou que teria que correr atrás dela pelos corredores do Casarão.

– Por favor, sente-se.

Eles se sentaram em lados opostos da mesa. Peder pensou na melhor forma de começar a conversa. Por um lado, ele adoraria dar uma sacudida na garota, pressioná-la contra a parede e perguntar como ela pôde dizer uma merda tão grande sobre uma colega morta. Por outro, ele não achava que isso teria o efeito desejado. Elin parecia à beira do choro, mais parecida com uma garota de quatorze do que com uma mulher de 25.

– Não fui eu – disse ela antes de Peder abrir a boca.

– Como assim?

– Não fui eu que inventei aquilo tudo.

– Ok. Então quem foi, nesse caso?

– Não sei.

Peder tentou se mexer na cadeira para parecer mais relaxado.

– Então quando os boatos começaram de verdade?

– Depois que ela desapareceu, eu acho. Eu e minhas amigas não tínhamos ouvido nada disso antes.

Peder pensou por um momento.

– Por que você acha que alguém inventaria uma coisa desse tipo?

Elin deu de ombros.

– Todo mundo ficou com muito medo quando ela desapareceu. Acho que a fofoca se tornou uma espécie de proteção para nós. Se ela tinha desaparecido por causa disso, então não poderia acontecer com a gente.

– Porque vocês não estavam se prostituindo pela internet?
– Exatamente.
Ela parecia estar dizendo a verdade. Também parecia aliviada.
– Você era amiga íntima de Rebecca?
– Eu não diria isso. Nós só frequentávamos o mesmo curso e íamos às mesmas festas. Dificilmente nos encontrávamos sozinhas.
– Foi por isso que você ajudou a espalhar os boatos sobre ela? Porque não eram realmente amigas?
– Calma lá, eu não "ajudei", como você diz.
– Ah, mas passou adiante. Foi por você que o boato chegou até a mãe de Rebecca. Sei que você entende como isso foi infeliz.
A voz de Elin ficou trêmula.
– Eu não disse para ninguém a não ser para minha mãe; não achei que ela iria contar esse boato para Diana. Eu não falei disso para mais ninguém. E se tivesse falado, não teria feito nenhuma diferença.
– Por que todo mundo já sabia?
– Sim.
Peder resolveu pressionar um pouco mais.
– Então quem começou?
– *Já disse, eu não sei!*
– Ah, qual é, Elin. Você deve saber quando ouviu alguém falar pela primeira vez que Rebecca estava se prostituindo pela internet.
Sua voz foi dura e implacável. Uma voz que jamais usaria com Ylva ou com seus filhos. Os meninos estavam com quase três anos – ainda jovens demais para se responsabilizar pelos próprios atos. E ele tinha muito respeito por Ylva.
– Não me lembro exatamente; acho que ouvi numa festa alguns meses depois que ela desapareceu. Algumas pessoas estavam falando; disseram que ela tinha sido vista num desses sites. Mas quando procuramos, não achamos nada. E o boato acabou morrendo.
– Só um minuto, você está me dizendo que alguém a viu num site? Que site?
– Eu não sei.
– Pelo amor de Deus, Elin! Você acabou de dizer que deu uma olhada!
Elin suspirou.
– Acho que devia se chamar "Dreams Come True", ou alguma coisa do tipo. Nunca mais vi o site, e não acho que os outros tenham visto também.
Certo.
– As pessoas que a viram nesse site têm o hábito de procurar sexo na internet?

— Não, acho que não. Com certeza não.
— Ele ou ela simplesmente acabou parando nesse site e por acaso viu uma amiga?
— Ele. Um estudante de Direito, ele estava escrevendo um artigo sobre a nova lei de prostituição e pesquisou um monte de sites de garotas se prostituindo.
Finalmente.
— E qual o nome desse seu amigo?
— Ele não é meu amigo. Ninguém gosta dele. E acho que se arrependeu de ter falado do que viu; depois tentou desmentir, mas já era tarde demais. Todo mundo já estava comentando. Não que a gente achasse que fosse verdade, mas...
— Mas?
— Ele a tinha visto no site, no fim das contas.
Silêncio.
— Preciso de um nome.
— O nome dele é Håkan Nilsson.

11

MALENA BREMBERG ESTAVA ANSIOSA enquanto assistia pela TV ao noticiário do meio-dia. Ela não costumava ver jornal, mas as notícias do dia a prenderam no sofá. Agradeceu aos astros por não estar trabalhando; às vezes era difícil conseguir um tempinho para se sentar diante da TV naquele asilo.

Havia muitas histórias diferentes. Um terremoto num país onde ela nunca esteve, distúrbios na indústria automobilística, novas propostas de legislação para facilitar a abertura de pequenos negócios. Nada que fosse de seu interesse. A única coisa que a interessava era a notícia sobre o corpo da mulher encontrado em Midsommarkransen. Depois de quinze minutos, suas orações foram atendidas.

"A polícia continua se recusando a dar detalhes sobre a descoberta do corpo de Rebecca Trolle", disse o apresentador. "Eles estão investigando o assassinato, e uma equipe grande foi colocada à disposição do caso. Rebecca Trolle tinha 23 anos quando desapareceu e foi vista pela última vez nas redondezas do Gärdet, em Estocolmo..."

Malena sentiu um aperto de pavor no coração. Ela reconheceu Rebecca Trolle assim que viu sua fotografia na tela. O sorriso brilhante, o rosto sardento. Nunca entendeu o que tornava aquela garota tão importante. Ela tinha visitado o asilo apenas uma vez e nunca mais voltou.

No dia seguinte, ele telefonou.

– Alguém esteve aí?

Pela primeira vez, ela respondeu que sim. Sim, alguém tinha aparecido. Uma moça. Ficou durante meia hora, tomou café com Thea Aldrin, a escritora, depois foi embora. Ele exigiu o nome e o telefone da pessoa em questão, disse que precisava entrar em contato com ela. Malena hesitou, preocupada, desejando estar a milhões de quilômetros dali.

Rebecca Trolle. Era esse o nome dela.

Uma semana se passou. Depois outra. Até surgirem as notícias. Rebecca Trolle, que tinha visitado o asilo, estava desaparecida. Depois de uma semana, Malena ficou deprimida e adoeceu. Ele telefonava todos os dias, explicando pacientemente que ela se arrependeria para sempre se contasse para alguém sobre o trabalho que faziam juntos.

– Nós não trabalhamos juntos! – gritou ela, arremessando o telefone contra a parede.

Depois disso, não ousou colocar o pé na rua durante vários dias. Quando finalmente saiu do apartamento, ele a estava esperando. Materializou-se atrás dela do nada, obrigando-a a voltar para dentro. Ele passou o dia inteiro lá, e depois disso ela nunca mais pensou em desafiá-lo de novo.

Ela ainda se sentia enjoada quando se lembrava da aparência dele quando a deixou, depois de mantê-la prisioneira por vinte e quatro horas: nitidamente contente consigo mesmo e com o que tinha realizado. As últimas palavras dele a deixaram maluca.

– Você é bonita na vida real, Malena. Mas é ainda mais bonita em vídeo.

12

A LISTA DE PESSOAS QUE deveriam ser levadas em conta ficou pronta no momento em que Peder Rydh pensou em ir para casa. Ellen Lind, assistente da equipe, bateu na porta.

– Verifiquei as principais pessoas que apareceram na investigação original – disse ela.

– Alguma coisa interessante?

– Existem alguns pontos, mas vale a pena prestar atenção em duas pessoas: o orientador dela na faculdade e o regente do coral da igreja.

Peder sentiu uma apreensão repentina. Dois novos nomes. Já era mais do que suficiente.

Ellen colocou a lista na mesa e saiu. Peder teve a sensação de que ela estava um pouco inchada; será que estava grávida? Melhor não dar os parabéns até que ela comente alguma coisa.

Uma rápida olhada no relógio e Peder resolveu que ficaria um pouco mais. Só um pouco mais. Escutou Alex conversando no corredor, com a voz alta e agitada. Alex trabalhava dia e noite. Em várias ocasiões, Peder pensou em convidar o chefe para jantar, mas as palavras paravam-lhe na garganta toda vez. Por que motivo Alex sairia com Peder?

A lista de nomes estava praticamente queimando seus dedos. Não sabia mais o que pensar. Håkan Nilsson parecia cada vez mais suspeito. Ouviu as palavras de Elin ecoarem na sua cabeça:

Ele não é meu amigo. Ninguém gosta dele.

Peder achava difícil entender o comportamento de Håkan. Se ele fosse o assassino, por que espalharia um boato de que tinha visto Rebecca num site de prostituição? Para afastar a atenção de si mesmo? E se não fosse o assassino, por que não contou para a polícia o que tinha visto, já que passou tanto tempo ajudando na investigação? Peder discutiu a questão com Alex, e eles resolveram não confrontar Håkan antes de obterem o resultado do teste de DNA. Enquanto isso, ele continuava sob vigilância, e o promotor também tinha autorizado Alex a grampear seu telefone. Com um pouco de sorte, o grampo já estaria funcionando naquele dia mesmo.

Peder olhou para o material analisado por Ellen. O regente do coral da igreja do qual Rebecca participava tinha sido acusado de violência contra a parceira em duas ocasiões nos últimos dezoito meses, mas as acusações não levaram a nada por falta de provas. De acordo com a ficha, os dois ainda moravam juntos.

Durante a primeira investigação, o regente do coral tinha sido descartado como irrelevante. Como era relativamente jovem, a polícia levantou a hipótese de ele ser o novo namorado de Rebecca, mas não havia nada que sugerisse isso. Ele já tinha uma namorada, e a análise das chamadas feitas e recebidas no telefone de Rebecca mostrou que eles tinham se falado apenas uma vez durante as semanas que antecederam o desaparecimento. Ele não aparecia nos e-mails dela, nem no Facebook, tampouco nas anotações em sua agenda. Desse modo, Peder concluiu que essas acusações mais recentes de violência não alteravam a situação para a polícia; o homem continuaria fora da investigação.

O orientador, no entanto, era outra questão. Gustav Sjöö, homem de aproximadamente sessenta anos, tinha sido acusado de tentativa de estupro por uma mulher menos de um ano atrás. A queixa dizia que ela o descrevera como controlador, ciumento e instável. A mulher tinha lesões nítidas que foram difíceis de explicar, e o caso foi parar no tribunal. Gustav Sjöö não foi condenado, mas a mulher recorreu ao tribunal superior. A audiência ainda não tinha acontecido.

Peder ficou intrigado com uma informação que apareceu durante a primeira audiência. A acusação tinha chamado duas alunas para depor sobre as investidas inapropriadas de Gustav e sobre sua ameaça de que haveria consequências drásticas caso elas contassem para alguém. Por essa razão, ele foi suspenso do cargo na universidade até segunda ordem; Peder suspeitou de que ele provavelmente não seria reintegrado ao cargo, mesmo que inocentado.

Voltou ao material original. Gustav tinha entrado em contato com Rebecca diversas vezes durante os meses que antecederam seu desaparecimento, mas isso parecia perfeitamente natural para sua condição de orientador. Peder se lembrou de que ele também aparecia na agenda de Rebecca como "GS".

Será que Gustav Sjöö era o novo homem na vida de Rebecca? Assim como Alex, Peder teve suas dúvidas quando olhou as fotografias de Gustav. Um homem idoso, grisalho, sem nenhum brilho nos olhos. Mas gosto era uma coisa indiscutível; talvez Gustav tivesse atributos não aparentes numa fotografia, atributos que Rebecca considerava atraentes.

Ele verificou os registros e viu que Gustav morava no parque Mariatorget, em Södermalm. Parece que tinha se mudado para lá havia cerca de um ano; antes, morava na Karlavägen. Peder procurou o endereço na internet e viu que não ficava longe da Gyllenstiernsgatan. Perto do Radiohuset. Voltou para os registros telefônicos antigos. Rebecca tinha falado com Gustav um dia antes de desaparecer. E nessa época ele morava perto do Radiohuset, destino final do ônibus 4.

Gustav tinha sido interrogado, é claro, e tinha um álibi para aquela noite. Estava numa conferência em outro lugar e só voltou no outro dia, à noite. "Mas ele morava sozinho", pensou Peder. Ninguém poderia confirmar que ele tinha voltado para casa quando disse que tinha voltado. E por mais que seus colegas pudessem declarar que ele esteve mesmo numa conferência em Västerås, a distância de lá até Estocolmo era insignificante, pois ele tinha carro. Peder resolveu dar uma olhada no programa da conferência. Rebecca tinha desaparecido depois das sete e meia da noite; talvez tivesse marcado de se encontrar com Gustav.

Peder conseguiu encontrar mais uma informação nos registros de propriedade: Gustav Sjöö tinha uma casa de veraneio em Nyköping.

Foi para lá que você a levou para esquartejá-la?

Peder sentiu seu coração acelerar. Gustav Sjöö precisava ser interrogado o mais rápido possível. Talvez ele tivesse estuprado Rebecca e a obrigado a manter segredo. A visão de Peder ficou embaçada, suas mãos começaram a suar. O corpo de uma jovem, partido no meio com uma motosserra. Guardado em sacos plásticos e enterrado no sul de Estocolmo.

Håkan Nilsson ou Gustav Sjöö. Ou alguém ainda desconhecido.

Com quem você se encontrou, Rebecca?

A tarde chegou, a noite caiu, e estava na hora de Alex ir para casa. A noite era longa demais, apesar de o período mais escuro do ano já ter passado. Sentou-se sozinho na sala de estar, com um copo de uísque na mão. Prometeu para si mesmo que não se tornaria uma figura frágil quando ficasse sozinho; tinha prometido para Lena e para as crianças.

– Você não vai virar um daqueles policiais de filme B que a gente vê na televisão – disse seu filho. – Daqueles que enchem a cara em casa, depois saem para espancar os bandidos.

Alex olhou para o copo de uísque. Lena entenderia; confiaria nele o suficiente para não lhe negar uma gota de álcool. Ajudava-o a se acalmar,

permitia que se relaxasse. A jornada para uma boa noite de sono era longa; a jornada para um sorriso cálido era infinita.
Nunca mais serei feliz de novo.
Nem Diana Trolle.
Deixou o copo de lado, percebendo que não conseguia tirar Diana da cabeça. O que ela estaria fazendo agora? Também estaria sentada em casa, sozinha? Devia estar paralisada pela dor. E pelo choque.
Alex se lembrou de quando Rebecca havia sido dada como desaparecida. Começou como uma investigação de rotina. As pessoas não se davam conta de quantos indivíduos na idade de Rebecca desapareciam na Suécia todo ano – e depois reapareciam sãos e salvos. Mas Rebecca não reapareceu sã e salva. Desaparecera sem deixar rastros. Às vezes as pistas eram tão vagas que Alex começou a se perguntar se Rebecca existia mesmo. Depois de conversar com a família e com os amigos dela, Alex começou a perceber como era o caráter e a essência de Rebecca. Após duas semanas, estava absolutamente convencido de que ela não tinha desaparecido por vontade própria. E que provavelmente estava morta.
Teve muitas conversas com Diana. Às vezes ela telefonava para ele no meio da noite.
– Me diz que você vai encontrá-la, Alex. Se você não me prometer, não vou conseguir dormir.
Ele prometeu. Diversas vezes. No entanto, tomava sempre o cuidado de não prometer que a encontraria viva. Diana talvez soubesse, pois nunca tinha pedido essa garantia.
– Essa história precisa de um fim – dizia ela. – Um túmulo para visitar, um espaço para respirar nesse purgatório de dúvidas.
Agora, dois anos depois, ela teria o fim da história e o túmulo para visitar. Alex já tinha dado a muitas pessoas um túmulo para se lamentarem.
Túmulos demais.
Um dia Lena tocara no assunto.
– Alex, às vezes acho que lhe faria bem trabalhar com os vivos, para que você pudesse diluir toda essa tristeza com alguma coisa que exaltasse a vida.
Ela achava que ele não conseguia lidar com aquilo sozinho; algumas vezes, Lena notou que ele estava prestes a sucumbir e o ajudou a recuperar o equilíbrio. Agora o medo lhe apertava o peito. Quem o ajudaria nesse momento?

Fredrika Bergman não conseguia parar de pensar em Rebecca Trolle. Quando fechava os olhos para dormir, a imagem da jovem não lhe saía da cabeça, correndo para escapar de um louco que a perseguia com uma motosserra na mão. Mas obviamente não aconteceu desse jeito, não é? Ela não podia estar viva quando seu corpo foi cortado em duas partes, poderia?

Fredrika sentiu enjoo. Pouco antes da meia-noite, desistiu de tentar dormir, levantou-se da cama e foi até a cozinha. Fez café, leu o jornal do dia anterior sem pensar no que lia. A inquietação a levou até o quarto da bebê; precisava ver se Saga estava dormindo, se estava tudo bem. Estava, sim, tudo bem. Pelas conversas que tinha com as mães do grupo de pais – que na verdade era um grupo só de mães –, ela concluiu que a capacidade de Saga para dormir instantaneamente era uma bênção. Ela dormia depois de ser alimentada à noite, e só acordava às seis da manhã. Pelo menos.

Ali parada, no quarto da filha, Fredrika mal conseguia acreditar que poucos dias antes ainda estava de licença-maternidade. Não tinha passado muito rápido?, perguntou a si mesma. Será que Saga seria prejudicada pelo desaparecimento abrupto de sua vida? Achava que não. Não era como se ela tivesse colocado Saga numa creche; ela estava em casa, com o pai.

Fredrika abriu um sorriso. Spencer como pai. Ela jamais teria acreditado nisso da primeira vez que se encontrou com Spencer fora da universidade e ele a acompanhou até sua casa. Não teria acreditado nem naquela época, nem depois. Ela o amava, mas nunca contava com ele. Não até aquele momento.

O ano anterior tinha sido inimaginavelmente turbulento. Spencer deixou de ser seu amante secreto e se tornou seu companheiro com uma facilidade surpreendente. Depois de hesitar no início, seus pais entenderam como ele era importante para ela e o aceitaram. Numa ocasião, quando Fredrika passou o fim de semana fora visitando uma amiga em Malmö, Spencer saiu para jantar sozinho com os sogros.

– Por que não? – dissera Fredrika. – Vocês são da mesma idade, afinal de contas.

A idade não era um problema para Fredrika, mas ela sabia perfeitamente que poucas pessoas pensavam como ela. As mães do grupo a olharam horrorizadas quando ela falou do pai de Saga. Sorriram, mas os olhos revelaram o pânico que sentiram. Elas achavam suas escolhas de vida desafiadoras; Fredrika as fizera sentir inseguras em relação ao que tinham.

Fredrika voltou para a cozinha. O grupo de mães era a última coisa que poderia lhe dar paz de espírito. Se queria dormir, precisava pensar em outra coisa.

Não em Rebecca Trolle.

De novo aquelas imagens, como um filme. A motosserra erguida no ar, cortando, fatiando, separando. Fredrika cobriu os olhos com as mãos, querendo que as imagens desaparecessem. *Pense em outra coisa, pense em outra coisa.*

Se Rebecca Trolle tivesse vivido e escolhido ter o filho que carregava na barriga, ela hoje seria uma jovem mãe em Estocolmo. Mais de dez anos mais jovem que Fredrika. Rebecca não quisera ter seu filho; Fredrika conseguia sentir isso em cada célula de seu corpo. Ela tinha ido à clínica, conversado sobre uma interrupção. Não contou para absolutamente ninguém. Seria apenas porque era solitária ou havia outro motivo para ela não dizer nada a respeito de uma questão tão importante?

Peder e os outros policiais tinham questionado todos os amigos de Rebecca, lembrando a cada um que aquele era um assunto confidencial. Eles não queriam que a imprensa descobrisse sobre a gravidez. Ninguém sabia que Rebecca estava grávida, mas várias pessoas tinham ouvido falar que ela se prostituía pela internet. Como era possível?

A resposta era simples: não era possível.

As duas verdades eram incompatíveis. Uma pessoa com segredos dessa magnitude não estaria tão envolvida nos estudos, no coral da igreja, com os amigos, com o projeto de orientação, com aulas de natação para bebês.

A gravidez era indiscutível: um fato médico. Mas o rumor de que Rebecca estava se prostituindo, não. Era uma ideia estranha, que simplesmente não se encaixava no resto.

Com a mente ainda ansiosa, Fredrika voltou para a cama e se deitou perto de Spencer.

– Não consegue dormir? – murmurou ele.

Ela não respondeu, mas se aconchegou junto dele e deitou a cabeça no seu ombro.

Ela estava pensando em Rebecca Trolle.

No corpo dela dentro dos sacos plásticos.

Na violência a que tinha sido submetida.

A motosserra. Isso dizia alguma coisa sobre o assassino, alguma coisa que Fredrika não conseguia capturar. De repente, foi tomada por uma ideia repentina e incontrolável: *rotina*. Ele mata por uma questão de rotina.

INTERROGATÓRIO DE FREDRIKA BERGMAN
02/05/2009, 17h30 (gravação em fita)

Presentes: Urban S., Roger M. (interrogadores um e dois), Fredrika Bergman (testemunha).

Urban: Apesar do fato de vocês terem encontrado uma segunda vítima, vocês continuaram presos à teoria de que Håkan Nilsson era o assassino?
Fredrika: A gente não estava preso a nenhuma teoria específica; estávamos abertos.
Roger: E a segunda vítima, o que aconteceu?
Fredrika: Demorou para termos uma identificação segura.
Urban: Porque cometeram erros.
Fredrika: Porque estávamos presos aos fatos.
Roger: E Peder Rydh? Estava preso às regras?
Fredrika: O tempo todo.
Urban: E Alex Recht?
Fredrika: Ele também se prende às regras.
Urban: Eu estava me referindo ao estado mental dele.
Fredrika: Estava bem desde o início.
Roger: E você?
Fredrika: Eu estava bem do mesmo jeito.
Urban: Agora eu me referia mais à questão das regras.
(Silêncio.)
Fredrika: Não entendi a pergunta.
Urban: Queremos saber se você seguiu a lei e se prendeu às regras enquanto realizava seu trabalho.
Fredrika: É claro.
Roger: Não ocultou nenhuma evidência?
(Silêncio.)
Urban: Nem quando encontrou as coisas de Rebecca na garagem?
Fredrika: Não.
(Silêncio.)
Roger: E Thea Aldrin? Vocês já deviam tê-la encontrado nessa fase?

Fredrika: Não, ainda não.
Urban: Não é um pouco estranho?
Fredrika: A investigação foi complicada porque as vítimas estavam enterradas havia muito tempo. Ficávamos o tempo todo esperando resultado de testes e análises. Demorou um tempo.
Urban: É o lado ruim de ser meticuloso; tudo demora demais.
Roger: O que aconteceu depois? Vocês estavam prestes a deter Håkan Nilsson e Gustav Sjöö. Mas pegaram um caminho próprio pela tangente, como sempre. Correto?
(Silêncio.)
Urban: Foi ideia sua procurar os pertences de Rebecca na garagem, não foi?
Rebecca: Sim.
Roger: E o que encontraram?
(Silêncio.)
Urban: Responda a pergunta, por favor.
(Silêncio.)
Roger: Foi quando você encontrou Spencer, não foi?
Fredrika (suspirando): Sim.

SEXTA-FEIRA

13

Um segundo corpo enterrado perto do primeiro. Thea tomou seu café na mesma xícara estúpida de sempre, depois a bateu sobre a mesa. O choque lhe deu um aperto no peito. Quem era o homem encontrado a poucos metros de Rebecca Trolle? A polícia se recusava a comentar; os oficiais tinham apenas declarado que o corpo era de um homem, e que provavelmente estava enterrado havia duas décadas, talvez três.

Duas décadas. Tempo demais para continuar desaparecido.

Thea pegou o jornal da manhã. A descoberta dos dois corpos era a principal notícia. A equipe editorial costumava lidar com muitas notícias, mas raramente com algo tão estimulante quanto um duplo assassinato. A imprensa questionava se haveria uma ligação, apesar do tempo que separava as duas mortes. E a polícia não dizia nada.

Não dizia nada porque não sabia de nada.

O pai de Thea tinha sido policial, por isso ela achava que sabia como a polícia pensava. Ele a visitara na prisão apenas uma vez. Ela não conseguia decidir se a quantidade de visitas era uma medida do seu julgamento ou da incapacidade dele de ser pai.

– Você precisa começar a falar, Thea – dissera ele. – Se tiver alguma coisa que você queira dizer em sua defesa, precisa falar agora. *Agora*. Do contrário, será tarde demais.

O silêncio dela o provocava.

– As evidências são extremamente claras. Não há *nada* que sugira que você é inocente. Eu não entendo. Como você se tornou tão... perturbada?

Pai, meu querido, os filhos se tornam o que vocês fazem deles.

– Falei para sua mãe que não quero que ela a visite. Não enquanto você se comportar desse jeito. Entende o que digo, Thea? Você será uma pessoa terrivelmente solitária.

Vivo na solidão desde que me entendo por gente.

Por fim, ele se levantou e olhou para ela pela última vez.

– Eu tenho vergonha de você – sussurrou ele. – Tenho vergonha porque minha filha é uma assassina.

E eu tenho vergonha porque meu pai é um idiota e minha mãe, uma covarde.

As mãos de Thea tremeram, farfalhando o jornal. Ela achava que sabia quem era o homem morto. O homem que poderia ter feito diferença, mas que desapareceu quando ela mais precisou dele. A polícia acreditou que ele sumiu porque quis, mas Thea sempre soube que ele estava morto. Desejou que ele voltasse, incapaz de entender por que ninguém o encontrava. Quão profunda precisa ser uma cova para que ninguém encontre um homem enterrado? Mais ou menos dois metros, segundo a polícia. Era a profundidade em que ele estava no solo. Quantos pés caminharam sobre ele sem saber o que havia escondido embaixo dos musgos e dos galhos caídos?

Ela fechou os olhos, desejando que seus pensamentos a deixassem em paz. A polícia precisaria de mais tempo para descobrir quem ele era e qual sua conexão com Rebecca Trolle. E com Thea.

"Será que eles se deram conta de que encontrariam mais corpos naquela maldita cova?", pensou ela.

14

— Estamos cavando dia e noite, mas é difícil afastar esses jornalistas — disse o inspetor.

Alex ouviu, junto com o colega Torbjörn Ross, que tinha sido o primeiro a visitar a cena quando o corpo de Rebecca foi encontrado.

— Precisa de mais pessoal?

— Pelo menos mais cinco homens, se quisermos chegar a algum lugar. Não queremos usar escavadeiras, estamos fazendo tudo à mão. Mas já começou a ficar insustentável. Os caras não aguentam muito tempo.

Torbjörn pensou um instante.

— Será que conseguimos ajuda dos voluntários da Guarda Nacional Sueca?

— Veja essa possibilidade — disse Alex. — Se existem mais corpos enterrados aqui, precisamos encontrá-los neste fim de semana.

O inspetor saiu e voltou para a cena do crime, que só aumentava de tamanho. Prometeu que daria o melhor de si; se houvesse mais corpos, eles veriam a luz do dia antes de domingo à noite.

Era sexta-feira; Alex não tinha visto o tempo passar. Perdera-se num turbilhão de entrevistas e reuniões, e num fluxo interminável de pensamentos e especulações.

— Você vai trabalhar no fim de semana? — perguntou Torbjörn.

— Parece que sim.

— Eu e minha esposa vamos pro nosso chalé amanhã e só voltamos na segunda. Adoraríamos se você pudesse ir conosco.

Alex não soube o que dizer. Peder apareceu na porta da sala de reuniões.

— A reunião vai ser aqui hoje?

Alex assentiu e se virou para Torbjörn enquanto Peder entrava e se sentava.

— A gente tem uma reunião; o legista está vindo para falar conosco.

Mais pessoas entraram na sala. Enquanto se acomodavam em volta da mesa, as cadeiras raspavam contra o chão.

– Obrigado pelo convite – hesitou Alex. – É muita gentileza, mas acho que não vou conseguir me ausentar; provavelmente vou passar o fim de semana todo trabalhando.

Torbjörn segurou firme no ombro de Alex e o olhou nos olhos.

– Nesse caso, sugiro que você pense um pouco e me avise depois. Eu e Sonja ficaríamos muito felizes em ver você, e eu adoraria levá-lo para pescar no domingo de manhã.

– Pescar?

– Pense nisso, Alex.

A mão no ombro sumiu, mas o convite de Torbjörn permaneceu depois que ele saiu da sala.

Fredrika foi a última a chegar, logo depois do legista. A equipe parecia ter crescido da noite para o dia; não havia espaço para todo mundo em volta da mesa, e algumas pessoas se sentaram encostadas na parede.

Birger Rosvall, o legista, se sentou num canto logo atrás de Alex, que acenou chamando-o para frente e chegou para o lado, abrindo espaço na ponta da mesa.

– Birger foi gentil o bastante para vir aqui falar pessoalmente das suas conclusões. Devo lembrar a todos que qualquer informação que surja nesta reunião é confidencial e não pode ser passada adiante. Em nenhuma circunstância.

Houve um silêncio completo na sala; algumas pessoas desviaram o olhar quando Alex as olhou.

– Não podemos permitir erros nessa investigação – disse ele. – Dado o interesse da imprensa, precisamos tomar muito cuidado com o que dizemos e com os passos que damos. Todos entenderam?

Algumas pessoas concordaram com a cabeça, outras assentiram murmurando. Ninguém se posicionou contra Alex, mas ele também não esperava que o fizessem. Sem mais preâmbulos, passou a palavra ao legista.

– Vamos começar com a mulher – disse Birger com sua voz característica, anasalada e rouca ao mesmo tempo. – A cabeça foi separada do corpo logo abaixo do queixo, como se a gente pudesse imaginar uma linha aqui.

Ele passou o dedo embaixo do próprio queixo, de orelha a orelha.

– Os danos na laringe sugerem que ela pode ter sido estrangulada, mas não posso estabelecer uma causa definida para a morte. As mãos foram removidas do corpo pelo mesmo método que a cabeça, com uma motosserra.

As palavras do patologista rebateram nas paredes da sala de reunião e se assentaram sobre todos os presentes como um lençol encharcado. Nem todos sabiam sobre o uso da motosserra.

– As extremidades irregulares dos ossos são o principal indício do uso de uma motosserra, e não de uma lâmina comum. Além disso, encontramos nos lugares da amputação os resquícios de um óleo específico que pode ter sido usado para lubrificar a corrente.
– Como assim "um óleo específico"?
– A maioria dos óleos de motosserra no mercado atualmente é biodegradável. A pessoa que esquartejou o corpo de Rebecca não usou esse óleo, o que teria sido mais inteligente; ela usou um produto mais antigo, que demora mais tempo para se dissolver. Os danos ao esqueleto, junto com a descoberta de traços desse óleo ou graxa, me levaram a concluir que o corpo foi desmembrado com uma motosserra.

A porta se abriu e um colega espiou dentro da sala; quando viu que havia uma reunião em curso, pediu desculpas e se retirou imediatamente.
– Você sabe dizer que tipo de motosserra foi usada?
– Impossível – respondeu Birger. – Tudo que sei, pensando na escolha do óleo, é que pode ter sido um modelo antigo. No entanto, vou conseguir dizer exatamente que tipo de óleo ou graxa foi usado.

Imagens desagradáveis de como o corpo pode ter sido esquartejado passaram pela mente de Alex. Ele balançou a cabeça; não precisava de imagens, mas de palavras. Fatos.
– Birger, qual o tamanho da sujeira que isso faz? Tenho certeza de que estamos todos imaginando cenas horríveis aqui.

O legista reclinou-se na cadeira.
– Depende das circunstâncias. Se o coração ainda estiver batendo, mesmo que a vítima esteja inconsciente, haverá uma quantidade considerável de sangue. No entanto, se ela está morta e não tem mais pulso, o processo vai ser mais limpo. Se você espalhar plástico suficiente embaixo do corpo, talvez não seja tão difícil limpar a bagunça depois.

Fredrika tossiu discretamente.
– E Rebecca?
– O que tem ela?

Fredrika se mexeu, desconfortável.
– Estou pensando se ela estaria morta ou viva quando foi desmembrada.
– Não posso dizer ao certo, mas imagino que estivesse morta. Do contrário, eu não conseguiria explicar os danos na laringe.

Todos os presentes parecem ter dado um suspiro de alívio, mas as palavras do legista não lhes deram nenhum conforto real. Rebecca Trolle provavelmente estava morta, mas *poderia* estar viva. "Poderia" era uma palavra-tabu.

Alex interrompeu os burburinhos que tinham começado.

– Ela tinha mais algum ferimento?
– Como mencionei no meu relatório anterior, não. Dano nenhum à coluna ou a outros ossos. Os únicos ferimentos que encontrei foram esses na laringe.

Mãos quentes em volta da garganta da mulher, apertando até tudo acabar. Alex prosseguiu.

– O que consegue nos dizer sobre o homem?
– Como sei que já viram pelas fotografias, o homem foi encontrado com os tornozelos atados e as mãos amarradas às costas. Estava deitado de lado na cova, e havia um dano no quadril e na clavícula, provavelmente por ele ter sido jogado no buraco.

O legista consultou suas anotações.

– O homem tem uma série de ferimentos que sugerem que foi submetido a violência antes de morrer: uma fratura no maxilar, duas costelas quebradas, um dos ossos nasais também quebrado.

– Há quanto tempo estava enterrado?
– Difícil dizer com precisão; por volta de vinte e cinco, trinta anos.

Trinta anos. Tempo demais.

– E a causa da morte?
– Acredito que tenha sido estrangulado.

Alex levantou as sobrancelhas.

– Como Rebecca?
– Sim. Mas não é nem de longe o único jeito de matar alguém. Não temos motivos suficientes para concluir que seja o mesmo assassino.

Quantas razões havia para pensar que estavam lidando com dois assassinos diferentes, pensou Alex. Era muito improvável que duas pessoas tivessem sido mortas da mesma maneira e enterradas no mesmo lugar por dois criminosos diferentes. A não ser, é claro, que mais de um assassino estivesse trabalhando em conjunto. Alex ficou irritado. Se esse fosse o caso, as coisas ficariam ainda mais complicadas.

– Quantos anos ele tinha?
– Estimo que tivesse entre 40 e 50. Ainda não consegui verificar.
– Tem mais alguma coisa que, no seu ponto de vista, a gente deveria saber?
– Não exatamente, além do óbvio – disse Birger. – Primeiro: o assassino é forte. É impossível dirigir até o local onde os corpos foram enterrados, e o homem era alto: 1,85 m. Ou ele caminhou sozinho até a cova e foi morto lá mesmo, ou o assassino teve dificuldades em levá-lo até lá. Se era mesmo forte, deve ter arrastado o corpo; do contrário, acho que teve ajuda de alguém. Segundo: o assassino fez uso de violência extrema,

principalmente no caso da mulher. Ele não desmembrou o corpo apenas para dificultar a identificação. E terceiro: se for o mesmo assassino, ele deve ter pelo menos 50 anos hoje. Talvez isso explique por que o corpo da mulher foi desmembrado: ele não tinha tanta força para carregá-lo de uma vez só até a cova.

Mais uma vez a reunião foi interrompida por um colega que abriu a porta por engano. Um dos membros da equipe aproveitou a oportunidade para ir rapidinho ao banheiro.

– Qual a distância que é preciso caminhar até as covas? – perguntou Alex aos policiais que estavam trabalhando no local.

– Cerca de quatrocentos metros.

Quatrocentos metros. Um longo caminho para carregar um corpo. Será que havia duas pessoas envolvidas? Alex tentou de novo afastar a imagem da cabeça. Por favor, Deus, não.

Havia *um* assassino. Qualquer outra coisa era impensável.

Quando Birger saiu, a reunião continuou sob a liderança de Alex.

– Preciso de uma resposta para essa pergunta: quantos homens da altura e idade do perfil da vítima desapareceram, digamos, entre 1975 e 1985? Precisamos tentar reduzir ao máximo o número de vítimas possíveis, e tendo em vista a altura, acho que isso não vai ser problema. Quero definir uma identidade até o início da semana que vem, no máximo.

Ele olhou para os colegas.

– Alguns vão ter que trabalhar no fim de semana. Espero que não seja um problema.

Algumas pessoas olharam para o outro lado sem querer se oferecer, mas a grande maioria concordou. Eles conseguiriam montar uma equipe. Alex logo viu a possibilidade de sair para pescar com Torbjörn se desfazer diante dos seus olhos. Quem sabe em outra oportunidade?

– Rebecca Trolle – disse ele. – Em que pé estamos no caso dela?

– Quero falar com o orientador dela, Gustav Sjöö – disse Peder.

Surpresa na sala; mais um nome para levar em conta.

Peder explicou rapidamente o que tinha descoberto no dia anterior.

– E Håkan Nilsson?

– Ainda estamos esperando o resultado do DNA; o laboratório disse que retornaria hoje de manhã. Mesmo assim, eu quero falar com Gustav.

Fredrika falou:

– Precisamos ir a fundo nesses rumores sobre a prostituição de Rebecca pela internet. Tenho a sensação de que eles não fazem parte disso. Concordo que precisamos conversar com o orientador, mas Håkan Nilsson tem explicações a dar, se foi mesmo ele que começou os boatos sobre Rebecca.

– Temos duas linhas de investigação sobre Rebecca – resumiu Alex. – Temos a gravidez e o boato da prostituição. Simplificaria muito a nossa vida se conseguíssemos eliminar uma delas.

– O problema com a gravidez é que ela é pessoal – disse Peder. – E se a morte de Rebecca estiver conectada com o homem que estava enterrado no mesmo lugar, acho muito improvável que a gravidez tenha alguma coisa a ver com isso.

– Isso nos deixa com a questão da prostituição – disse Alex. – Mais alguma coisa?

– Gustav Sjöö – disse Peder.

– Por que o orientador seria interessante se resolvemos que a gravidez não é?

– Ele pode ser um pervertido, só isso.

A explosão de gargalhadas em toda a sala deixou Peder envergonhado.

– Você está dizendo então que os dois assassinatos estão ligados a sexo? – disse Fredrika.

– Exatamente. Ele é velho o bastante para ter matado o homem também. E é bem alto; pode ter sido forte quando mais jovem.

Forte o suficiente para carregar um homem morto quatrocentos metros? Talvez, pensou Alex.

– Não acho que podemos descartar nenhuma linha de investigação no que se refere a Rebecca Trolle – disse. – Nenhuma, não na situação atual. Entendido?

Ninguém pareceu discordar, e Alex estava mais do que cansado do ar seco da sala de reuniões. Encerrou a reunião e seus colegas voltaram para suas salas e tarefas. Fredrika ficou um pouco mais.

– Vou à casa da irmã de Diana Trolle hoje; quero ver as coisas de Rebecca.

Alex ouviu suas próprias palavras ecoarem na sua cabeça; eles não podiam descartar nenhuma linha de investigação.

– Ótimo.

Ele queria ter dito outra coisa, queria ter repreendido Fredrika por achar que ele tinha deixado alguma coisa passar dois anos antes, mas sabia que não seria o correto a fazer.

Eles podiam ter deixado passar praticamente qualquer coisa.

Fredrika encontrou Peder na porta quando estava saindo.

– O laboratório acabou de ligar confirmando que Håkan Nilsson era o pai do filho de Rebecca.

15

NUNCA HAVIA FEITO UM CLIMA TÃO BOM num mês de abril. Não que Peder Rydh se lembrasse. O sol abria caminho entre os prédios, aquecendo o ar e fazendo todo mundo tirar jaquetas e casacos. Peder saiu do Casarão em mangas de camisa, seguido por dois colegas.

– E o carro? – disse um deles. – A gente não vai andar até Midsommarkransen para pegá-lo, né?

– O carro está ali – disse Peder, apontando para um Saab escuro estacionado mais adiante. – E a gente vai para Kista, não para Midsommarkransen. Vamos pegá-lo no trabalho desta vez.

Pela terceira vez dentro de um período relativamente curto, Peder estava indo ao encontro de Håkan Nilsson. O promotor achava que agora eles tinham dados suficientes para prendê-lo, mas Alex ainda tinha dúvidas. Se o prendessem, teriam três dias para extrair uma confissão ou conseguir alguma prova que fortalecesse o caso; do contrário, não conseguiriam acusá-lo. Como a polícia estava trabalhando com diferentes suspeitos ao mesmo tempo, Alex não sabia se era uma boa ideia prender Nilsson nesse estágio tão delicado da investigação.

E Peder continuava curioso em relação ao orientador de Rebecca, Gustav Sjöö.

Alex resolveu que Nilsson tinha de ser interrogado na delegacia. Eles precisavam conversar com ele sobre o bebê e sobre a afirmação de que ele tinha espalhado os boatos sobre a prostituição de Rebecca.

Peder estacionou na frente do local onde Håkan trabalhava, depois entrou com um colega, enquanto outro ficou do lado de fora, de olho na porta. Placas luminosas coloridas os direcionaram até a recepção no segundo andar. Peder e o colega subiram as escadas dois degraus por passo, fortes e ágeis depois de passarem horas se exercitando na academia e correndo ao ar livre. Sapatos pretos, jeans azuis. Para olhos bem treinados, não era difícil perceber que os dois eram policiais.

A recepcionista, no entanto, não percebeu.

– Em que posso ajudá-los? – perguntou, com voz amigável.

Peder e o colega mostraram suas identificações e explicaram calmamente por que estavam ali. A recepcionista ficou pálida e os levou até a mesa de Håkan, numa sala sem divisórias. Ele estava sentado de costas para eles, usando fones de ouvido, ocupado com a escrita de um relatório, olhos grudado na tela. Não escutou que se aproximavam por trás.

Håkan levou um susto quando Peder colocou a mão no seu ombro.

– Poderia nos acompanhar, por favor? Gostaríamos de conversar com você de novo.

A sala de interrogatório era muito pequena – pelo menos essa era a sensação. Peder telefonou para Ylva antes de entrar.

– Olá – disse ela. – Aconteceu alguma coisa?

A ansiedade em sua voz demonstrava quão raro era Peder telefonar para ela durante o trabalho.

– Não é nada, não, só queria dizer "oi". Ouvir sua voz.

Ele conseguiu sentir o sorriso dela do outro lado da linha.

– Que amor, Peder!

– Não subestime as coisas simples, os gestos que não custam nada – lhe dissera o psicólogo com quem Peder teve algumas seções no ano anterior. – São as pequenas coisas que constroem o todo, e é isso que vai te salvar quando tiver que trabalhar até tarde, ou nos finais de semana.

No fim, Peder começou a escutar o psicólogo, percebendo onde ele mesmo tinha errado.

– Não posso me tornar uma pessoa completamente diferente – dissera ele.

– Ninguém quer que você faça isso. Mas você pode melhorar nas mancadas que vem dando. Como nos seus relacionamentos mais próximos, por exemplo.

Peder sentiu o estômago doer quando se lembrou da época em que viveu longe de Ylva e teve dificuldades para preencher os dias. Mas depois de um esforço verdadeiro, eles tinham voltado e estavam começando a redescobrir um equilíbrio em suas vidas.

– A propósito, Jimmy telefonou – disse Ylva. – Ele quer vir para cá no fim de semana; eu disse que tudo bem.

Jimmy era irmão de Peder; por causa de um acidente na infância, ele nunca se tornaria um adulto independente. De vez em quando, Peder achava que tinha inveja de alguns aspectos da vida do irmão. Jimmy lidava com a vida de uma maneira totalmente despreocupada, e isso fazia qualquer pessoa refletir sobre o que era importante na vida. O mundo de Jimmy era limitado a uma casa de assistência que lhe convinha perfeitamente. Peder tinha certeza de que no mundo de Jimmy não havia mulheres esquartejadas com uma motosserra. Ele encerrou o telefonema com Ylva e entrou na sala de interrogatório junto com Alex.

Håkan Nilsson estava esperando com um advogado que fora chamado para defendê-lo. Estava nervoso e parecia cansado. Era nítido que não dormia direito havia várias noites. Suas mãos tremulavam como as asas de um pássaro ferido, às vezes repousadas sobre a mesa, às vezes no colo, outras vezes beliscando o próprio rosto.

Alex tomou a dianteira, falando em linhas gerais o que havia levado a polícia a suspeitar dele.

– Eu não entendo – disse Håkan. – Quer dizer, eu estive aqui diversas vezes. Sempre cooperei totalmente com a polícia. Por que eu faria isso se fosse o assassino?

– É exatamente isso que estamos questionando – respondeu Alex. – E é isso que eu gostaria de esclarecer agora. Talvez tudo seja um mal-entendido, e nesse caso seria ótimo se resolvêssemos tudo.

A expressão de Alex não mudou enquanto falava. Ele estava implacável e totalmente concentrado.

Você não vai sair daqui enquanto não disser a verdade, Håkan.

– Fale sobre a criança – disse Peder.

– Que criança?

– O filho que você e Rebecca estavam esperando. Você estava feliz?

– Eu já disse, eu não sabia que ela estava grávida! E se estivesse, com certeza o filho não era meu.

Inicialmente, ele pareceu bem certo de si; de repente, uma dúvida.

– Era meu?

– O filho era seu, Håkan. Quando ela te contou que estava grávida?

Håkan começou a chorar.

– Aceita um pouco de água?

Peder despejou a água de uma jarra num copo e o ofereceu a Håkan, deslizando-o sobre a mesa. Esperou. Eles tinham muito tempo, o que era fundamental se quisessem chegar a algum lugar. A maioria dos criminosos conseguia se safar em interrogatórios curtos, mas quanto mais tempo durava, mais incertos se tornavam e, mais cedo ou mais tarde, cometiam algum erro.

– Por que você está chorando?

O tom de Alex era prosaico, sem ser frio.

Como Håkan não respondeu, Peder falou:

– Você sente falta dela?

Håkan assentiu.

– Eu sempre achei que ela ia voltar.

Não se você a estrangulou e enterrou seu corpo na floresta, Håkan.

Seu nariz escorreu e ele o limpou na manga da camisa.

– Como?

– Não parecia possível que ela tivesse desaparecido para sempre, que nunca ia voltar. Não achava que isso pudesse acontecer. Não mesmo.

As lágrimas transformaram Håkan numa criança. Um garotinho, falando como se entendesse a realidade do mesmo jeito que um menino de nove anos.

– Ah, qual é Håkan – disse Alex. – Ela estava desaparecida havia dois anos. Você acha que ela tinha ido para onde?

– Ela podia ter ido embora.

Secou as lágrimas, tomou um gole de água.

– Para onde?

– França.

Será que esse era o problema o tempo todo? A viagem para a França, pela qual Håkan nunca conseguiu perdoar Rebecca?

– Ela falou alguma coisa a respeito de ir embora assim, de repente?

– Não, mas nunca se sabe.

Alex endireitou o corpo e olhou bem nos olhos de Håkan.

– Sim, sabe sim – disse. – Tem certas coisas que a gente sempre sabe.

Håkan engoliu. Tomou mais água.

– Agora fale sobre a criança.

– Eu não sabia da criança!

Sua voz ecoou mais forte na salinha.

– Ela não me disse que estava grávida! Nunca me falou nada!

Uma mentira tem muitas faces, tanto Peder quanto Alex sabiam disso. Mas era impossível descobrir quais segredos Håkan estava escondendo.

– Fale sobre a época em que dormiram juntos.

Håkan enrubesceu.

– Como eu disse antes, não foi nada planejado. Acho que ela estava se encontrando com outro cara, e estava chateada porque tinha tomado um pé na bunda. Uma noite ela apareceu na minha casa e eu abri uma garrafa de vinho. Depois começamos a tomar uma vodca que eu tinha comprado na Finlândia e... aconteceu.

– Como você se sentiu depois?

Os olhos de Håkan brilharam como se ele estivesse febril.

– Senti que tínhamos ficado muito mais próximos.

– Rebecca sentiu a mesma coisa? – perguntou Peder.
– Acho que sim.
– Ela disse isso?
– Não, mas dava para ver só de olhar para ela. Ela tentou minimizar a situação depois, mas eu sabia o que realmente estava acontecendo. Ela achava que encontrar a pessoa certa antes dos 25 era ainda cedo demais.

De repente, Håkan pareceu muito mais confiante.

– Era disso que eu gostava nela, o fato de ser esperta. E madura. Não como as outras garotas que só querem saber de ficar.

Peder pareceu confuso.

– Vocês se encontraram e transaram em alguma outra ocasião?
– Não, porque ela queria esperar. Como eu disse.
– Esperar?
– Até que fosse a hora certa de ir até o fim.

Ele riu e abriu os braços, esticando as mãos.

Alex e Peder olharam para ele durante um bom tempo.

– Você não acha que pode ter interpretado mal a situação? – perguntou Alex.

A luz nos olhos de Håkan se apagou, como se alguém tivesse desligado um interruptor.

– Como assim?
– Estou perguntando se na verdade vocês não transaram de novo porque Rebecca não tinha interesse em você.
– De jeito nenhum. Ela gostava de mim, eu era importante para ela. O fato de ela precisar de um pouco mais de tempo... eu interpretei como um sinal positivo. Quer dizer, eu não estava pronto para morar com alguém, ou me casar.
– Ou ter um filho?

Os olhos de Håkan se acenderam e ele levantou a voz.

– Mas que merda, não tinha filho nenhum!

Como Alex e Peder continuaram em silêncio, ele continuou:

– Você não acha que ela teria me dito uma coisa dessas? Ela me amava! Entenderam? *Ela me amava!*

O grito se dissipou, desaparecendo num forte suspiro enquanto o advogado colocava a mão no seu ombro.

– Ela me amava.

Um suspiro, como se acreditasse que, se dissesse vezes o bastante, suas palavras se tornariam realidade.

Alex assumiu um tom mais conciliador.

– Ela não quis saber de você, Håkan. Deve ter sido muito difícil pra você.

Håkan começou a chorar de novo.

– Ela não fez isso. Só precisava de um tempo. Depois desapareceu e nunca mais voltou.

Ele afundou o rosto nas mãos.

Alex inclinou-se para a frente.

– E as fotos que você disse ter visto na internet, Håkan? As fotos num site de prostituição de garotas?

Håkan olhou para cima.

– Vocês não podem mostrar essas fotos pra ninguém.

– A gente não tem as fotos e não sabe como consegui-las.

– Não eram reais. Ela não devia estar naquele site. Alguém deve ter colocado as fotos. Num minuto ela estava lá, no outro não estava mais.

Alex franziu a testa.

– Quando você viu essas fotos pela primeira vez?

– Algumas semanas depois que ela sumiu.

– E você não disse nada para a polícia?

Parecia que a ansiedade estava deixando Håkan todo arrepiado; de novo, estava com a aparência de um garotinho.

– Ela desapareceu do site; acho que devo ter me enganado.

– Você falou para alguém sobre esse site?

– De início, não. Depois perguntei para uma amiga dela, e esse foi meu erro. Depois, o boato se espalhou e não pude mais contê-lo.

Alex imaginou o boato se espalhando como um incêndio entre os conhecidos de Rebecca até um dia chegar a Diana. Vergonhoso.

– Precisamos saber exatamente que site era esse, e a data em que você o visitou, se tiver essa informação.

Håkan assentiu.

– Eu anoto tudo.

– Então quem você acha que poderia ter colocado as fotos de Rebecca no site, já que não foi ela mesma?

– Alguém que estava com muita raiva dela.

– Consegue pensar em alguém que pudesse estar com essa raiva toda? *Além de você.*

– Talvez Daniella, aquela gorda.

– A ex-namorada de Rebecca?

Håkan fez uma careta e concordou.

Peder encostou os cotovelos na mesa e inclinou-se para a frente.

– Você matou Rebecca?

Håkan piscou e limpou uma única lágrima solitária do rosto.

– Quero ir pra casa agora.

16

O BALANÇO ERA FEITO PARA CRIANÇAS mais velhas, mas Spencer Lagergren tentou encaixar a filha na cadeirinha mesmo assim. Ela sorriu de alegria quando ele começou a empurrar. Havia vários pais no parque, todos mais jovens que Spencer. Muito mais jovens, na verdade. Ele era velho o suficiente para ser pai de cada um deles.

O pai de Spencer sempre dizia que todo mundo devia fazer as coisas no ritmo que quisesse e do jeito que quisesse. Spencer gostava muito desse aspecto de sua criação e adotava a mesma atitude. Nunca pensou que teria um filho quase aos sessenta anos de idade. Olhou para Saga, incapaz de entender que ela era dele. Ao mesmo tempo, ele não tinha nenhuma dúvida disso. Apesar do fato de a menina ser tão parecida com a mãe que às vezes, só de olhar para ela, seus olhos se enchiam de lágrimas, também era possível ver que ela tinha herdado algumas características dele: o formato da testa, o contorno da boca, a ponta bem definida do queixo.

Uma mulher chegou perto de Spencer segurando uma criança mais velha pelo braço.

– Olha, Tova, tem um balanço vazio ao lado dessa garotinha.

Tova.

Spencer deu um sorriso forçado para a mãe e empurrou Saga mais uma vez. Ficou pensando se deveria entrar em contato com Tova, a aluna que decidira dificultar tanto sua vida. Talvez ele a fizesse ouvir a voz da razão e conseguisse resolver o conflito que pode ter surgido entre os dois, mesmo que ele não tenha percebido.

Tentou se lembrar do outono passado. Como tudo tinha começado? Ele estava trabalhando meio período e alguém lhe perguntou se ele podia orientar uma das alunas do curso C. Era sempre bom que um dos professores pudesse se envolver nas monografias, e os outros não tinham tempo. Spencer também não tinha tempo, por isso tinha pedido para Malin orientar a aluna.

No fim das contas, ela assumiu praticamente toda a responsabilidade pela orientação, e Spencer não viu mais Tova depois do seminário final.

Tova não era exatamente uma das alunas mais motivadas. Estava cansada de estudar, o tema que escolhera era vanguardista demais e ela sempre tentava percorrer os caminhos mais fáceis.

Como foi a supervisão? Péssima. Spencer teve de reagendar duas reuniões, mas não se lembrava de Tova ter se importado com isso. Ela pareceu gentil quando conversaram ao telefone, concordando em mudar a data e o horário sem fazer qualquer objeção.

Talvez ela tenha sido gentil *demais?*

Das vezes que se encontraram, Tova estava sempre bem vestida. Numa ocasião, levou um bolo caseiro. Ele se lembra de ter ficado envergonhado com o bolo, mas se obrigou a sair e pegar um café. Quando se virou para voltar para sua sala... ela estava bem atrás dele.

Merda.

Uma ideia lhe passou pela cabeça – uma única vez – depois desse incidente em particular. Será que Tova se sentia atraída por ele? Conseguiu imaginar a cena: ele se virou com as duas xícaras de café e levou um susto quando a viu ali, a poucos centímetros de distância. Sorrindo, com o cabelo solto.

– Posso te ajudar em alguma coisa?

Puta merda.

O que ele disse mesmo? Provavelmente nada; apenas sorriu tolamente e entregou a ela uma das xícaras.

– Está tudo bem, obrigado.

Será que foi naquele momento que ele assinou sua sentença de morte?

Posso te ajudar em alguma coisa?

Ele se lembrava do abraço a que Erland Malm se referira. Um abraço silencioso e sem importância, com o intuito de confortá-la. Ela estava achando as coisas difíceis; começou a chorar e disse que o pai estava doente.

Spencer sentiu a boca secar. Erland Malm afirmou que o pai de Tova estava morto há muitos anos. Será que ele estava sendo enganado pela própria memória? Afinal de contas, ele tinha tomado analgésicos fortíssimos durante o outono e o inverno. Mas Spencer sabia que isso não era um problema. Sabia exatamente o que o tinha levado a dar um abraço em Tova. De maneira bem aberta, no corredor, diante de outras pessoas. Não havia a menor chance de ela ter interpretado o gesto de forma equivocada.

Spencer sentiu um arrepio. Saga estava cansada do balanço e pediu colo.

– Você tem um pai adorável, não acha? – disse a mulher atrás deles, sorrindo para Saga enquanto Spencer a colocava no colo.

Ele abriu um sorriso forçado e colocou Saga de volta no carrinho. O fato de ele ainda não ter contado para Fredrika o inferno que estava passando o fazia se sentir cada vez mais culpado. Ele teria de conversar com ela mais cedo ou mais tarde.

Spencer descartou a ideia de que Tova pudesse estar interessada nele, e disse a si mesmo que estava sendo um tolo. Achou que estava fazendo a coisa certa, quando na verdade não poderia ter cometido erro maior.

A garagem era maior do que Fredrika Bergman imaginava. Lâmpada quebrada no teto, uma camada intacta de poeira. O lugar não era usado havia muito tempo. A irmã de Daiana Trolle confirmou isso quando lhe entregou uma lanterna de mão.

– A gente usa a garagem como depósito. Não sei quantas vezes a gente disse que precisava arrumar aquele lugar, se livrar das coisas velhas. Mas, sei lá por quê, a gente nunca consegue fazer isso...

Ela suspirou.

– Acho que seria mais fácil jogar tudo fora agora que sabemos que ela morreu.

Fredrika entendia a lógica. O feixe de luz da lanterna passou sobre algumas caixas empilhadas. Alguns sacos de lixo pretos, cheios até a boca, foram colocados num canto. Havia um sofá virado de lado no meio do cômodo, perto de algumas cadeiras e de uma mesa de jantar desmontada.

– Ela não tinha muitos móveis; tinha basicamente roupas e objetos. Está tudo nas caixas.

– O que há nos sacos de lixo?

– Roupas de cama, coisas assim.

Fredrika olhou ao redor. A porta que dava para a rua estava fechada. Elas tinham entrado por uma porta que vinha da casa. Todas as janelas estavam cobertas com papelão; pouquíssima luz conseguia entrar.

– Me avisa se precisar de alguma coisa.

A irmã de Diana saiu pela porta de trás, deixando Fredrika sozinha. A pilha relativamente escassa de objetos deixou Fredrika triste; Rebecca não tinha adquirido muita coisa durante sua vida.

Relutante, ela caminhou até a pilha de caixas e abriu a primeira. O pó e a sujeira grudaram na sua mão quando começou a vasculhar. Colocou a lanterna sobre outra caixa para ter alguma luz. A caixa continha livros. Fredrika foi passando um por um; todos livros infantis, títulos que ela mesma tinha lido: sobre o Clube dos Cinco, Kulla-Gulla – a menina órfã, Anne de Green Gables, Focinho branco – o pônei. Ela fechou a caixa, colocou-a no chão e abriu a próxima.

Mais livros.

A terceira caixa continha o que pareciam ser livros acadêmicos. Ela reconheceu vários deles do seu próprio curso. Retirou todos de uma vez, folheou-os, leu a contracapa, colocou-os de volta na caixa. Continuou procurando, mesmo sem saber o que pretendia encontrar.

Outra caixa, mais livros. Bem no fundo, um revisteiro cheio de jornais e revistas. Fredrika notou que Rebecca era bem organizada: tudo tinha um lugarzinho próprio. Ao analisar com mais atenção, percebeu que várias pilhas estavam arrumadas em ordem alfabética, de acordo com o sobrenome do autor. Ela não conseguia imaginar alguém se importando em fazer isso na hora de empacotar os livros, então eles já deviam estar em ordem alfabética na prateleira de Rebecca. Fredrika, que sempre lia muito, sentiu uma afinidade intuitiva com Rebecca.

Passou para a próxima pilha de caixas, desejando que estivessem identificadas de alguma maneira. A caixa de cima continha objetos de casa; a próxima, sapatos. A lanterna caiu no chão; Fredrika a chacoalhou ansiosa enquanto a luz piscava. Seria impossível continuar sem luz. Sentiu um alívio ao perceber que ainda havia carga nas pilhas, e retomou a busca. Ver todos aqueles sapatos quase a deixou enjoada, como se eles a colocassem muito próxima de Rebecca. De algum modo, sapatos parecem algo privado; estava claro que tinham sido usados. Hesitante, pegou um par: rosa, de salto alto. Em que ocasião a gente usa um sapato desses? Devolveu-o para dentro da caixa e continuou.

Anotações. O coração de Fredrika acelerou um pouco e ela pegou a lanterna para ver melhor. Arquivos, pastas e um caderno de capa dura. Fredrika segurou a caixa com força e a empurrou, despejando tudo no chão. Depois se sentou de pernas cruzadas e começou a folhear os papéis. O chão da garagem estava frio. Fredrika puxou um livro e se sentou sobre ele.

Duas pastas estavam cheias do que ela concluiu serem anotações de aula. Páginas e páginas de frases escritas impecavelmente, desprovidas de contexto para o leitor desavisado. Palavras importantes sobre o significado de Selma Lagerlöf para as escritoras suecas, resumido em frases simples.

Fredrika deixou as pastas de lado e abriu o caderno. Na primeira página, Rebecca escrevera "Thea Aldrin e o Prêmio Nobel perdido".

Thea Aldrin. O nome evocou lembranças que inundaram Fredrika como ondas quentes. Os livros de Aldrin sobre um anjo chamado Dysia eram os preferidos de Fredrika quando menina. Ficou surpresa quando descobriu que a editora tinha parado de lançar novas tiragens alegando não haver demanda. Qualquer pessoa que quisesse ler os livros de Thea precisava procurá-los numa biblioteca ou num sebo.

Fredrika achava isso ridículo, e suspeitava que a editora não queria publicar novas edições para não ter nenhuma ligação com Thea Aldrin. Fredrika conhecia apenas os aspectos mais famosos da vida de Thea Aldrin: de tempos em tempos, ela aparecia nos jornais em página dupla com a manchete "Crimes Imperdoáveis". Ela sabia que Thea tinha sido condenada à prisão perpétua pelo assassinato do ex-marido, e que a polícia também suspeitava que ela tivesse matado o filho adolescente, desaparecido desde o início da década de 1980. Também havia a sugestão de que ela tinha escrito duas obras extremamente vulgares, publicadas sob um pseudônimo nos anos 1980. Fredrika não tinha a menor ideia do que Thea estava fazendo agora; sabia apenas que tinha sido libertada nos anos 1990.

Mas Rebecca tinha descoberto muito mais. Nas anotações, Fredrika percebeu que ela percorrera um longo caminho pesquisando a vida de Thea. Como Alex tinha falado mesmo? Ele disse que Rebecca estava escrevendo uma monografia sobre uma escritora de livros infantis. Uma escritora que, segundo muitas críticas, provavelmente seria a primeira escritora infantil a ganhar o Prêmio Nobel de Literatura. Fredrika folheou rapidamente o caderno. Resolveu levá-lo consigo para lê-lo mais atentamente depois.

As pastas continham uma quantidade imensa de artigos xerocados sobre o destino de Thea Aldrin, cobrindo todos os ângulos possíveis. Havia críticas feministas, insistindo que o interesse nos livros de Thea jamais teria diminuído se ela fosse homem. Pesquisas mais tradicionais diziam que a escrita de Thea não chamaria muita atenção se ela não fosse uma figura tão controversa, desafiando os valores básicos vigentes na década de 1960.

Fredrika encontrou uma sacola de plástico e começou a guardar as pastas e as anotações. Não conseguiu encontrar um rascunho da monografia, o que a deixou irritada. Era óbvio que Rebecca não tinha acabado de escrever, então era muito improvável que a universidade tivesse uma cópia.

Começou a vasculhar as duas últimas caixas. Uma delas continha enfeites e álbuns de fotografias. Fredrika imaginou que os álbuns já tinham sido verificados e os descartou como desinteressantes, mas não resistiu e os abriu. Havia fotos de muitos lugares diferentes e de pessoas que ela não reconheceu. Precisava se lembrar de falar dos álbuns com a tia de Rebecca; as fotografias podem significar muito para a família.

Guardou-os na caixa e abriu a última. Mais papéis e, lá no fundo, dois disquetes, indicando que Rebecca tinha um computador antigo. Fredrika ficou surpresa por perceber que a polícia não tinha levado os discos; talvez tivessem sido verificados e devolvidos para a família. Ela os pegou e os virou; num deles estava escrito "MONOGRAFIA", e no outro, "ANJOS DA GUARDA".

Colocou os dois na sacola.

No meio dos papéis, havia um monte de informações administrativas relacionadas ao curso. Havia um folheto com o título "Bem-vindos ao curso de História da Literatura". Fredrika sentiu uma nostalgia grande quando virou as páginas e leu sobre o funcionamento do departamento. Em algum ponto, no meio do texto, uma frase específica chamou sua atenção.

"Não tem certeza do que fazer depois de se formar? Venha conhecer o Alpha, nosso programa de tutoria!"

O chamado estava assinado pelo presidente do centro acadêmico.

De novo, o programa de tutoria. Agora ele tinha um nome: Alpha. Fredrika conhecia parte do processo e sabia que nem todos os alunos interessados conseguiam um tutor. Fazia-se uma avaliação baseada no perfil e nos interesses dos alunos. Segundo Alex, Valter Lund, financista, era o tutor de Rebecca; um sujeito que cresceu muito rápido dentro da Axbergers, uma grande empresa. Era norueguês. Mas como tudo isso começou? Como uma garota que estudava História da Literatura acabou tendo Valter Lund como tutor? Fredrika decidiu investigar com cuidado o programa Alpha.

Na última página do folheto, ela encontrou uma lista das pessoas que trabalhavam no departamento, junto com as informações de contato. O nome de Gustav Sjöö, orientador de Rebecca, estava circulado em vermelho.

E, ao lado do nome dele, escrito à mão com a mesma tinta de caneta: "SPENCER LAGERGREN, DEPARTAMENTO DE HISTÓRIA DA LITERATURA, UNIVERSIDADE DE UPPSALA".

A tinta vermelha pareceu brilhar, e Fredrika de repente sentiu uma bambeza nos tornozelos.

Sem pensar, dobrou o folheto e o colocou no bolso. Colocou na sacola de plástico tudo mais que queria levar, desligou a lanterna e voltou para a casa.

– Já terminei, obrigada – disse Fredrika para a tia de Rebecca. – Gostaria de levar essas coisas comigo, se não tiver problema.

Ela suspendeu a sacola e sentiu como se o folheto queimasse dentro do bolso.

Spencer.

O homem que havia lhe prometido nunca mais mentir. Que de repente resolveu sair de licença-paternidade.

O que você está escondendo de mim, meu amor?

17

ALEX RECHT NÃO SABIA COMO PROCEDER. Håkan Nilsson havia sido liberado, mas permaneceria sob vigilância, e tanto seu telefone celular quanto o fixo foram grampeados.

Fredrika tinha voltado da visita à casa da tia de Rebecca e estava trancada na sua sala com o material que havia recolhido. Fez um breve relatório sobre o que encontrou, sugerindo que deviam investigar o programa de tutoria. Alex não concordava muito com ela nesse sentido, mas como nenhuma das outras linhas de investigação era totalmente satisfatória, não fez nenhuma objeção.

Precisamos manter todas as linhas de investigação.

Ele olhou para o relógio. Fredrika provavelmente iria embora dali a poucas horas e só voltaria na segunda-feira de manhã. Alex esperava que ela conseguisse equilibrar o trabalho e a vida doméstica com sucesso; a equipe não precisava de mais um Peder.

Alex resolveu telefonar para Torbjörn Ross e agradecer pelo convite para pescar no fim de semana. Infelizmente, ele teria de recusar; tinha coisas demais para resolver no trabalho. Coisas demais para pensar. Coisas demais para...

– Torbjörn Ross.

– Olá, é o Alex. Queria só dizer que eu adoraria passar o fim de semana com vocês.

Adoraria?

Sentiu de repente a palma das mãos suar. Será que tinha perdido a razão?

– Que ótimo – disse Torbjörn. – Achei que você ia recusar.

Eu também.

– Foi a pescaria que me convenceu.

– Imaginei. Vou telefonar para Sonja e dizer que você vai conosco.

– Espera um minuto. Acho melhor eu ir no meu carro. Preciso trabalhar amanhã, então devo me encontrar com vocês um pouco mais tarde, se não tiver problema.

É claro que não tinha problema. Não havia nada que não pudesse ser resolvido. O que importava era que Alex estava indo para o chalé, se isolando um pouco da cidade. O ar fresco e uma ou duas taças de conhaque com Torbjörn.

Quando desligou o telefone, Alex telefonou para a filha para contar a ela dos planos para o fim de semana. Percebeu o quanto ela ficou feliz e contente com os sinais que ele dava: eu tenho uma vida; tenho amigos e quero descansar; isso é tudo de que eu preciso.

Sentiu uma dor no peito. A perda de Lena o fizera perceber que as pessoas na verdade precisam de muito pouco. No fim, não havia uma única coisa que ele não faria para tê-la de volta. Nenhuma.

Seu telefone tocou. Uma distração bem-vinda. Alguma coisa em que se concentrar.

– Olá, é Diana Trolle. Estou incomodando?
– É claro que não. Como está?

O que ela poderia dizer? O que ele gostaria de ouvir? E se ela dissesse que sua vida era insignificante, que ela mal conseguia levantar da cama toda manhã? Ela o poupou do pior; estava subentendido.

– Estou indo. Queria saber como as coisas estão caminhando.

Alex fechou os olhos por um segundo, desejando poder dizer que as coisas estavam muito bem, que eles tinham identificado o assassino, e que ele estava preso em Kronoberg. Em vez disso, falou:

– Você conhece o nome Gustav Sjöö?
– Não. Quer dizer... um minuto. Sim, conheço. Era o orientador de Rebecca na universidade.
– Como era a relação dos dois?
– Não havia relação nenhuma, pelo que eu saiba.
– Quero dizer, eles se davam bem profissionalmente?
– Não, acho que não. Ela não estava satisfeita com ele.
– Qual era o problema?
– Ele parecia nunca ter tempo para ela. Eu me lembro de ela se dizer frustrada. Achava que ele poderia fazer um trabalho melhor. Ela até tentou mudar de orientador, mas a universidade não deixou. Por que está perguntando sobre ele? É suspeito?

Uma pergunta que Alex não sabia responder.

– Estamos investigando uma série de pessoas.

Uma resposta evasiva, nada alarmante e séria, do jeito que ele queria.

– Você sabe quem era o pai da criança que ela estava esperando?

Só havia uma resposta possível para essa pergunta.

– Não posso falar sobre isso.

Houve um silêncio do outro lado da linha, e Alex conseguiu escutar o som da dor e da perda.
– Às vezes, acho que consigo ouvi-la. Todos aqueles barulhinhos que ela costumava fazer e que eu nunca notava. Eu a ouço, Alex. Não parece loucura?
Quando Alex tentou responder, as palavras ficaram presas na garganta.
– De jeito nenhum. Acho que é muito comum experimentar esse tipo de coisa na sua situação. Perder alguém que a gente ama é como perder uma parte essencial do corpo. Você está ciente dela o tempo todo, mesmo que ela não esteja mais ali.
– Sons-fantasma.
Ele sorriu e piscou, limpando a visão.
– A gente os escuta o tempo todo.
– Mesmo que não estejam ali.
A voz se apagou num sussurro, e Alex repousou a cabeça no ombro, segurando o telefone. Percebeu que gostava de ouvir a voz dela: exalava vida, mesmo que falasse sobre a morte.
Quando terminou a ligação, foi atrás de Peder.
– Quero interrogar Gustav Sjöö antes do fim de semana.
– Eu também – disse Peder. – Já dei alguns telefonemas, chequei o álibi dele. É fraco. Ele poderia facilmente ter dirigido até Estocolmo, apanhado Rebecca e dirigido de volta até Västerås.
– Traga-o então. Agora.

A visão de sua janela era deprimente; não havia sentido em olhar para fora. Como era possível conseguir permissão para construir prédios tão feios quanto a delegacia de polícia em Kungsholmen? Uma monstruosidade depois da outra. Janelas pequenas e salas apertadas.
Não havia ar, concluiu Fredrika. Eles partiam do princípio de que todos tinham algum outro lugar onde podiam respirar mais facilmente.
Ela telefonou para casa e verificou se estava tudo bem. Notou certa tensão em Spencer, mas resolveu não dizer nada pelo telefone. Não sabia explicar por quê, o que a deixava assustada. Escutou Saga no fundo e sentiu o peito se encher de amor, um amor que nunca imaginou ser possível. Era puro, evidente e incondicional, que às vezes a deixava sem palavras. Ela se pegava observando a menina e de repente se via à beira das lágrimas. Se qualquer mal atingisse Saga, ela perderia a cabeça. Seria ferida na alma.
Se tirarem minha filha de mim, não terei mais nada.
Fredrika se perguntou se aquele sentimento diminuiria com o tempo, se ela começaria a se acostumar com Saga ou a amá-la menos. Diana Trolle

não parecia uma mulher que poderia aprender a viver de novo? Depois de dois anos no limbo da incerteza, ela finalmente descobriu o que tinha acontecido com sua filha e, com esse conhecimento, veio uma paz há muito esperada. Fredrika foi paralisada por uma ideia deprimente: Diana tinha outro filho. Isso fazia alguma diferença? Era mais fácil suportar a dor quando há outro filho?

Se tirarem minha filha de mim, não me restará mais nada.

Tentou se livrar da preocupação que tinha acabado de surgir. Spencer não queria mais filhos, e ela estava com quase 40 anos. Não ter mais filhos tinha sido a decisão correta. Para toda a família.

Pegou o folheto que guardara no bolso mais cedo e olhou o nome de Spencer. Não significava nada, disse ela a si mesma, e por isso ignoraria aquela informação. Mas guardaria o folheto.

Guardaria aquilo só para si mesma. Ela estava quebrando as regras, mas o que podia fazer? Obviamente haveria alguma explicação lógica para o fato de o nome de Spencer ter surgido daquela maneira.

O programa de tutoria, por outro lado, parecia interessante. Ela entrou no site do centro acadêmico da Universidade de Estocolmo e descobriu que o programa ainda existia. Com a orientação de um tutor, o aluno tinha diretrizes garantidas, uma segurança e uma preparação melhores para a vida depois de se formar.

"Já decidiu o que quer ser quando crescer?", perguntava o site.

"Na verdade, não", pensou Fredrika, aborrecida.

Todos os alunos eram bem-vindos no programa. Havia palestras e eventos sociais, uma série de oportunidades para criar uma rede de contatos em diferentes ramos da indústria. Segundo o site, muitos alunos eram selecionados com base no mérito e na educação, e receberiam um tutor pessoal. Os próprios tutores vinham de diferentes formações, mas eram unificados pelo desejo de ajudar jovens ambiciosos a progredir na carreira que escolheram.

Mas será que Rebecca, uma aluna aplicada à literatura como tema principal, tinha mesmo desejo de seguir uma carreira desse tipo?

Mas por que logo Valter Lund, o homem que provavelmente seria o próximo sueco convidado para participar do lendário Clube de Bilderberg, tinha sido escolhido como tutor de Rebecca? Fredrika tinha lido uma série de matérias sobre ele, o astro das finanças que surgiu do nada e ofuscou todos os outros astros no céu. Se ela bem se lembrava, ele devia ter uns 45 anos e havia nascido na Noruega. Parecia agradável. Era alto e magro. Membro disputadíssimo das mais importantes diretorias empresariais; um homem com fama de quem transforma cinzas em ouro. Para Valter Lund, má sorte e solo seco eram coisas que não existiam; para ele, só existia a crença fundamental na competência e na capacidade.

Como ele ainda conseguia tempo para ser tutor?

Fredrika encontrou no site o telefone do presidente do centro acadêmico; ele atendeu no terceiro toque.

– Mårten, estou no meio de uma reunião.

– Fredrika Bergman, polícia.

Sempre igualmente efetiva; por que as pessoas tinham esse respeito inato por uma organização cujo objetivo era cuidar do monopólio da sociedade sobre a violência?

– Ok, me dê dois segundos para terminar o que eu estava fazendo.

Ele voltou um instante depois.

– Polícia, você disse?

– Estou telefonando para saber do programa de tutoria.

– Como?

Uma resposta duvidosa, cheia de suspeita. Por que a polícia telefonaria para perguntar sobre um programa capaz de levar os alunos a patamares que eles jamais sonhariam?

– Estou investigando o assassinato de Rebecca Trolle, e seu programa de tutoria apareceu durante o processo. Gostaria que você respondesse algumas perguntas.

– Claro. Mas eu não era presidente na época que ela esteve aqui.

– Mas você se lembra de que ela fez parte do programa?

– Ah, sim. Eu fui uma das pessoas que organizou a coisa toda.

Um toque de orgulho na voz, misturado com uma presunção nitidamente menos agradável.

– Valter Lund era o tutor de Rebecca.

– Eu me lembro disso; ele era bem disputado.

– Não é um pouco estranho que ele tenha ido parar com Rebecca? Dado que ela estudava literatura, quero dizer. Ela não parecia almejar uma carreira ascendente na indústria.

Fredrika lutava para manter um tom neutro, tentando fingir que essa era apenas uma das perguntas que queria fazer.

– Era diferente na época – disse Mårten.

– Em que sentido?

– Ela entrou no ano em que elaboramos o programa. Achávamos que o papel do tutor deveria ser aconselhar e inspirar, ser um tipo de guia geral. Quando montamos as duplas de tutores e alunos, não pensamos nos cursos que faziam ou em quais eram seus planos futuros, mas tentamos encontrar uma combinação que fosse o mais empolgante possível. Para isso, evitamos colocar homens com homens e mulheres com mulheres, empresários com alunos de economia, artistas com estudantes de arte.

– Foi ousado.

– E uma burrice. Não deu certo, porque descobrimos que todos pensavam como você. Os alunos queriam um modelo, e os tutores queriam uma cópia carbonada de si mesmos.

Ela o ouviu suspirar.

– Então, no ano seguinte, remodelamos todo o sistema.

– Na época em que Rebecca não estava mais no programa.

– Exato; e se estivesse, com certeza não teria continuado sob a tutoria de Valter Lund.

– Você conheceu a Rebecca?

– Não posso dizer que a conheci. Eu a via de vez em quando no programa, trocamos uma ou duas palavras. Ela parecia legal. Extremamente ocupada.

– Vocês conversaram alguma vez sobre o trabalho dela com Valter Lund?

– Era só sobre isso que a gente conversava.

É claro.

– Ela disse como estava o processo? Sabe com que frequência eles se encontravam?

– Uma vez ele a convidou para almoçar num lugar bem caro. E também esteve numa apresentação do coral; ele frequenta a igreja, aparentemente. Acho que ela disse que tomou café com ele depois. Rebecca não falava muito sobre o trabalho deles, e tenho quase certeza de que ela não estava levando a sério. Essa foi outra coisa que mudamos no ano seguinte: só poderia participar quem estivesse estudando para o mestrado.

Fredrika tentou se lembrar da agenda de Rebecca. A abreviação "VL" tinha aparecido mais de duas vezes?

– Você costuma falar com Valter Lund? Sobre a experiência dele como tutor, quero dizer.

– Nunca falei com ele pessoalmente. Tivemos um encontro de avaliação com os tutores, mas ele não compareceu. Na verdade, pensando agora, ele resolveu deixar o programa depois do primeiro ano.

– Ele nunca mais se envolveu?

– Não. Ele é muito ocupado, é claro. Muitos tutores abandonaram o programa pelo mesmo motivo.

Mas nenhum deles tinha trabalhado com uma aluna que foi assassinada.

Fredrika desligou o telefone com uma leve sensação de insegurança na boca do estômago. Vasculhou o material da primeira investigação e descobriu que Valter Lund foi interrogado apenas uma vez.

Por quê?

Encontrou a cópia das listas que Peder lhe dera com o resultado da pesquisa de Ellen sobre as principais pessoas que apareceram na primeira investigação. Não havia nenhuma menção a Valter Lund. Surpresa, mandou um e-mail para Ellen pedindo que buscasse Valter nos arquivos da polícia do mesmo jeito que fizera com os outros.

Pelos tabloides, Fredrika descobriu que Lund era o solteiro mais desejado da cidade. Teria sido ele o novo amor de Rebecca? Isso explicaria todo o segredo do relacionamento e da gravidez.

A gravidez que tinha assustado Rebecca por ela suspeitar de que o pai não ia querer a criança. Será que Valter Lund tinha dito isso em algum momento? Será que gostaria de ter um filho com uma aluna que tinha metade da sua idade? Se sim, será que tinha ficado transtornado com a decisão dela de interromper a gravidez, e por isso a matou? Talvez Rebecca não soubesse quem era o pai da criança; talvez achasse que era Valter Lund.

Assassinada, esquartejada e enterrada.

Fredrika repousou a cabeça nas mãos. O método do assassino precisava ser levado em conta. Eles não podiam desconsiderar o fato de que o corpo foi esquartejado; tinha de haver uma explicação. Os pensamentos que a mantiveram acordada durante a noite voltaram todos de uma vez. A pessoa que usou uma motosserra para dividir o corpo de Rebecca em duas partes provavelmente não era um assassino inexperiente. Isso estava fora de questão. Um assassino inexperiente comete erros: despeja o corpo num lugar onde pode ser facilmente encontrado, deixa pistas para trás, é visto por testemunhas. As pessoas não desaparecem de uma área urbana no meio de Östermalm para que seu corpo seja encontrado só dois anos depois. Coisas desse tipo só aconteciam nas histórias mais malignas.

18

Como de costume, Malena Bremberg não ouviu nada quando bateu na porta do quarto da senhora. Ela empurrou a porta e viu que o abajur ao lado da cama estava ligado.

– Está lendo, Thea?

Aproximou-se lentamente da cama, como se estivesse com medo de ser vista. Thea baixou o livro que estava segurando, olhou para Malena e voltou à leitura.

Malena não sabia o que fazer em seguida. Pegou o talo de uma maçã que Thea deixara ao lado da mesa, junto com alguns papéis. Jogou-o no cesto de lixo e voltou para a cama. Olhou para a senhora, que a ignorava completamente. Segundo informações que o asilo recebera, Thea não falava desde 1981. Malena não fazia a menor ideia do motivo desse silêncio voluntário. De certa forma, ela via algumas vantagens em não precisar se comunicar com as pessoas ao redor, bem como em não ter de participar das coisas para suprir as expectativas dos outros. Mas, ao mesmo tempo, percebia o alto preço que Thea pagava por seu silêncio.

Thea era considerada antissocial de um modo doentio. Nunca participava das atividades do grupo organizadas no lar, e sempre comia no quarto. No começo, seu comportamento divergente era motivo de grande preocupação para a equipe, que consultara um médico em nome de Thea. O médico aconselhou o uso de antidepressivos, mas quando conheceu o histórico da paciente, mudou de ideia. Alguém que tinha escolhido não falar havia quase trinta anos provavelmente não começaria a jogar bingo com os outros de uma hora para a outra, simplesmente por estar tomando antidepressivos. Ele deixou um cartão com Thea e disse que ela podia entrar em contato com ele a qualquer hora. Malena deu uma espiada na gaveta da mesinha de Thea e viu que o cartão continuava lá.

Por fim, Malena puxou uma cadeira para perto da cama de Thea e se sentou. Não disse nada; apenas olhou para a senhora em silêncio. Depois de um tempo, Thea perdeu a paciência e baixou o livro de novo, repousando-o contra o queixo. A expressão de seus olhos azuis claros olhando para Malena era de uma lâmina afiada.

Não pense que sou estúpida só porque escolhi não falar.
Malena engoliu diversas vezes.
– Preciso da sua ajuda – disse.
Thea olhou para ela.
– Se não quiser falar, terá de me ajudar de alguma outra maneira – sussurrou Malena.
Fez uma pausa, tentando escolher as palavras com cuidado.
– A senhora sabe do que quero falar; também está acompanhando os noticiários nos últimos dias.
Thea virou a cabeça para o outro lado e fechou os olhos.
– Rebecca Trolle – disse Malena. – A senhora precisa me dizer o que sabe.

19

PEDER RYDH RESPIROU O AR FRIO da tarde pela janela semiaberta do carro. O interior do automóvel estava com um cheiro desagradável como resultado de uso demais e limpeza de menos. Seu colega no banco do carona parecia congelado, mas não disse nada. Peder mantinha os olhos fixos na porta do prédio de Gustav Sjöö, na Mariatorget.

Tinham tocado o interfone, mas ninguém respondeu. Peder tinha gritado na abertura da caixa de correspondência, também sem sucesso. Havia o risco de Gustav estar na sua casa de veraneio em Nyköping; Peder telefonou para a polícia local e mandou uma viatura até o endereço dele. Disseram que a casa estava escura e que parecia estar vazia.

Peder escorregou no assento do carro. Um homem como Gustav Sjöö não decidia de uma hora para a outra viver sem o conforto do lar. Ele estava em algum lugar e logo voltaria para casa.

Ylva telefonou, lembrando-o do que era importante na vida. Uma noite aconchegante de sexta-feira com os meninos – ele não tinha se esquecido, não é? Garantiu a ela que não, mas explicou que ia se atrasar.

– Vai se atrasar muito?

– Eu telefono se isso for acontecer.

A nova rotina que eles tinham estabelecido era maravilhosa. A tolerância de Ylva em relação ao horário de trabalho de Peder evocava uma sensação de culpa que ele não reconhecia. Antes não havia espaço para a culpa, pois ele passava tempo demais defendendo suas escolhas de vida. Se eles não acabassem brigando, ele reagia se sentindo infeliz. Não entendia a lógica daquilo tudo.

Seu colega lhe deu um cutucão no ombro.

– Não é ele?

Peder não tinha certeza. O processo judicial e os problemas mais recentes pareciam ter afetado Gustav muito mais do que Peder achava. O homem era pálido e parecia velho, muito diferente das fotos que Peder vira nos arquivos.

Eles saíram do carro e pararam atrás de Gustav quando ele estava prestes a abrir a porta do prédio.

– Gustav Sjöö?

Foi sorte ele estar apoiado à maçaneta da porta. Seu rosto empalideceu e seus lábios se esbranquiçaram; ele arregalou os olhos quando Peder e os colegas lhe mostraram a identificação.

– Mas que merda vocês querem comigo dessa vez?

O interrogatório de Gustav Sjöö começou às quatro da tarde. Para Peder, foi difícil se entusiasmar. Håkan Nilsson tinha saído do casarão poucas horas antes, e agora Peder estava prestes a começar o segundo interrogatório do dia. Estava trabalhando com uma policial, Cecilia Torsson. Ela era uma experiência nova para Peder; ele soube que Fredrika tinha reclamado dela com Alex, mas obviamente não tinha conseguido muita coisa, pois Cecilia continuava ali. Fosse na sua época de maior conquistador da polícia, ele teria se interessado e a chamado para tomar alguma coisa. Agora, mal olhava para ela e procurou se concentrar apenas em Gustav.

– As coisas parecem estar complicadas no momento, não?

Ele olhou para Gustav, que havia escolhido manter os olhos fixos na mesa.

– Podemos dizer que sim.

Sua voz soou como de alguém que fica muito tempo sem falar; era grave e áspera. Seus ombros caíram com o peso do fardo que havia sido colocado em cima dele. Gustav Sjöö parecia exausto, como alguém que se esgotara de toda força e perdera a esperança de recuperá-la.

– Rebecca Trolle – disse Cecilia. – Você se lembra dela?

Gustav assentiu.

– Ela desapareceu.

– Como sei que você já deve ter visto nos noticiários, nós a encontramos.

Gustav levantou a cabeça, com uma expressão ao mesmo tempo triste e surpresa.

– Vocês a encontraram?

Peder olhou para ele.

– Me desculpa, mas onde você esteve nos últimos dias?

– Na minha casa de veraneio. Eu tinha acabado de chegar quando vocês me abordaram.

– E você não tem contato com nada quando está lá?

– Não, e é justamente por isto que vou para lá: para ficar sozinho. Não tinha ideia de que vocês tinham encontrado Rebecca. Onde ela estava?

– Enterrada nos arredores de Midsommarkransen – disse Cecilia. – O dono de um cachorro a encontrou.

A voz de Gustav Sjöö foi quase um suspiro inaudível:

– Viva?
– Como?
– Ela foi enterrada viva?
A pergunta fez Peder e Cecilia contraírem os músculos. Ser enterrado vivo provavelmente era a única coisa pior do que ser esquartejado e enterrado em sacos plásticos.
– Não – disse Cecilia. – Ela estava morta quando foi enterrada. Por que pergunta?
Gustav mexeu os pés, torceu as mãos.
– Acho que entendi mal o que você disse.
Peder endireitou o caderninho de anotações na sua frente.
– Você parece ter uma tendência para entender mal as coisas, Gustav. Por exemplo, entendeu mal sua namorada quando achou que ela queria transar com você.
Gustav olhou para Peder com desgosto.
– Se é sobre isso que você quer falar, vou chamar meu advogado.
Peder levantou as mãos.
– Vamos voltar para Rebecca. Quando você a viu pela última vez?
Gustav olhou boquiaberto para ele.
– Desculpe apontar esse fato, mas vocês já me fizeram essa pergunta. Há dois anos, quando ela desapareceu.
– E agora estamos fazendo de novo.
Gustav encostou o queixo na mão, e os cotovelos sobre a mesa.
– Eu mal me lembro. Tivemos uma reunião alguns dias antes de ela desaparecer.
– E como foi a reunião?
– Tudo bem, pelo que me recordo.
– Nenhuma discussão?
– Não que eu me lembre.
Cecilia interrompeu.
– Você e Rebecca se encontravam de forma privada?
– De forma privada?
– Fora da universidade.
Peder percebeu que Gustav estava genuinamente incomodado.
– Não, nunca.
– Você tentou transar com ela?
– Mas que merda você está...?
– Responda a pergunta! – vociferou Peder, arriscando tudo que tinha batendo o punho na mesa. Gustav estava claramente abalado.
– Não.

– Outras alunas relataram que tiveram problemas com você.
– Muito obrigado pela lembrança, estou ciente disso. E digo o que disse para todos os outros policiais: elas estão mentindo.

"É claro que estão", pensou Peder, fechando a cara.

Peder tinha momentos em que odiava seu trabalho, momentos em que achava que poderia fazer outra coisa. Por que diabos nunca conseguiam uma confissão? Por que nunca ninguém levantava as mãos e dizia: "Sim, você está certo, fui eu"? A vida seria mais fácil. Fácil demais, talvez.

– Rebecca estava feliz com sua orientação? – perguntou Peder.

Gustav Sjöö suspirou.

– Não, acho que não. Para mim era difícil lidar com toda a energia que ela dedicava à monografia. Ela voltava no texto, reformulava todo o texto, reescrevia as questões. Para mim, faltava substância.

– Você está dizendo que o fato de ela ter energia significava que o trabalho não tinha substância?

– Não, claro que não. É que... a hipótese tinha imperfeições. O trabalho começou a parecer uma investigação policial. Eu precisei dizer que ela estudava literatura, não criminologia.

– Como assim, parecia uma investigação policial? – perguntou Cecilia.

– Ela estava escrevendo sobre Thea Aldrin, a escritora infantil presa pelo assassinato do ex-marido, e também acusada de ter escrito pornografia violenta sob pseudônimo. Rebecca estava obcecada por Thea Aldrin e começou a vasculhar todas as fontes possíveis que não tinham nada a ver com o tema da monografia. Por fim, ela se convenceu de que Thea não tinha matado o ex-marido, nem escrito livros pornográficos.

Então Rebecca era uma aluna aplicada. Peder achou difícil acreditar que isso fosse motivo para um assassinato.

– Como ela chegou à conclusão de que essa Thea Aldrin era inocente? – perguntou Cecilia.

– Intuição feminina ou algo do tipo – disse Gustav. – Ela dizia que todas as suas fontes eram confidenciais, que não podia revelar de onde vinham as informações. Tivemos longas discussões sobre esse aspecto específico.

Cecilia sorriu.

– Você tem uma motosserra?
– O quê? Não. Sim.
– Sim ou não?
– Sim, eu tenho. Tem uma na minha casa de veraneio.
– Você a usa com frequência?
– Não diria que sim.

Ele fez uma pausa.

– Escutem, vocês me investigaram há dois anos. Eu tinha um álibi para a noite em questão. Será que a gente pode terminar isso para eu ir embora?

Peder puxou um pedaço de papel que estava embaixo do caderno: o cronograma da conferência de que Gustav estava participando em Västerås quando Rebecca desapareceu.

– Nós investigamos melhor o seu álibi, Gustav. Está longe de ser irrefutável. Veja você mesmo.

Peder empurrou o cronograma sobre a mesa.

– Isso mostra que você estava livre das 16 às 19 horas, quando começava o coquetel antes do jantar, marcado para as 20 horas.

Gustav olhou para ele.

– E?

– Ninguém sentiria sua falta se você voltasse para Estocolmo, matasse Rebecca e depois voltasse para o jantar. São poucos quilômetros de Västerås a Estocolmo. Se meter o pé, não leva muito tempo.

– De um ponto de vista puramente hipotético, eu concordo contigo. Mas você está errado. Eu não saí de Västerås.

– E que certeza podemos ter disso?

Gustav Sjöö reclinou-se devagar na cadeira.

– Esse é um problema seu, não meu. Fui para o meu quarto dormir um pouco antes do jantar. Durante o coquetel, conversei com um colega da Universidade de Uppsala que pode confirmar que eu estava lá.

– Qual era o nome do seu colega?

Gustav ficou em silêncio um instante, depois disse:

– Professor Spencer Lagergren.

20

ELES AINDA NÃO TINHAM CONSEGUIDO refutar a alegação de que Rebecca se prostituía pela internet. Peder pediu para a equipe técnica analisar o site em que Håkan Nilsson dissera tê-la visto; ele guardava todas as informações, inclusive a data em que a viu e o apelido que usava.

Uma sensação de inquietude estava corroendo o corpo de Fredrika. Não queria ir para casa antes de progredir na investigação. Peder estava interrogando o orientador de Rebecca e não teria tempo de telefonar para os técnicos antes de Fredrika ir embora para descansar no fim de semana. Deixou a mão pairar sobre o telefone enquanto olhava lá fora. O sol estava tentador: fazia o metal marrom do prédio em frente brilhar numa infinidade de tonalidades diferentes. Por que não ia para casa?

Eles atenderam imediatamente.

– Estou ligando para falar do site Dreams Come True. Isso deve ter soado ridículo.

– O trabalho que pegamos hoje de manhã?

– Estou ligando por acaso mesmo, eu sei que vocês não tiveram tempo suficiente para analisar, mas...

– Já progredimos bastante. O máximo que podíamos, na verdade. O site continua no ar, e parece bizarríssimo. Várias garotas que estão lá definitivamente têm menos de quinze anos.

– Que tipo de site é? – perguntou Fredrika com a voz hesitante. Se dependesse dela, preferia não saber.

– O princípio é o mesmo de sites que promovem encontros comuns, embora nesse caso apenas as garotas preenchem perfil, e é exclusivo para sexo. Imagine sexo como um esporte radical. Quer dizer, ninguém entraria nesse site para encontrar a mulher com quem quer passar o resto da vida.

Sexo como um esporte radical – a visão distorcida do século XXI do que constituía um bom sexo.

– Você conseguiu encontrar o perfil de Rebecca?

– Achamos que não seria possível de início, mas conseguimos descobrir quem é o administrador do site.

Fredrika ficou surpresa.

– Como conseguiram?

– Todos os sites têm um administrador. Quem cuida desse é um rapaz que tem uma loja de pornografia em Söder. Se você o procurar, talvez ele ajude. Você sabe o apelido dela. Só porque as fotos foram apagadas não quer dizer que desapareceram para sempre. Ele tem uma cópia, tenho certeza. Pressione o cara; como eu disse, tem umas meninas muito jovens no site.

Fredrika anotou o nome e o endereço. Olhou para o papel, depois olhou pela janela. Olhou de novo para o endereço. Ela queria saber mais. Mais, mais e mais. Pegou o celular para falar com Spencer.

Spencer, cujo nome estava escrito em vermelho num folheto que tinha pertencido à moça assassinada.

Ela telefonou para casa e pressionou o telefone contra o ouvido quando ouviu a voz desconfiada dele. Uma hora. Era tudo que ela precisava para ir até Söder e depois voltar correndo para casa. Precisava arrumar um tempinho para tocar violino durante a noite. Para se esquecer do trabalho, diminuir a ansiedade e se distrair.

Os gemidos e suspiros do homem foram ficando cada vez mais altos, e podiam ser ouvidos em praticamente toda a loja. Ele estava atrás de uma porta fina, longe da visão dos clientes, mas era impossível não saber o que estava fazendo. Fredrika olhou para o colega que havia levado consigo até a loja de pornografia; ele parecia estar achando tudo muito interessante. Olhava para as prateleiras, prestando atenção nas fileiras de vibradores e brinquedos sexuais.

A loja ficava num porão, com a mesma parca iluminação que a garagem que Fredrika visitara. Olhou através da penumbra, procurando o proprietário e, esperançosamente, a pessoa responsável pelo Dreams Come True. Queria acabar logo com o assunto e voltar para casa o mais rápido que pudesse.

A porta para a pequena cabine que acomodava o gemedor se abriu e ele apareceu. Olhou nos olhos de Fredrika. E sorriu. Ela sentiu o rosto corar e desviou o olhar. De onde vinha tanto descaramento? Como conseguia se levantar como se nada tivesse acontecido quando tinha acabado de se masturbar vendo um filme pornô?

– Posso ajudar?

Ela não conseguiu saber de onde vinha a voz; se virou e viu um rapaz que surgiu de repente atrás do balcão. Deu dois passos firmes na direção dele e parou, incapaz de chegar mais perto. Ele sorriu como reação à incerteza dela.

Fredrika pegou a identidade e se apresentou, junto com o colega.

– É sobre um website.

O homem levantou a sobrancelha, com a expressão enigmática.
– Hein?
– Você não é o dono do Dreams Come True?
– Sim. Não há nada de ilegal no site.
Fotos de adolescentes rumo à vida adulta compartilhadas na internet. Como poderia ser legal abrir as portas do inferno para garotas menores de idade?
– Estamos procurando um perfil que foi retirado do site há uns dois anos.
O homem deu uma gargalhada e caminhou até o caixa.
– Dois anos? Nesse caso não posso ajudar, infelizmente. Embora eu quisesse muito, é claro.
O olhar dele era tão ardiloso que Fredrika ficou sem ar. Seu colega deu um passo adiante.
– Olha aqui, ô malandrinho, o seu site apareceu no meio da investigação do assassinato de uma mulher que foi esquartejada, e se você sabe o que é melhor pra você e sua loja, é melhor responder as perguntas da minha parceira!
O homem piscou, suas pupilas dilataram.
– Não estou envolvido em assassinato nenhum!
– Então prove ajudando a gente!
O punho do policial passou quase assobiando no ar e bateu no balcão de vidro. O dono da loja olhou para o vidro rachado e se virou para o computador.
– Qual era o nome dela?
– Rebecca Trolle.
– Não adianta pra mim; qual era o apelido?
– Miss Miracle.
Fredrika se sentiu enjoada só de pronunciar as palavras.
– O perfil dela foi retirado do ar.
– A gente sabe disso, mas achamos que você tem uma cópia.
– De jeito nenhum, posso garantir que nunca...
O parceiro de Fredrika se moveu tão rápido que ela mal teve tempo de reagir. Em menos de um segundo, o dono da loja estava prensado contra a parede. Fredrika se lembrou do que Peder disse quando foi levantada a questão do uso de violência excessiva pela polícia.
"Precisamos falar a língua que os canalhas entendem", ele costumava dizer.
Ela olhou para as costas do colega, com o rosto do dono da loja visível bem acima do ombro dele.
– Não queremos suas garantias porque elas não servem merda nenhuma pra nós. Queremos as fotos, entendeu?
Mas e se ele não tivesse as fotos?, pensou Fredrika, com o coração acelerado.
Seu parceiro soltou o cara, que caiu direto no chão. O medo preencheu a loja, tão nítido quanto um cheiro ruim.

– Ok, ok.

Para sua surpresa, ela viu o proprietário se levantar e voltar para o computador.

– Ah, sim, agora estou vendo que consigo puxar o histórico dela. Mas vai demorar um minuto, ok?

Tudo bem, desde que fosse só um minuto. A sensação de que algo não ia bem crescia enquanto Fredrika esperava o resultado. O colega dela estava atrás do dono da loja, olhando para a tela. Fredrika tentou se lembrar se já tinha estado em algum lugar parecido com aquele; concluiu que não. Talvez uma vez quando ainda estudava, só por diversão. Mas não era daquele jeito, num porão tão distante da realidade que não dava para ver traço nenhum da beleza lá fora.

– Consegui – disse o proprietário. – A pessoa que colocou esse perfil no ar e depois o apagou fez um péssimo trabalho. Ele não foi removido, só estava temporariamente oculto.

– Como é possível?

– Talvez ela não saiba como funciona. Deve ter pensado que removeu o perfil, mas na verdade ela só suspendeu o acesso temporariamente.

– Ela? Quem é ela?

– A garota que colocou as fotos no perfil.

– Como você sabe que é uma garota?

O homem olhou para Fredrika como se ela fosse estúpida.

– A pessoa das imagens parece bem feminina pro meu gosto.

Fredrika segurou um gemido de frustração.

– A gente acha que a garota nas imagens não é quem fez o perfil.

A resposta foi imediata:

– Mas eu não tenho nada com isso.

Fredrika o ignorou.

– Tem como você me dizer quem colocou as imagens no ar?

– Provavelmente; eu acho que guardo os e-mails. Quando a pessoa preenche o cadastro no site, precisa aceitar os termos de serviço que são enviados por e-mail.

– E esses termos declaram que você tem direito de usar as imagens de novo, supostamente?

O dono da loja deu de ombros.

– A escolha é delas. Ninguém as obriga a fazer isso.

Ninguém as obriga a fazer isso.

Fredrika não sentiu nada além de repulsa. E desespero. Onde estava o poder de escolha, para início de conversa?

– Posso dar o nome da pessoa e o número de IP do computador que enviou o e-mail. O nome provavelmente é falso, mas com o número do IP talvez você consiga alguma coisa.

Ele escreveu num pedaço de papel encardido, dobrou-o ao meio e passou para Fredrika.

– Obrigada – disse ela. – Agora me deixa ver as fotos.

O homem deu um passo para o lado, abrindo espaço na frente do computador. Um clique do mouse e Rebecca Trolle preencheu a tela. As imagens não eram o que Fredrika esperava. Rebecca estava deitada de lado, nua. Parecia estar dormindo; sua aparência era completamente natural, não como se estivesse drogada.

Fredrika chegou mais perto da tela.

– É impossível dizer onde foram tiradas – murmurou.

As imagens não revelavam nada além de uma cama comum e paredes brancas. Algumas fotografias sobre a cama sugeriam que o quarto era da casa de alguém.

– Quando o perfil foi preenchido? – perguntou ela.

O homem apontou e Fredrika viu que tinha sido apenas duas semanas depois do desaparecimento de Rebecca. Por que alguém faria uma coisa dessas se não tivesse nada a ver com o assassino? Ela olhou para a tela, desesperada para encontrar algum detalhe que revelasse algo sobre o local das imagens.

Ela apontou para a cabeça de Rebecca.

– Olha o tamanho do cabelo dela; está muito curto. Quando desapareceu, estava com o cabelo nos ombros.

– Então a imagem é antiga. Não foi tirada por alguém que a mantinha presa.

Fredrika se virou para o dono da loja.

– Preciso de uma cópia digital de todas as fotos.

Ele não disse nada, apenas colocou um CD no computador e gravou nele tudo que tinha.

Fredrika pegou o CD e se virou para sair. A porta da loja se abriu e um novo cliente entrou. Ela evitou olhar para o homem e se afastou.

– A gente volta se precisar de mais ajuda – disse ela para o proprietário.

– Espero que não seja necessário – respondeu, olhando para o outro policial.

Fredrika apertou o CD nas mãos enquanto saía para o ar fresco. Queria chegar em casa o mais rápido que pudesse, segurar Saga nos braços e protegê-la de todos os aspectos repulsivos da vida adulta.

– Vou verificar o IP e o nome agora à tarde – disse o colega de Fredrika enquanto ela lhe entregava o papel com os detalhes.

Ela sentiu um arrepio com o clima frio da primavera. Havia um detalhe nas fotografias de Rebecca Trolle que chamara sua atenção. Um detalhe que revelaria onde foram tiradas, e por quem.

21

Alex e Peder estavam sentados em silêncio, em lados opostos da mesa na sala de Alex.

– Não acho que o culpado seja Gustav – disse Peder.
– Nem eu.
– Rebecca parece ter escolhido uma boa escritora para sua monografia. Uma assassina perversa, ao que parece.

Alex parecia distante.

– De todo modo, é melhor darmos uma olhada na motosserra – disse Peder.

Peder parecia desanimado.

Alex abriu a pasta na frente dele. A vida e a morte de Rebecca Trolle entre dois pedaços de cartolina. Uma pilha de fotografias na frente dos papéis.

– Håkan Nilsson – disse Alex, colocando uma foto de Håkan diante de Peder. – Um amigo um tanto quanto persistente que parece totalmente separado da realidade quando pedimos para que descreva sua relação com Rebecca. Ele também dormiu com ela e era pai do filho que ela esperava.

Colocou uma foto de Gustav Sjöö perto da de Håkan.

– Gustav Sjöö, o orientador posteriormente acusado por várias alunas de ser um velho pervertido, e que também foi acusado de tentativa de estupro. Obviamente ele era mais um sujeito repugnante no círculo de conhecidos de Rebecca quando ela morreu.

Alex respirou fundo.

– Além disso, há outros indícios de que Rebecca poderia estar se prostituindo na internet, o que nos dá sabe-se lá quantos possíveis criminosos. E também tem a volúvel da ex-namorada.

Peder apanhou as duas fotografias.

– Soube que Fredrika ia atrás da pista da internet; saiu para visitar uma loja pornográfica no distrito de Söder.

— Você acredita nessa linha? — perguntou Alex.
Sua voz estava cansada, mas sua expressão, alerta.
— Não, não acredito. Mas, por outro lado...
— Sim?
Peder hesitou.
— Não acho que Gustav Sjöö tenha assassinado ela, mas tenho a sensação de que vamos resolver o caso se seguirmos naquela direção.
— Qual direção?
— Fredrika apontou com razão que boa parte da vida de Rebecca estava centrada nos estudos e na universidade. Devíamos conversar com outros colegas, incluindo os que não eram próximos dela.
— Fredrika começou a investigar o programa de tutoria — disse Alex.
— Nesse caso, vou partir para as outras atividades de Rebecca como estudante. Parece que estava trabalhando muito na monografia, o que pode tê-la colocado em contato com muita gente.
Peder se levantou, depois se sentou de novo.
— Já sabemos de quem era o corpo do homem?
— Ellen me deu uma lista de nomes possíveis pouco antes de você chegar; pensei em dar uma olhada nela agora.
Peder baixou os olhos.
— A gente só vai conseguir resolver esse caso se descobrir de quem é o corpo.
— Eu sei — disse Alex.
A promessa que fizera para Diana ecoou na sua cabeça. *Vou resolver esse caso nem que seja a última coisa que eu faça na vida.*
— Tem que ter uma conexão, de um jeito ou de outro. É impossível que...
— Eu sei — disse Alex de novo.
Seu tom de voz foi mais duro do que gostaria, mas não queria saber das dificuldades e dos obstáculos. Para Alex, o único caminho era adiante.
Peder se levantou.
— Håkan Nilsson — disse Alex. — O que vamos fazer com ele no fim de semana?
— Acho que ele pode ficar sob vigilância mais alguns dias, para vermos aonde ele vai. E o álibi que ele tinha?
— É válido, infelizmente, embora isso não o exclua necessariamente da investigação. Ele podia estar trabalhando com alguém que tenha cuidado da primeira parte do desaparecimento de Rebecca.
— E Gustav Sjöö? — perguntou Peder.
— Acho melhor liberá-lo por ora. Não temos nada com que acusá-lo. O álibi dele acabou sendo válido, não?

– Parece que sim. Ele me deu o nome de um colega que pode confirmar que ele não saiu da conferência em Västerås; vou verificar isso na segunda-feira.

Peder voltou para sua sala, e Alex começou a examinar a lista de possíveis pessoas desaparecidas que talvez fossem o homem que encontraram enterrado perto do corpo de Rebecca. Todos homens dados como desaparecidos na região de Estocolmo uns vinte e cinco ou trinta anos antes. Apenas um deles era alto como a vítima, e consideravelmente mais velho. Merda.

Alex passou para a próxima lista, que compreendia homens dados como desaparecidos em toda a Suécia. Observou cuidadosamente todos os nomes; um deles tinha sido circulado por Ellen. *Possível?*, escreveu ela na margem.

Henrik Bondesson. Um homem desaparecido em Norrköping duas semanas antes de seu aniversário de 46 anos, e que nunca tinha sido encontrado. Por que não?

Alex foi até a sala de Ellen e pediu para ela ligar para a polícia de Norrköping.

– Preciso que eles me mandem o arquivo desse caso junto com todas as informações.

Voltou para sua sala com um vigor renovado. Talvez estivesse prestes a dar para outra família mais um túmulo a que visitar.

Ela era como um conto de fadas, uma saga. Era assim que Fredrika Bergman pensava na filha, e por isso tinha escolhido o nome Saga. Simples e lógico, como tantas outras coisas.

Saga estava dormindo quando Fredrika chegou do trabalho. Spencer estava na biblioteca, lendo. A luz da janela iluminava seu cabelo, fazendo-o brilhar como prata. Fredrika parou na porta.

– Desculpa, me atrasei.

Spencer levantou a cabeça e uma sobrancelha.

– Como você sabe, nunca fui muito bom em olhar as horas.

Ela chegou perto dele e se empoleirou no braço da poltrona. Deu-lhe um abraço, aproveitando a sensação de proximidade com um homem que ela seria incapaz de deixar de amar.

– O que você está lendo?

– Um livro em que um colega colaborou. Chatíssimo, para ser honesto.

Sim, você devia ser honesto.

Ela tremeu enquanto expirava. Devia tocar no assunto de Rebecca Trolle agora?

– Como foi no trabalho? – perguntou ele.

– Estressante. Como foi seu dia?
– Levei Saga para brincar nos balanços; depois fizemos uma caminhada adorável no sol.
Ele fez silêncio.
– Teve notícias da universidade?
Spencer enrijeceu o corpo.
– Sobre aquela aluna que tinha reclamado da orientação – especificou Fredrika.
Spencer grunhiu e se levantou. Pegou a bengala e caminhou até a janela.
– Não, nenhuma notícia.
Parecia cansado e abatido. Fredrika não sabia o que dizer.
– Você está gostando de ficar em casa com Saga? Não é muito cansativo para você, não? Porque se for...
A voz dela se apagou. O que aconteceria se fosse demais para Spencer? Ela desistiria de trabalhar?
– Está tudo bem.
Fredrika o observou parado junto à janela. De repente ele parecia fora de alcance, perdido em problemas que ainda não estava preparado para compartilhar com ela.
– Rebecca Trolle – disse ela, prestando atenção nas palavras.
Spencer se virou para ela.
– A mulher do corpo encontrado em Midsommarkransen?
– Sim.
Ela hesitou. Mas precisava saber.
– Você a conhecia?
– Não, é claro que não; por que pergunta?
Porque vi seu nome no meio dos papéis, Spencer, e estou me perguntando por que raios você estaria conectado a ela.
Fredrika deu de ombros.
– Nenhum motivo específico. Só achei que vocês poderiam ter trombado um com o outro em algum seminário; ela estudava História da Literatura.
Spencer olhou para ela como se fosse uma maluca.
– Não tenho nenhuma lembrança de tê-la encontrado.
Então era isso. Questão resolvida.
Saga acordou e Fredrika correu até o quarto.
– Olá, anjinho – disse Fredrika, pegando-a no colo.
Saga se contorceu nos braços dela; queria carinho, e esfregou a testa no pescoço de Fredrika.
– Sentiu falta da mamãe hoje? – disse Fredrika, beijando a cabeça da bebê. – Sentiu?

Saga jogou a chupeta no chão e tentou pegá-la. Fredrika se agachou e deixou a filha engatinhar. Fredrika sentia inveja da menina em muitos aspectos: a criança tinha o privilégio de encarar o mundo como um lugar emocionante e genuinamente descomplicado. Todo dia prometia novas descobertas que a enchiam de alegria. Era como se nunca experimentasse o tédio da vida cotidiana, mas estivesse o tempo inteiro no caminho de uma nova aventura.

Saga engatinhou na direção de Fredrika, segurando uma peça de Lego na mão. Agarrou as pernas da mãe e deu um impulso para cima, radiando felicidade.

– Daqui a pouco ela já está andando.

Spencer estava parado na porta.

– É verdade, parece que sim – respondeu Fredrika.

A alegria de ser mãe se espalhou por todo seu corpo; o trabalho estava longe, bem longe.

Até seu telefone tocar.

Era o policial que a tinha acompanhado até a loja de pornografia em Söder. Fredrika evitou olhar para Spencer enquanto respondia; não queria lhe contar sobre sua jornada às profundezas do comportamento sexual.

– O número de IP pertence à universidade – disse o colega. – E o nome não nos leva a lugar nenhum.

– O perfil de Rebecca foi colocado no ar de um computador na universidade?

– Sim, um dos computadores dos alunos que qualquer pessoa pode usar.

A esperança se renovou.

– Tivemos uma situação semelhante no caso do assassinato dos Ahlbins no ano passado – disse ela. – Veja com a universidade se eles guardam os registros. Se sim, podemos ver quem usou o computador naquele horário e...

– Já liguei para eles. Não guardam registro nenhum.

– Droga.

Ela estava prestes a telefonar, se sentindo cabisbaixa, quando algo lhe ocorreu.

– Você poderia mandar as fotos do CD para meu e-mail pessoal?

O colega hesitou.

– Por quê?

– Quero vê-las de novo; acho que alguma coisa chamou minha atenção numa delas.

O colega prometeu que as mandaria.

– Você vai trabalhar no fim de semana? – perguntou Spencer quando ela desligou o telefone.

Não havia nada de acusatório em seu tom de voz; era uma simples pergunta. Ela balançou a cabeça com firmeza.

– Esse fim de semana é nosso.

Ela tinha deixado a sacola com os papéis de Rebecca no escritório. Pensou nos disquetes: tinha se esquecido de vê-los. Mas isso podia esperar.

Eles olharam um para o outro e Fredrika sorriu. Podia tocar violino mais tarde.

– Gostaria de fazer algo especial, Professor?

Logo ia anoitecer: as cores no céu não deixavam dúvida. Alex Recht olhou para o relógio: quase 18h30, e o departamento estava quase deserto.

Sua relutância em ir para casa era quase insuportável. Os filhos questionavam sua decisão de continuar sozinho na casa em Vaxholm; não seria melhor se mudar para mais perto da cidade, tentar morar num apartamento?

Ele não queria pensar muito nisso. Alex e Lena sempre tiveram planos de se mudar para um apartamento na cidade quando ficassem mais velhos, mas agora que estava sozinho, o plano tinha perdido todo seu apelo. Se ele saísse da casa, não saberia mais quem era. Sua filha o entendia melhor do que seu filho.

– É só uma casa, pelo amor de Deus. Vende isso de uma vez.

Foi impossível argumentar com o filho quando ele voltou da América do Sul. A namorada dele teve dificuldades de conseguir visto de permanência, e ele detestava a burocracia sueca. Arrumava brigas com Alex, dizendo que era ridículo ele trabalhar tantas horas. Xingava a mãe por não ter melhorado e odiava a irmã, que estava namorando sério um homem que o resto da família considerava um tanto quanto estranho.

– Pare de brigar com a gente e cuida da sua vida – disse Lena para o filho no dia em que morreu. – Não é culpa nossa se você tem dificuldade em ser adulto.

As palavras dela efetuaram uma mudança. As discussões diminuíram, e quando a família se reuniu na igreja para o funeral de Lena, Alex teve a sensação de o filho estar em paz.

Só de pensar no funeral Alex sentia vontade de chorar.

Ele se virou para o computador e abriu a planilha elaborada para registrar o progresso do caso. Sem pistas da pessoa que tinha publicado as fotos de Rebecca Trolle num site de encontros sexuais depois que ela desapareceu. Mas Fredrika pediu para receber cópias das fotos em seu e-mail pessoal. Por quê?

Ele pensou no perfil. Será que Rebecca tinha sido mantida como escrava sexual e depois vendida por um lance alto, assassinada e enterrada?

Ele achava que não. O perfil foi retirado do ar depois de algumas semanas, e não voltou a surgir.

Alex continuou lendo. Várias entrevistas foram realizadas com amigos e colegas de Rebecca, mas nada de novo surgiu. Algumas linhas escritas apressadamente chamaram sua atenção. Uma das alunas se lembrou de que Rebecca estava tão insatisfeita com o orientador que entrou secretamente em contato com outro pesquisador da Universidade de Uppsala para pedir ajuda. A aluna não sabia se Rebecca tinha conseguido um contato regular com esse novo orientador, mas achava que eles tinham conversado pelo telefone. Ela não se lembrava do nome dele.

Alex pegou uma cópia da agenda de Rebecca e a folheou. As abreviações que ainda não tinham sido identificadas estavam circuladas com tinta vermelha.

HH
UA
SL
TR

Será que alguma delas se referia ao novo orientador? Se Alex fosse mais jovem, entraria no site do Departamento de História da Literatura da Universidade de Uppsala para ver se o nome de algum professor batia com as iniciais HH, UA, SL ou TR. Mas, em vez disso, mandou um e-mail para Ellen Lind pedindo que fizesse isso na segunda-feira. Parecia uma tolice suspeitar de algum funcionário de uma universidade sueca, mas...

Ele estava decidido a não deixar nenhuma pedra no lugar.

Seu celular tocou quando ele estava prestes a juntar suas coisas, ir para casa e deixar seu velho equipamento de pescaria pronto para a viagem da manhã seguinte com Torbjörn Ross.

Era o policial que cuidava do lugar onde os corpos foram encontrados, implorando por reforços. Estava sendo impossível manter os jornalistas afastados. Eles bombardeavam a polícia de perguntas: Por que ainda estão cavando? O que esperam encontrar?

Não tenho a menor ideia.

– Desculpa incomodar numa sexta-feira à noite – disse o colega. Ele devia ter achado que Alex já estava em casa.

– Sem problemas.

– Só queria avisar que vamos dar um tempo aqui até domingo ou segunda. Os caras estão esgotados, e ainda não recebi a equipe de reforço que pedi.

Sem equipe de reforço? Será que houve algum caso com maior prioridade? Alex desconfiou.

– Tudo bem – disse ele. – Eu sei que vocês estão fazendo o melhor que podem. Vá para casa descansar; só é preciso deixar alguém aí vigiando o local.

Do contrário, as covas seriam transformadas num parque de diversões durante a noite. Os curiosos não eram apenas os jornalistas; um monte de gente também estava curioso para saber o que estava acontecendo. As pessoas vinham na ponta dos pés, observando a polícia a distância, ansiosas e desesperadas por alguma emoção. Era como se as árvores e o solo tivessem virado um lugar mágico nos últimos dias.

No dia em que Lena foi enterrada, Alex viu várias pessoas que não conhecia dentro da igreja.

O padre explicou:

– Sempre existem aqueles que não pertencem, mas vêm se juntar a nós.

– Por quê?

– Porque são solitários. Porque não têm nada melhor para fazer. Porque não suportariam não compartilhar do sofrimento dos outros. A dor dos outros dá uma perspectiva de vida a essas pessoas.

Alex ficou surpreso e levemente incomodado. Se por acaso alguém quisesse se alimentar da sua dor, que pelo menos pedisse permissão antes.

Aos poucos, foi se aprontando para ir embora. Os dias em que ele sentia vontade de sair cedo do trabalho não existiam mais. A casa que o esperava era silenciosa, vazia e cheia de lembranças. As sextas-feiras eram os piores dias. As noites de domingo, os melhores.

Quando finalmente se levantou, decidiu passar de carro pelas covas em Midsommarkransen. De algum modo, não estava se sentindo tão conectado ao caso: estava atrapalhado no meio de diferentes linhas de investigação. Havia muitas, e todas muito vagas.

Inúmeras vezes Alex tentara imaginar as últimas horas de Rebecca Trolle. Pensou nela telefonando para a mãe, contando sobre o evento com os tutores. Depois saindo da pensão e caminhando até o ponto de ônibus. Indo na direção do Radiohuset e descendo do ônibus.

Por que é tão difícil descobrir para onde ela estava indo?

Sentindo-se frustrado, Alex fechou a porta da sala e a trancou.

Um colega de Nyköping telefonou: eles tinham apanhado a motosserra de Gustav Sjöö na casa de veraneio dele. O SKL, laboratório médico-legal, faria uma comparação entre a serra e os ossos do esqueleto de Rebecca onde o corpo foi cortado ao meio. Ele parecia otimista: se as coisas se encaixassem, significaria que tinham identificado a ferramenta usada para esquartejar o corpo.

"Ótimo", pensou Alex. "Mas não vamos chegar a lugar nenhum Porque Gustav Sjöö não é a pessoa que estamos procurando."

22

O APARTAMENTO SE TORNARA UMA PRISÃO. Håkan Nilsson olhou pela janela, tomando cuidado para ficar no canto, e não no meio. Eles estavam lá embaixo no carro, Håkan tinha certeza. Tinha visto os policiais de manhã quando saiu para trabalhar, e também quando voltou da delegacia à tarde. Vigilância. Observando cada um de seus passos.

Håkan imaginou que eles também tinham grampeado seu telefone, por isso estava mantendo o celular desligado no bolso da jaqueta e o telefone fixo, fora do gancho. Isso não afetava muito sua vida – tinha pouquíssimos amigos, e eles não achariam ruim se não conseguissem contatá-lo durante alguns dias. Sua mãe talvez ficasse um pouco ansiosa. Ela se preocupava com tudo, e parecia ter desenvolvido uma necessidade real de estar nervosa.

Ele esperava que a mãe não se desse conta de quem havia aparecido nos jornais. Felizmente, as manchetes eram vagas: *"Suspeito de assassinato era amigo de Rebecca Trolle"*. Estava evitando ver as partes dos jornais na televisão relacionadas a ele. Queria que todo aquele circo chegasse ao fim e que o deixassem em paz.

Algumas palavras no meio do alvoroço dos jornais o atingiam com tanta força que ele ficava sem ar. O corpo estava em sacos plásticos. Esquartejado. Ele quase vomitou. O corpo de Rebecca tinha sido violado antes de ser enterrado. Se ao menos ele soubesse onde ela estava durante os dois anos em que viveu sem ela... se ao menos tivesse um lugar aonde ir para sentir sua presença...

Håkan começou a chorar e se afastou da janela, mantendo-se bem perto das paredes para se fazer invisível em sua própria casa. Entrou no quarto e se deitou. O álbum de fotografias estava debaixo do travesseiro; rolou na cama e o puxou. Abriu-o com as mãos trêmulas, olhou as fotografias.

A primeira foto da turma, tirada quando começaram o ensino médio. Todas aquelas carinhas cheias de esperança olhando para a câmera. A ingenuidade deles o fez se sentir enjoado de novo. Os outros alunos da turma pareciam mais jovens que ele, imaturos. Não Rebecca, que sempre sorria quando conversava com ele, que iluminava seu mundo.

– Vê se não afunda nessa chatice toda – ela costumava dizer. – Você está decepcionando a si mesmo, mais do que os outros, quando deixa de se divertir.

Ele tinha aprendido a ouvi-la, a seguir seus conselhos e anotar suas ideias. Tentava estar ao lado dela o máximo que podia, para absorver sua energia e vontade de viver. Ele adorava ver o rosto dela se iluminando quando ele chegava, dando-lhe as boas-vindas ao seu círculo.

O problema é que ela nunca estava sozinha. Håkan folheou o álbum. Havia fotos do pai dele, que Rebecca o encorajara a guardar. Ele queria jogar tudo fora, se livrar de tudo em que o pai já tinha encostado. Odiava-o por sua traição, pelo fato de achar que Håkan não era o suficiente e ter tirado a própria vida. E por deixar que Håkan o encontrasse.

Håkan tinha ficado sozinho com a mãe. Como odiou a vida naquela época. Sua mãe bebia mais do que nunca e fumava quarenta cigarros por dia. Håkan fedia. A fumaça entranhava em tudo, nas roupas recém-lavadas e no cabelo limpo. O mau cheiro revelava que sua vida domiciliar estava prestes a ruir, e ele teve de passar por sessões de aconselhamento psicológico com um completo idiota que não fazia a menor ideia de como as coisas realmente eram para Håkan.

Mas Rebecca sabia. Ela ouvia quando ele falava, se sentava perto dele mesmo que cheirasse mal. Às vezes ele ia até a casa de Rebecca depois da escola para tomar chá com a mãe e o irmão dela. Eles, sim, eram uma família de verdade, e Håkan adorava fazer parte dela. Quando ele e Rebecca faziam o dever de casa juntos, ele preferia ir para a casa dela a ficar na biblioteca. Havia fotos dessas ocasiões no álbum tiradas por Diana, mãe de Rebecca. Håkan passou o dedo no rosto de Rebecca; ela estava olhando direto para a câmera. Era uma pessoa muito forte, comparada a ele.

Mais imagens, dessa vez das semanas antes das provas finais. A primeira crise. Håkan suspirou. Todas as relações boas passam por uma crise para definir seus parâmetros. O problema é que Rebecca tinha levado a crise a proporções inimagináveis. Disse que não conseguia respirar, que estava se sentindo sufocada, que ele estava sempre nos mesmos lugares que ela, que tudo aquilo era demais. Rebecca queria ver outros amigos, e ele começava a ficar no meio do caminho.

Como podia ser verdade?

Eles tinham uma relação perfeita e davam um ao outro tudo de que precisavam. Rebecca continuou dizendo que ambos precisavam se dar espaço, que Håkan não devia interpretar mal o que os dois tinham.

Uma nova página no álbum e Håkan sentiu uma onda de irritação, como costumava acontecer. Depois das fotos da época da escola, havia uma lacuna de um ano na linha de tempo. O ano em que Rebecca foi estudar na França. Ele descobriu um ano antes de ela partir. Sua raiva ameaçava explodir. Ele tinha se isolado desde as provas, dando a ela todas as chances para entender a importância da relação deles. E ela respondia pedindo mais um tempo.

Ele cerrou o punho e bateu-o na cama. Rebecca tinha sorte por Håkan ser tão paciente e generoso. Orgulhou-se da própria grandeza quando virou a última página do álbum. Poucas pessoas demonstrariam tanta ternura e tolerância para com a pessoa amada.

As lágrimas brotaram-lhe nos olhos quando olhou para a última imagem.

Uma imagem um pouco desfocada, em preto e branco. A imagem de um ultrassom.

O filho de Håkan e Rebecca, com doze semanas de idade.

Ele se sentou na cama, respirando ofegante enquanto olhava a foto.

– Por que você teve que estragar tudo? – sussurrou.

23

A VARANDA ESTAVA BANHADA PELO sol da tarde. Havia uma leve brisa, mas estava muito agradável, os dois sentados do lado de fora, com um cardigã em volta dos ombros. Peder e Ylva estavam sentados em silêncio junto à mesa, tomando vinho. Olharam-se nos olhos e caíram na gargalhada.

– Que inferno, estamos sentados aqui como dois aposentados – disse Peder.

– Dois pais exaustos, você quer dizer!

A voz de Ylva, sempre rouca, mas nunca fraca. Um sorriso tão largo que fez as pernas de Peder tremerem na primeira vez que se viram.

– Você quer mais filhos?

Ele mal sabia por que tinha feito a pergunta.

– Não, não quero. E você?

– Acho que não.

Por Deus, já tivemos problemas o suficiente da última vez, não?

Ela seguiu os movimentos dele sem dizer nada enquanto ele tomava mais um gole de vinho e repousava a taça na mesa.

– Por que a pergunta?

Peder se mexeu na cadeira, tentando se esconder do sol que lhe batia no rosto.

– Não sei exatamente; só estava pensando nisso.

– Nisso o quê?

– Filhos. Quantos as pessoas devem ter, com quantos conseguem lidar.

Ylva inclinou a cabeça para ver direito o rosto dele.

– Não acho que a gente consiga lidar com mais do que temos no momento.

Não havia tom de acusação na voz dela; era mais o reconhecimento de um fato. Um contraste agradável em relação ao jeito como costumavam falar, gritando e chorando, magoados e decepcionados. Olhando para trás, ele não conseguia entender como eles chegaram naquele ponto.

– Concordo – disse Peder.

Lembrou-se da época em que mentiu para ela e a enganou; como tinha menosprezado a si próprio.

– Você precisa se perdoar – dissera o psicólogo. – Precisa ter coragem para acreditar que merece sua família maravilhosa e uma vida boa com eles.

Peder levou tempo, dias e noites, remoendo os pensamentos. Agora sabia que tinha chegado a um porto seguro. Sentia-se contente. Calmo e seguro.

– Aliás, Jimmy telefonou de novo – disse Ylva.

– É porque não tive tempo de ligar para ele a semana inteira. Amanhã telefono.

– Não precisa. Ele vem comer conosco. Só tente estar aqui.

Peder levantou a sobrancelha.

– É claro que estarei aqui. Onde mais eu estaria?

– Trabalhando?

Ele balançou a cabeça.

– Não esse fim de semana.

Ela sentiu um arrepio e apertou o cardigã junto ao corpo.

– Não quer entrar?

– Não, estou ótimo.

Ela bebericou o vinho.

– Me fala sobre o novo caso.

Peder fez uma careta.

– Hoje não. É revoltante demais para falar agora.

– Mas eu quero saber. Aparece o tempo todo nos noticiários.

Por onde ele deveria começar? O que podia contar? Que palavras poderiam descrever o caso que Alex e sua equipe investigavam? Uma garota tinha desaparecido em Östermalm e foi encontrada dois anos depois por um homem que saiu para passear com o cachorro da irmã. A cor desapareceu do rosto de Ylva quando ele falou sobre os sacos plásticos e a motosserra. Sobre o amigo peculiar de Rebecca, Håkan, e seu orientador repulsivo. Sobre o falso perfil sexual que tinha aparecido na internet depois da morte dela, e sobre todos os becos sem saída que eles tinham encontrado desde então.

– Quem faria uma coisa dessas? – perguntou Ylva, pensativa, referindo-se à fotografia de Rebecca na internet.

– Um doente qualquer – disse Peder.

– Tem certeza?

Ele olhou para cima.

– Como assim?

– Não acho que possa ter sido um doente qualquer, como você disse. Você falou que o perfil surgiu duas semanas depois que ela desapareceu. Isso significa que ninguém sabia o que tinha acontecido com ela; algumas pessoas provavelmente acharam que ela tinha sumido por vontade própria.

Peder pensou no que ela disse.

– Você quer dizer que a pessoa colocou o perfil no ar porque estava com raiva?

– Exatamente. Ou porque se sentiu magoada ou traída. Isso explicaria por que ele foi retirado do ar depois.

– Quando a pessoa em questão percebeu que tinha alguma coisa errada com o desaparecimento de Rebecca – disse Peder.

Ylva tomou outro gole de vinho. – Foi só um palpite.

O vizinho apareceu na varanda ao lado. Peder e Ylva acenaram e ele se sentou com uma cerveja na mão.

– E o homem? – perguntou Ylva.

– O corpo que foi encontrado perto de Rebecca? Não tenho ideia. Alex disse que talvez tenha descoberto quem era, mas não tenho certeza.

– Deve ter sido um horror para a família dele.

– Não saber?

– Sim, não ter um encerramento para a história.

Peder engoliu.

– Quanto tempo você acha que uma pessoa consegue esperar?

Ylva franziu a testa.

– Como assim?

– Quanto tempo esperaria antes de desistir? Se um amigo ou um membro da família desaparecesse e ficasse sumido por décadas...

Sua voz se dissipou.

– Mais cedo ou mais tarde, você vai ter que seguir adiante – disse Ylva. – É isso que você quer dizer?

– Sim.

Ela prendeu uma mecha de cabelo atrás da orelha.

– Isso não quer dizer que você parou de pensar no que aconteceu.

Peder deu uma olhada na casa do vizinho e lá para baixo, na rua onde moravam. O homem que tinha sido enterrado deve ter tido familiares que sentiam falta dele e sofriam com o que tinha acontecido. A pergunta era se a polícia seria capaz de encontrá-los para dar as respostas que tanto esperavam.

As árvores lançavam longas sombras sobre Alex. Ele estava sozinho na clareira, ciente dos colegas que mantinham guarda a uma curta distância.

No chão, uma cratera a seus pés; era nítido que o processo de escavação estava difícil. Rochas e raízes de árvores entraram no caminho e tiveram de ser removidas.

Alex se agachou, olhando para o chão. Em pelo menos duas ocasiões um assassino carregou um corpo até ali. Ou talvez tenha matado as vítimas no local. Eles não tinham certeza, mas o instinto de Alex lhe dizia que assassinatos acontecem em todo lugar.

Você arrastou ou carregou as vítimas para cá. Dá para sentir: você passou pelas árvores como o anjo da morte.

Tentou reconstruir os eventos. Alguém dirigiu até o estacionamento onde ele mesmo deixara o carro havia pouco tempo. Abriu o porta-malas, pegou o corpo e começou a andar. Devia estar escuro. E o assassino deve ter estado ali antes. Ninguém entra numa floresta escura se não souber o caminho, se não souber exatamente aonde está indo.

O solo deve ter sido preparado antes de o assassino chegar. Dificilmente conseguiria carregar a vítima e uma pá ao mesmo tempo. A menos, é claro, que fizesse duas viagens. Alex fechou os olhos, tentando imaginar a cena. Será que o assassino parou nesse mesmo lugar segurando uma pá? Será que a fincou no chão várias vezes consecutivas, até que o solo estivesse profundo o suficiente para fazer sumir a vítima de seu crime?

Você foi descuidado.

Alex abriu os olhos. Eles nunca teriam achado o corpo do homem se não tivessem continuado a cavar. Mas, em primeiro lugar, nunca teriam cavado se não tivessem encontrado Rebecca. Por que o assassino cometeu um erro como esse? Por que enterrar Rebecca tão perto da superfície a ponto de um cachorro conseguir desenterrá-la?

Tudo apontava para o fato de que o assassino era mais forte quando cometeu o primeiro assassinato, o que fazia sentido. Da primeira vez, entre vinte e cinco e trinta anos antes, ele era forte o suficiente para cavar um buraco de dois metros de profundidade. Também conseguiu carregar a vítima até ali. Da segunda vez, as coisas eram bem diferentes. Ele não conseguiu fazer uma cova tão profunda, então desmembrou o corpo para conseguir carregá-lo. E para dificultar a identificação. No entanto, se o único propósito de esquartejar o corpo fosse dificultar a identificação de Rebecca, o assassino teria se contentado em remover as mãos e a cabeça, em vez de cortar o corpo em dois pedaços.

Poderia haver outras razões por trás do esquartejamento: Alex tinha pensado em sadismo e num assassinato com motivos sexuais. Mas ele não acreditava mais nessa hipótese. O assassino era pragmático. Era totalmente possível que tivesse cometido o assassinato e partido o corpo sem o menor sentimento de culpa ou angústia; Alex não sabia nada sobre isso. No entanto, na opinião dele, aquelas ações não eram típicas de um psicopata.

Alex se levantou. Estava fazendo o possível para não pensar nessa hipótese, mas eles *podiam* estar lidando com dois assassinos diferentes. Que trabalhavam juntos. Ou talvez um que tivesse tomado a dianteira quando o primeiro não conseguiu se virar sozinho.

Qualquer que fosse a situação, não era coincidência que Rebecca e a outra vítima tinham sido enterradas no mesmo lugar. Seria difícil, se não impossível, resolver um assassinato sem resolver o outro ao mesmo tempo.

O toque do seu celular foi tão alto que Alex quase caiu de cabeça na cova. Tirou o telefone do bolso, atrapalhando-se para atender.

– Alex Recht.
– É Diana Trolle. Desculpa continuar ligando.

Ele se afastou um passo do buraco.

– Não tem problema nenhum. Como estão as coisas?

Ela hesitou.

– Não muito boas.
– Entendo.

Houve um breve silêncio. Alex esperou.

– Acho que estou ficando maluca. Estou tentando me lembrar de todas as coisas que poderiam ajudar no caso, mas é como se meu cérebro estivesse completamente vazio. Não consigo me lembrar de nada que ela teria me dito se estivesse em apuros. Sou uma péssima mãe, Alex.

Ele tentou acalmá-la. Ninguém tinha pedido para ela vasculhar memórias dolorosas, ou tentar reinterpretar coisas que a filha disse e que não significavam nada.

– Mas eu deveria ter percebido – disse Diana. – Deveria ter feito alguma coisa para ajudá-la. Como ela pôde estar grávida e não me contar?

Alex tinha pensado nisso várias vezes. Como Rebecca podia estar grávida por vários meses sem contar para ninguém? Com exceção do pai da criança, provavelmente. Håkan Nilsson.

Mas será que ela sabia?

Alex prendeu a respiração. Com a ajuda do teste de DNA, a polícia descobriu a identidade do pai. Mas Rebecca sabia? Muita coisa sugere que ela devia saber que Håkan era o pai, mas também havia uma chance de ela ter pensado ser outra pessoa.

– Os filhos não contam tudo para os pais – disse ele.
– Rebecca contava.

Nem tudo, Diana. De jeito nenhum.

– Gostaria de tomar uma taça de vinho?

Alex tensionou o corpo.

– Como?

– Esquece, me desculpa, foi uma ideia idiota. Eu só queria... estou me sentindo tão sozinha.

Eu também.

– Não foi uma ideia idiota, mas... acho que devíamos esperar.

Ele olhou em volta da floresta. Esperar o quê? O céu cair, Rebecca voltar dos mortos ou uma semana com dois domingos seguidos?

– Parece sensato. Vamos esperar.

Pro inferno.

– Posso chegar aí em uma hora. Mas estou dirigindo, então acho que não poderei aceitar o vinho.

– Será muito bem-vindo de qualquer jeito.

Ele achou que ela estava sorrindo.

Alex sentiu o chão tremer sob seus pés, como se suspirasse baixinho por causa de todos os segredos enterrados ali. Voltou apressado até o carro, e pensou numa coisa pouco antes de abrir a porta:

Será que conseguiria caminhar a mesma distância carregando um homem morto?

SÁBADO

24

MAIS UMA NOITE SEM PAZ. O pensamento era perturbador. Fredrika não tinha tempo para noites insones. Spencer respirava forte ao seu lado, aproveitando o sono de que Fredrika precisava. Reprimiu a vontade de esticar o braço e passar-lhe a mão nos cabelos. Não havia motivo para acordá-lo. Ele já parecia ter problemas demais.

Quando deu 1h da manhã, ela se levantou e passou pelo quarto de Saga, a caminho da cozinha. A menina estava sempre dormindo. Tinha a cabeça repousada num travesseiro e um ar de autoconfiança que às vezes fazia Fredrika tremer. Saga não era uma visita temporária; era uma peça fixa, e esperava-se que Fredrika a amasse e cuidasse dela pelas próximas décadas – um compromisso que não seria possível sem todo o amor que só uma mãe ou um pai pode sentir pelos filhos.

As sombras da biblioteca chamaram por ela. Ela entrou pé ante pé na sala, sem acender a luz central, e se afundou na poltrona em que Spencer estivera sentado quando ela chegara em casa. Fredrika sentiu o cheiro dele na colcha que cobria o braço da poltrona e a puxou para mais perto de si.

Spencer não se lembrava de ter conhecido Rebecca Trolle no trabalho, nem em outro contexto. Mas, nesse caso, por que ela tinha feito uma anotação com o nome dele? Será que pretendia ligar para ele, mas desapareceu antes de fazê-lo? Tinha de haver uma resposta. Rebecca não estava feliz com seu orientador, e sem dúvida queria consultar outra pessoa.

Tinha de haver uma resposta.

Fredrika olhou para a lombada silenciosa dos livros alinhados nas prateleiras. Os livros de Spencer estavam entremeados aos seus; era natural, agora que compartilhavam tanta coisa. Apesar da hora, a sala não estava completamente escura. A luz dos postes na rua iluminava Fredrika através da janela, dando-lhe a agradável sensação de que fazia parte de um contexto, e não de um vácuo. Seus dedos coçaram de vontade de pegar o violino e tocar. Poucas coisas faziam-na se sentir melhor.

No passado, o destino escrito para Fredrika era de que seguiria carreira como violinista, mas um acidente destruíra seus planos. A mãe de Fredrika chorou quando a filha lhe disse que, finalmente, tinha voltado a tocar nas horas vagas.

– Que presente para Saga – dissera.

Fredrika não tinha tanta certeza quanto a isso. A filha demonstrava pouco interesse quando a mãe tocava e era uma ouvinte sem inspiração. Talvez isso mudasse quando ela ficasse mais velha. Quem sabe não começasse a tocar um instrumento? Fredrika foi tomada por uma inveja causticante, que desapareceu rapidamente. Ela jamais sentiria ressentimento pela alegria de Saga. Só porque tinha sido obrigada a dedicar sua vida a uma profissão que raramente supria suas expectativas, jamais sentiria qualquer amargura se a filha tivesse a oportunidade de viver uma vida diferente.

Uma vida que eu teria – mas que não era para ser.

Ainda era verdade? Ela queria mesmo uma vida diferente? Não estava satisfeita com o que tinha? Não estava satisfeita com Spencer e Saga? Não saberia dizer quantas coisas foram mudadas por causa do amor que sentia pelos dois. No que se referia ao seu trabalho, ele não era perfeito, mas as coisas estavam melhores. Muito melhores, na verdade.

Aninhou-se na poltrona, sentando-se sobre as pernas. O computador estava na mesa ao lado. Olhou para ele, ciente de que não deveria abri-lo. Não começaria a trabalhar no meio da noite. Se colocasse o trabalho na cabeça, não conseguiria mais dormir. A curiosidade foi mais forte, e ela puxou o notebook para o colo. Parecia um gato ronronando quando o cooler começou a funcionar.

O colega tinha mandado as fotos de Rebecca Trolle conforme ela tinha pedido. Fredrika as abriu uma a uma, sentindo repulsa por estar ali, no meio da noite, olhando as fotografias de Rebecca nua. O que ela reconhecera mas não conseguira localizar?

Olhou as imagens de novo, procurando o detalhe que tinha chamado sua atenção. Rebecca deitada numa cama larga. O lençol branco contra a pele. O cabelo caindo-lhe no rosto, a boca semiaberta. Uma traição, tirar fotos de uma pessoa dormindo. Um braço esticado, uma perna dobrada. Fredrika tinha visto outras imagens no site, e as fotos de Rebecca simplesmente não se encaixavam. Eram elegantes demais. Discretas demais.

Lá estava.

Fredrika inclinou-se sobre a tela, clicando no zoom para ampliar o detalhe que chamara sua atenção. Uma única fotografia na parede atrás da cama em que Rebecca estava deitada. Um rosto preenchendo toda a imagem – um garoto, com a expressão séria, olhando diretamente para a câmera. Quando a imagem se ampliou, Fredrika soube exatamente onde já tinha visto aquela fotografia.

No apartamento da ex-namorada de Rebecca. Era o irmão falecido de Daniella.

Fredrika olhou para Rebecca. Não havia um único traço de ansiedade em seu rosto. Ela estava segura naquela cama. Segura o suficiente para dormir nua. Não sabia que seria fotografada em segredo, e que as imagens seriam guardadas para uso futuro.

Daniella deve ter ficado furiosa quando Rebecca desapareceu, deve ter acreditado que tinha sido abandonada. Fredrika pensou em telefonar imediatamente para Alex, mas achou melhor esperar até o dia seguinte. Afinal, não havia motivo para pensar que o caso estava mantendo todos acordados à noite.

Ele devia estar dormindo.

– Eu nunca o amei.
Alex ficou surpreso.
– Não?
– Não – disse Diana. – Não exatamente. Não do jeito que você fala de sua esposa.
Alex se mexeu.
– Mas o amor não é a mesma coisa para todo mundo. Todos nós procuramos coisas diferentes, temos necessidades diferentes.
Diana sorriu para ele.
– E quais necessidades você tem?
– Você quer saber mesmo?
Ela deu de ombros.
– Por que não?
"Porque estou ficando envergonhado", ele quis responder. Mas disse:
– Acho que tenho necessidades muito simples. Detesto ficar sozinho, gosto de ter alguém com quem viver.

Será que teria isso de novo? Será que outra mulher teria alguma chance com Alex, depois de tantos anos divididos com Lena?

Seus filhos tinham tocado no assunto, dizendo que ele não podia deixar o casamento entrar no caminho de futuras relações. Insistiram que era perfeitamente natural que ele conhecesse outra pessoa.

– Você não tem nem 60 anos, pai.

Só a ideia lhe provocava arrepios. Sentia um aperto no peito, que dificultava a respiração. Ele não sabia como se aproximar de uma mulher; não cortejava ninguém havia mais de trinta anos.

Diana colocou a taça de vinho sobre a mesinha. Estava quase deitada no sofá, acomodada em almofadas. O cansaço cobria seu rosto como um véu, e a dor espreitava sob sua pele como uma abominação. Ela só tinha chorado uma vez desde que ele chegara, o que o fez se arrepender de ter ido, por alguns instantes. Mas que merda ele tinha na cabeça para visitar a vítima de um crime numa sexta-feira à noite?

Mas em seguida, sobreveio-lhe a sensação de calma. Visitar Diana tinha sido uma boa decisão. Eles tinham muito o que conversar, além de inúmeras coisas em comum. Além disso, compartilhavam da experiência de ter perdido alguém muito próximo e de achar que seria impossível viver com tal ausência.

– E, no entanto, estamos vivos. Estranho, não é? – dissera ela.

Sim, eles continuavam vivos. Vivendo cada hora, cada dia. Diana sentia falta da filha havia mais de dois anos, sabendo que ela estava morta mesmo sem nenhuma confirmação. Alex percebeu que pelo menos tinha tido o privilégio de fazer parte de todo o processo quando a esposa faleceu.

– Você estava lá – disse Diana. – O tempo todo. Considere um presente.

Se qualquer outra pessoa dissesse isso, ele teria reagido mal. Mas como era Diana quem dizia, não dava para retrucar: Alex tinha de admitir que ela estava certa. O sofrimento de outra pessoa não podia atenuar o seu, mas pelo menos ele conseguiu perceber que na tortura também havia níveis de gradação.

Era quase 1h30 da manhã, muito mais tarde do que Alex tinha planejado ficar.

– Acho que eu devia ir.

– Acho que você devia ficar.

Alex foi pego de surpresa; sentiu as palavras dela rebaterem no peito e desaparecerem no nada.

– É melhor eu ir.

Mas não se levantou. Não conseguia tirar o corpo da poltrona.

– Vou trabalhar amanhã de manhã. Você pode me ligar a qualquer hora, se pensar em alguma coisa. Sabe disso, não é?

Ela assentiu.

– Como venho dizendo, Alex... eu não me lembro de nada.

– É porque está se esforçando demais.

Ela cerrou a mão em punho e a pressionou contra a testa.

– A gente discutiu alguns dias antes de ela desaparecer.

– Eu me lembro disso. Durante um tempo, achamos que ela queria descarregar uma certa vingança em você, e por isso simplesmente sumiu para algum lugar.

Diana fechou os olhos, apertando-os com força até que não fossem nada mais do que duas linhas estreitas. Como se a dor fizesse os músculos se contraírem.

– Eu não saberia dizer o que estava errado. Ela simplesmente não era ela mesma. Não parava de berrar e gritar, de bater a porta como fazia na adolescência, quando achava que eu era uma estúpida.

Ela abriu os olhos.

– Ela disse que me odiava. No dia seguinte, telefonou para pedir desculpas. Mas eu nunca mais a vi.

As lágrimas surgiram e ela não fez o menor esforço para contê-las.

– Não tinha como você saber que não a veria mais – disse Alex.

– Eu sei. Mas isso não muda nada. Dói demais.

Ele quis se levantar e abraçá-la. Mas ficou onde estava. Um medo indefinível o deteve. O medo do que poderia acontecer se ele a tomasse nos braços.

Eu faria o que ela quer e passaria a noite aqui.

– Como ela pôde não me dizer que estava grávida?

– Talvez estivesse com vergonha...

Diana se levantou.

– Isso não faz sentido. Por que não abortou, se não queria ter o filho?

– Temos motivos para acreditar que ela estava planejando interromper a gravidez.

– Mas quando? Ela estava grávida de quatro meses.

Não tinha como Alex responder essa pergunta.

– Nós conversamos com o orientador dela – disse ele.

Diana levantou as sobrancelhas e pigarreou.

– O homem sobre quem falamos ao telefone?

– Sim.

– Ela definitivamente não estava feliz com ele.

– Nós sabemos disso.

– Você acha que ele a matou?

– Não. Ele tinha um álibi frágil, mas, além disso, não conseguimos ver um motivo para o crime.

Diana se aconchegou sobre as almofadas de novo.

– Ela estava obcecada com a monografia.

– Mas não é por que ela estava pesquisando demais o assunto?

– Era o próprio tema que a absorvia completamente. Ela queria limpar o nome de Thea Aldrin de qualquer jeito.

Alex tentou se lembrar da história de Thea Aldrin.
— Thea foi condenada pelo assassinato do ex-marido, não foi?
Diana assentiu, olhando entristecida para a garrafa de vinho vazia.
— Parece um pouco ambicioso para uma monografia tentar esclarecer um assassinato cometido trinta anos antes, sendo que a assassina já tinha sido condenada, cumprido pena e libertada.
Ele sorriu enquanto falava; não queria parecer condescendente.
Diana abriu um sorriso.
— É o que eu pensava. Mas Rebecca disse que eu era igual a todo mundo, que eu não entendia que Thea Aldrin era a verdadeira vítima, que tinha perdido o marido, a reputação e a carreira. E o filho.
— Parece o modo típico de pensar dos jovens; querem ver o melhor em todo mundo.
Diana respirou fundo.
— Foi assim que a discussão começou.
— Vocês brigaram por causa de Thea Aldrin?
— Brigamos pelo fato de eu ter dito exatamente o mesmo que você: os jovens sempre querem perdoar todo pecador. Ela ficou furiosa. Me disse que Thea Aldrin tinha sido vítima de um dos piores exemplos de assassinato de caráter da história sueca atual, e que nunca teria acontecido se ela não fosse mãe solteira.
Alex reclinou-se na poltrona. Ele precisava ir para casa. Agora.
— O que isso tinha a ver com o resto? O fato de ela ser mãe solteira? Pelo que entendo, as provas eram incontestáveis.
Diana abriu as mãos. Mãos femininas e bem cuidadas, cálidas se estivessem envolvidas nas suas, pensou Alex.
— Rebecca estava falando sobre tudo que tinha acontecido antes: a história do envolvimento de Thea Aldrin na publicação de dois livros, *Mercúrio* e *Asteroide*. Bom, eu digo livros; pareciam mais descrições malucas de assassinatos repugnantes, na forma de romances curtos.
Ela fez uma careta. Alex olhou para o relógio de novo, ciente de que não sabia muita coisa sobre a história de Thea Aldrin. Mas se lembrou de ter ouvido dizer que Rebecca dedicava muito tempo à monografia.
— Temo não ter lido *Plutão* ou *Vênus*, e acho que preciso ir para casa agora.
Diana riu em silêncio.
— *Mercúrio* e *Asteroide*. E o fato de você não ter lido é um ponto a seu favor.
Ela tentou olhar nos olhos dele.
— Tem certeza de que precisa ir embora?
— Sim.
A expressão dela agora estava séria.

– Talvez um outro dia?
Ele engoliu
– Talvez.
Ela o acompanhou até a porta.
– Você tem que encontrá-lo, Alex.
A proximidade dela o fez querer se afastar e correr.
– É claro. Você não vai esperar muitos dias, logo vai saber quem fez isso.
Sentiu o corpo pesado quando entrou no carro. A promessa que fizera para Diana pesava-lhe nos ombros como um fardo. Ele girou a chave e saiu de ré até a rua.
Eram quase 2h da manhã; logo amanheceria.
Graças a Deus.

25

A CUIDADORA DO ASILO SE recusava a ficar quieta. Apesar de ser de manhã, fazia mais barulho do que uma adolescente comum. Sua voz era tão alta que Thea teve medo de o papel de parede descolar e se soltar, enrolando sobre si mesmo como salsichas até chegar ao teto. Fechou os olhos e tentou se distanciar da barulheira.

– Minha nossa, você está cansada! – ouviu a cuidadora dizer. – E eu aqui, de papo-furado.

Sem que ninguém lhe pedisse, ela começou a afofar o travesseiro de Thea.

– Agora sim, está melhor?

Ela olhou para Thea.

– Acho muito triste você não querer falar. A senhora teve uma vida emocionante; deve ter muita coisa para compartilhar com os outros moradores.

Thea duvidava. As partes interessantes de sua vida foram completamente ofuscadas pelo fato de ela ter sido condenada à prisão pelo assassinato do ex-marido, e de que seu filho estava desaparecido havia quase trinta anos. Ela sabia o que diziam os rumores: que ela também o tinha matado e enterrado o corpo em algum lugar.

Um dos detetives envolvidos na busca de seu filho ainda a visitava. Queria que confessasse. Às vezes ele se sentava em silêncio, olhando para ela. Às vezes chegava bem perto, falando com ela com a voz firme e calma, pedindo que confiasse nele. Afinal, ela não queria ficar em paz consigo mesma antes de morrer? Ainda havia uma chance de consertar as coisas.

Thea nunca havia pedido para que ele a visitasse. Se ele tivesse feito seu trabalho direito, as coisas teriam sido bem diferentes. Thea teria sido libertada. Cheia de vida. Seria capaz de continuar sendo mãe. E sua reputação como escritora seria restabelecida.

Não havia razão em remoer isso tudo. Ao mesmo tempo, ela não tinha coisa melhor para fazer. A visita de Malena Bremberg a deixara mais assustada do que queria admitir. Como uma moça como ela foi colocada num drama que havia assolado Thea por décadas?

Ela viu o medo nos olhos de Malena, ouviu a tensão em sua voz. Malena fez perguntas sobre a moça encontrada em Midsommarkransen, Rebecca Trolle. De algum modo, ela descobriu que Rebecca havia visitado Thea no asilo, e agora que Rebecca tinha sido encontrada morta, Malena queria saber o que ela tinha perguntado para Thea.

Thea fechou os olhos com força e desejou ficar sozinha. Seu longo silêncio já não era um sinal claro e suficiente de que ela não queria discutir o que tinha acontecido? Ela se lembrou de ter tomado a decisão de não falar no meio de um interrogatório policial, pouco depois de ser mandada para a prisão.

– Seu filho – dissera o policial. – Nós achamos que você o matou. Assim como matou o pai dele. Onde ele está?

Seu coração acelerara, desintegrando-se numa massa de átomos no peito. Eles achavam que ela tinha matado o próprio filho. Será que tinham ficado completamente malucos?

Às vezes ela se obrigava a ver as coisas do ponto de vista deles. Ela, uma assassina condenada, que supostamente tinha esfaqueado um homem até a morte na sua própria garagem. De acordo com boatos persistentes, ela também era a autora por trás de *Mercúrio* e *Asteroide*, dois livros que, quando publicados, causaram um furor nas páginas culturais dos jornais e em vários outros círculos. Ambos evocavam o ódio e a condenação, foram queimados e levaram cuspidas em público. Era difícil pensar em alguma publicação recente que tivesse feito tanto estardalhaço.

Com um histórico desses, não surpreendia que a polícia suspeitasse de que Thea tivesse matado o próprio filho. Era óbvio que ela era sádica e psicopata.

A porta do quarto se abriu de novo, e a mesma cuidadora entrou.

– Suas flores chegaram. Todo sábado, pontualmente.

Com movimentos bruscos, ela retirou o vaso contendo as flores da semana anterior e voltou com outras, frescas. Colocou-as na mesa ao lado da cama e girou o vaso para que Thea pudesse ler o cartão. Sorriu para a mensagem rabiscada, que sempre dizia a mesma coisa: "Obrigado".

"Não me agradeça", pensava Thea. "Devo-lhe muito mais do que possa imaginar."

Houve uma história antes de tudo ser destruído. Bons tempos. Seu primeiro livro infantil foi publicado no final dos anos 1950. Ela era muito jovem, e naquela época ainda era possível que autores de sucesso tivessem uma vida tranquila e anônima. As aparições públicas de Thea eram poucas e raras. Gostava de se encontrar com os jovens leitores, mas nunca se considerara particularmente alucinada por crianças. Seu contato esporádico com os leitores era mal compreendido: os jornais diziam que ela era tímida, o que a deixava ainda mais popular. Quando suas histórias sobre Dysia, o anjo, começaram a vender no exterior, a crítica a enalteceu.

Os livros foram descritos como únicos, tanto em forma quanto em conteúdo. Dysia, o anjo, era uma heroína diferente daquelas que apareciam nos contos de fadas e na literatura infantil. Ela era forte e independente. Honesta. Na verdade, estava muito à frente de seu tempo. Durante os anos 1950 e 1960, as mulheres que lutavam pela própria independência ainda eram consideradas radicais. Thea nunca falou sobre a questão da igualdade em público, por isso as pessoas tentavam extrair suas visões políticas examinando seus livros.

As pessoas também analisavam seu estilo de vida. Na época em que ainda tinha controle sobre a própria vida, pouquíssimos artigos a depreciavam. Aos 25 anos, ela era solteira e sem filhos; poucos anos depois, era mãe solteira. Certos seguimentos da sociedade a condenaram, outros a tomaram como modelo. Diversos analistas culturais sugeriram que as escolhas de vida de Thea caracterizavam a vida moderna.

Somente uma pessoa sabia a verdade, e essa pessoa era a própria Thea. O fato é que ela abominava a vida de mãe solteira. E escolha foi algo que ela nunca teve.

Tinha dado tudo para o homem que amava. E ele retornou cometendo o crime mais grave de todos os crimes.

INTERROGATÓRIO DE FREDRIKA BERGMAN
03/05/2009, 08h30 (gravação em fita)

Presentes: Urban S., Roger M. (interrogadores um e dois), Fredrika Bergman (testemunha).

Urban: Vamos resumir o estado da investigação quando você foi para casa no fim de semana, na sexta-feira: 1) Você não acreditava que Håkan Nilsson fosse o assassino; 2) Também não acreditava que fosse Gustav Sjöö, orientador de Rebecca; 3) Não acreditava que as fotografias no site tivessem qualquer coisa a ver com o assassinato. Entendi direito?
Fredrika: Tivemos de abandonar as linhas de investigação consideradas improdutivas.
Roger: Qual era o status de Spencer Lagergren nesse ponto?
Fredrika: Não entendi a pergunta.
Roger: Na investigação, quero dizer. Ele era considerado suspeito?
Fredrika: Não, não era.
Urban: Por que não?
Fredrika: Não tínhamos nada que o ligasse à vítima.
Urban: Devo dizer que, com certeza, tinham. Na verdade, você tinha várias ligações concretas entre ele e a vítima. *As duas* vítimas.
(Silêncio.)
Fredrika: Não na sexta-feira.
Roger: Mas você tinha encontrado o panfleto de Rebecca com uma anotação em vermelho do nome dele. Isso deve ter te deixado desconfiada.
Fredrika: Não exatamente.
Urban: Entendo. Mas o fato de ele ser a única pessoa que poderia confirmar o álibi de Gustav Sjöö deixou você desconfiada.
Fredrika: Eu não olhei a planilha da investigação quando cheguei em casa; eu não sabia que Sjöö tinha citado o nome dele.
Roger: Interessante. Mas você estava bem informada sobre os desenvolvimentos a respeito das imagens de Rebecca na internet?
Fredrika: Nesse aspecto do caso, a gente tinha algumas informações para checar. No que se refere a outros aspectos, não acho que tínhamos.
Urban: Aspectos como Spencer, por exemplo.

(Silêncio.)
Roger: A que conclusões você chegou sobre as imagens?
Fredrika: Que a ex-namorada de Rebecca, Daniella, devia ter tirado as fotos e as colocado no perfil na internet.
Urban: Isso fazia dela mais suspeita ou menos suspeita, na sua opinião?
Fredrika: Menos. Concluí que ela tinha feito isso porque estava com raiva e se sentindo traída.
Roger: O que Peder pensava?
Fredrika: Não tive a oportunidade de discutir isso com ele no fim de semana. Só telefonei para Alex no sábado e contei o que tinha descoberto.
Urban: E qual foi a reação dele?
Fredrika: Ele parecia cansado, mas acho que estava bem. Ia pescar com Torbjörn Ross.
Roger: E então, mais uma semana de trabalho começou. E depois?
Fredrika: Recebemos um telefonema da equipe que estava cavando na área do assassinato. Eles achavam que tinham encontrado... alguma coisa.
Roger: Outro corpo?
Fredrika: Eles não sabiam o que era.

DOMINGO

26

Os homens se moviam sem nenhum barulho. Estavam sentados no barco em silêncio, olhando para as boias flutuando na superfície da água. Uma vara era de plástico; a outra, de bambu. Os dois estavam no barco havia bastante tempo.

– Fiquei muito feliz por você vir – disse Torbjörn Ross.

Ele já tinha dito isso uma vez, mas achou que valia a pena repetir.

– Eu e Sonja temos o maior prazer em te ver. Será sempre bem-vindo quando quiser voltar.

– Muito obrigado, Torbjörn – disse Alex.

Na verdade, ele não sabia o quanto estava precisando sair da cidade. Achava que a natureza e sua quietude o deixariam estressado, incomodado, desesperado para voltar para casa. O efeito tinha sido o oposto: o céu sem nuvens e o ar fresco renovaram-lhe a energia.

Mas ele estava com vergonha por ter chegado tão tarde na manhã de sábado. Torbjörn e a esposa garantiram que não tinha problema, que eles estavam loucos para vê-lo e felizes por ele ter chegado a tempo pelo menos do jantar. Perguntaram se ele tinha se atrasado por causa do trabalho, e ele deu uma resposta evasiva. Em circunstâncias normais, ele preferiria se ater à verdade, o que não parecia tão apropriado naquele caso.

Alex tinha chegado em casa depois das três da manhã de sábado, pois passara a noite sentado na sala de Diana Trolle vendo-a tomar vinho. Dormiu até meio-dia e só conseguiu terminar seus afazeres à tarde. Por isso tinha atrasado.

– Você acha que ele tem um lugar como esse? – perguntou Torbjörn. – O homem que matou Rebecca, quero dizer.

Alex olhou em volta. A superfície brilhante do lago, cercado por árvores altas. O antigo chalé de verão, onde as árvores foram derrubadas para dar lugar à construção.

– É possível.

– O esquartejamento em si já dá uma série de informações, apesar da repugnância do ato.

– Nós pensamos nisso. E interrogamos alguns suspeitos por essa mesma razão. Mas não posso descartar o fato de que Rebecca foi enterrada perto de outro corpo que já estava enterrado por quase trinta anos. Tem de haver uma conexão. De algum modo.

– Vocês ainda não o identificaram?

Alex deu um puxão na vara de pescar e enrolou a linha, conferindo se a isca estava bem presa.

– Eu esperava que ele fosse um homem desaparecido em Norrköping há quase trinta anos, Henrik Bondesson. Mas não era. Bondesson quebrou a perna quando adolescente, e o corpo que encontramos não tinha nenhum ferimento dessa natureza.

– Eu me lembro desse nome – disse Torbjörn. – Acho que me lembro do caso.

Alex olhou para ele, surpreso.

– Você também vai se lembrar, se pensar direito – disse Torbjörn. – Ele desapareceu logo depois daquele roubo ao banco em Norrköping. Era divorciado, pai de dois filhos, que tinha sido demitido de um escritório de arquitetos. Estava atolado em dívidas até o pescoço.

– É verdade. Tinha me esquecido de que o nome dele era Henrik Bondesson. Era o principal suspeito do assalto no banco, não é?

– Exatamente. Mas não havia prova.

– Estranho ele nunca mais ter aparecido. Quer dizer, o crime já prescreveu há muito tempo.

Torbjörn deu de ombros.

– As pessoas fazem coisas esquisitas.

Alex pegou o café, deu um gole e baixou a caneca de plástico.

– Aceita mais um pouco?

Sonja tinha preparado café e sanduíches para os dois. Lena não teria feito o mesmo se ele a pedisse, o que ele definitivamente não faria. Eles tinham optado por uma relação mais moderna; para o casal, havia outras maneiras de ser gentil um com o outro.

– Você acha que vai conseguir resolver o caso? – perguntou Torbjörn.

Alex quase deixou a vara de pesca cair.

– Mas é claro que vou resolver esse troço!

– Eu não quis ser indelicado. Só estou dizendo que é um caso extremamente difícil.

– Está fervilhando de suspeitos. A gente vai encontrar quem fez isso.

Torbjörn baixou a vara e desembrulhou um sanduíche.

– A gente descobre coisas interessantes quando começamos a vasculhar as relações das pessoas – disse ele. – As pessoas não fazem ideia do que a gente encontra quando investiga um assassinato. Independentemente da classe social das pessoas, sempre existem amigos ou conhecidos com algum registro de crime violento ou uma merda qualquer. Sempre.

– É especialmente frustrante quando o caso envolve pessoas mais jovens – disse Alex. – Pense em Rebecca Trolle, por exemplo. O coral da igreja, o programa de tutoria, as aulas de natação para bebês e os estudos na universidade. Não consigo entender como conseguem conciliar tudo.

– Isso quer dizer que vocês terão de percorrer muitos caminhos.

– Cada um mais bizarro que o outro. Diana, a mãe dela, me disse que Rebecca estava quase obcecada pela monografia sobre uma antiga escritora infantil que matou o marido e passou cerca de dez anos na prisão.

– Onze – disse Torbjörn. – E não o suficiente. Deviam ter jogado fora a chave da cadeia.

Ele baixou o sanduíche.

– Então ela estava escrevendo sobre Thea Aldrin?

Alex olhou para o colega, sem expressão no rosto.

– Sim.

– Como assim ela estava obcecada?

– O orientador dela disse que a monografia era quase uma investigação policial.

O tom de Alex era descontraído, mas Torbjörn estava tão sério que Alex resolveu mudar a abordagem.

– Ela achava que Thea era inocente?

– Alguma coisa do tipo.

Torbjörn balançou a cabeça e pegou o sanduíche.

– Foi meu primeiro caso de assassinato – disse ele. – Pode acreditar, ela era culpada.

Ele deu uma mordida, mastigou e engoliu.

– Fui agente durante muitos anos e fui chamado para ajudar nas investigações. Eu podia sair com os policiais fodões para investigar os assassinatos. A vizinha de Thea Aldrin chamou a polícia depois de ouvir gritos terríveis vindos da garagem de Thea – uma voz masculina, uma voz feminina. Fomos direto para lá, imaginando que ela tinha sido espancada. Mas não. Batemos na porta, ninguém respondeu. Demos a volta na casa, olhamos pelas janelas. Ela estava sentada na garagem quando entramos. Com a faca na mão, e o homem deitado morto no chão.

– Ela o matou esfaqueado?

— Com pelo menos dez golpes. Um negócio insano. Tinha sangue por toda parte. A carótida foi cortada. Ela estava simplesmente sentada lá, olhando para o nada; obviamente, estava em choque. E coberta de sangue.

— Por que ela o matou?

— Nunca conseguimos uma explicação razoável. Ela alegou legítima defesa, mas a violência a que o submeteu não correspondia à alegação. Ele tinha abandonado a ela e ao filho antes de o menino nascer. O promotor citou isso como motivo – o fato de ela não ter perdoado o abandono.

— Caramba. O que aconteceu com o filho?

Torbjörn esfregou as mãos na perna da calça.

— Você não se lembra mesmo. Os jornais enlouqueceram, só falavam do caso em todas as páginas.

— Espera lá – disse Alex. – Eu me lembro. O filho tinha desaparecido, não é?

— No ano anterior. Thea Aldrin, a famosa escritora, viajou o país inteiro procurando o filho perdido. Mas acredite em mim, Alex, ela sabia exatamente onde ele estava. Fez tudo que esperavam que ela fizesse, mas dava para ver que ela estava especialmente preocupada.

Alex piscou.

— Você acha que ela também o matou?

— Os outros achavam; eu já sabia. Ou melhor, eu sei. Muitas pessoas falaram de como Thea achava o filho problemático. Acho que ela o culpava pelo fato de o pai tê-los abandonado, e acabou se vingando dos dois.

O barco sacudiu na água com uma leve rajada de vento, reverberando na superfície da água.

— Tinha uma outra coisa terrível sobre Thea Aldrin, mas nunca chegou aos jornais.

Alex admitiu, relutante, que sua curiosidade tinha sido aguçada pelas palavras do colega.

— A polícia confiscou um filme quando invadiu um clube pornográfico chamado Ladies' Night, em 1981.

— Que filme?

— Foi a coisa mais doentia que já vimos. Não era nada parecido com qualquer filme pornô que a gente imagina. Na verdade, não era nem pornô. Era violência pura e insana. Foi gravado usando uma câmera caseira, com uma luz horrorosa. Tinha poucos minutos de duração. Nós o colocamos para rodar num projetor antigo que encontrei no sótão de casa.

— Do que se tratava?

— Não tinha roteiro. Mostrava uma jovem sendo assassinada numa sala em que todas as paredes pareciam de vidro, cobertas com lençóis. Depois acabava. A intenção com certeza era parecer um filme *snuff*.

Alex olhou cético para Torbjörn.

– Filme *snuff*?

– Sim, você sabe. Um filme que diz mostrar um assassinato real. Tem uns caras doentes que ficam excitados com essa porcaria.

– E vocês acharam que esse filme era verdadeiro? Que o assassinato tinha acontecido mesmo?

– De início, sim. Depois, não tivemos certeza. Existem muitos mitos sobre filmes desse tipo; por que haveríamos de ter encontrado um verdadeiro?

– Mas o que isso tudo tinha a ver com Thea Aldrin?

– Alguns anos antes, ela tinha sido acusada de escrever dois livros publicados com pseudônimo; eles continham uma série de descrições de assassinatos brutais, intercalados com pornografia violenta. O filme que vimos era uma cópia exata de uma coisa que acontecia num desses livros.

Torbjörn esperou alguma reação, mas Alex continuou em silêncio.

– Você não entendeu? Ela deve ter tido algum envolvimento na produção do filme. É uma mulher doente.

Ele bateu com a mão na água.

– Ela foi questionada sobre o filme? – perguntou Alex.

– Sim, mas se recusou a admitir qualquer coisa. E não tínhamos nada que provasse seu envolvimento.

– E o filho? Ela não confessou tê-lo matado?

– Não, mas eu não perdi as esperanças.

Alex franziu a testa.

– Como assim?

– É exatamente o que você ouviu. Eu vou encontrar esse garoto; ele merece um destino melhor do que ficar desaparecido para sempre.

Alex continuou em silêncio, então Torbjörn prosseguiu:

– É como dizem: todo policial tem um caso que não consegue largar. O desaparecimento do filho de Thea Aldrin é o meu. Eu ainda a visito regularmente, tento fazê-la falar.

– Você tem permissão para continuar investigando? – perguntou Alex.

– Não preciso de permissão. Eu sei que estou certo. Pode acreditar em mim, qualquer dia ela começa a falar.

SEGUNDA-FEIRA

27

SPENCER LAGERGREN ESTAVA MAIS preocupado do que conseguia admitir. Durante todo o fim de semana, a questão com Tova Eriksson não parou de martelar na sua cabeça, deixando-o esgotado. Fredrika percebeu a mudança, mas não disse nada. Talvez estivesse ocupada demais compensando as horas que passou distante de Saga durante a semana.

Ele sabia que deveria conversar com ela, dizer o que tinha acontecido, em vez de ficar quieto, esperando que tudo explodisse. Assim ele conseguiria lhe dar uma versão menos dramática da história toda, o que começava a parecer mais impossível a cada dia.

Ele tinha telefonado para a polícia em Uppsala no sábado de manhã enquanto Fredrika estava no banho, e seus piores medos foram confirmados. Uma queixa formal tinha sido feita. O promotor ainda não tinha decidido se abriria um inquérito preliminar, mas a queixa em si colocava Spencer em maus lençóis, então ele resolveu imediatamente que procuraria seu advogado na segunda-feira.

Era segunda. Fredrika saíra para o trabalho. Saga estava dormindo depois do café da manhã, e o apartamento estava silencioso e vazio. Spencer estava sentado sozinho na mesa da cozinha, com o telefone na mão. Uno, seu advogado, que também era seu amigo de infância, tinha sido muito prestativo com os procedimentos de divórcio. Achou que Spencer tinha tomado uma excelente decisão de abandonar sua vida antiga.

Que se dane, ele precisava de ajuda e Uno era a única pessoa com quem podia contar. Seu amigo atendeu quase de imediato e ficou feliz por ouvir a voz de Spencer.

– Há quanto tempo! Como está a vida de pai?

Uno ria enquanto falava; ele tinha sido uma das poucas pessoas que não hesitou em dizer para Spencer o que achava da nova vida que tinha escolhido.

– Você vai ser pai? Aos 60 anos? Com uma mulher de 35? Você enlouqueceu de vez.

Spencer gostava da honestidade de Uno e desejava que houvesse mais pessoas como ele no mundo. A honestidade não tem preço numa relação. E esperava que Uno fosse direto com ele agora também.

Com a voz cheia de emoção, ele explicou que a paternidade era maravilhosa, mas que outros aspectos de sua vida não estavam indo muito bem. Uno permaneceu em silêncio enquanto Spencer lhe dizia o que estava acontecendo. Quando Spencer parou de falar, seu advogado manteve-se num silêncio preocupante por um momento.

– Spencer, cá entre nós, existe alguma verdade nas acusações dela?

Existia? Ele hesitou, pensando naquele maldito abraço.

– Não – disse com firmeza. – Absolutamente nenhuma.

– Isso é ainda mais preocupante, de certa forma. O que ela quer? Existe alguma chance de você tê-la magoado sem perceber?

Spencer hesitou. Lembrou-se do dia em que ela comprou um bolo e o chamou para tomar café.

– Acho que eu posso tê-la rejeitado sem me dar conta na época.

– Então você acha que ela estava interessada em você?

– Eu não percebi isso na época, mas olhando agora para trás, acho bem provável.

Uno não respondeu; parecia que estava digitando no computador.

– O que você acha? – perguntou Spencer, por fim.

– Acho que você está com um problema sério. Um problemão, na verdade.

Na segunda-feira de manhã, o Covil já estava disponível para reuniões, o que significava que a ordem tinha sido restabelecida. Pelo menos para Fredrika Bergman: ela gostava de rotina e tomou antipatia da sala temporária de reuniões.

Alex parecia mais radiante e renovado do que estava havia algum tempo. Fredrika se lembrou da promessa de ficar de olho nele; até agora, não tinha demonstrado nenhum sinal de colocar os pés pelas mãos.

Fredrika não tinha certeza de como se sentia por ter voltado ao trabalho. O fim de semana com Saga fizera-a questionar sua decisão, pois sentia falta de ficar com a filha.

– Vamos começar – disse Alex, interrompendo seus pensamentos.

Fez um gesto com a cabeça para que Peder fechasse a porta. Peder também parecia descansado. Os dois pareciam ter tido um fim de semana tranquilo. Alex confirmou a suspeita de Fredrika quando começou a falar.

– Trabalhei algumas horas no sábado, depois tirei o resto do fim de semana para descansar. Sei que alguns de vocês trabalharam fazendo algumas entrevistas e monitorando os telefonemas de Håkan Nilsson; alguma coisa para relatar?

Um dos investigadores de reforço começou a falar.
– Só que o telefone de Nilsson está em silêncio completo.
– Como assim?
– Nada acontece; não temos chamadas para monitorar. Ou ele sabe que estamos ouvindo, ou não tem amigo nenhum.
– Ou as duas coisas – disse Peder.
– E a vigilância? – perguntou Alex.
– Ele saiu uma vez do apartamento durante o fim de semana, para fazer compras.

Alex olhou para a equipe.
– Me lembrem o motivo de não acreditarmos que Håkan Nilsson é o assassino.

Peder e Fredrika começaram a falar ao mesmo tempo, e Alex assentiu para Peder continuar.
– Primeiro, não existe um *modus operandi*. Como ele gostava demais de Rebecca, parece improvável que fizesse coisas tão terríveis ao corpo depois de matá-la. Segundo, ele tem um álibi. Conversamos com outras pessoas que estavam no evento da universidade e eles confirmaram que o viram naquela tarde. Várias pessoas se lembraram de que foi ele que telefonou para a polícia para falar do desaparecimento de Rebecca.
– O evento dos tutores aconteceu não muito longe do lugar onde imaginamos que ela desapareceu – lembrou Alex. – Se ele saiu por uma hora, isso lhe daria tempo suficiente para sumir com Rebecca. Quer dizer, ele não tinha necessariamente que fazer tudo ao mesmo tempo.
– Você acha que ela foi raptada primeiro e assassinada depois? É uma possibilidade, é claro.

Alex coçou a testa.
– Håkan tinha um tutor? Se não, por que estava na festa?
– Estava lá para ajudar – respondeu Peder. – Ele não tinha tutor.
– É mesmo, estou me lembrando agora – disse Alex.
– E quem confirmou o álibi dele? – quis saber Fredrika.
– Vários alunos e outras pessoas que estavam na festa. Håkan tinha várias tarefas naquele dia: entre outras coisas, estava responsável pelos equipamentos, garantindo que todos os empresários pudessem fazer suas apresentações.

Peder encostou os cotovelos na mesa, apoiando a cabeça com a mão.
– Acho que precisamos aceitar que Håkan Nilsson está fora do nosso quadro – disse ele.
– Acho que você está certo – concordou Alex. – A menos, é claro, que alguém o ajudasse, mas isso não parece crível.

– Verifiquei os relatórios da investigação anterior – disse Fredrika. – Quando Rebecca desapareceu, você entrevistou Valter Lund, o tutor dela, apenas uma vez. Por quê?

– Porque não tínhamos motivo para falar com ele de novo. Por que a pergunta?

– Acho que, nas circunstâncias do caso, não demos a devida atenção a ele. E você não parece ter feito perguntas sobre a relação dele com Rebecca.

Peder se virou para encará-la.

– Você está dizendo que Valter Lund poderia ter sido o namorado?

– Bom, a gente não sabe, não é? Na sexta-feira, conversei com o presidente do centro acadêmico, que costumava coordenar o programa de tutoria. Segundo ele, Rebecca lhe dissera que o encontrava só de vez em quando, mas, de acordo com as anotações na agenda dela, eles se viam com mais frequência. Pedi para Ellen fazer as mesmas verificações que tinha feito no caso anterior, mas dessa vez usando Valter Lund. Ela deve me dar um retorno ainda pela manhã.

Fredrika notou que seus comentários deixaram Alex exasperado.

– Não havia nada que indicasse que os dois tivessem um relacionamento. Nada.

Ela também percebeu que a ideia o deixara em alerta. Será que o assassino estava ali, embaixo do nariz deles, o tempo todo?

– Existe mais alguma coisa além do fato de que talvez eles se encontrassem com mais frequência do que diziam? – perguntou Peder, parecendo extremamente cético.

– No momento, nada – disse Fredrika. – Mas não custa nada checar. O presidente do centro acadêmico disse que Valter Lund é religioso, e que ele foi assistir ao coral da igreja de Rebecca. Se ela achou que ele era o pai do filho dela, talvez tenha ficado com medo de ele ser contra o aborto por motivos religiosos.

Alex olhou para as cicatrizes nas suas mãos, lembrando por que sofreu queimaduras sérias.

– Todos nós nos lembramos do caso de Lilian Sebastiansson no verão de 2007. Estamos lidando com a mesma coisa dessa vez? Crianças indesejadas?

– Sem chance – disse Peder. – De jeito nenhum.

– Concordo – disse Fredrika. – Mas esse pode ser um elemento do caso.

– E o homem? – disse Peder. – O homem que foi enterrado há trinta anos. Quem diabos é ele?

Alex pareceu desanimado.

Conversei com o legista e com outras pessoas. Estamos começando a pensar que ele deve ser um estrangeiro, ou alguém que nunca foi dado como desaparecido na Suécia por outras razões.

– Um sem-teto? – sugeriu Fredrika.

– É uma possibilidade. Deve haver um motivo para ele não estar na base de dados de pessoas desaparecidas. Nenhum homem da idade e da altura dele que desapareceu nos últimos vinte e cinco ou trinta anos se encaixa.

– Se ele é um sem-teto escolhido a esmo pelo nosso assassino, então estamos procurando um cara doente – disse Peder. – Isso quer dizer que o assassinato de Rebecca pode ter sido totalmente aleatório.

Fredrika pressionou os lábios, deixando a boca como uma linha fina.

– Há uma conexão – disse ela. – Não tem como os assassinatos não estarem ligados.

– Concordo com você – disse Alex. – Quantos anos tem Valter Lund, por sinal?

– Uns 45.

– Então, de um ponto de vista puramente teórico, ele poderia ter matado as duas pessoas.

– Não verifiquei o álibi dele; ele também estava na festa dos tutores?

– Não me lembro; dê uma olhada.

Alex olhou para o relógio.

– Vamos continuar. Fredrika, me avise quando tiver notícias de Ellen. Dê uma olhada nos antecedentes de Lund. Descubra onde ele foi criado e o que fazia antes de começar sua carreira.

Ele se virou para Peder.

– Poderia verificar o álibi de Gustav Sjöö, de uma vez por todas? Vou tentar descobrir a quem Rebecca recorreu quando se cansou de Gustav e procurou um novo orientador. Ela parecia comprometida com a monografia; tanto sua mãe quanto Gustav tocaram nesse ponto. Gustav ainda disse que parecia mais uma investigação policial.

Fredrika levantou a cabeça, tirando os olhos do notebook.

– Eu peguei todo o material relacionado à monografia de Rebecca que estava na garagem da tia, e vou adorar dar uma olhada, mas preciso cuidar de outra coisa agora de manhã, lembra?

Alex sorriu.

– Daniella, a ex-namorada. Pode ir à casa dela agora mesmo.

Peder ficou curioso.

– O que houve com a ex?

– Achamos que foi ela quem colocou as imagens de Rebecca no site.

O dia estava ensolarado, e a primavera, no ar. Fredrika parou na calçada do lado de fora do Casarão e virou o rosto para o sol. Ficou ali, sentindo o calor durante um tempo antes de caminhar até o carro. Dessa vez, estava sozinha; não via necessidade de levar alguém consigo.

Telefonou para casa. Queria ouvir que estava tudo bem, mas sentiu uma tensão latente na voz de Spencer.

Desligaram afirmando mutuamente que estava tudo bem. Fredrika sentiu um nó no estômago, um desconforto do qual não conseguia se livrar. Seu rosto enrijecera por causa do tempinho que ficou no sol e o couro cabeludo coçou um pouco.

Converse comigo, diga o que está acontecendo.

Quando chegou no prédio de Daniella, já sentiu o mau humor antes de sair do carro. Subiu ruidosamente as escadas e bateu na porta.

Ouviu passos ágeis do outro lado; desejou que a porta fosse logo aberta, o que aconteceu.

– Você de novo?

A voz de Daniella era fraca, mas seus olhos se aguçaram quando notou a determinação no rosto de Fredrika.

– Posso entrar? – disse Fredrika, já pisando sob o batente.

Como da outra vez, Daniella a conduziu até a cozinha. Fredrika a seguiu, parando para olhar as fotografias do irmão de Daniela. Ela tinha certeza. Era o mesmo garoto que reconheceu nas imagens de Rebecca.

Elas se sentaram junto à mesa da cozinha. Fredrika abriu a bolsa e tirou as fotografias de Rebecca nua. Sem dizer uma palavra, colocou-as na frente de Daniella, que olhou para elas e se encolheu.

– Onde você conseguiu essas imagens?

– Na internet. Num site chamado "Dreams Come True".

Daniella engoliu.

– Você as tirou, não foi?

– Sim.

Daniela pegou as impressões, olhando uma a uma. Pigarreou.

– Ela não sabia que eu tinha essas fotos. Tirei enquanto ela dormia.

– Dá pra ver.

Seu tom era mais ácido do que gostaria.

– Eu não queria fazer mal nenhum. Ela parecia tão bonita deitada; eu só queria uma foto.

– E como elas foram parar na internet?

– Não sei.

– Ah, qual é?!

Daniela ficou confusa.

– É verdade! Eu não sei!

– Você vai me dizer que alguém entrou no seu apartamento, roubou essas fotos e as colocou num site de sexo? Conta outra.

Ela levantou a voz, sentindo o efeito da adrenalina. Daniella tinha escolhido o dia errado para brincar com Fredrika. Apesar disso, manteve-se firme, com a voz rouca e cheia de lágrimas nos olhos.

– Estou falando a verdade, eu não sei como foram parar lá. Eu tirei as fotos, mas jamais faria uma coisa dessas. Por que eu faria isso?

– Acho que você estava com raiva, Daniella. Acho que estava simplesmente furiosa. Isso leva as pessoas a fazerem coisas estúpidas, inclusive eu. Como Rebecca não entrou em contato, você pensou que ela tinha decidido ir embora. Então, para se vingar, montou um perfil na internet. Depois percebeu que alguma coisa devia ter acontecido, se sentiu culpada e tirou o perfil do ar.

Daniella tremia; começou a bater o queixo.

– Você não entendeu merda nenhuma, não é mesmo?

Fredrika respirou fundo e tentou colocar os pensamentos em ordem. Não estava chegando a lugar nenhum.

– Muito bem, então me ajude a entender. Quem mais tem as fotos?

– Ninguém!

– Nesse caso, você precisa entender que...

– Espera, Håkan Nilsson tem as fotos.

Fredrika levou um susto.

– Håkan Nilsson?

Daniela olhou para a mesa.

– Rebecca estava com nojo por ele a seguir para todo canto. E ele me odiava. Dizia coisas horríveis para mim quando eu aparecia nas festas que ele estava. Mandei as fotos para ele para me vingar.

– Quando foi isso?

– Na semana que ela sumiu; um ou dois dias antes.

Daniella começou a chorar.

– Eu queria deixá-lo com ciúmes, queria que ele visse que ela estava mais feliz comigo do que com ele.

Que inferno. Håkan Nilsson de novo.

– Você ainda tem o e-mail?

Daniella se levantou e pegou o notebook; voltou e o abriu. A luz do sol dava um reflexo na tela. Ela virou o computador para que Fredrika pudesse ver, abriu o programa de e-mails e procurou a mensagem que mandou para Håkan Nilsson.

– Aqui.

E lá estava, uma mensagem curta:

Dê uma boa olhada, Håkan. Já viu Rebecca tranquila assim enquanto ela estava com você? Acho que não. E adivinha? Ela nunca estará com você. Nunca.

28

ELE TINHA PLANEJADO SAIR DURANTE a noite, mas ficou com medo da escuridão, e estava cansado demais para isso. Håkan adormeceu em cima da roupa de cama, abraçado ao álbum de fotografias. Só acordou às 7h da manhã, quando ouviu o barulho do caminhão de lixo na rua.

Que merda aquelas fotos de Rebecca nua.

Como ele odiava aquela gorda que tinha lhe enviado as fotos. Não porque tivera que olhar para as fotos, mas porque ela tinha tirado as fotos. Violado sua adorável Rebecca enquanto ela dormia.

Ele se mantinha distante das janelas, certo de que a polícia estava lá fora vigiando-o. Ligou a televisão enquanto tomava café e se vestia: programas infantis, sem nenhum sentido ou conteúdo.

Lembrou-se de uma vez em que estava sozinho em casa com o pai. Eles tomaram sorvete e viram TV durante horas. O pai deixou que Håkan se sentasse no colo dele e pediu pizza. Quando sua mãe chegou em casa, acabou com tudo. Chamou o pai de Håkan de irresponsável, gritando que ele estava mimando o filho.

– Você me faz parecer uma inútil – dissera a mãe.

Não é verdade, pensara Håkan. Sua mãe podia fazer aquilo tudo sozinha se quisesse.

Håkan passou cada vez menos tempo com o pai, que ficava fora durante longos períodos e não podia ser contatado. Håkan ficava horas e horas na janela da cozinha, procurando o pai. Uma hora ou outra ele apareceria, com a testa franzida, mas sempre alegre em ver o filho.

À medida que Håkan cresceu, foi entendendo como a situação era séria. Sua mãe estava no processo de afastar o pai para sempre. Håkan não conseguia pensar em coisa pior. Os dias na escola eram infindáveis. Quando terminava a aula, ele saía correndo para casa.

Até que, um dia, tudo acabou.

Seu pai estava pendurado pelo pescoço, no corredor. Com as mãos fortes, ele soltara o lustre que iluminava o corredor e se enforcara com uma corda presa ao gancho no teto. Håkan o viu no instante em que abriu a porta. Nunca tinha gritado tão alto em toda sua vida.

O que teria feito sem Rebecca, quando perdeu a razão e quis matar a própria mãe?

Håkan colocou o álbum na mochila com o resto de suas coisas e resolveu fechá-la com cuidado. Se saísse por trás, a polícia não o veria deixando o prédio.

29

A TELEFONISTA DA UNIVERSIDADE DE Uppsala disse para Peder Rydh que o professor Spencer Lagergren estava de licença por período indeterminado, e que por isso não podia ser contatado pelo telefone. Ela não tinha acesso ao telefone celular do professor, mas talvez ele estivesse verificando seus e-mails.

Peder digitou uma mensagem curta e mandou para o endereço que recebera. Quase imediatamente, recebeu uma resposta automática informando que Spencer Lagergren não estava disponível e que demoraria um tempo para responder a mensagem.

Peder teve mais sucesso no serviço de informações. Encontrou um Spencer Lagergren que morava em Uppsala, e anotou seu telefone celular. Menos de um minuto depois, conseguiu falar com ele.

Peder se apresentou e explicou por que estava ligando.

– Estou trabalhando na investigação da morte de Rebecca Trolle. Teria tempo para uma conversa rápida?

Sentiu a hesitação na voz do homem do outro lado.

– Acho que sim. Do que se trata?

– Tem a ver com uma conferência da qual você participou em Västerås no primeiro semestre de 2007. Eu adoraria me encontrar com você, mas, pelo que vejo, você mora em Uppsala. Por acaso não viria a Estocolmo hoje ou amanhã?

Silêncio.

– Eu estou de licença-paternidade no momento. Prefiro que conversemos pelo telefone.

Licença-paternidade. Peder lutou para esconder sua surpresa. Ainda não tinha verificado a idade de Spencer Lagergren, mas teve a sensação de que ele era velho demais para ter um filho. Por outro lado, Fredrika Bergman tinha convencido seu companheiro a ficar em casa com a filha, e ele era mais velho também.

— Entendo – respondeu Peder. – Nesse caso, vou fazer minhas perguntas agora, e se surgir mais alguma coisa, entro em contato de novo.
— Ótimo.
Peder olhou suas anotações.
— Então, estamos verificando uma conferência em Västerås, que aconteceu no final de março de 2007. Você se lembra se estava lá?
Ouviu o professor limpar a garganta.
— Sim, me lembro. Eu dei uma palestra.
— Interessante – disse Peder, sem querer. – Você se lembra da programação da conferência?
Spencer Lagergren riu.
— Sim e não. As conferências são muito parecidas. Você se refere a alguma coisa específica?
Peder de repente se sentiu inseguro. Será que aquele era um assunto que podia ser tratado pelo telefone?
Que se dane, Gustav Sjöö não é importante na nossa investigação.
— Você se lembra de encontrar um homem chamado Gustav Sjöö?
— Gustav Sjöö? Da Universidade de Estocolmo?
— Exatamente.
— Eu me lembro dele sim. Ele deu uma palestra ótima sobre a contribuição dos romances policiais modernos para a literatura sueca como um todo.
— Você conversou com ele durante a tarde?
Ele tentou parecer relaxado, mas o motivo por trás de sua pergunta estava aparente demais.
— Desculpa, mas do que se trata mesmo?
— É que Gustav Sjöö disse que você poderia confirmar que ele esteve o tempo todo na conferência em Västerås no final do dia, e que vocês conversaram antes do jantar.
Ele ouviu o professor respirando do outro lado da linha.
— Agora que você mencionou, eu me lembro de termos uma longa conversa durante o coquetel antes do jantar. Eu costumo evitar esse tipo de coisa, mas Gustav tinha tocado em várias questões importantes na sua palestra, e eu queria conversar com ele sobre o assunto.
— Você se lembra o horário disso?
— Não de cabeça. Acho que umas 19h ou 20h.
Eis a confirmação. Gustav Sjöö estava em Västerås quando Rebecca desapareceu, e provavelmente não poderia ser o assassino que eles procuravam. Agora só era preciso verificar se o distinto professor Lagergren não estava escondendo algum segredo terrível, o que parecia improvável. No fim das contas, o professor era apenas um acadêmico de licença-paternidade.

Alex estava distraído quando o telefone tocou.
Diana.
Sua voz despertava tantas emoções conflitantes que Alex pensou em desligar imediatamente. Devia dizer alguma coisa, explicar que não tinha tempo para conversar. O que era verdade.
Mas ele queria conversar.
O tom de voz dela era de quem pedia desculpas. Não queria incomodar, mas estava pensando no andamento da investigação. Queria saber se tinha acontecido alguma coisa no fim de semana.
Alex tentou ser evasivo; não queria fazer nenhuma promessa.
– Valter Lund – disse ele, sem pensar.
– O tutor?
– Você se lembra se eles se encontravam com frequência?
– Não, acho que não.
Ele sabia que ela estava curiosa. Por que Alex perguntava a respeito de Valter Lund? Ele estava envolvido? Mas ele já tinha perguntado sobre tanta gente que era difícil para ela acompanhar o raciocínio da polícia.
– Obrigado pela noite de sexta, por sinal.
Alex disse isso tão abruptamente que quase a interrompeu.
– Não, sou eu que agradeço; estou feliz por você ter vindo.
Eu também.
Ele hesitou, sem saber o que dizer em seguida.
– Você sabe que pode me ligar quando quiser.
– Por que não volta outra hora?
Uma batida na porta aberta fez Alex levantar a cabeça. Fredrika estava parada, de casaco. Estava com o rosto corado e ansiosa.
– Infelizmente vou ter que falar com uma colega agora; eu entro em contato.
Não era uma mentira, mas uma covardia. Ele sempre agia assim?
– O que foi? – perguntou ele para Fredrika.
– Não foi Daniella quem colocou as imagens de Rebecca na internet. Foi Håkan Nilsson. Tenho certeza absoluta.
– Bom, então eu...
Peder apareceu atrás de Fredrika.
– Nesse caso, vamos prendê-lo. De verdade, dessa vez. Ele mentiu o tempo todo sobre o caso, não nos contou nada. Acho que já chega.
Alex assentiu.
– Vou falar com o promotor e pedir que a vigilância o traga para cá.
Fredrika continuava parada na porta, em dúvida.
– O que está pensando?

— Håkan Nilsson. E o caso. Há poucas horas estávamos convencidos de que não era ele. Agora...

— Agora continuamos achando que não foi ele. Mas achamos que ele está envolvido. Que está escondendo alguma informação.

— Nisso eu concordo — disse Fredrika. — Precisamos vasculhar o apartamento dele também.

— É claro. Vou falar com o promotor.

Fredrika foi para a sala dela e, assim que Alex pegou o telefone para falar com o promotor, Ellen Lind apareceu.

— Verifiquei aquelas iniciais que você me passou na sexta.

Alex pareceu levemente confuso.

— Você me pediu para ver se algum membro do Departamento de História da Literatura da Universidade de Uppsala tinha as mesmas iniciais que as pessoas que não conseguimos identificar na agenda de Rebecca.

— Ah, sim.

— Consegui encontrar um SL. Há um Spencer Lagergren no departamento, mas ele está de licença.

Alex baixou o telefone.

— Spencer Lagergren. Por que será que reconheço esse nome?

— Ele já está na planilha de investigação — disse Ellen. — quando Gustav Sjöö foi entrevistado, ele disse que Spencer Lagergren poderia confirmar seu álibi.

— O que significa que Spencer Lagergren também tem um álibi para a noite em que Rebecca desapareceu.

— Fala com o Peder — disse Ellen. — Acho que ele ligou para Spencer Lagergren agora de manhã.

— Vou ligar para o promotor antes.

O único ponto negativo em relação ao bom tempo era que ele destruía a concentração de Peder. O trabalho da polícia era realizado melhor com o tempo nublado ou chuvoso. Dias ensolarados tiravam-lhe a inteligência.

Fredrika retornara da visita à ex-namorada de Rebecca Trolle com notícias interessantes, o que significa que Håkan Nilsson voltava a ser relevante para a investigação. Provavelmente ele não era o assassino, mas também não parecia ser totalmente inocente.

A equipe de vigilância dissera não ter visto Håkan saindo do apartamento de manhã. Como eles estavam monitorando seu telefone, escutaram-no ligar para o trabalho e dizer que estava doente. Peder não soube dizer o motivo, mas ficou intrigado. Håkan tinha todas as razões do mundo para dizer que estava doente, mas mesmo assim Peder achou que havia alguma coisa errada.

Deixou a apreensão de lado e se concentrou numa verificação de rotina – nesse caso, Spencer Lagergren. Abriu a base de dados de endereços e digitou o nome do professor. Se tivesse um número de identidade, a verificação demoraria apenas alguns minutos, e ele não precisaria pedir a ajuda de Ellen.

Havia apenas um Spencer Lagergren, mas ao contrário do que o serviço de informações lhe dissera, Spencer Lagergren estava registrado num endereço em Vasastan, em Estocolmo, e não em Uppsala. Peder franziu a testa e anotou o número da identidade dele.

Eu adoraria me encontrar com você, mas, pelo que vejo, você mora em Uppsala. Por acaso não viria a Estocolmo hoje ou amanhã?

Por que ele não disse que morava em Estocolmo? Talvez também estivesse mentindo sobre a licença-paternidade. A base de dados mostrou que não era o caso: Spencer Lagergren teve mesmo uma criança – uma filha de menos de um ano, cujo nome era Saga.

Peder olhou para a tela. Saga. Igual a filha de Fredrika. Respirou fundo. Clicou no nome da criança. Mãe e guardiã legal: Fredrika Bergman. Pai e guardião legal: Spencer Lagergren.

Seu coração batia forte, seu pulso acelerou.

Mas que merda estava acontecendo ali? Por que Fredrika não disse nada? Peder se deteve.

Ela não sabia. Ninguém na equipe tinha mencionado o nome de Spencer Lagergren.

Peder afundou a cabeça nas mãos, tomado pela vergonha. Era de fato muito estranho que ninguém da equipe soubesse o nome do companheiro de Fredrika, mas era ainda mais estranho que Peder tivesse telefonado para Spencer sem checar seus antecedentes. Um desleixo. Spencer deve ter pensado que os colegas de Fredrika não sabiam o que estavam fazendo.

– Não foi nada profissional – murmurou Peder consigo mesmo.

Seu celular tocou e Peder ficou aliviado ao ver que era Jimmy.

– Você atendeu!

Era muito fácil ganhar pontos no mundo limitado de seu irmão Jimmy, do qual Peder era o rei supremo. Mesmo quando decepcionava Jimmy.

– É claro que atendi; você me ligou, não é?

A risada clara de Jimmy ecoou no telefone.

Eles conversaram um pouco. Jimmy tinha saído para caminhar com alguém que tinha um cachorro. Eles fizeram biscoitos na casa de assistência, e Jimmy deu um biscoito para o cachorro.

Peder sentiu uma pontada de tristeza; dali a alguns anos, seus filhos ultrapassariam Jimmy em termos de desenvolvimento.

– O fim de semana foi bom – disse Jimmy.

Ele estava se referindo ao sábado, que passara com Peder e a família. Foi mais do que apenas um jantar; Jimmy quis que o apanhassem na hora do almoço.

– Foi mesmo – respondeu Peder.

– Podemos repetir no próximo?

– Talvez. Se não, nos vemos em breve.

Quando Jimmy desligou, Peder sentiu um vazio crescendo no peito. O psicólogo lhe dissera que ele tinha que aceitar Jimmy como fonte de alegria; não podia continuar se lamentando por tudo que o irmão perderia dali em diante. Não podia passar a vida se sentindo culpado por ter se tornado um adulto, enquanto Jimmy continuava sendo uma criança.

Não fazia diferença quantas vezes Peder ouvia aquelas palavras; ele sempre sentiria um pouco de culpa.

Alex entrou e interrompeu seus pensamentos.

– Spencer Lagergren – disse ele.

Peder deu um suspiro.

– Olha, eu sinto muito se cometi uma besteira, Alex. Eu não tinha a menor ideia de que ele era o... namorado de Fredrika.

– Como?

Alex fechou a porta.

– O que você disse? Do que está falando?

– Ele é companheiro de Fredrika. O pai da filha dela.

Apontou para o computador.

– A não ser que eu o tenha confundido com outro Spencer, mas não acho que confundi. Acabei de telefonar para ele. *Antes* de checar quem ele era. Ele deve estar pensando que somos um bando de palhaços.

Alex se sentou.

– Eu sabia que conhecia o nome dele de algum lugar – disse. – Acontece que Fredrika não é tão aberta quanto o resto de nós. Ela não tem nem uma fotografia dele sobre a mesa. O que não é tão estranho, se pensarmos no assunto. Afinal, ele era casado com outra mulher, mais ou menos até Fredrika ter a menina. E depois disso ela não trabalhou. Eu só sabia que ele era professor.

Alex olhou para Peder.

– Rebecca entrou em contato com Spencer Lagergren por não estar satisfeita com Gustav Sjöö.

– Ele era o novo orientador dela? – perguntou Peder, parecendo surpreso.

– É o que parece.

Peder se mexeu na cadeira, desconfortável.

– Talvez isso não seja tão estranho. Gustav conhecia Spencer. Talvez o tenha recomendado.

– Nesse caso, ele teria dito isso quando o interrogamos.

– Ele disse que Spencer podia confirmar seu álibi. E não faz diferença se Rebecca encontrou Spencer sozinha ou por meio de Gustav.

– De acordo com o perfil de Spencer Lagergren no site da universidade, sua principal linha de pesquisa era escritoras suecas em atividade nos últimos cinquenta anos.

– Como o assunto da monografia de Rebecca: Thea Aldrin.

– Exatamente.

Alex mordeu o lábio.

– Que inferno, por que ele tinha que ser o companheiro de Fredrika? Mas, repetindo, isso é irrelevante no que se refere ao caso. Se precisarmos da ajuda dele, temos de pedir.

– Sobre o que você quer conversar com ele?

– Quero saber se ele se encontrou com Rebecca, se notou alguma coisa que possa compartilhar conosco. As mesmas perguntas que fizemos para todo mundo que teve algum contato com Rebecca em seus últimos meses de vida.

Peder olhou pela janela.

– Não vejo problema.

Alex alisou o vinco da calça.

– Nem eu. Vamos falar com Fredrika que o companheiro dela apareceu na investigação.

Alex ficou em silêncio, e Peder notou que ele estava pensando em alguma outra coisa.

– Fico pensando por que ele não se ofereceu para ajudar. O nome de Rebecca está nos noticiários desde quarta-feira. Ele deveria prever que a polícia ia querer conversar com ele. Que gostaríamos de ter falado com ele quando ela desapareceu há dois anos.

Mais uma pausa. Peder coçou o braço.

– Talvez eles nunca tenham se visto, e nesse caso não haveria nada para ser dito.

– Ele estava na agenda dela, Peder.

– Eu sei, mas isso não quer necessariamente dizer alguma coisa. Ela pode ter pensado nele como possível substituto de Gustav Sjöö, mas ter desaparecido antes de chegarem a trabalhar juntos, e talvez por isso tenha achado que não devia dizer nada à polícia.

Alex abriu bem os braços.

– Tenho certeza de que você está certo. Mas mesmo assim, precisamos falar com ele. Imagino que você não encontrou nenhum antecedente criminal.

– Não tive tempo de olhar ainda – admitiu Peder. – Vou fazer isso agora.

Alex ficou onde estava enquanto Peder abria o sistema interno da polícia e fazia uma pesquisa múltipla em todos os registros. Havia um resultado nos arquivos; Spencer tinha várias multas por dirigir em alta velocidade.

– Nada sério – murmurou Peder.

Alex se levantou e olhou para a tela, por cima do ombro de Peder.

Havia um resultado na base de dados de suspeitos de algum delito.

Os dois viram a ocorrência ao mesmo tempo. E foram empalidecendo à medida que liam a queixa.

– Que merda – sussurrou Alex. – Vou telefonar agora mesmo para a polícia de Uppsala.

30

A porta de Peder bateu e, um segundo depois, Fredrika viu Alex passar rapidamente na frente de sua sala. Ele olhava fixamente para o chão e não olhou dentro da sala dela. Será que aconteceu alguma coisa?

Ela pensou em perguntar a Peder, mas desistiu. Para seu alívio, ele não se incomodou por ela cuidar da investigação das fotos de Rebecca no site, e depois da monografia. Estavam trabalhando bem juntos; uma situação impensável quando ela entrou para a equipe.

Eles teriam de ficar de olho em Valter Lund, o empresário que tinha sido tutor de Rebecca. E também havia o material relacionado à monografia dela, que Fredrika pegara na garagem da tia dela. Decidiu verificá-lo primeiro.

Fredrika não sabia exatamente onde começar. Tanto Diana Trolle quanto Gustav Sjöö deixaram claro que Rebecca dedicava muito tempo à monografia e estava envolvida demais no assunto. Na verdade, ela não tinha terminado de escrever. O trabalho deveria ter sido entregue em janeiro de 2007, mas Rebecca não estava satisfeita e pediu para adiar a entrega para o segundo trimestre.

Por quê? O assunto era a vida e a obra de uma escritora de quase 70 anos de idade. Ninguém falava de Thea Aldrin havia décadas. E mesmo enquanto seu caso esteve nos noticiários, ninguém falava sobre sua culpa ou inocência. Thea Aldrin era culpada dos crimes que disseram que ela tinha cometido; as provas eram quase ridiculamente convincentes.

Mas Rebecca pensava o contrário, segundo sua mãe e seu orientador. Ela insistia em dizer que Thea era inocente do assassinato do ex-marido. Como havia chegado a essa conclusão?

Fredrika começou a ler os artigos que Rebecca tinha copiado, tentando se familiarizar com o histórico de Thea Aldrin. Rebecca era meticulosa, e também pesquisou notícias mais antigas. Praticamente todos os jornais da Suécia acompanharam o julgamento de Thea, contando a mesma história repetidas vezes.

Fredrika descobriu que o processo formava uma espécie de final bizarro para anos de episódios notáveis na vida de Thea. Começou quando Thea fez sucesso como escritora. Algumas pessoas ficaram horrorizadas por ela ser mãe solteira, porque ninguém parecia saber quem era o pai da criança e porque Thea não tinha se casado. Será que os pais deveriam dar para seus filhos os livros de uma mulher como ela?

A resposta à pergunta era definitivamente "sim" – os livros de Thea foram campeões de vendas, não só na Suécia, mas também no exterior. Alguns hipócritas sustentavam que Thea deveria ter sido mais esperta e publicado seus livros com um pseudônimo; assim sua vida pessoal não teria afetado seu sucesso.

Rebecca reuniu uma série de matérias. Uma pessoa que desconhecesse o assunto acharia difícil montar uma linha do tempo, mas Fredrika tinha muitas informações básicas para ajudá-la. Sabia que alguns críticos nunca desistiam de usar todas as suas forças para destruir de uma vez por todas a imagem de Thea Aldrin como mulher independente, mãe e dona de uma carreira.

Em 1976, uma oportunidade assim se apresentou. Uma editora pequena e relativamente nova publicou os livros *Mercúrio* e *Asteroide*, duas obras curtas com o objetivo único de criar polêmica, ao que parece. Uma polêmica extremamente acalorada. Mais recentemente, apenas Bret Easton Ellis criara tanta polêmica, com *O psicopata americano*. As histórias em *Mercúrio* e *Asteroide* continham sequências de pornografia exagerada e violenta que sempre terminavam num assassinato. Também continham assassinatos extremamente desagradáveis de mulheres numa variedade de contextos sexuais.

Fredrika não tinha lido os livros, mas sempre se perguntara por que corriam boatos de que Thea Aldrin os tinha escrito. A editora que cuidava dos livros, Box, se recusava a comentar.

Os rumores a respeito do envolvimento de Thea poderiam muito bem ter se dissipado, não fosse o desaparecimento de seu filho em 1980.

O menino parecia ser um assunto delicado na vida de Thea mesmo quando criança. Ela tinha dado pouquíssimas entrevistas, e sempre se recusava a discutir sua vida pessoal. Protegia o filho com a ferocidade de uma leoa. Havia apenas uma fotografia do menino quando criança, tirada na estreia de um filme inglês em Estocolmo, de acordo com uma das matérias. O ano era 1969, e o menino tinha 5 anos. Estava com as mãos no bolso, olhando para a câmera com uma expressão desafiadora. Fredrika inclinou-se para ver melhor a fotografia. Era uma cópia ruim, e a imagem não estava muito nítida. Parecia que Thea e o garoto estavam no saguão do cinema, com as pessoas aglomeradas em volta deles. Fredrika leu:

"É raro ver Thea Aldrin nas estreias de cinema, mas hoje ela trouxe o filho, Johan. A escritora estava muito interessada no filme, e é membro de um clube de cinema fechado conhecido como Anjos da Guarda, que se encontra regularmente para ver e discutir filmes novos e antigos."

Anjos da Guarda.
Fredrika se lembrou imediatamente dos disquetes que encontrou na garagem. Um deles estava etiquetado com essas palavras: Anjos da Guarda. Precisava se lembrar de entregá-los ao pessoal do TI.

Concentrou-se na matéria de novo. A legenda levemente borrada dizia: "Thea e Johan Aldrin. Ao fundo, Morgan Axberger, que também é membro dos Anjos da Guarda."

Morgan Axberger, ex-vice-presidente da Axbergers, onde Valter Lund trabalhava, hoje presidente do Conselho. Conseguiu visualizar Morgan Axberger hoje – um homem que personificava o conceito de poder em todos os aspectos. Alto e imponente, exalava autoridade. Herdara o império do pai nos anos 1970, e o governava com mão de ferro desde então. Apesar de ter celebrado seu aniversário de 70 anos recentemente, ninguém esperava que se aposentasse. Além disso, ninguém sabia quem ficaria no seu lugar, pois não tinha herdeiros.

Talvez Rebecca tivesse tido vontade de conhecer Morgan Axberger para falar sobre o clube de cinema. Fredrika pegou a cópia da agenda de Rebecca que Peder lhe dera; folheou as páginas sem ver o nome de Axberger. No entanto, ele era uma das pessoas mais influentes na indústria sueca, então provavelmente seria difícil conseguir marcar uma reunião com ele. Mas, tendo Valter Lund como tutor, não seria impossível. Sentindo-se frustrada, Fredrika deixou a questão guardada na mente e resolveu fazer uma pausa.

Encontrou os disquetes que pegara na garagem e foi até o departamento de TI. No corredor, encontrou Peder, que levou um susto quando a viu.

– Ei, você.

Ela riu.

– Ei, você.

Ele parou.

– O que foi?

– Nada... só o jeito que você disse "Ei, você". Não é seu cumprimento mais comum.

Peder deu de ombros, como se estivesse se forçando a sorrir para ela. Depois, continuou andando.

Fredrika sentiu que havia alguma coisa errada, mas a curiosidade sobre o que poderia encontrar nos disquetes superou todo o resto.

O departamento de TI estava quase vazio; a única pessoa disponível para ajudá-la era uma moça do administrativo.

– Então você quer saber o que tem nesses disquetes?

– Por favor. Se não tiver muita coisa, gostaria que você imprimisse agora mesmo.

– Ok, vou ver o que faço.

Fredrika voltou apressada para sua sala. Sua intenção era tentar trabalhar menos horas por dia do que na primeira semana – se é que seria possível enquanto estivesse com o caso de Rebecca Trolle.

Alex e Peder estavam na sala de Alex quando ela passou. Estavam conversando discretamente, parecendo tensos. Ela parou na porta, perguntando-se o que estava acontecendo. Alex a viu primeiro.

– Recebemos notícias da equipe de vigilância. Sobre Håkan Nilsson.

Ela esperou.

– Ah, sim. E...?

Peder não conseguia olhar para ela; parecia estar lendo a folha de papel que segurava nas mãos, totalmente concentrado.

– Ele desapareceu. Eles tocaram a campainha várias vezes, e por fim invadiram o apartamento. Estava vazio.

– Ele escapou mesmo com nosso pessoal vigiando o prédio?

– Parece que sim. Há uma porta nos fundos do prédio. Aparentemente, não estava vigiada.

Fredrika notou que Alex estava intrigado e estressado. Mas tinha outra coisa. Peder continuava olhando para o papel.

– Vou acompanhar aquele outro ponto que discutimos – disse ele, saindo da sala.

Fredrika o observou sair.

– O que a gente faz agora?

– Vamos pedir um mandado de prisão. O promotor já nos deu um de busca e apreensão no apartamento dele. Peder vai até lá assim que resolver uma outra questão.

Outra questão. Fredrika sentiu que tinha sido colocada de lado, e não por um bom motivo.

– No que você está trabalhando? – perguntou Alex.

– Estou lendo as anotações da monografia de Rebecca, tentando ter uma ideia do que ela descobriu que...

– Excelente – Alex a interrompeu.

Ele se sentou atrás da mesa, concentrando-se na tela do computador.

– Mais alguma coisa?

O tom de voz era diferente. Não desagradável, mas também não exatamente convidativo.

– Não, acho que não. Ah, sim.

Ele olhou para ela.

– Valter Lund, o tutor de Rebecca. Ellen ainda não me deu notícias.

– Você procurou o nome dele no registro de eleitores?

Ela tinha se esquecido completamente.

– Não, vou fazer isso agora.

Ele assentiu levemente com a cabeça e voltou a se concentrar na tela. Quando estava saindo da sala, ouviu-o dizer:

– Você fecha a porta pra mim, por favor? Preciso dar alguns telefonemas.

A situação que acabara de se configurar era completamente nova para Alex. O surgimento inesperado de Spencer Lagergren na investigação era delicado, para dizer o mínimo. E nada bem-vindo. Alex tomara a decisão inicial de não dizer nada para ninguém.

– Qualquer coisa que descobrirmos fica entre nós – dissera ele para Peder. – Se é óbvio que Spencer não tem nada a ver com o caso, quero provar isso o mais rápido possível. Não faça nenhuma anotação na planilha geral por enquanto. Vou cuidar para que as pessoas certas lá de cima sejam informadas, se necessário.

Peder não levantou nenhuma objeção, mas Alex percebeu que ele estava pouco confortável com o arranjo.

O telefone tocou. Era o policial a cargo da escavação em Midsommarkransen.

– Encontramos alguma coisa.

Ele estava afônico de tensão, como se soubesse desde o início que havia mais alguma coisa esperando ser descoberta naquela trama maldita. Alex segurou com força o telefone.

– Homem ou mulher?

– Nenhum dos dois. Alguns objetos. Um relógio de ouro. Um machado e uma faca.

– Que merda.

– Achamos que tem uma inscrição atrás do relógio, mas não descobrimos o que significa.

Alex engoliu.

– Mande agora para a perícia. Pode nos ajudar a identificar o homem que encontramos na semana passada.

Semana passada.

Depois de mais dias do que Alex tinha forças para contar, eles ainda não tinham ideia de quem era o homem morto, apesar de Alex ter estabelecido o objetivo de identificar a vítima quando o fim de semana terminasse.

– Já mandamos. O machado e a faca também.

Alex agradeceu ao colega pela informação, pensando no que poderiam significar as novas descobertas. Não saberia explicar por quê, mas estava convencido de que o relógio estava ligado ao homem, e não a Rebecca. Isso os colocaria um passo mais perto de resolver o caso. E um passo para longe da cova. Já tinha se passado quase uma semana desde que o corpo de Rebecca fora encontrado, e a polícia continuava cavando. Se não encontrassem mais nada, parariam de procurar na noite seguinte.

Jornalistas do país inteiro acompanhavam o movimento dos policiais. Por que ainda estavam cavando? Alex finalmente concluíra que a situação era insustentável, e aceitara que a polícia precisava liberar um comunicado. Ele não queria dar uma coletiva sem ter nada a dizer, mas algumas linhas eram necessárias para apaziguar a curiosidade. E para evitar as histórias fantasiosas que cresciam na sobra do silêncio contínuo por parte da polícia.

Olhou as manchetes nos jornais do dia:

POLÍCIA TEME UMA COVA COLETIVA

PESADELO SEM FIM: POLÍCIA DESESPERADA CONTINUA CAVANDO

Uma das matérias especulava que a área ao redor da cova estava amaldiçoada, e que as pessoas entravam na floresta sem nunca mais voltar. Não havia exemplos concretos, apenas rumores e alegações sem fundamento.

Lixo, pura e simplesmente.

Uma batida na porta.

– Pode entrar.

A porta se abriu e Peder entrou, fechando-a em seguida. Algo novo para os dois – a única pessoa que gostava de trabalhar com a porta fechada era Fredrika, e, no momento, estava escancarada.

– Conversou com a polícia de Uppsala?

Alex balançou a cabeça.

– Não tive tempo. Outras coisas me atropelaram.

Ele contou as novidades e Peder ouviu, interessado.

– Um machado e uma faca. Para que foram usados?

– Se não fosse pela motosserra, eu teria uma sugestão – disse Alex.

Peder soltou uma gargalhada, mas se calou assim que percebeu que não era apropriado rir daquele jeito.

– Telefonei para o chefe do departamento de Spencer Lagergren – disse ele. – Queria saber o ponto de vista da universidade. Ele prometeu que tudo continuaria confidencial.

– Você disse por que estava ligando?

– Fui vago, para dizer o mínimo; não queria dizer o motivo real.

– Ótimo. O que ele disse?

– O que já sabemos. Que uma aluna reclamou de assédio sexual contra Spencer, e que resolveu dar queixa na polícia.

– Mas por quê? Eu achava que essas coisas fossem facilmente resolvidas na universidade.

— A garota que deu a queixa apresentou e-mails incriminadores que Spencer supostamente enviou. Eles continham ameaças diretas, e foram essas ameaças que provocaram a reação das autoridades da universidade.

Alex suspirou, olhando pela janela. Mais um dia agradável. Não que ele fosse ter alguma chance de apreciá-lo.

— O chefe do departamento acha que Spencer é culpado?

— Ele preferiria que os e-mails não existissem; eles dificultam ainda mais o esclarecimento dos fatos. A universidade está acostumada com alunas e alunos revoltados, mas isso é algo diferente. Na opinião dele.

— Outra pessoa poderia ter mandado os e-mails?

Peder folheou seu caderninho.

— De um ponto de vista puramente teórico, sim. Mas ele não acha que seja o caso.

Peder respirou fundo.

— O fato de Spencer Lagergren hoje viver com uma ex-aluna não ajuda muito.

Alex estava incomodado.

— Besteira! É ridículo considerar seu relacionamento com Fredrika como algo fútil.

— Concordo totalmente — disse Peder. — Mas, para ser honesto, eu não sabia que eles estavam juntos há tanto tempo. Mais de dez anos, de acordo com o chefe do departamento. Aparentemente, ela costumava ir a conferências com Spencer. Ele era casado na época, Alex. Não estou criticando Fredrika, mas como a gente vai saber se ela era a única com quem ele saía?

— Faria diferença se houvesse outras?

— Não se todas estivessem felizes com a situação. Mas ele pode ter se aproveitado da sua posição para seduzir alunas no passado. E ter ficado furioso por levar um fora.

Os olhos de Alex começaram a coçar, como se ouvir as palavras de Peder tivessem lhe provocado uma reação alérgica.

— Vá fazer a busca na casa de Håkan Nilsson e depois vá até Uppsala. Vasculhe o que puder, converse com a polícia local. Sinta como está a situação e me comunique no final do dia. Enquanto isso, vou tentar descobrir se temos algum motivo para achar que Spencer Lagergren conheceu Rebecca. Depois, resolvemos o que fazer.

— Ok.

Peder teria de correr para fazer tudo a tempo. Quando estava prestes a sair da sala, Alex disse:

— Ainda quero que isso fique entre nós, Peder. Pelo bem de Fredrika.

31

Isso não ia acabar bem. A certeza cobrira sua pele como uma película dolorosa. Malena Bremberg desligara o celular na esperança de manter seu perseguidor à distância. Seu gesto, no entanto, parecia despropositado. Não havia nada que pudesse tornar sua vida boa novamente.

Mal se lembrava de como tudo havia começado. Era como se todos os seus problemas tivessem aparecido da noite para o dia; como se, desde o início, ela não tivesse controle sobre eles. Ela achava que eles tinham se conhecido por acaso; só agora, em retrospecto, ela percebia que não tinha sido bem assim. Nada do que acontecia entre eles era por acaso: tudo tinha sido planejado.

De vez em quando, ele dizia que os dois precisavam um do outro. Por diferentes razões, é verdade, mas o que importava era sua dependência mútua. Ela o contestara apenas uma vez: o suficiente para que aprendesse a lição de que as regras dele é que valiam. Foi quando ele fez o filme.

O filme.

Ela foi tomada por ondas de terror, teve vontade de escalar as paredes do apartamento. Ele dera a entender que o assistia de vez em quando, que gostava de assistir. Ela o odiava por isso, morria de medo dele por isso. E acabou aprendendo que ódio e medo eram dois conceitos inseparáveis.

Malena não sabia como ia passar o tempo. Já tinha feito várias horas extras, e sua supervisora no asilo explicara-lhe, com todo cuidado, que não queria vê-la trabalhando mais do que o necessário.

– Quer dizer, você também precisa ter um tempo para os estudos.

Como ela explicaria? Não tinha assistido a nenhuma aula desde que Rebecca Trolle fora encontrada. E não faria a prova na sexta-feira. Que diferença faria se ela deixasse para o próximo semestre? Já tinha problemas sérios demais.

Ela se lembrou do momento em que percebeu que as coisas não estavam certas. Estava passando a noite na casa dele; tinham acabado de apagar as luzes e estavam quase prontos para dormir.

– Thea Aldrin é paciente no asilo em que você trabalha, não é?

Ela não tinha permissão para dar esse tipo de informação, mas era como se ele já soubesse que a famosa escritora morava no asilo, portanto não viu motivos para negar.

– Sim, ela já está lá há alguns anos.
– Ela é legal?
– Não sei. Ninguém sabe se ela é legal ou não.
– Então ela continua sem falar?

Nesse momento, Malena hesitou. Deveria se manifestar sobre o silêncio de Thea?

– Sim, ela não fala nada há muito tempo.

Ele se virou para o lado dela, olhando-a no escuro.

– Ela recebe muitas visitas?

A linha que ela não podia cruzar. Não disse nada.

– E...?
– Não posso falar sobre isso. Não posso discutir questões dos moradores com gente de fora.

Ele começou a respirar com força. Ela sentiu que seu corpo ficou tenso, depois relaxado.

– Pense duas vezes antes de me afrontar, Malena. Só estou avisando.

Em seguida, ele fez silêncio e se virou de costas para ela na cama. Ela não pregou os olhos a noite toda, e nunca mais passou a noite com ele. Era como se, de repente, tivesse entendido o que ele seria para ela dali em diante. Ele não representava um caso sério: era apenas um homem consideravelmente mais velho, que participava da vida dela na mesma medida que outros poderiam participar.

Mas já era tarde demais para perceber isso.

O que mais a deixava intrigada era não entender uma única coisa: por que um homem como ele teria interesse nas visitas de Thea Aldrin?

32

Nada indicava que Håkan Nilsson fosse passar muito tempo longe de casa. Tinha deixado comida na geladeira e não havia colocado o lixo para fora. A cama estava arrumada, e as persianas do quarto, abertas. Sobre a mesa da cozinha, uma xícara suja de café.

Peder e seus colegas vasculharam sistematicamente todo o apartamento. Abriram gavetas e armários, esticaram jornal no chão e mexeram no lixo. Qualquer informação sobre onde ele poderia ter ido seria bem-vinda. Nada sugeria que ele tivesse saído de casa por obrigação.

– Temos alguma ideia de que horas ele saiu? – perguntou Peder.

– Não, infelizmente.

Ninguém disse nada, mas todos estavam com vergonha por Håkan Nilsson simplesmente ter conseguido sair do apartamento sem ser visto pela vigilância de plantão na porta do prédio. E quando souberam que havia uma porta nos fundos, não colocaram ninguém para vigiá-la.

– Ele não tirou muita coisa do guarda-roupa – gritou um policial de dentro do quarto.

– Não?

– Parece que não.

Peder passou por um quadro de avisos no corredor, que também parecia funcionar como um local de trabalho. Havia cartas do banco e da companhia de seguros, e um monte de contas. Håkan datou as cartas com caneta, supostamente para indicar quando foram pagas. Era uma pessoa organizada. Peder folheou os papéis, sem saber ao certo o que procurava. Uma das contas era da assinatura de um jornal; outra, de livros que ele havia comprado. A terceira, do seguro de um barco.

Peder franziu a testa. Interessante; Håkan Nilsson tinha acesso a um barco.

– Como a gente sabe se uma pessoa tem um barco, e, se tiver, onde fica atracado? – perguntou a um colega que por acaso tinha um barco.

– A companhia de seguros consegue confirmar quem é o dono, mas provavelmente não vai saber onde o barco está. Você teria de ligar para vários clubes e perguntar – disse, olhando para a conta na mão de Peder. – Aí diz que tipo de barco é.

Ele apontou para o papel. Um Ryds Hajen. Cinco metros. Motor de popa Evinrude, cinquenta cavalos-vapor.

– Não é exatamente um iate de luxo – disse Peder. – Que raios é um Ryds Hajen?

– Um verdadeiro diamante – disse o colega. – Um modelo dos anos setenta, acho. Teto rígido e uma cabine. Duas camas.

– Então dá para dormir a bordo?

– Com certeza.

Mas não naquele momento, pensou Peder. Continuava fazendo dez graus negativos durante a noite. Ninguém dorme num iate quando faz tanto frio. A não ser que se esteja desesperado, é claro. E era possível dizer que Håkan estava.

– A estação já começou?

– Não. Os clubes geralmente começam a colocar os barcos na água a partir de primeiro de maio.

– Então podemos concluir que esse barco está atracado em algum lugar?

O colega balançou a cabeça.

– Não podemos concluir nada. Ele mesmo pode ter colocado o barco na água, mesmo que seja contra as regras do clube. Isso se ele fizer parte de algum clube.

A mesa de Håkan era pequena, cercada por estantes altas. Peder deu uma olhada na lombada dos livros e encontrou uma fileira de pastas no final, organizadas por ano: de 1998 em diante. Peder puxou a pasta do ano corrente: 2009.

Håkan era muito bem organizado, e o conteúdo da pasta estava distribuído em diferentes títulos, separados por divisórias coloridas: Telefone, Apartamento, Internet, Garantias. No final: Barco.

Peder passou diretamente para a parte que lhe interessava e encontrou todas as informações de que precisava. O barco fazia parte do clube St. Erik, em frente ao Karlberg. Pelo que Peder entendeu, Håkan tinha acabado de renovar seu título anual.

Sentindo-se nervoso, Peder fechou a pasta. Alex teria de pedir para outra pessoa ir atrás dessa pista; ele precisava ir até Uppsala.

Todos os músculos do corpo de Alex queriam atravessar o corredor e bater na porta de Fredrika, sentar-se diante dela e explicar o que tinha acontecido, para que ela soubesse de tudo que ele e Peder sabiam. De um ponto de vista puramente emocional, ele achava que essa era a coisa certa a fazer. Mas a razão lhe dizia outra coisa. Havia uma chance mínima de Spencer Lagergren estar envolvido no assassinato de Rebecca Trolle. E havia um risco ainda menor de Fredrika saber do envolvimento do companheiro e ter decidido ficar quieta. Isso significava que Fredrika tinha de ser excluída da pista que Alex e Peder seguiam, de modo que ninguém dissesse depois que a questão não tinha sido tratada da maneira correta.

Alex voltou a analisar o material da primeira investigação, procurando traços de Spencer. Descobriu que Rebecca tinha telefonado para a central da Universidade de Uppsala diversas vezes; a última vez tinha sido na véspera de seu desaparecimento. E, de acordo com sua agenda, ela tinha uma reunião preliminar agendada com Spencer para dali a dois dias. Ou pelo menos as iniciais "SL" apareciam no diário, com as palavras "não confirmado" ao lado. Alex teve quase certeza de que aquilo se referia a Spencer Lagergren.

A agenda era uma fonte ambígua. Havia sempre o perigo de estarem interpretando mal as anotações breves. E quem saberia dizer que outros encontros breves Rebecca teve e não anotou na agenda? Ou quais reuniões teria cancelado sem riscá-las?

Ambígua ou não, era tudo que tinham.

Alex abriu a planilha de investigação e procurou as informações que o levaram a desconfiar do orientador de Rebecca em primeiro lugar. Uma colega de Rebecca dissera que ela estava tão insatisfeita com Gustav Sjöö que tinha procurado um novo orientador. Em Uppsala.

Ele telefonou para ela; não estava nem aí para as formalidades. Tudo que queria era uma resposta para algumas perguntas simples.

– Frida.

– É Alex Recht, da polícia. Estou incomodando?

Não, não estava. Pela voz dela, Alex notou que o telefonema a deixara nervosa. Ele explicou rapidamente que sabia que ela tinha conversado com uma pessoa da equipe na semana anterior, e achou que ela não se importaria em responder mais uma ou duas perguntas. Ela hesitou; já tinha dito à polícia tudo que sabia.

– O outro orientador que Rebecca procurou, você não sabe mesmo o nome dele?

– Não, infelizmente. Sinto muito não poder ajudar mais do que isso.

– Tudo bem.

Mas você podia ao menos tentar. Todo mundo acaba se lembrando de alguma coisa.

– Você se lembra se Rebecca se referiu a ele pelo nome?

Ele conseguiu ouvir a respiração de Frida do outro lado da linha. Alex se perguntou por que as pessoas sempre respiravam de maneira diferente quando o pensamento exigia algum esforço.

– Acho que sim. Mas não me lembro do nome, só que era um pouco estranho. Gilbert, alguma coisa assim.

– Spencer?

– Isso!

Alívio na voz dela; pelo menos se lembrava e poderia ajudar.

– O nome dele era Spencer, e o sobrenome terminava com "gren".

Alex olhou para a fotografia de Spencer Lagergren que havia conseguido no site da universidade. Traços fortes e distintos. Cabelos grossos e grisalhos. Olhar penetrante como de uma águia. Seria essa a aparência de um assassino que esquartejou sua vítima?

– Você sabe se eles se encontraram?

– Desculpa, não sei. Eu sei que ela queria se encontrar com ele porque precisava de ajuda com a monografia, mas não sei se conseguiram marcar. Eu me lembro também de outra coisa, mas não sei se é relevante para a investigação.

A expectativa de Alex aumentou.

– Diga.

– Ela se deparou com o nome desse professor num contexto diferente enquanto estava trabalhando na monografia.

– É mesmo?

– Não sei exatamente como, mas ela achava que ele seria duplamente útil.

Alex agradeceu pelas informações, lamentando o fato de não conseguirem concluir se Spencer e Rebecca tinham se encontrado sem ter de perguntar para Spencer. Queria evitar um interrogatório formal com ele a todo custo, porque isso significaria ter de contar tudo para Fredrika.

Ela precisava saber, de todo modo. Não dizer a ela que Spencer agora fazia parte da investigação era insustentável. E moralmente errado. E ilegal. Se Spencer Lagergren tinha aparecido como possível suspeito, Fredrika teria de ser retirada do caso.

Ela jamais aceitaria isso, sob quaisquer circunstâncias.

Alex sentiu uma onda de tristeza e fúria. O fim de semana que passou pescando parecia a milênios de distância, e tinha sido maculado pelo relato de Torbjörn a respeito de sua obsessão com o caso de Thea Aldrin. Ele ainda visitava uma mulher de mais de 70 anos, esperando que confessasse o assassinato do filho. Algo totalmente contra as regras.

Ele se levantou e foi até a sala de Ellen Lind.

– Conseguiu a lista dos parentes de Håkan Nilsson?

– Aqui – disse ela, entregando-lhe uma lista com nomes que cabiam nos dedos de uma mão.

– É uma piada isso aqui?

– O pai dele morreu, e também os avós maternos e paternos. Os únicos parentes vivos são a mãe, uma tia materna e dois primos.

A lista era triste demais para qualquer comentário. Como um homem, no auge da juventude, podia ter tão poucos parentes próximos?

– A propósito, telefonei para a universidade para perguntar sobre os estudos de Håkan Nilsson.

– Sim?

– Aquela moça que veio aqui com a mãe, que você interrogou sobre o início dos boatos de Rebecca Trolle? Ela disse que ele tinha encontrado o site enquanto pesquisava para uma monografia sobre leis de prostituição.

– Certo – disse Alex.

– Bom, ela mentiu. Ou Håkan mentiu.

Alex olhou para ela.

– Mentiu sobre o quê?

– Provavelmente foi ele. Ele não escreveu monografia. Largou a faculdade quando faltava um ano ainda.

– Ele não se formou?

– Não.

"Como pode?", perguntou-se Alex. Como pode uma pessoa central na investigação desde o primeiro dia ainda surpreendê-los desse jeito? Uma vez atrás da outra? E sem ser o culpado?

Com a sensação de que o tempo estava correndo rápido demais, Fredrika continuou mergulhada nas anotações de Rebecca. O fato de ela ainda não ter uma cópia da monografia dificultava o trabalho; tomara que fosse um problema temporário, e que o setor de TI, até o fim do dia, lhe desse o material de que tanto precisava.

A vida de Thea Aldrin jamais foi a mesma depois dos dois livros escandalosos publicados em 1976. Os rumores eram constantes. Apesar de ninguém saber ao certo, o rumor se tornou verdade, de acordo com o público em geral: Thea tinha escrito aqueles livros repugnantes, provando de uma vez por todas a pessoa perturbada que era. Os livros eram a razão de ela ter escolhido uma vida reclusa, e também o motivo de não querer contato nenhum com os leitores.

"É por isso que não consegue olhar nos olhos das crianças", declarou um artigo de 1977, um ano depois da publicação.

Alguém levou a questão à polícia, mas não deu em nada.
Obviamente.

Fredrika olhou a fotografia de Thea com o filho Johan no cinema. Ele tinha desaparecido em 1980. Jamais fora encontrado, e ninguém tinha notícias dele. Para onde foi? Se não fosse tão jovem na época, Fredrika teria pensado que ele era o homem que dividia a cova com Rebecca em Midsommarkransen.

Rebecca também tinha coletado matérias relacionadas à busca de Johan, publicadas no país inteiro. No início, todo mundo apoiou sua escritora predileta, mas quando um novo boato começou a circular, eles deram um passo atrás. Thea tinha matado o menino. Esse boato foi seguido de mais uma cobertura da imprensa; mais uma vez, houve especulação sobre o motivo de Thea Aldrin querer viver sozinha. Que segredo ela ocultava a ponto de não deixar nenhum homem se aproximar? Ela devia ter um peso tão grande na consciência que acabou ficando louca.

Fredrika estava cada vez mais incomodada. De onde vinha toda essa conversa? Primeiro sobre *Mercúrio* e *Asteroide*, depois sobre o desaparecimento do filho. A implacável campanha de ódio parecia ter levado Thea ao limite, pois um ano depois ela matou o ex-namorado a punhaladas – o homem que, segundo ela, era o pai de seu filho. Os jornais se referiam equivocadamente a ele como ex-marido, mesmo que nunca tivessem sido casados.

Nada explicava ele ter aparecido de repente na porta de Thea. Não havia nada nem ninguém que apoiasse sua defesa. Thea escolhera não apelar contra a sentença de prisão perpétua, e se entregou à prisão algemada, enquanto as câmeras registravam tudo.

Não era difícil perceber por que Rebecca se interessou tanto pela vida de Thea. Mas uma peça grande do quebra-cabeça ainda estava faltando, a peça que explicaria por que o interesse se transformou em obsessão. Como Rebecca chegara à conclusão de que Thea era inocente do assassinato do ex?

O que você descobriu que eu não consigo ver, Rebecca?

Fredrika recebeu um telefonema do TI dizendo que o conteúdo dos disquetes tinha sido impresso. Ela quase correu para pegar os papéis. Ficou surpresa e decepcionada quando viu que a pilha de papéis era muito menor do que imaginava.

– Isso é tudo que estava nos disquetes – explicou a moça.

Fredrika folheou as páginas.

– Quais impressões vieram de qual disquete?

– As três primeiras são do disquete "Anjos da Guarda", e o resto, do que estava escrito "Monografia".

Parecia um esboço inacabado. Melhor do que nada, pensou Fredrika.

Quando estava voltando, Alex a chamou na sala dele.

– Precisamos conversar com os parentes de Håkan Nilsson para saber aonde ele pode ter ido. Não são muitos, infelizmente. Você pode telefonar para a mãe dele e para um dos primos? Pedi para Cecilia Torsson telefonar para os outros.

Alex entregou um papel para Fredrika com os detalhes anotados. Estava com a cabeça em outro lugar e nem a viu saindo da sala.

Fredrika se sentou na sua mesa e resolveu matar imediatamente sua curiosidade olhando as impressões do disquete "Anjos da Guarda". As três páginas descreviam a composição do grupo e por que outrora fora objeto de grande interesse. O número de membros sempre foi limitado, como se para intensificar o ar de mistério que já cercava o pequeno grupo.

Thea Aldrin era a única mulher.

Morgan Axberger.

Um homem de quem Fredrika nunca ouvira falar.

E, depois, quando um dos membros deixou o grupo, Spencer Lagergren.

Não podia ser verdade. Não devia ser verdade.

Fredrika sentiu o próprio rosto empalidecer. Em 1972, um novo membro se juntou ao clube de cinema conhecido como Anjos da Guarda: Spencer Lagergren, jovem estudante de doutorado e especialista em História da Literatura.

Spencer. De novo.

Merda.

Obrigou-se a pensar com clareza, tentando ver a explicação lógica para o fato de Spencer ser mencionado mais uma vez nas anotações de Rebecca. A polícia obviamente tinha deixado alguma coisa passar quando Rebecca desapareceu. Ela só viu o nome de Spencer aparecer quando pegou o material na garagem.

Estava prestes a colocar o documento de lado quando percebeu uma palavra escrita por Rebecca no final da última página, seguida de um ponto de interrogação. Leu a palavra repetidas vezes, sentindo a pressão arterial cair.

Apenas uma palavra, o suficiente para seu coração parar.

S n u f f ?

33

UMA DAS COISAS QUE DIANA TROLLE não conseguia aceitar era a gravidez da filha. Achava que, com o tempo, seria capaz de conviver com todo o resto, se conformar.

Mas não conseguia lidar com a ideia de que tinha julgado mal a confiança que Rebecca tinha nela. Diana vivera a ilusão de que ela e a filha dividiam tudo. As coisas sempre foram diferentes em relação ao filho; ele escolheu confiar a vida ao pai. Diana nunca questionou; simplesmente aceitou como um processo natural.

Ela e o pai de seus filhos concluíram bem no início do relacionamento que não tinham sido feitos um para o outro. Enquanto outros casais passavam por um processo gradual de separação, Diana e o ex-marido descobriram que nunca foram próximos o suficiente. A ruptura foi mais do que radical: um dia, o ex-marido saiu de casa e levou o filho consigo. Alugou uma casa não muito distante e morou lá até os filhos entrarem no ensino médio, depois se mudou pra Gotemburgo. Viam-se com uma frequência cada vez menor.

Rebecca sempre ocupara um lugar especial no coração de Diana. Não melhor do que o lugar reservado para o filho, mas, de algum modo, mais importante. As pessoas dizem que todo pai e toda mãe têm um laço particularmente forte para com o primogênito, e para Diana, essa era a pura verdade. A filha que ela carregara no ventre era especial, um mosaico perfeito de qualidades e características herdadas dos pais, misturadas com sua própria personalidade. Isso se aplicava tanto aos elementos físicos quanto aos espirituais.

Na noite em que Rebecca nasceu, Diana e o pai ficaram parados, olhando-a dormir.

– Ela parece com nós dois – dissera Diana.

– É uma pessoa.

– Não faz mal nenhum ter descendentes.

Como essas palavras machucaram Diana nos últimos dois anos, quando ela de repente descobriu que Rebecca era tudo que tinha. Durante as primeiras vinte e quatro horas das buscas, ela conseguiu ficar calma. Telefonou para o ex e explicou o que tinha acontecido, dizendo-lhe que não precisava ir para Estocolmo. Rebecca logo estaria de volta.

Na manhã seguinte, ele estava na porta. Ficou com ela durante noventa dias. Dormiu no sofá e chorou nos ombros dela quando a dor ficava insuportável.

Noventa dias. O tempo de duração das buscas por Rebecca. Depois disso, houve uma mudança. Quando Diana procurou Alex Recht na delegacia, conseguiu sentir que as coisas estavam diferentes. Poucos policiais ainda procuravam por Rebecca. Pouquíssimos. Alex colocou as mãos largas nos ombros dela e disse:

— Nós nunca vamos parar de procurar. Mas precisamos aceitar que as chances de a encontrarmos viva agora são mínimas. Pelo menos a polícia precisa assumir essa ideia.

As consequências dos comentários de Alex eram implícitas: ele precisava dar uma nova prioridade à sua equipe. Lideraria um novo grupo de policiais.

— Não me importo se ela vai ser encontrada viva; só quero saber o que aconteceu – dizia Diana.

Depois disso, seu ex-marido voltou para Gotemburgo. A nova esposa dele não conseguia suportar sua ausência. Era verão, e chovia todos os dias. Diana estava grudada à televisão quando Lilian Sebastiansson, a menina de seis anos de idade, desapareceu dentro de um trem. Ela sentiu a dor da mãe da menina, que era solteira, e lhe quis bem. Quando o verão acabou, Diana se despedaçou. Pela primeira vez na vida, não soube o que faria para se sentir inteira de novo. Não queria se sentir inteira. Enquanto a filha estivesse desaparecida, não havia motivo para se sentir em paz.

Com o outono, veio o retorno ao cotidiano. Pensar que a vontade da filha seria que Diana continuasse vivendo ajudou-a a atravessar os dias. Começou a pintar mais, a passar mais tempo com o filho. A memória de Rebecca não se apagou nem por um segundo. O rosto da filha era a última coisa que Diana via quando fechava os olhos para dormir à noite e a primeira coisa que via quando acordava de manhã. A filha que dera à luz pode ter desaparecido, mas as memórias continuavam, como Diana e o filho sempre diziam um para o outro.

Ela está aqui, mesmo que não possamos vê-la.

Rebecca estava morta. Diana soube disso com o início daquele verão infernal e todas as suas chuvas. A única coisa que não entendia era por que a filha não era encontrada. Onde ela estaria?

No solo.

Alguém tinha dado a Rebecca uma cova sem contar para sua família. Diana queria ir até lá, a Midsommarkransen. Parar diante da cova e ver o buraco que alguma pessoa desconhecida tinha cavado. Alex aconselhara-a a não fazer isso, dizendo que era melhor esperar a polícia terminar seu trabalho.

Alex.

Aquele que liderara as buscas por sua filha e a identificara por causa de uma joia. Diana gostava dele. Tinha gostado dele dois anos antes, quando Rebecca desapareceu. Sabia que ele tinha as próprias dores. Não era justo comparar sua dor com a dele. Era nítido que ele estava sofrendo, mas não sabia como apaziguar a tormenta.

Ou como ele poderia ajudá-la.

Diana começou a chorar. Como sua filha podia estar grávida e não dizer nada? Por vários meses!

Eu achava que não havia segredo entre a gente.

Alex não falava muito sobre o que a polícia estava pensando. A gravidez de Rebecca era uma das linhas de investigação mais importantes. Diana não conseguia entender a existência de tantas pistas diferentes.

Telefonou para o filho, na esperança de não o estar incomodando.

– É claro que não, mãe.

Não conseguiu evitar o sorriso.

– É isso o que a polícia diz quando telefono para lá.

Os olhos dela se encheram de lágrimas.

– Aconteceu alguma coisa, ou você só quer conversar?

Ele era tão parecido com o pai, sempre querendo saber como as coisas estavam.

– As duas coisas.

Ela hesitou antes de continuar.

– Quero que você seja totalmente sincero comigo. Você tem certeza de que não sabia que Rebecca estava grávida?

– Pelo amor de Deus, mãe, você já me perguntou isso cem vezes, e toda vez eu digo...

– ...que não sabia. Desculpa continuar perguntando, é que para mim é tão difícil – *tão* difícil – aceitar a ideia de ela não ter contado para nós.

Droga, era impossível não chorar.

– Desculpa – sussurrou ela. – Desculpa.

– Você precisa aceitar que ela tinha segredos, mãe.

– Mas por que fazer disso um segredo?

– Acho que ela queria interromper a gravidez.

— Mais um motivo para poder me contar. Eu não a julgaria, ela sabia disso.

O filho não disse nada. Não sabia como lidar com a dor da mãe, nem com a sua própria.

— E aquele tal de Valter Lund? — disse ele, por fim.

— O tutor? — perguntou Diana, com a voz surpresa. — Mas ele era muito mais velho do que ela. Você está dizendo que ele pode ter sido o pai?

— Tinha alguma coisa estranha naquilo tudo, mãe. Uma vez ele foi à igreja vê-la cantar.

— Ele não era religioso?

— O que isso tem a ver? Ele estava lá, mãe. Sentou bem na frente, olhando para ela.

— Você estava lá?

— Sim, e eu sei o que vi.

Diana esperou que as palavras do filho se assentassem. Alex não estava preparado para dizer se a polícia tinha descoberto quem era o pai da criança. Seria Valter Lund? Isso explicaria o silêncio de Rebecca. E o de Alex.

34

No início, era como se Valter Lund não existisse. O ambicioso financista que se projetou como um cometa no céu dos diretores empresariais não tinha um passado.

– Por que parece que ele não tem história? – perguntou Fredrika para Ellen enquanto tentavam mapear a vida dele.

– Porque ele só veio para a Suécia em 1986. Tornou-se cidadão sueco no início dos anos 1990 e montou sua primeira empresa no ano em que chegou.

Fascinada, Fredrika continuou folheando os documentos.

– Que história impressionante. Parece que o que as pessoas falam sobre ele é mesmo verdade. Ele veio do nada e rompeu tudo com uma força que deixaria até Thor assustado.

– Quem?

– Thor, o deus nórdico. Aquele do martelo.

Ellen riu.

– Ele está nos seus registros?

– Acho que não.

– Que pena.

Ellen mordeu o lábio inferior.

– Não sei se isso pode ser de algum interesse, mas...

Fredrika se virou para Ellen, soltando os papéis.

– O quê?

– Carl, meu companheiro, trabalha com Valter Lund de vez em quando. E me contou algumas coisas sobre a vida dele. A vida privada, quero dizer.

– Continue.

Ellen se sentou. Fredrika percebeu que ela estava usando uma blusa folgada de novo. Será que estava grávida? Não era algo fora de cogitação; Ellen tinha menos de 40 anos.

– Bom, Carl disse que Valter Lund sempre vai sozinho a cerimônias e eventos relacionados ao trabalho. Sem exceção. E é claro que isso leva a uma série de especulações sobre sua orientação sexual.

As esperanças de Fredrika começaram a diminuir. Se Valter Lund fosse gay, era muito improvável que tivesse uma relação com Rebecca. Mas Ellen ainda não tinha terminado.

– Mas um dia ele apareceu num jantar de braço dado com uma moça muito mais jovem. Isso só aconteceu uma vez, mas foi o suficiente para gerar outro boato. As pessoas disseram que ele só tinha interesse em mulheres com metade da sua idade.

– Se só aconteceu uma vez, parece um pouco apressado chegar a essa conclusão – disse Fredrika. – Talvez a moça fosse sobrinha dele, ou alguma parente?

Ellen balançou a cabeça, decidida.

– Aí é que está. Ela não era parente dele; ele a apresentou como "uma jovem que ainda precisa encontrar sua verdadeira vocação na vida".

– E você acha que podia ter sido Rebecca Trolle?

– Quando o nome de Valter Lund apareceu na investigação, eu me lembrei de Carl ter me falado sobre essa moça. Toquei no assunto e ele me disse ter certeza absoluta de que era Rebecca Trolle.

Fredrika pegou a cópia da agenda de Rebecca.

– Ele se lembra da data?

– Não exatamente, mas foi mais ou menos no início de fevereiro de 2007.

Fredrika folheou semana após semana do mês de fevereiro. Uma série de encontros, mas nada com as iniciais "VL".

– Talvez não haja nada de estranho nisso – disse ela. – Afinal, ele era o tutor. Talvez tenha sido apenas gentil convidando-a para jantar. Vamos perguntar para Diana; ela pode ter ouvido Rebecca falar desse jantar, mesmo que não esteja anotado na agenda dela.

Ellen apertou os lábios.

– Fique à vontade para falar com a mãe dela, mas eu tenho certeza absoluta de que tem algo duvidoso nisso.

– Por quê?

– Porque o jantar foi em Copenhagen. Quantos tutores convidam suas alunas para passar um fim de semana num hotel de luxo na capital da Dinamarca?

O relógio de ouro que estivera enterrado em Midsommarkransen brilhava nas mãos de Alex.

Leve-me contigo. Sua Helena.

Alex leu a inscrição atrás do relógio diversas vezes. Palavras simples, de grande valor.

Quantos relógios como aquele deviam existir no mundo? Não muitos. Devia ser tudo de que precisavam para identificar o homem encontrado na cova. Quem era o homem que havia passado décadas enterrado sem ser dado como desaparecido por ninguém?

Não podia ser verdade.

Ninguém desaparece sem fazer falta para alguém. Ninguém.

Alex apertou o relógio na mão. Tinha pedido para um colega tentar rastrear as origens do objeto tão longe no tempo quanto possível.

– Tente joalherias e relojoeiros especializados. Descubra quando foi feito e onde pode ter sido comprado.

O policial designado levou consigo uma série de fotografias; Alex esperava que ele voltasse logo. Se o relógio não pudesse ser útil, ele já tinha decidido procurar a imprensa. Publicaria imagens do objeto e rezaria para que alguém o reconhecesse. De preferência naquela tarde.

A perícia telefonou para falar do machado e da faca; havia traços antigos de sangue nos dois. Era improvável que o sangue fosse de Rebecca Trolle ou do homem não identificado, mas era impossível ter certeza. Alex sentiu um arrepio só de pensar em ter de lidar com mais uma vítima.

Olhou para o próprio relógio. Peder devia estar chegando em Uppsala; ele conversaria com a polícia local para descobrir o que sabiam. Também pretendia visitar a ex-mulher de Spencer Lagergren, que ainda morava em Uppsala; Lagergren morava com ela quando Rebecca desapareceu.

Alex retornou à lista fornecida pela empresa telefônica com os dados do celular de Rebecca, e não havia nada que a conectasse a Spencer. Só havia ligações para o conselho da universidade, o que não provava absolutamente nada.

Também não foi possível encontrar e-mails enviados de Rebecca para Spencer, ao menos não diretamente da conta dela, o que não garantia que eles não tivessem trocado mensagens, é claro, mas sim que elas não puderam ser rastreadas.

Mas se os dois se falaram pelo telefone raras vezes e não trocaram e-mails, como se comunicavam? Talvez nunca tivessem se falado, e nesse caso Spencer Lagergren não teria lugar na investigação.

Alex fez uma oração em silêncio, pedindo que isso fosse verdade.

A imagem de Gustav Sjöö lhe veio à cabeça: o orientador que citara o nome de Spencer Lagergren para confirmar que ele não tinha saído da conferência em Västerås, e que por isso não podia estar envolvido no assassinato de Rebecca Trolle. Uma testemunha que agora era acusada de assédio sexual contra uma aluna, assim como Sjöö.

E se os dois se conheciam?

A ideia era intrigante. E se os dois estivessem juntos, fortalecendo o álibi um do outro? O perfil de ambos era bem semelhante: dois homens por volta dos 60 anos, recém-divorciados, com dificuldades para manter relações apropriadas com mulheres jovens.

Peder telefonou.

– Conversei com nossos colegas de Uppsala sobre Spencer.

A voz dele estava tensa; parecia que estava ligando da rua.

– O que eles falaram?

– Que uma moça chamada Tova Eriksson prestou queixa. Ela diz que Spencer usou sua posição de poder como orientador para obrigá-la a lhe prestar favores sexuais. E que por não conseguir o que queria, ele reprovou a monografia dela.

– Merda.

– Eu não teria tanta certeza de que tudo é o que parece, Alex.

Peder parecia ansioso; sua voz tinha o peso da incerteza.

– Essa acusação não se parece com as outras feitas contra Gustav Sjöö.

– Não?

– As mulheres que prestaram queixa contra Gustav Sjöö estiveram em palestras dadas por ele em diversas ocasiões. Elas não tinham uma "relação" de verdade com ele. No caso de Spencer, a garota está numa posição de dependência, de certo modo. A acusação vem de uma jovem que recebeu uma nota baixa do orientador. Ela só prestou queixa depois que teve a monografia reprovada.

– Então você acha que ela inventou tudo?

– Estou dizendo que ela pode ter seus motivos para inventar uma história assim, para que ela se saísse bem na fita. Se é que entende o que digo.

Alex entendia perfeitamente o que ele queria dizer. Spencer Lagergren cometera o erro de rejeitar uma aluna que esperava ter uma nota melhor se aproximando do orientador.

– Ela deu em cima dele, e não o contrário – disse Alex.

– É isso que eu acho – disse Peder. – É o que me parece, pelo menos.

Alex sentiu o cheiro da confusão no ar.

– Então podemos retirá-lo das nossas investigações?

– Definitivamente. Mas Spencer vai continuar tendo sérios problemas.

– Como assim?

– O pai de Tova Eriksson foi conselheiro do governo em Uppsala; morreu há alguns anos. Aparentemente, ele era amigo íntimo do delegado local, e Tova Eriksson levou a queixa diretamente para ele, que tomou a história como pessoal. Ele vê o caso como uma oportunidade de melhorar sua imagem em questões de igualdade. Se Spencer não der uma boa explicação para tudo isso, não vai ter a mínima chance.

Alex ouviu o que Peder disse e entendeu o que provavelmente aconteceria com Spencer Lagergren. No entanto, isso não era problema dele. Se tivesse oportunidade, tentaria conversar com Fredrika.

– Então a sua conclusão é de que nada disso tem a ver com Rebecca? – perguntou Alex.

– Exato. Mas acho que mesmo assim eu deveria conversar com a ex-mulher de Spencer, já que estou aqui. Esqueci de procurar o endereço; pode fazer isso pra mim?

– É claro, espera um segundo.

Alex colocou o telefone sobre a mesa e abriu o banco de dados de endereços. Não se lembrava do nome da ex-mulher de Spencer, então procurou por Spencer Lagergren. Havia um registro no bairro de Vasastan, em Estocolmo, e antes disso...

Um endereço em Östermalm.

Mais alguns cliques do mouse. Alex ouviu a voz de Peder do outro lado da linha, mas ignorou. Por fim, pegou o telefone.

– Escuta só. Até abril do ano passado, Spencer estava registrado num endereço em Uppsala, onde morava com a mulher. Você sabe para onde ele se mudou depois disso?

– Não... ele estava no hospital, não? Por causa daquele acidente de carro do qual Fredrika falou.

– Estava, mas a primeira mudança de endereço dele foi para um lugar em Östermalm. Na Ulrikagatan. Perto do Radiohuset, o lugar onde Rebecca foi vista pela última vez. A poucas ruas de distância de Gustav Sjöö.

– E o que isso tem a ver? – perguntou Peder. – Rebecca já tinha desaparecido havia um ano.

– Ele já era dono do apartamento há muitos anos. Antes, tinha sido do pai dele.

Peder ficou sem palavras. Alex esperou uma reação.

– Mas que merda esse Radiohuset – disse Peder, no fim. – Continua aparecendo, uma vez atrás da outra.

– E cá estamos de novo. Mas a gente sabe que Rebecca estava procurando um novo orientador. Uma colega dela confirmou que ela tinha resolvido entrar em contato com o professor Spencer Lagergren. E esse mesmo Spencer morava muito próximo do lugar onde ela foi vista pela última vez. Spencer não ganhou nada quando não te corrigiu ao telefone, na hora em que você se referiu ao fato de ele morar em Uppsala. E ele não entrou em contato com a polícia quando Rebecca desapareceu, mesmo que possa ter imaginado que queríamos conversar com todas as pessoas que tiveram contato com ela.

– Mas será que eles estavam mesmo em contato? – disse Peder, ainda cheio de dúvidas. – A gente não sabe disso.

– Não ao certo, mas muita coisa sugere que sim. Rebecca telefonou para Uppsala diversas vezes, e não tem nenhuma outra ligação com a universidade de lá. Escreveu "SL" na agenda. E falou dele para uma amiga, dizendo que entraria em contato com ele.

Alex ouviu o suspiro de Peder.

– Não vai ter jeito: precisamos falar com ele.

– Você está certo. Mas converse com a ex-mulher dele primeiro. O nome dela é Eva.

Peder levou menos de dez minutos dirigindo da delegacia em Uppsala até o endereço onde Spencer Lagergren havia morado com a ex-mulher. Era uma casa atraente perto da Luthagsesplanaden. Só depois de tocar a campainha é que pensou que Eva Lagergren talvez não estivesse em casa.

Tocou uma, duas vezes. Ylva adoraria aquela casa. Ela gostava mais da ideia de ter um jardim do que ele. Queria observar as coisas crescendo, colher as próprias frutas e flores. Peder não vislumbrava essa possibilidade. Para conseguir arcar com os custos de vida de Estocolmo, teriam que continuar morando no apartamento; comprar uma casa significaria se mudar para bairros mais distantes. E isso só passando por cima do cadáver de Peder.

A porta se abriu; Peder ficou maravilhado. Será que Fredrika conhecia a ex-mulher de seu companheiro? Se Ylva chegasse aos 60 tão bonita assim, Peder agradeceria a todos os astros.

Eva Lagergren era extremamente atraente. Não tinha nada de artificial em sua aparência. Era bem conservada, na medida exata. E estava vestida lindamente.

– Sim?

Ela sorria enquanto falava, ciente, sem dúvida, do efeito que tinha sobre os homens.

Peder sorriu de volta.

– Peder Rydh, polícia. Gostaria de conversar sobre algumas coisas.

Ela deu um passo para o lado, deixando-o entrar. Peder tinha deixado a jaqueta e o suéter no carro; gostava de sentir o frescor do sol da primavera nos braços. Sentiu-se desconfortável por entrar na casa de Eva Lagergren em mangas de camisa. Ela não estava apenas bem vestida, estava pronta. Como se esperasse uma visita. Quando ela lhe mostrou uma sala espaçosa, ele perguntou:

– Cheguei numa hora ruim? Está esperando alguém?

– Não, não. Eu costumo trabalhar em casa pela manhã, e vou para o escritório logo depois do almoço. É a rotina que desenvolvi depois que me separei.

"Há um ano", pensou Peder.

Eles se sentaram e ela perguntou se ele gostaria de beber alguma coisa. Peder não aceitou; queria que a visita fosse o mais breve possível. Foi difícil encontrar as palavras que queria.

– Estou aqui para lhe fazer algumas perguntas sobre uma questão que tem a ver com seu ex-marido, Spencer. E agradeço se tudo que falarmos aqui continuar apenas entre nós.

Peder não conseguiu entender o que dizia a expressão de Eva; seu rosto não entregava nada. Peder ficou com medo: eles não podiam cometer erro algum nessa investigação.

– Você veio aqui para falar de Spencer? Continue, então. Deve ser algo de interessante.

Não havia ironia na voz dela. Peder pigarreou.

– Há dois anos, uma moça chamada Rebecca Trolle desapareceu.

– A moça cujo corpo acabou de ser encontrado?

– Exatamente. Estamos investigando se ela teria tido algum contato com Spencer. Por acaso, alguma coisa lhe vem à mente?

Por que raios ela se lembraria de alguma coisa do tipo?

Assim que terminou de fazer a pergunta, percebeu o quanto soaram ridículas suas palavras.

– Eu e Spencer jamais falávamos sobre as pessoas com quem nos encontrávamos.

Ele olhou para ela, sem entender o que ela tinha dito.

– Não... mas...

– Ouça, meu querido. Eu e Spencer tínhamos um acordo que nos permitia uma liberdade considerável no nosso casamento. Mas, por razões óbvias, nós nunca discutíamos como queríamos usar essa liberdade.

Fazia muito tempo que Peder não se sentia tão estúpido.

– Acho que talvez tenha acontecido um mal-entendido aqui – disse ele. – Eu queria saber se Spencer havia sido orientador dela, ou algum tipo de conselheiro.

– Como eu saberia disso? Você vai ter que perguntar para os colegas dele.

– É claro – disse Peder, apressado. – Mas eu estava pensando se ele alguma vez mencionou o nome dela, ou...

– Nunca.

Peder levantou a cabeça quando um movimento na janela atrás de Eva chamou sua atenção.

– Tem um homem no jardim.
– É um amigo. Ele pode esperar.
Ela abriu um sorriso irônico que o fez enrubescer.
Um amigo? Mais jovem do que Peder?
Uma coisa estava totalmente clara: nem Spencer nem Eva Lagergren gostavam de se relacionar com parceiros da mesma idade.
– Você se lembra de uma conferência em Västerås em 2007? Foi realizada em março, na primavera.
Ela franziu o cenho, pensando.
– Não me lembro. Nós dois viajamos muito naquele semestre. Spencer foi a uma série de conferências; não me lembro de todas.
Peder sorriu e se levantou.
– Nesse caso, não vou tomar mais o seu tempo.
– Sem problemas.
Os dois caminharam até a porta. Todas as paredes estavam pintadas de branco e enfeitadas com grandes obras de arte.
– Só mais uma pergunta – disse ele.
Ela parou para ouvir.
– Durante todos os anos em que você esteve casada com Spencer, ouviu falar de algum problema entre ele e suas alunas?
– Você se refere a assédio sexual por parte dele?
Peder se sentiu envergonhado de novo.
Ela balançou a cabeça, com firmeza.
– Nunca. Spencer jamais faria uma coisa dessas. Ele não precisa, nem para manter sua posição de poder, muito menos para alimentar o próprio ego.
Respostas diretas eram libertadoras. Peder agradeceu pelo tempo e a lembrou de não comentar sobre a visita com ninguém.
Enquanto dava ré no carro, Peder viu o jovem que estava no jardim caminhando até a porta e tocando a campainha. Carregava um buquê de flores. Peder não conseguiu evitar a pontada de inveja que sentiu.

35

O LIVRO ESTAVA ABERTO NA FRENTE de Malena Bremberg, mas ela não enxergava nenhuma palavra. Só queria que o dia passasse rapidamente, queria que a semana adiante desaparecesse. Não queria mais fazer aquilo. A vida tinha perdido o brilho desde que ele telefonara. Ela não sabia o que ele queria, e odiava Thea Aldrin, que entendia tudo perfeitamente, mas se recusava a dizer o que sabia. Se ele telefonasse de novo, Malena obrigaria Thea a falar. Não importa o que custasse.

O telefone tocou depois do almoço. Tinha tocado também pela manhã assim que ela o ligara, mas não foi capaz de atender. Se fosse ele dessa vez, telefonando de outro número desconhecido, ela desligaria na cara dele.

Foi engano. Mesmo assim, seu coração batia como se tivesse corrido dez quilômetros.

Malena fechou os olhos e repousou a cabeça nas mãos. Quanto tempo mais ela suportaria aquilo? Durante quanto tempo conseguiria continuar se comportando de um jeito peculiar até os amigos começarem a perguntar se estava tudo bem? Até sua família reagir?

Quando se tratava de defender a si mesma, o olhar do pai era sempre o mais difícil de encarar. Ele sempre queria saber como ela estava se sentindo, se estava tudo bem. Malena esteve no fundo do poço em diversos momentos; anos destroçados empilhavam-se atrás dela, e ela odiava a ideia de que talvez estivesse entrando num beco sem saída, apesar do fato de ter lutado tanto e chegado tão longe.

Merda, merda, merda.

Se tudo desse errado dessa vez, ela estaria perdida. Nunca teria forças para começar tudo de novo.

36

Eram quase três da tarde, e Spencer Lagergren estava ansioso para ver Fredrika entrar pela porta. Saga teve febre e estava resmungando o dia todo. Spencer estava sentindo uma dor no quadril e na perna mais forte que o comum, e, quando Saga dormiu depois do almoço, ele se deitou para descansar. A cama de casal parecia terrivelmente vazia sem Fredrika ao seu lado. O que aconteceria quando ele se aposentasse? Ele não faria isso por vontade própria, mas qualquer dia seria obrigado. Será que passaria todos os dias sozinho? Esperando Saga voltar para casa depois da escola e Fredrika voltar do trabalho?

Seu advogado o havia aconselhado a esperar. Talvez a polícia arquivasse as acusações de Tova Eriksson. Mas o instinto de Spencer lhe dizia algo diferente. Ele estava diante de um problema que poderia representar sua ruína profissional. Tudo que ele havia conquistado poderia ser facilmente destruído. Ele era tomado pelo pânico só de pensar nisso.

O advogado parece ter lido a mente dele.

– Em hipótese alguma você deve entrar em contato com a garota que deu queixa contra você.

– Mas eu preciso falar com ela; preciso saber por que ela ficou com tanta raiva.

– A gente já sabe disso: você a rejeitou, e ela não soube lidar com a rejeição.

– Mas será que é isso mesmo?

– Confie em mim, não tenho a menor dúvida.

Spencer estava enlouquecendo com toda essa elucubração. Logo ele teria de contar para Fredrika – do contrário, não seria capaz de lidar com a situação.

Começou a pensar na conversa que tivera mais cedo com um dos colegas de Fredrika. Uma conversa estranhíssima, na verdade. Será que eles não sabiam com quem ela morava? Ela não tinha nenhuma fotografia da família? Não conversava sobre ele e Saga? Ele podia ter se oferecido para ir até a delegacia, mas não podia. A direção tomada pelo telefonema o deixara nervoso. Fredrika tinha perguntado se ele conhecia Rebecca Trolle, a estudante cujo corpo esquartejado tinha sido encontrado recentemente. Ele respondera que não. Depois o colega dela telefonara para falar do mesmo caso, mas fazendo uma pergunta diferente. Gustav Sjöö havia declarado que Spencer podia confirmar um álibi, o que era verdade. Mas por que Gustav não telefonara para dizer que a polícia o procuraria?

Spencer sabia da posição de Gustav. As acusações não tinham sido uma surpresa. Depois que a esposa de Gustav o deixara, ele desenvolvera um profundo desprezo pelas mulheres. Não suportava ver mulheres em posições de poder, mulheres tomando decisões – uma doença que tomou conta da sua alma. Spencer sabia de tudo; por isso, queria evitar a todo custo acabar no mesmo caminho.

Ele tinha acabado de pegar no sono quando o telefone tocou.

A voz do outro lado era a que ele mais conhecia, mas se deu conta, naquele instante, de que não a escutava havia meses.

– Olá, Spencer. É a Eva.

Eva. Uma sensação de conforto se espalhou pelo seu peito, não dava para evitar. A voz dela sempre o fizera perder o equilíbrio das pernas, durante todos esses anos. Uma voz melodiosa e forte. Feminina, mas jamais frágil.

– Como estão as coisas?

Ele se sentou na beirada da cama, sentindo a angústia percorrer todo seu corpo.

Péssimas. Terrivelmente péssimas. Muito piores do que da última vez que tinham se falado.

– Tudo ótimo. Estou de licença-paternidade.

Ele conseguiu ouvi-la rindo levemente do outro lado.

– Tentei falar com você no trabalho, e eles disseram que você estava em casa com a filha. Inacreditável.

Ele teve de sorrir no meio de toda aquela tristeza. Para ela, com certeza ele era um maluco que tinha se tornado pai justo quando estava prestes a se aposentar. Ele, por sua vez, estava ansioso. Não gostava do fato de ela lhe telefonar no trabalho.

– E o que queria falar comigo?

Ela parou de rir, do mesmo jeito que a chuva para de repente de pingar na superfície de uma poça.

– A polícia esteve aqui hoje.

Ele fechou os olhos.

– Eva, escute. Toda aquela coisa da aluna que deu queixa contra mim não tem fundamento. Nenhum fundamento.

Por que raios eles foram visitar sua ex-mulher? Para descobrir seus pontos fracos?

– Uma aluna deu queixa contra você?

A voz dela era branda; Eva nunca levava as coisas a sério demais. Não até o dia em que percebeu que Spencer estava pensando em se mudar.

– Isso com certeza explica uma série de coisas.

A cabeça de Spencer girou, confusa.

– A polícia não te procurou para falar sobre isso?

– Não.

Spencer escutou um barulho do outro lado da linha; imaginou que poderia ser o carrinho de chá que ela tinha comprado quando os dois moraram em Londres. Era o pertence de que ela mais gostava.

– Eles me perguntaram sobre a garota encontrada em Estocolmo. Rebecca Trolle.

Spencer parou de respirar.

Rebecca Trolle. De novo.

– O quê?

– Peder Rydh, o detetive que esteve aqui, perguntou se eu me lembrava de ter ouvido você falar da Rebecca Trolle.

– E o que você falou?

– Que não, é claro. O que você acha que eu diria?

Ela parecia contrariada. Costumava levar as coisas a mal com muita facilidade. E prosseguiu:

– De todo modo, ele estava falando sobre uma conferência em Västerås.

– Em 2007.

– Exatamente. Eu disse que não me lembrava.

Mas Spencer se lembrava.

Tinha sido excelente, em todos os aspectos. No início, tinha pensado em perguntar se Fredrika queria acompanhá-lo, mas depois achou melhor não chamá-la. Sentiu que era desnecessário persuadi-la a acompanhá-lo durante as conferências, tornando a relação dos dois mais forte do que já era.

Gustav. Por isto a polícia tinha telefonado: para checar o álibi de Gustav.

– Ele perguntou sobre mais alguma coisa?

– Se você já tinha tido problemas com alguma aluna. Eu disse que não.

Spencer se deitou na cama, olhando para o teto.

– Ainda está aí? – quis saber Eva.

– Sim, estou aqui.

Seu coração estava batendo forte, ressoando contra as costelas como se tentasse sair do corpo. Agora, mais do que nunca, se arrependia do fato de não ter contado nada para Fredrika desde o início. Achou que a polícia tinha procurado Eva para falar da queixa de Tova Eriksson, mas o motivo real era muito pior.

Ele era suspeito de um assassinato.

Não havia muita coisa para relatar para Alex. Fredrika tinha conversado com a mãe e o primo de Håkan Nilsson, mas ninguém tinha tido notícias dele ou sabia onde ele estava.

– Ele não pode ter desaparecido da face da Terra – disse Alex. – Está se escondendo em algum lugar.

Mais cedo, Alex tinha pedido para Cecilia Torsson verificar as informações sobre o barco de Håkan. Cecilia entrou na sala de Alex no momento em que Fredrika estava lá. As duas trocaram olhares, reconhecendo-se silenciosamente. Não eram exatamente as melhores amigas, mas Alex não estava nem aí – desde que as duas conseguissem trabalhar juntas. Havia dois casos de assassinato sobre a mesa, o que significava que tinha coisas mais importantes em que pensar.

– Håkan Nilsson mandou um e-mail para o presidente do clube no fim de semana – disse Cecilia. – Pediu permissão para colocar o barco na água antes dos outros membros; disse que estava pensando em vendê-lo, então o queria na água.

– Será que ele saiu do apartamento no fim de semana sem que ninguém percebesse? – perguntou Fredrika.

– Não tenho a menor ideia – disse Alex. – Eu adoraria poder dizer que não, mas, por razões óbvias, não posso fazer isso.

– O presidente do clube esteve no pátio no domingo e o barco de Håkan ainda estava lá.

Alex deixou escapar um assovio.

– Nesse caso, ele deve ter colocado o barco na água hoje. Liguem para a guarda costeira imediatamente.

– Por que a guarda costeira? – perguntou Fredrika. – Não é mais provável que ele ainda esteja no Lago Mälaren? Vamos telefonar para o capitão do porto, em vez disso. Eles vão se lembrar caso tenham visto um barco a caminho do mar nessa época do ano.

Alex pediu para Cecilia verificar a informação.

– Eu não entendo Håkan Nilsson – disse ele quando Cecilia saiu. – Ele esteve aqui pelo menos três vezes, e em nenhuma delas cooperou voluntariamente com qualquer informação; tivemos que arrancar tudo que sabemos. O fato de ele ter transado com Rebecca. Ou de ter sido ele a espalhar o boato sobre Rebecca se prostituir na internet.

— E de ter sido ele a colocar no ar o perfil de Rebecca – acrescentou Fredrika. – Embora não surpreenda que ele não tenha nos contado nenhuma dessas coisas, não se ele estiver realmente envolvido no assassinato.

— E é nesse ponto que estamos fracassando. Porque não achamos que ele é o assassino que desmembrou o corpo com uma motosserra.

Fredrika se sentou. Seu chefe parecia menos cansado; longe de estar descansado, mas um pouco mais animado.

— O que podemos concluir, então?

Ele endireitou o corpo.

— Que ele está escondendo alguma coisa.

— Por que continuamos considerando-o apenas como Håkan, e não como assassino? O tempo todo ele aparece como se saísse de uma caixinha de surpresa. E sempre quando resolvemos que ele não tem relevância na investigação.

Fredrika cruzou as pernas.

— O álibi dele – disse.

— Irrefutável.

Uma corrente de ar entrou pela janela aberta. Alex se levantou para fechá-la, depois se sentou e se inclinou sobre a mesa.

— Aliás, o que você encontrou nas coisas de Rebecca que estavam na garagem? Algo de interessante?

Fredrika sentiu o corpo ficar tenso.

Spencer. Encontrei o pai da minha filha.

— Sim e não. Encontrei a monografia, ou partes dela. E um monte de coisas sobre Thea Aldrin. O que eles dizem é verdade; Rebecca parece ter dedicado muito tempo à monografia.

— Mas isso tem alguma coisa a ver com o assassinato?

— Ainda não sei – respondeu Fredrika. – Mas encontrei uma ligação com Morgan Axberger, o cabeça da Axbergers.

— É?

— Morgan Axberger costumava se encontrar com Thea Aldrin. Os dois eram membros de um clube de cinema, o Anjos da Guarda.

— Ora, ora!

Fredrika assentiu com a cabeça.

— O nome de Axberger é um dos primeiros que encontramos quando começamos a vasculhar o passado de Thea. Rebecca pode ter se encontrado com ele, mesmo que a gente ainda não saiba.

A expressão de Alex se encheu de dúvida.

— Morgan Axberger é um bilionário de 70 anos de idade, Fredrika. De que maneira ele poderia ser relevante num caso como esse?

Ela olhou para o chão, depois para fora da janela. Lembrou-se da última palavra das anotações de Rebecca Trolle.

Snuff.

– Você foi quem disse que precisávamos manter todas as linhas de investigação abertas – respondeu ela. – Morgan Axberger faz parte de um grupo pequeno de pessoas com uma forte ligação com Thea, e Rebecca tinha uma ligação com ele através de Lund. Não acho que ele esteja envolvido, mas pode ser interessante por outras razões. Além do fato de ele ser um dos maiores empresários da Suécia. Mesmo que nunca tenha se encontrado com Rebecca, pode nos ajudar a entender o mistério de Thea Aldrin.

Era óbvio que Alex tinha dúvidas.

– Não é que eu esteja com medo de confrontá-lo – disse ele. – A questão é que precisamos priorizar.

– Concordo. E certamente não estou dizendo que ele é nossa principal pista. Valter Lund, por outro lado... acho que deveríamos interrogá-lo.

Fredrika teve a sensação de que Alex ia rir. A imprensa enlouqueceria se a polícia apanhasse Valter Lund e Morgan Axberger.

– Eu queria repassar alguns fatos básicos dos quais a gente não pode se esquecer – disse Fredrika.

Ela disse a Alex o que Ellen tinha dito: Valter Lund levara Rebecca para jantar em Copenhagen.

Alex levantou a mão.

– Precisamos falar com Diana Trolle sobre isso; tenho certeza de que ela vai se lembrar se a filha passou um fim de semana com seu tutor.

– Quer que eu telefone para ela?

Alex tossiu e olhou para a mesa.

– Não, eu mesmo ligo.

E levantou a cabeça. Fredrika notou que suas palavras o deixaram em alerta. Ela não queria mais responder perguntas sobre isso, mas Alex perguntou do mesmo jeito.

– Quem mais era membro desse clube de cinema?

Meu Spencer.

– Ninguém cujo nome eu reconheça. Mas vou investigar, bem como acompanhar cada detalhe.

Fez uma pausa e olhou para Alex.

– E você? Conseguiu descobrir alguma coisa nova junto com Peder?

Alex hesitou durante tanto tempo que ela achou que ele não fosse responder.

– Não, nada – disse ele, por fim.

Ela teve a sensação de que ele também estava mentindo.

37

A DECISÃO FOI TOMADA ANTES mesmo de Alex terminar de pensar. Ele telefonaria para Diana e veria que rumo a conversa poderia tomar.

– Precisamos conversar sobre uma coisa – disse ele.

– É sobre Rebecca?

E não era tudo sobre Rebecca? Alex ficou surpreso, imaginando se ela teria pensado que ele telefonaria por outro motivo.

– Sim, e sobre as pessoas que achamos que podem ter estado com ela antes do desaparecimento.

Por que ele sempre colocava a situação daquela maneira? Por que sempre dizia "antes de Rebecca desaparecer" e não "antes de ela morrer"? Por que era mais exato? O legista foi incapaz de afirmar quanto tempo ela teria vivido – se é que tinha vivido – depois da noite em que desapareceu. Talvez o assassino a tivesse matado imediatamente. Talvez a tivesse mantido como prisioneira durante dias. Ou semanas. Eles não sabiam ao certo. E, a não ser que o próprio assassino o dissesse, eles nunca saberiam.

– Gostaria de vir aqui?

Não, não gostaria.

A voz gentil de Diana despertou um desejo proibido.

– Sim, se não houver problema.

– Se você chegar às 18h30, posso lhe oferecer um jantar.

Suas têmporas começaram a pulsar, e seus olhos se voltaram diretamente para a fotografia de Lena.

"É cedo demais", pensou ele. "Não posso".

– É só um jantar, Alex.

Como se ela pudesse ler a mente dele.

Decidiu aceitar o convite. Desligou o telefone e correu até a sala de Peder.

– Você não disse nada para Fredrika sobre Spencer, disse?

– Não, é claro que não – respondeu Peder. – Conseguiu descobrir alguma coisa sobre Håkan Nilsson?

– Ele não passou pela barreira, então ainda está no Lago Mälaren. A gente fez um apelo, então vamos esperar até amanhã. O bom tempo é muito tentador, muita gente resolveu levar os barcos para a água mais cedo que de costume. Talvez tenhamos dificuldade de encontrá-lo.

Alex olhou pensativo para Peder quando terminou de falar.

– Não está na hora de você ir pra casa?

– Não vou demorar; ainda preciso fazer umas coisas. E você?

– Vou daqui a pouco. Só estou esperando notícias daquele relógio de ouro encontrado na cova.

Ouviu uma voz atrás de si.

– Voltei.

Alex se virou e viu o policial que tinha mandado às joalherias e aos relojoeiros. Deu uma olhada na hora, dando a entender que tinha demorado muito para achar as respostas.

– Esse modelo apareceu no mercado sueco em 1979; era conhecido como "O Pai" quando foi lançado. Não fez muito sucesso, e só foi vendido em algumas lojas em Estocolmo e no resto do país.

Alex ficou decepcionado.

– Só isso que você descobriu?

– Não exatamente.

Seu colega parecia triunfante, como se comemorasse um grande sucesso.

– Devo ter visitado umas vinte lojas, mas só duas delas tinham um dono com tempo suficiente de mercado para reconhecer o modelo. E um deles teve certeza absoluta de que ele mesmo vendeu esse relógio no passado.

– Sério?

Peder pareceu em dúvida.

O outro oficial assentiu fortemente com a cabeça.

– Ele não teve dúvida nenhuma. Foi a inscrição atrás do relógio; ele se lembra bem. O nome Helena despertou sua memória porque a esposa dele também se chama Helena.

Alex ficou muito interessado.

– E o que mais ele disse?

– Ele vendeu o relógio para uma mulher por volta de 1979; foi no ano em que ele e a esposa tiveram um filho. Ela levou o relógio de volta três dias depois, porque ele tinha parado de funcionar. O relojoeiro fez um ajuste e, para compensar, resolveu entregar o relógio pessoalmente no apartamento dela.

Demorou um segundo para que Alex e Peder entendessem a importância da informação.

– Ela morava em Sturegatan, era vizinha do relojoeiro.

Ele entregou suas anotações para Alex.
– Não sabemos o sobrenome dela?
– Não, mas como temos um endereço e o primeiro nome, não vai ser difícil encontrá-la. A não ser, é claro, que ela tenha saído do país, ou morrido.
Alex apertou o pedaço de papel.
– A gente vai encontrá-la.

Definitivamente, ele não estava sendo ele mesmo. Fredrika tinha notado a mudança, mas não conseguia entender. Por fim, resolveu verbalizar seus temores.
– Não é nada – disse Spencer. – Só estava me sentindo meio desanimado essa semana.
Fredrika balançou a cabeça devagar.
– Você está mentindo.
Uma simples declaração de verdade.
Ele olhou para ela.
– Eu nunca menti pra você. Se está se referindo ao meu passado, eu nunca menti.
– Você está mentindo agora, Spencer. Não tem nada a ver com você estar desanimado durante a semana; tem mais alguma coisa acontecendo.
Spencer foi incapaz de assimilar a tranquilidade da voz de Fredrika. Começou a ficar impaciente, e não conseguiu continuar sentado no sofá ao lado dela. Quando se levantou, Fredrika percebeu que ele estava com dificuldades para ficar de pé.
– Sua perna piorou? Ou é o quadril?
– Nenhum dos dois, só preciso me esticar um pouco.
Outra mentira. E Fredrika não estava disposta a ouvir mais nenhuma.
– A gente só vai dormir depois que você me disser o que está acontecendo.
Eles raramente levantavam a voz quando tinham uma discussão, mas dessa vez, uma mistura de frustração e tristeza tornou a situação insustentável.
– Você não me contou o motivo que o levou a aceitar de repente a licença-paternidade.
Ele olhou para ela, com os olhos cheios de algo que lembrava pesar e raiva.
– Você também não me contou tudo.
– Eu? Querido Spencer, eu não tenho nada para lhe contar que você já não saiba.
Ela notou que ele não sabia o que pensar. Que raios estava acontecendo?
– Eva me telefonou hoje.

Ele tentou parecer indiferente, mas fracassou.

– Isso tem a ver com Eva?

– Ela mandou lembranças.

Fredrika sentiu a raiva de Spencer preenchendo o ambiente, mas não fazia ideia de onde ela vinha.

– Que ótimo. Ela está bem?

Ele bufou e se virou para o outro lado. Andou até a janela, apoiando-se na bengala, e ficou parado, de costas para ela.

– O que ela queria?

Ele não respondeu.

Fredrika tentou ficar calma, tentou se lembrar se eles já tinham tido uma discussão como aquela. Mas não havia nada para se lembrar. A relação dos dois não teria sobrevivido tantos anos se eles não fossem capazes de conversar um com o outro. Sempre souberam quais palavras o outro precisava ouvir, que frases se encaixavam melhor em determinada situação.

Mas aquilo era novo, estranho. Era óbvio que Spencer estava passando por uma espécie de crise, e que alguma coisa tinha acontecido durante o dia para piorar as coisas. Mesmo assim, ele preferia continuar em silêncio e excluí-la de tudo. Como se tudo já estivesse perdido.

Fredrika sentiu uma mistura de medo e desespero.

– Você precisa me dizer, Spencer. O que está acontecendo?

Ele se virou e ela pôde perceber a tensão em cada músculo do rosto dele enquanto falava.

– Nada – respondeu. – Nada mesmo.

Peder continuou no trabalho mais um tempo. Parecia que, sem querer, Fredrika havia salvado seu companheiro ao despertar o interesse em Valter Lund.

Primeiro ele deu uma olhada na planilha da investigação, depois nas anotações de Alex.

Por mais improvável que parecesse, algumas coisas diziam que Rebecca e Valter poderiam ter uma relação mais profunda do que a equipe imaginara no princípio, ou do que qualquer pessoa imaginara. Alex havia dito que falaria com a mãe de Rebecca no final da tarde. Peder achou um pouco estranho, mas não disse nada. Por que Alex iria até a casa de Diana Trolle no final da tarde? Eles se conheciam fora do trabalho?

Olhou para o relógio, sabendo que precisava ir para casa.

Jimmy telefonou e ficou animado pelo fato de Peder atender o telefone duas vezes no mesmo dia.

Sua voz deixou Peder tranquilo – pelo menos temporariamente. Ninguém melhor do que Jimmy para dar simplicidade a uma situação complicada. Quando Peder escutava o irmão falar, conseguia vê-lo como tinha sido na infância: forte e teimoso, com Peder sempre um passo atrás, assustado e inseguro de si. As lembranças do acidente do irmão jamais o abandonariam. Em qualquer momento do dia, ele conseguia trazer de volta a imagem de Jimmy balançando cada vez mais alto, até parecer que o balanço fosse dar um giro sobre a própria estrutura, e Jimmy se soltando de repente, lançado no ar. Como um pássaro, pensou Peder. Até Jimmy despencar no chão e bater com a cabeça numa pedra.

Talvez essa experiência tenha sido responsável por seu desequilíbrio emocional quando Ylva entrou em depressão. Era como se ele estivesse programado para acreditar que só havia um resultado possível para uma doença séria, e por isso a decepcionara, abusando de sua confiança.

Mas ela o aceitara de volta. E ele nunca mais a abandonaria.

Jimmy baixou o tom de voz.

– Tem alguém lá fora – disse ele.

Peder não estava ouvindo direito.

– Bom, melhor você deixar ele entrar. Ou ela.

– É um homem. Ele está olhando pela janela.

Peder baixou o papel que estava lendo.

– Ele está olhando para dentro da sua janela?

– Não, de outra pessoa.

Será que ele deveria levar isso a sério? Às vezes, a percepção de Jimmy a respeito do que acontecia à sua volta era menos confiável que a de uma criança. Ele via o que queria ver, e tirava as conclusões que lhe apraziam.

– Como ele é, esse homem que está olhando pela janela?

– Não sei. Ele está de costas para mim.

Peder conhecia a estrutura de onde Jimmy morava; havia vários prédios baixinhos numa área fechada, com um parque lindo nos fundos. A casa de assistência e o asilo ficavam no mesmo complexo arquitetônico, o Mångården, e a janela de Jimmy dava para um dos blocos que pertencia ao asilo. Peder tentou imaginar o que o irmão estaria vendo. Algum romântico tentando ver uma senhora por quem se apaixonou numa partida de bingo?

– Ele parece velho?

– Não exatamente.

Peder teve algumas reservas em relação à casa de assistência quando Jimmy se mudou para lá, depois de terminar a escola. Ele não queria que o irmão vivesse perto de um asilo. Mas seus pais insistiram: seria bom para Jimmy morar num ambiente tranquilo, sem muito barulho e confusão.

– Não importa o quanto você queira – dizia sua mãe. – Jimmy jamais será como você. Ele não se encaixa na cidade e ponto final.

Com o passar do tempo, Peder percebeu que Jimmy estava exatamente no lugar certo. O mundo lá dentro era pequeno o suficiente para que, nele, Jimmy se sentisse grande, e isso é que importava.

– Ele se virou – sussurrou Jimmy.

Medo na voz dele.

– Está olhando para mim.

O medo passou para Peder.

– Pelo amor de Deus, Jimmy, saia da janela. Agora!

Ele ouviu os passos de Jimmy correndo, depois a voz de uma mulher ao fundo – uma das assistentes do local.

– O que você está aprontando agora, Jimmy?

Peder suspirou. Mais uma tempestade num copo d'água. Desligou o telefone.

Voltou a se concentrar na investigação. Fredrika havia destacado uma ligação entre Morgan Axberger e Thea Aldrin, através de um clube de cinema ativo desde a década de 1970. Se não fosse pelo fato de Valter Lund trabalhar para a Axbergers, Morgan Axberger não teria nenhuma relevância na investigação.

Talvez continuasse não tendo.

Peder não achava que o clube de cinema tinha alguma importância, mas valia a pena dar uma olhada. Fredrika tinha dito que, na época, ele ocupava as manchetes, então talvez conseguisse encontrar alguma coisa na internet. Digitou o nome do clube, Anjos da Guarda, e obteve muitos resultados. Tentou "Anjos da Guarda" e "Thea Aldrin": menos resultados dessa vez. Encontrou matérias e fotografias; não teria tempo de olhar tudo aquilo. Depois de dar uma rápida olhada no que tinha encontrado, resolveu ver algumas imagens. Como Fredrika, ele reconheceu os nomes, mas não os rostos, exceto os de Thea Aldrin e Morgan Axberger.

Só mais um clique, só mais uma foto.

E eis uma coisa totalmente inesperada.

Uma foto de Spencer Lagergren, com seu nome na legenda embaixo. Ligado tanto a Thea Aldrin quanto a Morgan Axberger.

Peder continuou sentado na frente do computador durante um longo tempo, tentando digerir o que tinha visto. Um pensamento não lhe saía da cabeça: não havia a menor chance de Fredrika já não ter descoberto aquela informação.

INTERROGATÓRIO DE ALEX RECHT
03/05/2009, 10h00 (gravação em fita)

Presentes: Urban S., Roger M. (interrogadores um e dois), Alex Recht (testemunha).

Urban: Então você mandou Peder Rydh visitar a ex-mulher de Spencer Lagergren em Uppsala?
Alex: Sim.
Urban: Foi uma atitude sábia?
Alex: Naquele momento, eu achei que o mais importante era determinar se Spencer Lagergren tinha ou não algum lugar na investigação. Por isso entramos em contato com sua ex-mulher.
Roger: Você acha normal que um assassino conte para a pessoa mais querida e mais próxima dele que planeja matar alguém?
Alex: Eu me recuso a responder perguntas dessa natureza.
Roger: Você está aqui para responder todas as nossas perguntas.
(Silêncio.)
Urban: Por que Fredrika Bergman não foi informada imediatamente?
Alex: Achamos que seria totalmente desnecessário envolvê-la nisso sem sabermos antes com o que realmente estávamos lidando.
Roger: E Diana Trolle?
Alex: O que ela tem a ver com Spencer Lagergren?
Roger: Não estou falando de uma conexão entre Diana e Spencer, estou falando da sua relação com ela.
Alex: Não tenho a menor intenção de fazer qualquer comentário sobre Diana. Não é para isso que estou aqui.
Urban: Está coberto de razão, Alex. Você está aqui porque estava a cargo de uma investigação que acabou num desastre. E nosso trabalho é tentar entender o que aconteceu. Ok?
(Silêncio.)
Roger: A gente sabe que deve ter sido muito difícil pra você, Alex. Rebecca Trolle foi o primeiro caso sério que você teve de investigar depois da morte de Lena.

Alex: E você ainda ousa falar de Lena neste momento.
Urban: Só estamos destacando os fatos. Tentando ajudar você, que tinha um leque de suspeitos grande demais e de repente o companheiro de uma parceira de trabalho aparece na investigação. Justamente quando tinha encontrado o relógio do advogado. É claro que você estava sob pressão.
Alex: Naquele momento, a gente não sabia que o relógio era do advogado.
Roger: E o que vocês realmente sabiam?
Alex: A gente sabia que Rebecca estava grávida quando morreu. Que não tinha desaparecido por vontade própria. Que tinha sido assassinada e teve o corpo esquartejado por alguém que havia cometido outro crime trinta anos antes.
Roger: E o que aconteceu em seguida?
Alex: Recebi outra ligação da equipe responsável pelas escavações. Imaginei que eles diriam que estavam prontos para parar de cavar, mas a notícia foi outra.

TERÇA-FEIRA

38

A SEGUNDA SE TORNOU TERÇA, e Alex continuava na casa de Diana. A situação era a mesma da semana anterior: ele estava sóbrio, sentado no sofá, e ela, reclinada na poltrona depois de duas taças de vinho. Quando Peder telefonou e disse que Spencer tinha aparecido na investigação de novo, o primeiro pensamento de Alex foi que ele devia ir para casa. Ou voltar para o trabalho. Não conseguia entender com clareza o que estava fazendo ali, na casa de Diana. E se Fredrika estava escondendo informações importantes dos colegas, ele realmente precisava pensar com clareza.

Diana se opôs, dizendo que ele não podia ir embora ainda, pois tinha chegado havia menos de uma hora. Afinal, eles não tinham jantado ainda. Ensopado de vitela com arroz e tomates.

Alex se viu incapaz de dizer não. Ele não *queria* dizer não, queria ficar. Os dois então jantaram, incluindo um pudim de sobremesa. Ele tomou uma taça de vinho, depois se agarrou à garrafa de água mineral. Diana tomou duas taças de vinho, depois mostrou para ele um quadro que estava pintando.

– É lindo – disse Alex.

Os dois então saíram para caminhar e mal trocaram uma palavra. Em determinado momento, ela entrelaçou a mão calorosa à dele. Olhou rapidamente em seu rosto, tentando descobrir se ele recusaria seu gesto. Ele não se opôs a nada, e a mão continuou onde estava.

Quando voltaram, tomaram um café com biscoitos italianos diante da TV, na sala de estar. Agora passava da meia-noite, e os dois continuavam sentados.

– Valter Lund – disse Alex.

Diana endireitou o corpo. De repente, sua expressão mudou. Ficou mais sombria, e tensa.

– Sim?

– Do que você se lembra sobre a relação dele com Rebecca?

Muitas vezes a memória é uma fonte enganadora. Depois de um evento, as pessoas têm a tendência de se lembrar de coisas que nunca aconteceram, ou de acrescentar ou eliminar detalhes de modo a tornar o testemunho sem nenhum valor.

– Eu me lembro que ela gostou de tê-lo conseguido como tutor; ela gostava do trabalho dele nos países em desenvolvimento.

Diana apertou os lábios enquanto esticava a mão para pegar o copo.

– Embora eu nunca entendesse de fato o propósito do programa de tutoria. Rebecca não tinha nada em comum com um empresário; ela podia ter recebido um tutor com algum tipo de background cultural.

– Com que frequência eles se encontravam?

Diana tomou um gole de vinho.

– Acho que se viram poucas vezes. Pelo menos, é o que ela me dizia.

Alex pensou nas palavras dela. Será que Diana estava dando a entender que Rebecca tinha falado algo diferente para outra pessoa?

– Você acha que ela poderia estar mentindo? Que na verdade o encontrava com mais frequência?

– Não sei... foi só algo que me veio à cabeça. O irmão dela teve a mesma sensação.

Surgiu uma tensão no ar que Alex não conseguia explicar. O nome de Valter Lund havia mexido em alguma coisa que ele não conseguia entender.

Diana continuou:

– Valter Lund foi uma vez à igreja para ver Rebecca cantar. Você sabia disso?

Alex assentiu.

– Não vimos nenhum mal nesse fato. Ele está envolvido com a igreja há anos, e Rebecca estava lá. Se eles tivessem de se encontrar em qualquer lugar que não fosse a universidade, provavelmente seria na igreja.

Diana bateu com a taça sobre a mesa.

– E por que eles tinham que se encontrar fora da universidade? É isso que eu não entendo.

– Para se conhecerem melhor? – sugeriu Alex. – A tutoria se baseia na confiança e no respeito. Não parece razoável que se vejam em circunstâncias menos formais?

Mas isso não incluía um fim de semana em Copenhagen. Alex hesitou; será que deveria contar para Diana sobre a viagem?

Pigarreou.

– Você sabe se eles se encontraram alguma vez fora de Estocolmo?

– Acho que não. Por que pergunta?

Ele deu de ombros.

– Só estou tentando formular um quadro da relação deles. Talvez ele a tenha levado consigo numa viagem de negócios.

– Não que eu saiba.

O fato de Diana obviamente não saber sobre o fim de semana em Copenhagen deixou Alex pensando. O que será que seus próprios filhos escondiam dele? Seu filho morou na América do Sul durante anos, e a filha não falava nada sobre a própria vida familiar. Ou será que ele é que não ouvia? Ou não demonstrava nenhum interesse?

Diana deslizou na poltrona; começava a parecer cansada.

"Preciso ir para casa", pensou Alex. "Não posso correr o risco de passar a noite toda sentado aqui."

– Para mim é extremamente difícil aceitar que ela não tenha me dito nada sobre a gravidez.

Os olhos de Diana brilharam cheios de lágrimas, fazendo-a parecer mais frágil do que já estava.

– Talvez ela tivesse uma boa razão para guardar segredo.

As lágrimas caíram.

– Como o quê?

Boa pergunta. Que razão haveria de existir para guardar esse tipo de segredo? Alex vinha se fazendo a mesma pergunta desde que descobrira que Rebecca estava grávida. O fato ocupava um lugar indefinido na investigação; às vezes parecia fundamental, outras vezes, insignificante.

– Vocês acham que Valter Lund era o pai? – perguntou Diana.

– Não – disse Alex. – Não achamos.

Mas não disse a ela que o pai era Håkan Nilsson. Ou que Håkan tinha desaparecido. Ele se mexeu; hora de ir para casa. Diana parou de chorar, enxugou os olhos e o acompanhou até a porta. Ele queria que ela perguntasse se ele passaria a noite lá, mas ela não disse nada. E ele estava inseguro demais para sugerir que queria ficar.

39

Novas informações vazaram da polícia durante a noite. Thea assistia à televisão enquanto tomava café. Uma faca e um machado haviam sido encontrados na cova e enviados para o laboratório forense, onde tentariam descobrir se os traços de sangue nas armas eram do homem não identificado ou de Rebecca Trolle.
De nenhum dos dois.
Thea se obrigou a comer um pouco do que havia no café da manhã. Do contrário, começariam a imaginar que ela não estava bem. Telefonariam para o médico, o que causaria todos os tipos de problemas. Uma faca e um machado. Thea não precisava de mais informações para saber qual corpo ainda seria descoberto pela polícia.
Sentiu-se tomada pela ansiedade. Não podiam desistir, precisavam continuar cavando até que toda imundície enterrada ali viesse à tona.
Thea ouviu uma batida na porta, e em seguida entrou a nova enfermeira que não sabia como se comportar.
– Bom dia – disse ela.
Sua voz era tão aguda que seria capaz de trincar o vidro das janelas.
– Tem visita para a senhora, Thea.
A enfermeira deu um passo para o lado e uma figura alta surgiu atrás dela.
– Bom dia – disse Torbjörn Ross. – Peço desculpas por perturbá-la no meio do café da manhã.
Ele sorriu para a enfermeira, que saiu do quarto.
Ela não conseguia acreditar que ele ainda insistia naquilo com tanta determinação. Ou que tivesse a autoridade para fazê-lo. Ela não achava que ele tivesse permissão para tal. Torbjörn Ross era doente; Thea tinha percebido isso havia muito tempo. Suas visitas recorrentes foram uma tortura no início, mas, com o passar dos anos, ela aprendeu que a melhor coisa a fazer era ignorá-lo.

Como sempre fazia, ele puxou uma cadeira e se sentou ao lado dela. Perto demais. Como se não bastasse ela ter de escutá-lo, ele queria que ela sentisse a presença dele também.

Thea olhou para a televisão e continuou comendo.

– Você está acompanhando a história de Rebecca Trolle – disse Torbjörn. – Eu sei o motivo.

Ele se sentou como um rei no trono, com as mãos nos bolsos.

– Tenho certeza de que meus colegas vão vir atrás de você. Eles sabem que você e Rebecca se encontraram. Estava na agenda dela.

Thea se lembrou da visita e das perguntas entusiasmadas.

– Acho que você pode ser livre de novo – disse a garota. – Limpe seu nome. Não é justo que você continue aqui, sozinha e esquecida.

Thea não tinha a menor ideia de como Rebecca havia descoberto tudo que sabia; era um mistério. Mesmo que não soubesse de tudo, ela sabia o suficiente.

– A enfermeira disse que você teve uma tosse terrível semana passada – disse Torbjörn Ross. Ele parecia preocupado. – Você não é uma mulher jovem. Precisa cuidar de si mesma.

Ele fedia a rapé. Thea teve vontade de prender a respiração.

– Essa coisa de não falar nada, Thea. Você está perdendo muito com isso.

Ele balançou a cabeça, parecendo simpático.

– Se você pudesse pelo menos tirar isso do peito. Estaremos prontos para ouvir e para ajudá-la.

Ela teria gostado de virar a cabeça e olhar para ele nesse momento, mas se obrigou a continuar tomando o café da manhã. Quem eram todas essas pessoas dispostas a ajudá-la? Durante todos esses anos, ninguém além de Torbjörn Ross a tinha visitado. Os outros policiais não se importavam; haviam seguido adiante. O caso do desaparecimento de seu filho foi considerado sem solução, e, naquelas circunstâncias, ela foi considerada inocente – por todos, menos por Torbjörn Ross, que não estava preparado para dar a ela o benefício da dúvida. Sua obsessão pelo caso a deixava apavorada.

Ela se lembrava do primeiro encontro que tiveram. Ela notara de imediato que o olhar dele era diferente. Nebuloso, incerto. Maligno, de uma maneira que, para ela, pouquíssimas pessoas percebiam. Ele era jovem na época, estava louco para aprender, ficava impaciente quando os outros policiais queriam fazer intervalos no interrogatório. O papel dele era o de sentar e ouvir, observar seus colegas mais experientes.

Ela o observara em silêncio. Via o desprezo que radiava dele, sentado atrás dos outros, encostado na parede, de braços cruzados. Sua raiva emanava e preenchia todo o ambiente.

A primeira visita foi em sua cela. Ela teve medo no início, pois imaginou que ele poderia machucá-la. Mas ele só queria conversar.

– Eu sei que você sabe – dissera ele. – E mesmo que demore uma vida inteira, eu vou fazer você falar para que o resto de nós também saiba. O garoto terá sua justiça feita. Custe o que custar.

Muitas vezes ela se perguntou se devia reconhecê-lo de algum lugar. Seria ele um velho conhecido, alguém cujo caminho ela havia cruzado? Se não, por que raios ele ainda se importava? Por que o filho dela significava tanto para esse policial?

Depois de três décadas de visitas, ela achava que sabia a resposta. Torbjörn Ross era maluco. Se Thea não tomasse cuidado, sua vida, que já era uma desgraça, ficaria ainda pior.

40

FREDRIKA BERGMAN ESTAVA CANSADA. Mais uma noite em que não conseguira descansar e dormir. Mais uma noite cheia de especulações. Seu coração batia de desespero, liberando sangue oxigenado para um corpo que só queria descansar.

O Kripos, Serviço Nacional de Investigações Criminais da Noruega, havia lhe mandado um fax durante a manhã que estava a sua espera no trabalho. Um relatório sobre Valter Lund. Ela não estava satisfeita com a informação de que Valter era imigrante da Noruega: queria saber mais, então pediu ajuda aos colegas do Kripos. Qual tinha sido sua formação educacional? Ele já fora casado? Ainda tinha família na Noruega?

O relatório era curto. Valter Lund nascera em 1962 e crescera em Gol, na Noruega. Seus pais haviam morrido, e ele não tinha irmãos. Nenhum dos avós estava vivo. O único parente vivo era um tio que ainda morava em Gol.

Gol. Fredrika já tinha estado lá uma vez. Ficava a cerca de cem quilômetros de Oslo, um lugar feio e sem charme algum, não muito longe das atraentes pistas de esqui de Hemsedal. Construções baixas espalhadas no meio do nada, com uma linha de trem dividindo a comunidade em duas. Será que Valter Lund, um dos empresários mais bem-sucedidos da Suécia, tinha mesmo crescido ali?

De acordo com o relatório do Kripos, Valter passara dois anos na escola primária, e não havia cumprido com os serviços militares. Tinha um registro criminal e havia sido punido por diversos delitos leves aos vinte anos. Seu pai era muito envolvido com atividades criminosas, e havia a suspeita de que sua mãe tinha se tornado prostituta. A receita norueguesa não tinha nenhum registro de impostos pagos por Valter Lund depois de 1979. Nesse ponto, Valter havia declarado uma renda mínima que recebia de uma companhia de navegação em Bergen.

Fredrika passou os olhos no relatório de novo. Não sabia o que pensar. Tentou se lembrar do que já havia lido sobre Valter Lund, e como ele costumava descrever sua história. Ele não disse que tinha se formado em Administração? Ou será que ela tinha deduzido essa informação?

Entrou na internet para procurar informações sobre ele. Encontrou diversas entrevistas, inúmeras matérias, mas nada sobre sua educação. Valter Lund, sorrindo para a câmera. Sentado à mesa, de pé num pódio, no assento de trás de um carro. Parecia amigável, em vez de pretensioso. Pensava naqueles que veriam aquelas fotografias; queria transmitir a sensação de que era uma pessoa confiável. Fredrika olhou nos olhos de Valter pela tela do computador, deixando-o penetrar em suas retinas.

Para construir sua marca registrada, Valter adotara uma abordagem diferente da dos outros empresários. Costumava assumir a responsabilidade e reconhecer quando cometia erros. Durante dois anos seguidos, havia doado mais da metade de seus dividendos para projetos de apoio tecnológico na África, mais especificamente no sul do Saara. As visitas que fizera aos locais de desenvolvimento desses projetos tinham sido documentadas em detalhes pela imprensa. Valter Lund sem terno ou gravata, com as mangas arregaçadas, o rosto cheio de marcas de preocupação.

Fredrika se lembrou de ter lido as matérias quando foram publicadas. Havia admirado a generosidade de Valter Lund e sua vontade de se posicionar; ela sabia que ele tinha se desentendido com muitos colegas da indústria, que achavam que as contribuições dele para o desenvolvimento e a segurança colocavam os outros em maus lençóis.

Morgan Axberger não era muito propenso a abrir a carteira. Nas entrevistas que dava, geralmente fazia comentários positivos acerca dos esforços de Valter Lund, mas também defendia que a solução para a pobreza global não consistia no apoio financeiro.

Desse modo, enquanto Valter Lund era considerado amigável e generoso, Morgan Axberger era visto como um sujeito egoísta e difícil. Valter era o garoto norueguês que havia construído o próprio sucesso a partir do zero; Morgan era o homem que havia herdado tanto sua posição quanto sua riqueza. Valter Lund costumava dizer que devia haver mais mulheres a cargo das grandes empresas, enquanto Morgan Axberger sorria, com a autoridade que lhe conferia a idade, quando essa questão surgia; na opinião dele, as mulheres destinadas a esse papel já ocupavam seu lugar.

Fredrika se lembrou do modo como Alex quase caíra na gargalhada quando ela sugeriu que eles deviam interrogar tanto Valter quanto Morgan. Ela mesmo achava difícil ver o lado engraçado da situação. Afinal, não eram todos iguais perante a lei?

Pela primeira vez, Peder e Alex faziam uma reunião particular no Covil dos Leões, com a porta fechada e as cortinas baixadas. Os outros membros da equipe não tinham sido avisados.

– O que a gente vai fazer? – perguntou Peder.

Alex passara quase a noite toda se perguntando a mesma coisa. Tinha ido para casa muito tarde, e estava desperto demais quando saiu da casa de Diana. É algo raro uma pessoa em luto conseguir passar tanta energia para outra pessoa, como fizera Diana.

– O que eu resolvi foi o seguinte: vou conversar com Fredrika, e você vai atrás de Spencer Lagergren. A não ser que, na sua opinião, tenha surgido alguma coisa que possa mudar a situação.

Peder balançou a cabeça, entristecido.

– Não consigo entender por que ela esconderia essas informações do resto da equipe.

– Eu entendo – disse Alex, friamente. – Ela queria pesquisar sozinha o envolvimento de Spencer, em vez de envolver a gente, porque está convencida de que ele é inocente. Para ser honesto... nós teríamos feito a mesma coisa.

Peder não queria pensar nisso; preferiu continuar incomodado.

– Você conseguiu descobrir mais alguma coisa a respeito daquele clube de cinema? – perguntou Alex.

– Um pouco – disse Peder. – Parece que funcionava como uma reunião classe A para esnobes, se quer saber. Pouquíssimos membros com uma rotatividade mínima. A primeira vez que se falou deles foi em 1960, quando os quatro apareceram juntos numa estreia aqui em Estocolmo, depois criticaram duramente o filme numa resenha publicada no *Dagens Nyheter* no dia seguinte.

– Em 1960? Parece que ficaram ativos durante bastante tempo.

– Quase quinze anos. E nunca excediam quatro membros. Thea Aldrin participou desde o início, bem como Morgan Axberger. Thea tinha 24 anos na época, e Axberger, 21. Você sabia que ele enfrentou o pai nos primeiros anos depois do serviço militar e passou todo o tempo escrevendo poesia?

Alex se surpreendeu. O pai de Morgan Axberger tinha fundado o império que o filho presidia; Alex não fazia a menor ideia de que a mudança no regime tinha sido precedida por algum tipo de rebeldia.

Peder percebeu a reação dele.

– Eu sei, eu também fiquei surpreso. De todo modo, Morgan Axberger teve sua primeira coletânea de poemas publicada depois de terminar o serviço militar e chamou bastante atenção, gerando excelentes críticas.

— E foi assim que ele se tornou membro do Anjos da Guarda – concluiu Alex.

Ele conseguiu imaginar que a rebeldia de Axberger poderia ter impressionado alguém como Thea Aldrin, abrindo caminho para todo tipo de reações.

— Quem eram os outros membros?

Peder pegou um pedaço de papel com a impressão de uma péssima cópia de uma fotografia em preto e branco retirada durante a estreia de um filme.

— Thea Aldrin e Morgan Axberger.

Ele apontou, e Alex acompanhou seu dedo.

— E esse cara da esquerda, adivinha quem é?

— Não tenho a menor ideia.

— O ex-marido de Thea Aldrin, o homem que ela esfaqueou na garagem.

Alex deixou escapar um assovio.

— Ele é muito alto.

— E ela é muito baixa. Você sabia que ele reconheceu a paternidade do filho dela?

As lembranças de seu fim de semana de pesca com Torbjörn Ross vieram à mente de Alex. Aquela viagem até o chalé do colega tinha lhe deixado um gosto cada vez mais amargo na boca. Alex tinha visto o outro lado de Ross, um lado que não o agradava. Um lado que sugeria haver alguma coisa errada.

— Ouvi dizer – murmurou ele, respondendo a pergunta de Peder. – Qual era o nome dele?

— Manfred Svensson. Aparentemente, houve um verdadeiro escândalo sobre o fato de estarem esperando um filho sem a menor intenção de se casarem.

Alex olhou para a fotografia de novo.

— E quem é a quarta pessoa?

— Um crítico literário que morreu do coração em 1972. Não era exatamente uma celebridade. Foi ele que Spencer substituiu, por sinal.

— A gente sabe quando Lagergren se tornou membro?

— Não – respondeu Peder. – Perguntamos a ele quando o trouxermos aqui.

A sensação desagradável retornou. Interrogar o companheiro de uma amiga era algo a evitar, se possível. Suspeitar que uma colega tinha escondido informações durante uma investigação era ainda pior.

Alex rompeu o silêncio.

— Então, quem substituiu o ex-marido de Thea quando ele deixou o clube depois que os dois se separaram?

— Essa foi a única pessoa que eu não consegui identificar. Mais alguém de destaque, sem dúvida.

– E o clube de cinema continuou ativo até Thea ser presa?
– Aparentemente não. Por algum motivo desconhecido, ele se dissolveu alguns anos depois que Spencer se tornou membro. Não sei por quê.

Qual era a conexão entre um clube de cinema e o desaparecimento e a morte de uma jovem de 23 anos? Por que essas figuras estranhas continuavam aparecendo repetidamente na investigação?

– Começamos com uma ex-namorada amargurada e um namorado com uma visão meio deturpada da realidade, para dizer o mínimo. Examinamos o boato de que Rebecca estava se prostituindo na internet, o que se revelou como algo fabricado, mas ainda não sabemos por quê. Depois descobrimos um orientador que se meteu em todo tipo de confusão depois do desaparecimento de Rebecca, o que nos levou a Spencer Lagergren. E agora nosso elenco cresceu com o acréscimo de um dos empresários mais famosos do país. Dois, se incluirmos Morgan Axberger.

Peder pensou no resumo de Alex, e acrescentou:

– E, no meio dessa teia, temos uma escritora que não fala, acusada do assassinato do ex-marido, e cujo filho está desaparecido.

Uma ideia passou pela cabeça de Alex; ele tentou dar forma a ela.

– Na verdade, quem conecta tudo isso é Thea Aldrin.

Ele franziu o cenho.

– Segundo a agenda de Rebecca, ela foi visitar Thea. Precisamos saber o motivo. O silêncio de Thea não é exatamente um segredo.

– Também deveríamos visitá-la – sugeriu Peder.

– Depois. Não vamos tentar entrevistar uma mulher que não fala nada há décadas sem sabermos exatamente o que queremos descobrir.

– Onde ela vive?

– Não verifiquei ainda; em um asilo, eu acho.

– Ela não é jovem demais para estar num asilo?

– Sim, mas ela sofreu um derrame sério em seu último ano na prisão, e não acho que possa cuidar de si mesma.

Uma batida na porta. Fredrika entrou, pegando-os em flagrante. Alex se pegou encolhendo os ombros, como se estivesse envergonhado.

O rosto de Fredrika estava cheio de perguntas. Seus olhos escuros, intranquilos. Olhos inteligentes demais para serem enganados com facilidade.

– Olá, você!

A voz de Alex falhou enquanto falava; nervoso, abriu um sorriso torto. E "olá, você", o que tinha sido aquilo?

– Olá.

A expressão de Fredrika era neutra.

– Estou incomodando vocês?

– Não, de jeito nenhum. Entre.

Ela se sentou à mesa. Estava carregando uma pilha de papéis. Parecia que queria discutir algo importante.

– O que Diana disse quando você conversou com ela?

Alex não soube o que dizer. Diana? Como Fredrika...

– Você ia perguntar a ela sobre Valter Lund e a viagem a Copenhagen – esclareceu Fredrika.

O alívio foi tão grande que ele quase caiu na gargalhada.

– Pelo que entendi, ela não sabia da viagem, mas achou estranho o fato de Valter ter ido à igreja ver Rebecca cantar.

– Tem um monte de coisas estranhas sobre Valter Lund – disse Fredrika.

Ela contou o que descobriu com os colegas da Noruega.

– Precisamos interrogá-lo – disse ela. – E Morgan Axberger. Quero saber mais sobre esse clube de cinema e tudo que aconteceu relacionado a Thea nessa época.

Alex e Peder trocaram um olhar, chegando a um acordo silencioso.

– Vamos esperar até encontrarmos a mulher que comprou o relógio de ouro – disse Alex, lentamente. – Vamos nos reunir depois do almoço e ver até onde chegamos.

Fredrika ficou desconfiada.

– Aconteceu alguma coisa? – perguntou.

– Conversamos depois do almoço – insistiu Alex.

Outra batida na porta, e Ellen entrou.

Pálida e tremendo.

Ela disse as palavras que ninguém queria ouvir:

– Acabaram de ligar da escavação. Encontraram mais um corpo.

41

Se o sol não tivesse aparecido durante o dia, Håkan Nilsson não saberia dizer se conseguiria continuar no barco. A noite tinha sido congelante, e a umidade do ar tinha deixado seu corpo todo grudento. Não havia se preocupado em consertar a cabine, e o frio da noite acabou entrando no barco.

Ele nunca tinha pensado em morar num barco. Nem de brincadeira. Ele e um amigo o tinham comprado havia alguns anos. A ideia era impressionar Rebecca; ele sabia que ela adorava o lago e o mar. Mas ela não se interessou tanto assim, e depois de apenas uma estação, o amigo mudou de ideia. Håkan pagou pela parte do amigo e ficou com o barco. Navegou lentamente pelo canal Karlberg, vendo Estocolmo de uma perspectiva totalmente diferente. Gostava do ar fresco, e adorava a sensação de liberdade.

Håkan se sentia seguro no barco, e os membros do clube valorizavam seu comprometimento. Sempre estava disposto a se voluntariar – havia pintado os quebra-mares e envernizado o chão da varanda da sede do clube.

Tinha a esperança de que Rebecca gostaria de compartilhar a experiência com ele, mas ela se manteve distante e não quis saber quando ele começou a fazer planos para passar o verão no barco.

– A gente não tem esse tipo de relação, Håkan – dissera ela.

Foi no verão antes de tudo acontecer, o verão antes do desaparecimento de Rebecca. O outono chegou, depois o inverno. E de repente, ela engravidou.

Engravidou dele.

Ele descobriu a imagem do ultrassom sem querer, enquanto lhe fazia uma visita na pensão. Ficou pensando no que seria aquilo, e perguntou de onde tinha vindo. Ela tomou a imagem da mão dele e disse que não era da sua conta.

Doía lembrar da raiva que ele sentiu. De como tinha perdido a cabeça, gritando sem parar:

– É meu? É? Responde, pelo amor de Deus!

E ela respondeu que não sabia.

Håkan cobriu as orelhas com as mãos, tentando expulsar o som da voz dela, que parecia ecoar pelo lago.

Eu não sei quem é o pai.

Ele se sentou, apoiando o pé no tanque de combustível que ficava na popa. Quanto tempo precisaria ficar distante? Quanto tempo a polícia demoraria para descobrir que ele tinha um barco? Se a polícia soubesse o que ele disse para Rebecca no dia que encontrou o ultrassom, já o teria prendido e jogado a chave fora. Ele jamais conseguiria convencê-los de que era inocente.

Mas não foi minha culpa.

O Lago Mälaren era enorme, com muitos lugares onde se esconder. Ao mesmo tempo, ele não queria ir tão longe, isolando-se a ponto de se sentir esquecido. Então ancorou em Alviken. No princípio, pensou em atracar na ilha de Ekerö, mas acabou passando tanto Ekerö quanto Stenhamra. Queria manter uma distância segura entre ele mesmo e todas as coisas terríveis que estavam acontecendo.

Håkan se levantou do chão e deitou no banco curto e acolchoado. O barco era um bom lugar para dormir, mesmo que não fosse tão confortável quanto sua casa. Ele devia ter bastante comida e bebida; de todo modo, conseguiria passar uma semana ali.

Uma semana.

Um tempo muito curto, na verdade. Não tinha a menor ideia de o que faria depois.

Uma onda de renovado desespero percorreu todo seu corpo. Tudo estava arruinado, e de modo irreparável. Seu pai nunca mais ia voltar, muito menos Rebecca. O filho que ela estava esperando também se fora.

Håkan se encolheu no banco. Precisava tomar uma decisão. Afinal de contas, faria alguma diferença se ele também desaparecesse?

42

PELA TERCEIRA VEZ EM UMA SEMANA, Alex Recht dirigia do Casarão em Kungsholmen até o local onde estavam as covas, em Midsommarkransen. Estava quente e ensolarado – algo quase incompreensível naquela época do ano.

A notícia de que outro corpo tinha sido encontrado provocou uma reviravolta em todos os seus planos. Ele mandou Fredrika continuar procurando a mulher que havia comprado o relógio de ouro, enquanto Peder acompanhava Alex até Midsommarkransen.

– Estou com um péssimo pressentimento – disse Peder no carro.

– Eu também, mas não acho que dava para priorizar as coisas de outro modo – respondeu Alex.

Peder olhou para ele.

– Não tem a ver com priorizar, mas sim com o caso inteiro. Por exemplo, o que fazemos com Spencer agora?

– Ele pode esperar – respondeu Alex, fazendo força para não acrescentar: temos todo o tempo do mundo.

Porque era assim que se sentia. Como se os novos horrores desenterrados tivessem alterado a paisagem, criando uma sensação de que tudo tinha mudado. Mesmo que não soubessem como ou por quê.

Por fim, Peder comentou:

– Você parece estar enfrentando isso com muita calma.

Alex não teve certeza se conseguiria encontrar as palavras para descrever ao certo o que dizia sua intuição, mas tentou:

– Tenho a sensação de que não deveríamos considerar essa nova vítima um retrocesso. Acho que ela pode explicar uma série de coisas, e preencher lacunas na história.

Peder fez uma cara cética enquanto o chefe estacionava o carro.

– Preencher lacunas?

— Venha — disse Alex, abrindo a porta.

Fazia silêncio quando os dois saíram do carro, e as árvores erguiam-se acima deles com a mesma imponência de antes. Caminharam os quatrocentos metros do carro até a escavação. A mesma rota que o criminoso deve ter feito. Não uma, nem duas, mas três vezes. Com um cadáver nos braços. Ou nas costas. Ou em dois sacos plásticos.

Pararam na beirada da cratera, espantados com a extensão da área que tinha sido escavada.

— Chegamos ao fim — disse o inspetor a cargo da escavação. — Já tínhamos decidido antes de encontrar o corpo. Não vamos mais cavar além daquela fita — apontou. — Depois dali, o chão está cheio de pedras e raízes. Não há a menor chance de alguém ter cavado lá.

— Como vocês estão lidando com a imprensa? — perguntou Alex.

— Não muito bem. Os repórteres estão perdendo a paciência e o respeito. Não param de pressionar a gente para descobrir o que está acontecendo. Tive de usar muitos policiais para vigiar a área, por isso a escavação demorou tanto.

Alex olhou para a cratera. A terra tinha sido retirada, peneirada e empilhada nas beiradas, criando uma barreira alta que acabou servindo como proteção natural contra os curiosos.

— Olá de novo.

A voz do legista veio do fundo da cratera. Ele assentiu para Alex, depois subiu pela escada e limpou a terra dos joelhos.

— E então, o que nos diz? — perguntou Alex.

O legista semicerrou os olhos, depois mudou de lugar, para que o sol não impedisse sua visão.

— Quase nada. Vou poder te dar um retorno só depois que olhar o corpo no laboratório.

O ar que preencheu os pulmões de Alex quando ele inspirou era quase quente o suficiente para ser considerado um ar de verão. Os passarinhos voavam alegres entre as árvores.

— É homem ou mulher?

— Acho que você não me entendeu, Alex. Desça e veja o corpo você mesmo antes que a gente o leve embora.

As pernas de Alex se recusavam a se mexer. Ele não sabia se queria ver o que havia sido descoberto naquele buraco.

— Eu posso dar uma olhada — ofereceu-se Peder.

— Eu vou primeiro — disse Alex.

Segurou a escada e começou a descer. Sentiu que os pés da escada afundaram um pouco no chão e se perguntou se ela tombaria, derrubando-o em cima do cadáver.

– O corpo está poucos metros atrás de você – disse o legista.

Alex chegou ao fundo e se virou. Viu uma lona usada para cobrir temporariamente o corpo. Seguiu adiante e se agachou. Conseguiu sentir o olhar dos colegas atrás de si quando levantou o plástico.

Não pôde evitar recuar alguns passos.

Então ouviu a voz do legista atrás de si:

– Entendeu agora?

Peder chegou e olhou por cima do ombro de Alex.

– Puta merda.

Alex recolocou a lona no lugar e saiu andando. Um esqueleto, nada mais.

– Há quanto tempo pode estar aqui?

– Difícil dizer com exatidão. Só posso dizer que é um cadáver muito antigo. Está enterrado há décadas. Talvez há mais tempo do que o homem que nós encontramos na semana passada.

O legista usou a palavra "nós" como se fizesse parte da equipe de investigação do caso. De todo modo, ele fazia. Alex gostava de sua abordagem; era a favor de incluir todas as partes importantes na investigação.

Eles subiram a escada.

– Então este é o último dia de escavação? – perguntou Alex para o inspetor a cargo do lugar.

– Todos concordam que não vamos encontrar nada naquela área rochosa.

– Não foi isso que eu perguntei.

– A resposta é sim, este é o último dia.

Uma brisa farfalhou o topo das árvores, levantando uma leve nuvem de poeira das pilhas de terra. Alex sentiu que o mal ardia sob seus pés.

– Muito bem – disse ele.

Assentiu para Peder, indicando que deviam voltar para o carro. Não tinha mais vontade nenhuma de ficar ali.

Fredrika segurou o relógio de ouro nas mãos. O relógio que tinha sido encontrado na cova e deveria os ajudar a identificar uma das vítimas.

Leve-me contigo. Sua Helena.

Uma mensagem bonita. E ambígua.

Leve-me.

Fredrika seria capaz de dizer isso para alguém? Achava que não.

– É adorável – disse Ellen quando entrou na sala de Fredrika e viu o relógio.

– Clássico – comentou Fredrika, batendo no relógio, que tinha parado de funcionar havia muito tempo.

Ellen se sentou.

– Verifiquei nos registros o endereço que o relojoeiro informou, mas é impossível descobrir quem costumava morar ali. E não há nenhuma Helena morando lá atualmente.

Ela passou um post-it para Fredrika.

– Mas esse é o número de telefone do diretor da associação de moradores. Talvez ele consiga encontrá-la nos registros. Quer que eu ligue, ou você prefere fazer isso?

Fredrika encolheu os ombros; estava incomodada desde que encontrara Alex e Peder trancados no Covil.

Alguma coisa tinha acontecido. E eles não queriam lhe contar o que era.

– Pode deixar que eu ligo.

Depois de hesitar um momento, perguntou:

– Ellen, você sabe se alguma coisa específica ou diferente aconteceu nos últimos dias?

Ela viu que Ellen não tinha entendido a pergunta mal formulada.

– Em relação ao caso, quero dizer.

Ellen parecia não ter certeza.

– Acho que não.

Será que mentiu? Fredrika não soube dizer; parecia que o tempo lhe escorria pelos dedos como areia, e estava lutando contra a própria paranoia. Outro corpo tinha sido encontrado na cova, cuidadosamente arremessado num buraco por braços fortes, que dominavam a vida e a morte com absoluta brutalidade.

"Quem é você?", pensou Fredrika. "Quem é você, que se arrasta pela floresta, década após década, com suas vítimas silenciadas?"

Spencer?

Fredrika não podia permitir que esse pensamento tomasse forma; evitou-o inclusive antes de vir à tona.

Que possível motivo poderia haver por trás desses crimes? Fredrika temia que houvesse mais vítimas; imaginou um corpo sob cada árvore da floresta. A razão lhe dizia que isso não era possível, mas ao mesmo era notável a ausência de razão no caso que investigavam agora.

Spencer. O orientador com quem Rebecca tentara entrar em contato. Que tinha sido membro do mesmo clube de cinema que Thea Aldrin. Que não dizia por que estava tão nervoso e infeliz. Fredrika não acreditava, nem por um segundo, que Spencer estivesse envolvido, mas detestava ter de se deparar o tempo todo com pistas que levavam a ele. Sua frustração aumentou, e ela sentiu as lágrimas ameaçando se formar.

Eu não vou mesmo fazer o papel de quem se senta na mesa e chora.

Olhou para o papel com o número de telefone da associação de moradores e pegou o aparelho. Levantou a mão para teclar o número, mas ligou para outro – na verdade, para a central da Universidade de Uppsala, e pediu para ser transferida para Erland Malm, chefe do departamento de Spencer.

Spencer jamais a perdoaria por isso. Mas ela precisava saber. Nunca havia trocado confidências com Erland Malm, mas como uma pessoa próxima de Spencer, ela certamente tinha o direito de telefonar e perguntar o que tinha acontecido. Pelo menos foi o argumento que usou para convencer a si mesma.

Como de costume, a voz de Erland era grave ao atender o telefone. Somente a voz de Spencer era mais grave que a dele. E somente Spencer era mais popular que Erland, e mais bem-sucedido. Para Erland, foi uma felicidade o fato de Spencer nunca querer o tipo de poder e influência obtidos com o cargo de chefe de departamento.

– Olá, Erland, é Fredrika Bergman.

Quantas vezes ela havia se encontrado com Erland? Pouquíssimas. Erland sabia desde o princípio da sua relação com Spencer, e tinha aceitado o fato de que ela apareceria como bagagem extra em várias conferências. Sempre fora um homem educado, nunca havia sido transigente como outras pessoas, que sabiam da situação e desprezavam Fredrika. Tida como "a outra", era considerada uma perdedora, enquanto Spencer era visto como um homem soberbo.

Tentou transmitir sua ansiedade em palavras, primeiro hesitante, depois com uma segurança maior.

– O que aconteceu? Eu não o estou reconhecendo esses dias.

Um nó se formou na sua garganta. Ela engoliu para se livrar dele. Sentiu que deveria desligar o telefone, mas ficou capturada pelo silêncio de Erland.

– A questão, Fredrika, é que não posso discutir esse assunto. Você precisa entender. Converse com Spencer.

– Acho que não sei sequer o que eu deveria entender. E eu *já conversei* com Spencer. Várias vezes. Ele não me diz nada, só me exclui da situação.

As palavras se transformaram em dor física no seu peito. Não queria ser desprezada depois de ter se exposto desse jeito.

Me ajuda, pelo amor de Deus.

Erland começou a falar, cheio de hesitação na voz.

– A gente se viu numa situação bastante delicada, para dizer o mínimo. No outono passado, Spencer estava orientando uma moça, Tova Eriksson. Ele falou sobre ela?

– De passagem. Disse que ela não estava feliz.

Erland deu uma risada sem graça.

– É uma das maneiras de dizer o que aconteceu, eu acho. Não, ela não estava feliz. E o acusou de assédio sexual, Fredrika. E de ter usado sua posição de poder para conseguir favores sexuais.

Fredrika emudeceu.

Estava em choque.

– O quê? É claro que isso é um mal-entendido.

Erland falou com mais dureza na voz.

– O departamento não pode dizer se ele é culpado ou não; a gente precisa...

– Mas é claro que pode! – gritou Fredrika.

– Ela deu queixa dele na polícia. Não tivemos escolha, a não ser esperar o resultado da investigação.

Polícia. Favores sexuais. A vontade repentina dele de sair de licença-paternidade.

– Ele foi demitido?

– Originalmente, ele foi encorajado a tirar uma licença, mas assim que Tova Eriksson deu queixa na polícia, ele foi formalmente suspenso.

Não havia mais o que dizer. Fredrika terminou a ligação, sentindo como se tivesse perdido a batalha. Sobre o que mais Spencer havia mentido? Na cabeça de Fredrika, não havia segredos entre eles. As cartas sempre eram colocadas na mesa, e isso era justamente o que tinha levado o relacionamento dos dois adiante.

Devia ir para casa? Interromper o dia de trabalho para pegá-lo pelos braços, sacudi-lo, xingá-lo por ter mantido segredo esse tempo todo?

Rebecca Trolle.

Fredrika sabia, instintivamente, que Spencer não tinha nada a ver com o caso. O fato de ele ter sido membro do clube de cinema era irrelevante, não tinha nada a ver com a morte de Rebecca Trolle. Mas e quanto a essa outra aluna que havia prestado queixa na polícia? Haveria alguma verdade no que ela dizia?

Não podia haver.

Não *devia* haver.

Fredrika sabia que estava descontrolada, que não conseguiria enfrentar Spencer enquanto a decepção por ele ter escondido dela seus problemas ainda estivesse fervilhando dentro de seu peito.

Ela pegou o post-it que Ellen lhe dera mais cedo e teclou o número de telefone. O presidente da associação de moradores atendeu quase imediatamente. Ouviu a explicação de Fredrika, depois disse:

– Eu sei de qual apartamento você está falando. Foi vendido há dois anos. O nome da antiga proprietária é Helena Hjort.

43

Ainda era cedo quando Spencer Lagergren se apresentou ao setor de passaportes da polícia, em Kungsholmsgatan. Olhou para Saga no carrinho, pensando que estavam muito próximos de Fredrika. Ele não tinha a menor intenção de fazer-lhe uma visita. O telefonema de seu colega, combinado ao fato de o mesmo colega ter estado com Eva, o deixaram assustado. Além de ser suspeito de assédio sexual e abuso de poder, ele agora parecia suspeito numa investigação de assassinato. Por que outro motivo eles perguntariam sobre a conferência, que já era, em si, um álibi?

Talvez ele ainda fosse suspeito de *vários* assassinatos.

Os rumores de que mais um corpo tinha sido encontrado em Midsommarkransen se espalharam pelo rádio e pela televisão. Parecia improvável que a polícia o considerasse suspeito de um crime e não de outro. Spencer não sabia o que pensar; só queria que toda essa confusão fosse um pesadelo, e que ele não demorasse a acordar.

Na fila, havia quatro pessoas na frente dele; com um pouco de sorte, ele seria atendido antes de Saga acordar.

Todo seu corpo ardia de ansiedade; a sensação de que era genuinamente miserável aumentava a cada dia. Spencer sabia que deveria ter conversado com Fredrika desde o princípio. Deveria ter confiado nela, confiado que ela acreditaria nele.

A ansiedade se transformou em fúria. Porque Spencer não era o único que deveria ter revelado seus segredos. Ela havia lhe perguntado diretamente se ele conheceu Rebecca Trolle, depois não tocou mais no assunto, fingindo que não havia nenhum motivo para a pergunta.

Não fazia o menor sentido.

Como ela poderia confiar a ele a própria filha se, em segredo, o considerava suspeito de ter assassinado diversas pessoas? A suspeita era de que ele tinha destroçado o corpo de uma jovem, carregado os pedaços pela floresta, jogado tudo num buraco e depois ido embora.

A gente não se conhece mesmo, não é?

Ele adorava se lembrar do primeiro encontro que teve com Fredrika, numa época em que os dois, de algum modo, estavam muito bem, e que sua relação não exigia nada. Viam-se quando tinham tempo, vontade e chance. A relação era tanto inocente quanto errada; inocente porque caracterizada por uma honestidade rara; errada porque ele era casado.

Eles também tinham muita coisa em comum. Interesses e valores. Nas raras vezes em que discutiam, o amor rapidamente consertava o que tinha se rompido. A dependência e a necessidade que tinham um do outro os mantinham cada vez mais juntos, e os dois começaram a se encontrar com mais frequência. Corriam riscos, colocavam os colegas de Spencer numa situação difícil quando Fredrika chegava discretamente às conferências, infiltrando-se no quarto dele e dividindo a mesma cama.

Já fazia quase dois anos desde que ela virara tudo de cabeça para baixo quando falou do quanto queria ter um filho. Fredrika tinha falado em adotar uma criança da China e criá-la sem pai. Sem ele. Depois de superar o choque inicial, ele deixou claro que gostaria de dar a ela um filho, se ela assim o quisesse.

Dar. Como um buquê de flores.

Ele parecia um sujeito do século passado, e mesmo assim ela aceitou. Disse que jamais aceitaria outro como pai de seu filho. Como se tivesse de escolher entre muitos candidatos. Spencer despertou de seu devaneio quando chegou sua vez. Ele tinha marcado uma reunião urgente com seu advogado, e explicado a situação em que agora se acreditava envolvido. Uno, o advogado, ficou pálido e perguntou:

– Como é que você foi parar no meio dessa confusão, Spencer?

A resposta é que ele não tinha a menor ideia. E seu amigo não tinha nenhum conselho a oferecer. Spencer teria apenas de esperar. Se a polícia o considerasse realmente suspeito de assassinato, ele seria chamado para um interrogatório e provavelmente mantido sob custódia, caso o tomassem como perigoso. O que realmente deviam fazer, dados os crimes dos quais ele era suspeito.

Não teve dificuldade nenhuma em decidir o que fazer. Depois de sair do escritório de seu advogado, Spencer foi direto para casa e pegou seu passaporte. Estava cansado da situação; se as coisas piorassem, ele queria ter a opção de sair do país rapidamente. Temporariamente. Pelo bem de sua sanidade mental.

Mas faltavam poucos meses para seu passaporte expirar, o que limitava o número de países para onde podia ir. Desse modo, como a alma perdida que se tornara, Spencer foi até o setor de passaportes para renovar o documento.

Como último recurso.
Se fosse necessário.

De volta ao Casarão, Alex e Peder atravessaram o corredor e desapareceram em suas respectivas salas. Peder ligou o computador e verificou suas mensagens. Fredrika entrou na sala dele com o rosto tenso e os olhos cheios de pesar. De certo modo, Peder sentiu que tinha perdido o direito de perguntar o que acontecera, pois estava se preparando para interrogar o companheiro dela.

– Helena Hjort – disse Fredrika.

Ela se sentou na cadeira, com o cansaço expresso no rosto.

Peder sentiu toda sua energia se renovar.

– É a pessoa que comprou o relógio de ouro?

Fredrika assentiu.

– Consegui identificá-la com a ajuda do presidente da associação de moradores, e consegui seu endereço atual. Ela mora em Södermalm, na região do Vita Bergen.

Peder inclinou-se para a frente, interessado em saber mais.

– Você telefonou para ela?

– Acho que seria melhor ir até lá.

Uma breve hesitação, como se pensasse em acrescentar alguma coisa.

– Quer vir comigo?

Eles trabalhavam juntos havia dois anos e ela nunca o tinha chamado para acompanhá-la a lugar nenhum.

– É claro – disse ele. – Claro que sim.

Ele terminou o que estava fazendo e correu até a sala de Alex para dizer aonde estava indo.

– Achei que a gente tinha outra coisa para resolver.

Spencer Lagergren.

– Não podemos resolver isso mais tarde?

Alex não fez objeção. Estava relutando tanto quanto Peder em enfrentar a espinhosa questão que era Spencer Lagergren.

– O que você foi falar com Alex? – perguntou Fredrika enquanto entravam no carro.

Peder detestava fazer o papel de Judas; sentiu a mentira presa na sua garganta enquanto falava.

– Nada em particular.

Fredrika provavelmente poderia ganhar a vida lendo a mente das pessoas, caso deixasse a polícia; Peder sentiu os olhos dela queimando nas suas costas, e soube que ela não tinha acreditado nele.

Teve de atenuar seu erro, escondê-lo. Olhou para ela e disse:
– É sério, não foi nada.
– Certo.

O silêncio no carro era denso. Os prédios ladeavam a rua, o céu estava azul-claro e com tanta luz que parecia irreal. Peder preferiu pegar a Västerbron para cortar caminho até Södermalm.

– Não quero ir pela Slussen – disse ele. – Tem muito trânsito.

Fredrika não disse nada; para ela, não fazia diferença o caminho que Peder pegasse.

Ele olhou para o perfil de Fredrika, tentando descobrir o que ela estava pensando. Queria pedir desculpas, mas não sabia como, nem por qual motivo. Parou o carro no quarteirão onde Helena Hjort supostamente vivia. Segundo os registros, ela era solteira e não tinha filhos. Foi casada até 1980, e o ex-marido emigrou no ano seguinte.

Emigrou. Tanto Peder quanto Fredrika reagiram a essa informação, como se significasse "foi enterrado". Se as pessoas realmente pensavam que ele tinha emigrado, e se ele não tinha mais nenhum laço na Suécia, não surpreenderia o fato de ninguém tê-lo dado como desaparecido.

– Precisamos do nome dos amigos e familiares – disse Fredrika enquanto subiam as escadas. – Precisamos conseguir rastreá-lo de algum modo.

– Você não acha que o corpo que encontramos é o dele?

– Acho que podemos ter encontrado o relógio dele. Isso se Helena comprou o relógio para ele, para início de conversa. Mas parece estranho que um emigrante tenha morrido há trinta anos sem que ninguém sentisse sua falta.

Peder tensionou o maxilar; sua vontade era subir correndo o resto das escadas.

Helena Hjort era uma senhora de quase 80 anos. Havia uma nítida possibilidade de que ela não pudesse ajudar como eles gostariam.

"Solitária", pensou Peder enquanto tocavam a campainha. Ela devia ser incrivelmente solitária.

A porta se abriu, revelando uma senhora: o exemplo típico da solteira boêmia que sobrevivera ao inverno. Suas roupas eram tão coloridas que quase feria as retinas olhar para elas.

Peder deixou que Fredrika começasse a falar; ela os apresentou e explicou por que estavam ali.

– Gostaríamos de saber se a senhora reconhece este relógio.

Helena Hjort deu um passo para trás quando viu o relógio de ouro na palma da mão de Fredrika.

– Onde vocês acharam isso?
– Será que podemos entrar?

O apartamento era encantador. O pé direito tinha quase quatro metros, o teto era todo trabalhado em estuque, as paredes eram brancas, e o assoalho, muito bem polido. Havia obras de arte discretas nas paredes, com poucas fotografias pessoais à mostra. As cortinas deixariam a mãe de Peder roxa de inveja, bem como os tapetes autênticos no chão.

Helena Hjort os levou até a sala de estar, indicando que deveriam se sentar no amplo sofá diante da janela. Ela se sentou do outro lado, numa das poltronas.

Fredrika entregou-lhe o relógio, observando Helena examiná-lo.

– Nós o encontramos numa área que foi escavada em Midsommarkransen – disse ela.

Helena ergueu as sobrancelhas.

– Escavada?

– Tenho certeza de que a senhora viu nos noticiários – disse Peder. – O corpo de uma jovem foi encontrado lá, no início da semana passada. O nome dela é Rebecca Trolle.

Helena reclinou-se na poltrona.

– Vocês encontraram o corpo de um homem também.

– Sim, e infelizmente ainda não conseguimos identificá-lo – disse Peder. – Mas encontramos esse relógio perto do corpo, e acreditamos que foi enterrado ao mesmo tempo.

Ele falou tranquilo, com um tom trivial.

– E vocês acham que o relógio pode ter sido desse homem?

– Sim – respondeu Fredrika.

Helena Hjort sentiu o peso do relógio na mão; pareceu desaparecer para um lugar impossível de ser acessado. O relógio lhe despertara memórias, e Peder não teve mais dúvidas de que ela o havia comprado.

– Eu o comprei em 1979 – disse ela. – Para o meu marido, Elias Hjort. Foi um presente de aniversário pelos 50 anos dele. Fizemos uma festança no nosso apartamento; muita gente compareceu.

Helena se levantou e pegou um álbum de fotografias. Peder observou como ela caminhava; era muito mais flexível do que a maioria das senhoras de 80 anos que ele conhecia.

Ela colocou o álbum na frente de Peder e Fredrika, mostrando uma foto do marido Elias no aniversário de 50 anos. Um homem alto e imponente, com a expressão austera. O relógio estava no pulso dele.

– Elias sempre foi um sujeito melancólico, desde que nos casamos. Talvez fosse o fato de não termos tido filhos, mas eu acho que ele também sofria de depressão. Naquela época, as coisas eram muito diferentes no que se refere à psiquiatria; ninguém procurava ajuda por se sentir pra baixo. A gente simplesmente cerrava os dentes e seguia em frente.

Peder olhou para a fotografia de Elias Hjort; teve a sensação de que o conhecia.

– O que ele fazia?

– Era advogado.

Parecia que Helena queria dizer mais alguma coisa, mas preferiu ficar em silêncio.

– Onde ele está morando agora? – perguntou Peder.

Helena olhou para o relógio, que continuava na sua mão.

– Ele se mudou para a Suíça em 1981, no ano seguinte ao nosso divórcio.

Ela levantou a cabeça e olhou bem nos olhos de Peder.

– Mas vocês acham que foi o corpo dele que encontraram em Midsommarkransen, não é?

– Nós achamos que sim, mas não temos certeza. Agora que temos o nome do dono do relógio, esperamos poder confirmar a identidade dele pela arcada dentária.

Helena baixou o relógio, pensativa. Ela não parecia incomodada; será que já tinha pensado que talvez ele não tivesse emigrado?

– Vocês tiveram algum contato depois que ele se mudou para a Suíça? – perguntou Fredrika, como se pudesse ler os pensamentos de Peder.

– Não – disse Helena. – Na verdade, não tínhamos contato nenhum.

– Quando o viu pela última vez?

– Em fevereiro de 1981. Ele me procurou no meu antigo apartamento e me disse que estava se mudando para o exterior.

– E foi uma surpresa para a senhora?

– É claro que sim. Ele nunca tinha falado nisso.

– Ele disse para onde estava indo?

Um sorriso brotou no rosto de Helena, mas desapareceu tão rápido que Peder não soube se realmente a tinha visto sorrir.

– Não, não disse. E depois disso, nunca mais tivemos contato.

Fredrika endireitou o corpo, repousou as mãos sobre os joelhos e refletiu, em silêncio, sobre o que tinha visto a respeito do casamento na base de dados da polícia.

– Não é um pouco estranho? Quer dizer, vocês foram casados por mais de vinte anos. Ele nunca voltou a Estocolmo? Vocês não trocavam correspondência?

Helena ficou pensativa.

– Acho que não aceito ter de justificar o fato de não ter tido contato com meu ex-marido depois que ele saiu do país. Nós não tivemos tanto contato assim depois do divórcio, enquanto ele ainda morava em Estocolmo. Acho que nós dois sentimos necessidade de cortar todos os laços.

Mas por que um casal que viveu junto durante mais de vinte anos de repente decide se divorciar? O que provocaria uma separação de modo que os dois também parassem de se falar? Peder pensou em Ylva e na separação temporária que tiveram. Se não fosse pelos meninos, eles teriam parado de se falar? Ele achava que não.

– Por que vocês se divorciaram? – perguntou ele, esperando que a pergunta não tivesse sido tão direta, nem insensível.

– Por diversas razões. Não tínhamos mais interesses ou valores em comum. – Ela hesitou. – Com o passar dos anos, ele desenvolveu uma atitude e um estilo de vida dos quais eu não queria participar.

– Foi a senhora que primeiro cogitou o divórcio? – perguntou Fredrika.

– Sim.

Peder sentiu que Helena estava começando a ficar impaciente. Já estava cansada de perguntas pessoais. Então, ele mudou o direcionamento.

– Elias tinha algum inimigo?

Helena passou a mão na perna, retirando um pelo da calça.

– Não que eu soubesse.

– Perguntamos porque ele era advogado – explicou Fredrika. – Talvez tenha se desentendido com algum cliente.

– Que o matou e o enterrou em Midsommarkransen?

Fredrika não respondeu.

– Não – disse Helena. – Não acho que ele tinha inimigos a esse ponto.

– Ele fazia parte de alguma empresa, ou trabalhava sozinho?

– Sozinho. Não tinha colegas de trabalho.

– Vocês tinham amigos em comum que talvez possam ter falado com ele depois que se mudou de Estocolmo?

Helena balançou a cabeça.

– Não saberia dizer. Nossos amigos em comum viraram amigos dele depois do divórcio – disse ela, secamente. – Mas enquanto éramos casados, ele era bastante recluso. Talvez nossos amigos em comum não fossem de fato amigos.

Peder viu Fredrika fazer uma anotação no bloco que sempre levava consigo. Eles só tinham mais uma pergunta.

– Rebecca Trolle – disse ele. – A senhora a conheceu?

Pela primeira vez, Peder viu uma reação de Helena.

– A garota encontrada morta? Não, de jeito nenhum.

– Tem certeza? – perguntou Fredrika.

– Certeza.

Ela não hesitou no tom de voz ou na escolha das palavras, infelizmente. Mas alguma coisa aborrecia Peder; não conseguia saber de onde conhecia Elias Hjort.

– Nesse caso, não vamos mais incomodar a senhora – disse ele. – Podemos levar uma dessas fotografias de Elias?

Quando voltaram para o Casarão, Fredrika foi direto para sua própria sala, enquanto Peder foi para a sala de Alex. Queria falar sobre Spencer Lagergren e saber como distribuiriam as tarefas do resto do dia. Fredrika viu para onde ele estava indo e o seguiu.

– Eu só estava indo discutir uma coisa com Alex – disse Peder. Ele parou, com esperança de que ela não o acompanhasse.

Peder notou a mudança na expressão de Fredrika. Antes de saírem para ver Helena, ela parecia cansada e preocupada, mas durante a visita seu rosto voltou a brilhar consideravelmente. Agora, todo o brilho havia desaparecido de novo. Peder sabia que ela devia estar se questionando sobre esses encontros que ele tinha com Alex a portas fechadas.

– Como?

– Só um assunto do qual tratamos mais cedo.

Peder se sentiu tão pressionado que seu medo quase se transformou num acesso de irritação. Era um reflexo de seu mecanismo de defesa, e seu psicólogo havia dito que ele devia trabalhar para que isso não acontecesse mais.

– Algo que eu e o resto da equipe não podemos saber?

Peder não soube o que dizer.

Os olhos de Fredrika de repente se encheram de lágrimas. Ela estava cansada.

– Tem a ver com Spencer?

Peder sentiu todo seu corpo enrijecer; levantou a cabeça e olhou nos olhos dela.

Alex ouviu a voz deles e surgiu no corredor. Olhou para um, depois para o outro.

– Aconteceu alguma coisa?

– É exatamente o que estou perguntando – disse Fredrika.

Na tensão silenciosa que se seguiu, Peder finalmente se deu conta de onde conhecia Elias Hjort.

– Elias Hjort era membro do clube de cinema de Thea Aldrin.

44

É CLARO QUE PODIA SER APENAS fruto de sua imaginação, mas Thea teve a clara sensação de que estava sendo observada. Espiou discretamente pela janela, tentando ver quem se movia lá fora. Podia ser algum dos rapazes que moravam na casa de assistência do outro lado do jardim. Se fosse isso, ela ficaria muito mais tranquila.

A lembrança da visita de Torbjörn Ross ainda permanecia, quase tão nítida quanto um aroma. Ele tinha mudado; estava mais motivado do que antes. Era como se tudo estivesse mais intensificado e mais angustiante.

Por que ele não conseguia esquecer aquela história, deixar tudo em paz?

Thea nunca entendeu como Rebecca Trolle conseguira avançar tanto na sua pesquisa. Ela não tinha conseguido chegar até o final dos fatos, é claro, mas chegou perto o suficiente. No início, ela conversou apenas sobre *Mercúrio* e *Asteroide*, sobre a Box, editora responsável pela publicação dos livros, e sobre o clube de cinema. Ela conseguiria ler sobre tudo isso nos jornais antigos.

Mas, depois, começou a falar sobre o que não podia ser mencionado. Sobre o filme e a investigação policial. Sobre Elias Hjort. E foi nesse momento que Thea percebeu que a garota estava em perigo.

Elias Hjort, o estúpido advogado que não fizera uma única coisa certa a vida inteira. Que não havia cumprido a tarefa que Thea havia lhe dado, mas tentara usá-la em vantagem própria. Thea tinha certeza de que o corpo encontrado em Midsommarkransen era dele. A polícia já devia tê-lo identificado, descoberto quem ele era e o papel que teve no drama que ainda reivindicava suas vítimas, mesmo três décadas depois. Thea pensou em Helena, esposa de Elias, que merecia coisa melhor. Elas podiam ter sido boas amigas, se Helena não tivesse dado ouvidos a fofocas e começado a imaginar coisas.

O clube de cinema tinha sido ideia de Morgan Axberger, apesar do fato de a imprensa dizer, desde o início, que a ideia tinha sido de Thea. Ele vivia o auge de sua rebeldia adolescente, ainda que tardia, e era mais excêntrico do que todo o resto do grupo. Thea se lembrava de que a primeira impressão que teve dele foi positiva. Ele era um dos poucos que não condenava o fato de Thea e Manfred não quererem instituir um casamento, e terem vontade de ter um filho sem se casar.

– O que é importante para um não tem nenhuma importância para o outro – dissera Morgan.

Morgan foi quem chamou Elias para o clube de cinema. E também Spencer Lagergren. Spencer sempre fora jovem demais, na opinião de Thea. Não era tão valioso para competir com os outros. Era radiante, às vezes brilhante, mas inexperiente demais para acrescentar qualquer valor às discussões. Além disso, Morgan e Elias achavam que ele bebia muito pouco.

Thea suspirou, desejando que todas aquelas memórias fossem embora.

Levantou-se e ligou a TV; queria assistir ao noticiário do horário de almoço. A polícia tinha confirmado os rumores: mais um corpo havia sido descoberto. Eles não estavam preparados para dar mais detalhes sobre idade ou gênero. Thea acompanhou a história, com os olhos arregalados. Quanto tempo demoraria para que eles conseguissem juntar todos os dados?

Sentiu-se enjoada quando pensou no último corpo que havia sido enterrado. Se fosse mais jovem, sentiria vergonha e repulsa sobre o que agora seria revelado de seu passado, mas ela já tinha mais de 70 anos – não estava nem um pouco preocupada. A única coisa que a aborrecia era seu filho.

No entanto, se eles não conseguiram encontrá-lo em trinta anos, não havia motivos para acreditar que o encontrariam agora.

45

Eles não podiam lidar com tudo de uma vez, mesmo que quisessem. Entender o caso estava sendo doloroso, e para Alex era quase impossível priorizar. Por fim, decidiu que já era hora de interrogar Valter Lund, mas primeiro queria falar com Spencer Lagergren para descobrir de uma vez por todas o que ele sabia, e retirá-lo do inquérito. Agora que haviam encontrado outro corpo e identificado o homem com o relógio de ouro, Spencer não era mais tão relevante. Apesar de sua ligação com o clube de cinema, ele era jovem demais; não tinha sido membro por tempo suficiente. No entanto, ainda precisava ser questionado.

Alex teve uma conversa séria com Fredrika sobre o assunto.

– Você ocultou informações – disse ele. – Isso é má conduta profissional. Eu poderia te mandar embora *assim* – disse ele, estalando os dedos.

– Eu não ocultei nada – disse ela. – Escolhi evitar que seguíssemos mais uma pista, já que Spencer não tinha nada a ver com isso.

– E como você planejava descobrir se ele tinha ou não tinha alguma coisa a ver com o caso?

Fredrika não conseguiu responder, então a conversa deles foi bem curta.

– O que você vai fazer? – perguntou ela.

Estava ansiosa; sem dúvida, apavorada com a possibilidade de perder o emprego.

– Eu deveria denunciar você – disse ele. – Mas infelizmente não posso perder mais um membro da equipe, uma pessoa brilhante, na maior parte do tempo.

Alex dissera isso de coração, e suas palavras capturaram Fredrika imediatamente. Ela, no entanto, não poderia ter mais nenhum contato com Spencer Lagergren no que se referia à investigação.

– Não ligue para casa para falar o que aconteceu – disse Alex, enfatizando cada palavra. – Continue fazendo suas tarefas, e eu e Peder vamos cuidar de Spencer o mais rápido possível.

– Saga – disse Fredrika.

– Quando mandarmos trazer Spencer, eu te aviso – disse. – Você pode ir para casa e cuidar de Saga o tempo que for necessário.

Essa era a intenção de Alex antes do almoço, quando ele ainda acreditava que o tempo estava do lado dele. Mas, às 14h, quando tentaram localizar Spencer para levá-lo até a delegacia, foi impossível encontrá-lo. Seu celular estava desligado, e ninguém atendeu a porta quando mandaram uma viatura até o apartamento onde ele morava com Fredrika.

Por algum motivo, o silêncio de Spencer preocupara Alex. Não conseguia se livrar da sensação de que deixara passar alguma coisa óbvia, e não conseguiu se acalmar. Ele não queria perguntar a Fredrika se ela sabia onde Spencer poderia estar.

Peder entrou na sala de Alex.

– Vamos atrás de Valter Lund, já que não conseguimos encontrar Spencer?

Alex pressionou os lábios, pensativo.

– Primeiro, ligue e marque um encontro com Valter Lund – disse ele. – Diga que queremos vê-lo ainda hoje. À noite, se necessário.

Peder engoliu.

– A imprensa vai enlouquecer.

Alex suprimiu um suspiro.

– Não temos mais escolha. Além disso, só vamos interrogá-lo para obter informações, lembre-se disso.

A sensação de impotência consumia Fredrika por dentro e por fora. Seus colegas estavam prestes a levar seu companheiro para a delegacia e interrogá-lo sobre diversos assassinatos, enquanto ela deveria ficar sentada na sua sala, trabalhando. Como se nada tivesse acontecido.

O medo teve um efeito quase anestésico. O que restaria de sua relação com Spencer quando tudo acabasse? E a acusação que tinha sido feita contra ele em Uppsala? Fredrika sentia enjoo só de pensar na ideia de Spencer investindo em alguma aluna da universidade.

Não podia ser verdade.

Não devia ser verdade.

Ela olhou para a mesa, tentando juntar todas as peças do quebra-cabeça para formar uma imagem que fizesse sentido. Uma imagem coerente.

Uma jovem estudante, grávida de quatro meses, jogada numa cova ao lado de um advogado de uns cinquenta anos, que já devia estar enterrado lá por uns trinta anos. Um único denominador comum: Thea Aldrin, escritora de livros infantis sentenciada à prisão perpétua, que agora envelhecia num asilo e havia imposto a si mesma o silêncio completo.

Se não fosse pelo fato de Thea não se comunicar com o mundo externo, Fredrika já estaria a caminho do asilo para questioná-la.

Alguém bateu na porta de Fredrika, interrompendo seus pensamentos como se estourasse uma bolha de sabão. Torbjörn Ross estava parado na porta.

– Estou incomodando?

Ele sorria cordialmente.

– De jeito nenhum – respondeu Fredrika.

Alex havia lhe falado sobre o envolvimento do colega no caso original de Thea Aldrin, e dissera que Ross continuava visitando a senhora no asilo, na esperança de que, um dia, ela confessasse ter assassinado o filho. Fredrika considerou a atitude dele meio repugnante, mas mesmo assim o recebeu com um sorriso.

Suas bochechas estavam rígidas, como se seu rosto não quisesse colaborar. Fredrika não tinha motivos para sorrir. Não tinha *tempo* para sorrir.

Torbjörn Ross entrou e se sentou diante dela.

– Ouvi um rumor de que vocês identificaram o corpo encontrado na cova – disse ele.

– Achamos que sim – disse Fredrika. – Mas nada foi confirmado ainda.

– Quem é?

– O nome dele é Elias Hjort.

Torbjörn olhou para ela com tanta intensidade que foi doloroso retribuir o olhar.

– Elias Hjort? – repetiu ele.

Ela assentiu.

– Esse nome lhe diz alguma coisa?

– Caramba, é claro que sim.

Sua voz se arrastava de tão tensa. Fredrika soltou a caneta que segurava e ouviu-a bater na mesa.

– Já ouviu falar de dois livros chamados *Mercúrio* e *Asteroide*? – perguntou ele.

Seus olhos ardiam, escuros como uma noite de inverno.

– Thea Aldrin foi acusada de ter escrito e publicado esses livros com um pseudônimo. Mas nada nunca foi provado.

Torbjörn deu uma gargalhada destituída de qualquer emoção.

– Seguimos o rastro do dinheiro, o que expõe qualquer pessoa escondida por trás de um pseudônimo – disse, inclinando-se na cadeira e passando a mão no rosto. – Nós obrigamos a Box, a editora, a nos dizer quem recebia os direitos autorais pelos livros.

Fredrika franziu a testa.
– Por que fizeram isso? Os livros nem eram ilegais, no final das contas.
Torbjörn ignorou o comentário.
– O dinheiro era pago a Elias Hjort. Não como autor, mas como representante legal do autor. Mas quando o procuramos para descobrir exatamente quem ele representava, ele já tinha deixado o país. E nunca conseguimos rastreá-lo.
Ele deu outra risada.
– O que não surpreende, já que esse tempo todo estava enterrado em Midsommarkransen.
– Por que vocês queriam descobrir quem escreveu os livros? – perguntou Fredrika de novo.
– Por causa do filme.
O filme?
O celular de Fredrika vibrou com um toque alto e estridente; ela o pegou imediatamente – não reconheceu o número.
– Fredrika Bergman.
Silêncio. Depois, a voz de Spencer.
– Você precisa vir para Uppsala.
Ela ouviu a hesitação.
– Eles me prenderam.

De início, Alex não entendeu o que poderia ter dado errado. Por que a polícia de Uppsala resolveu prender Spencer Lagergren? E como isso podia ter acontecido em Estocolmo sem que Alex fosse informado?
– Eles bloquearam o passaporte dele – explicou Peder mais tarde, ao relatar os fatos para Alex. – Para que soubessem caso ele tentasse sair do país.
– E por que motivo ele faria isso? Ele só foi acusado de assédio sexual, pelo amor de Deus.
– Porque ontem a garota que deu queixa contra ele apareceu com novas informações. Ela fez uma nova acusação, agora de estupro.
Alex ficou sem palavras.
– Estupro?
Peder assentiu com a cabeça.
– A polícia em Uppsala achou que Lagergren estava com medo de essa nova informação vir à tona; pensaram que ele podia tentar sair do país e ficar longe até a poeira baixar.
– E quando ele pediu um novo passaporte...
– ...eles tiveram um motivo para prendê-lo.

Alex entrelaçou as mãos junto à nuca.

– Eu não acho mesmo que ele seja culpado.

– Mas, nesse caso, não sabemos por que ele pediu um novo passaporte – disse Peder.

– Por que ele faria isso?

– Porque precisava?

Alex balançou a cabeça lentamente.

– Tem mais alguma coisa acontecendo, Peder.

Seus pensamentos foram interrompidos por uma leve batida na porta.

– Desculpe interrompê-los – disse Torbjörn Ross. – Mas acho que vocês precisam saber de algumas informações importantes que tenho.

O som da voz dele fez Alex arrepiar, levando-o de volta ao caso envolvendo a morte de Rebecca Trolle.

– Entre – disse ele, despertando-se com a própria voz.

Nesse momento, Alex teve a sensação imediata de que estava cometendo um erro terrível deixando seu amigo e colega entrar na investigação.

46

JIMMY RYDH SABIA QUE ERA BOBO. Não havia nada de errado no seu cérebro; ele tinha batido a cabeça numa pedra, e agora ele não funcionava direito. Ele também sabia que por isso não podia viver sozinho, como Peder. Embora, é claro, Peder não vivesse exatamente sozinho: morava num apartamento com toda a família. Jimmy fazia parte daquela família; Peder dissera isso inúmeras vezes.

Mas, de vez em quando, Jimmy achava a vida difícil. Afinal de contas, ele não vivia com o irmão e sua família, mas com os amigos numa casa de assistência. Às vezes se sentia farto de todos eles; não suportava as conversas imbecis na cozinha ou na sala de estar. Sentia-se muito feliz por ter um quarto só seu, onde podia ficar sozinho com os próprios pensamentos.

E com suas próprias observações.

Jimmy estava parado junto da janela, olhando para o gramado que separava o prédio da casa assistida do outro adiante. O homem estava olhando de novo para o quarto daquela senhora. Jimmy sabia que havia uma senhora naquele quarto específico porque a via quase todos os dias. Às vezes ela ficava sentada lá dentro, mas outras, mesmo no meio do inverno, ela se sentava do lado de fora, no pequeno jardim. Onde agora o homem estava. Jimmy se perguntou se a senhora podia ver que tinha um homem olhando para sua janela. Talvez ela conseguisse vê-lo, mesmo que fosse óbvio que o homem a espiava em segredo. Como se fosse um jogo.

Era a segunda vez que Jimmy via aquele homem, e embora não soubesse o motivo, o homem o deixava bastante assustado. Por isso esperava que a senhora não visse o homem – se o visse, ela também ficaria assustada.

De repente, o homem se moveu. Caminhou até a porta da senhora, que dava para o jardim. E entrou. Jimmy inspirou profundamente. E se o homem machucasse aquela senhora?

Jimmy pegou o telefone. Ia telefonar para Peder. Mas se lembrou de que Peder não quisera ouvi-lo da última vez. Será que alguém da equipe poderia ajudá-lo?

Não conseguiu mais ver o homem. Sentiu uma dor no estômago. Não havia tempo para pensar. Ele tinha que fazer alguma coisa.

Seu quarto tinha uma porta que também dava para o jardim – ele a abriu e saiu. Estava sem calçado nos pés, mas estava tão quente que provavelmente não faria diferença. Afinal, estava de meias.

Demorou menos de um minuto para chegar ao quarto da senhora; de repente, Jimmy não soube o que fazer. Deveria bater na porta, chamar e dizer "olá"? Intuitivamente, sabia que não seria uma boa ideia. Em vez disso, encostou na parede, bem perto da janela. E conseguiu escutar o homem falando.

– Se você ficou quieta por trinta anos, pode ficar quieta até morrer – disse o homem. – Entendeu o que eu falei?

A senhora provavelmente não entendeu, pensou Jimmy, porque não disse nada.

– Eu sei por que você continua quieta – continuou o homem, baixando a voz. – E você sabe que eu sei, Thea. É para proteger o seu filho, e eu sempre simpatizei com isso.

O homem fez uma pausa.

– Mas se eu cair, ele cai junto comigo. Vou acabar com ele, nem que seja a última coisa que eu faça. Escutou?

Primeiro houve um silêncio completo, depois Jimmy ouviu a senhora, que aparentemente se chamava Thea, dizer com a voz rouca.

– Se você ameaçar meu filho mais uma vez, é um homem morto.

As palavras chegaram até Jimmy do lado de fora. Não conseguiu evitar o grito:

– Não, não, não!

Depois parou de falar e ficou lá parado, no mesmo lugar, enquanto o homem lentamente se aproximava dele.

47

O MUNDO LÁ FORA DEIXARA DE EXISTIR. Fredrika Bergman estava fazendo um esforço tremendo para entender o que o policial na frente dela estava dizendo, mas era impossível acompanhar as palavras dele. Spencer estava preso. Tinha colocado Saga no carrinho e caminhado até a delegacia, onde Fredrika trabalhava, para fazer o pedido de um novo passaporte, ainda que só fosse expirar dali a alguns meses.

– A gente acha que ele estava pensando em sair do país – disse o policial.
– Mas isso é ridículo – disse Fredrika.
– Não acho. Ele sabia que íamos procurá-lo, então decidiu agir rápido.
– Ele é inocente.
– Acredite em mim, eu sei que é difícil para você se sentar aí e ouvir essas coisas. Mas precisa encarar os fatos: Spencer Lagergren não é o homem que você achava que fosse. É um estuprador. E homens como ele podem ter muitas caras, você sabe muito bem.

Ela estava com tanta raiva que corria o risco de ser consumida pelo sentimento.

– Eu o conheço há mais de dez anos.

O policial reclinou-se na cadeira.

– Interessante. E por quantos anos, durante todo esse tempo, ele foi casado com outra mulher?

Sua raiva aumentou, quase a ponto de cegá-la.

– Isso é totalmente irrelevante.
– Para você, não para mim.

Ela se levantou e saiu. Pegou a filha e caminhou para fora da sala. Pediu para falar com Spencer. Ouviu que isso não seria possível, devido às circunstâncias.

– Nós vamos acusá-lo – disse o oficial atrás dela.
– Vai se arrepender se fizer isso – respondeu ela.

O choque a destruiu. Segurando Saga fortemente junto ao seu corpo e com as lágrimas caindo pelo rosto, ela saiu da delegacia. Nenhuma célula de seu corpo duvidava da inocência de Spencer em relação à aluna que havia prestado queixa contra ele. Estava claro que ela queria destruir a vida dele, ou pelo menos a carreira. Mas Fredrika não ia deixar isso acontecer.

Só se for por cima do meu cadáver.

Seu celular tocou dentro do bolso; sua mão tremia quando o atendeu. Escutou o som da voz calma de Alex.

– Onde você está?

– Acabei de sair da delegacia.

Saga deixou cair a chupeta e começou a chorar. Fredrika reagiu automaticamente, colocando a chupeta na boca da menina e deixando-a no carrinho. Depois saiu, andando rápido para que a filha se distraísse com a rua enquanto passavam – com um pouco de sorte, ela se esqueceria de que estava sendo carregada.

– Não faça nenhuma estupidez, Fredrika – disse Alex.

– Não vou fazer.

– Estou falando sério. Você corre o risco de piorar ainda mais a situação de Spencer; e a sua, se agir por conta própria.

Ele deve ter percebido que ela não estava ouvindo uma palavra do que dizia, porque continuou o sermão até ela dar uma desculpa e encerrar o telefonema. Ela apertou o passo e seguiu em outra direção – passando pela Luthagsesplanaden, rumo ao Rackarberget. Ia atrás daquela maldita garota e ia colocá-la contra a parede para que entendesse o que estava fazendo.

Os anos como estudante em Uppsala estavam entre os melhores da vida de Fredrika, e mesmo assim, pareciam tão distantes. Cada rua, cada bairro revelava a lembrança de algum acontecimento cheio de significados. Em circunstâncias normais, ela gostaria de caminhar pela cidade, mas não naquele dia. Uma raiva forte o bastante para ofuscar sua visão havia se apoderado de seu espírito, e ela sabia que aquele sentimento não ia passar. Sua vida tinha se transformado num pesadelo, e ela não tinha a menor ideia de como sairia dele.

Eram quase 18h, e Peder queria ir para casa. O dia de trabalho tinha acabado; eles continuariam no dia seguinte.

– Valter Lund – disse Alex. – Ele vai vir amanhã, não hoje.

– Spencer Lagergren – disse Peder.

Alex assentiu, pensativo. A descoberta de um novo corpo mudara as coisas.

– Vá até Uppsala amanhã e veja se consegue interrogá-lo sobre o nosso caso. A gente precisa tirar esse obstáculo do caminho. Ele não pertence a essa investigação, mas talvez ajude a entender o cenário do que aconteceu. Pergunte sobre o clube de cinema e Thea Aldrin. E sobre Elias Hjort.

Eles estavam sozinhos no Covil, terminando um dia de trabalho cheio de reviravoltas.

– O que você acha do que Torbjörn Ross nos contou? – perguntou Peder.

Alex endureceu o corpo.

– Acho que precisamos cuidar disso com extremo cuidado – disse ele, devagar.

Com um pouco de hesitação, ele disse a Peder o que tinha acontecido durante o fim de semana de pesca, e sobre o interesse quase doentio do colega no caso de Thea Aldrin. Peder ficou horrorizado.

– Ele a visita até hoje? Depois de tantos anos?

– Ele parece obcecado com a ideia de encontrar o filho dela e responsabilizá-la pela morte dele.

– Mas se ele está morto, é claro que o crime já prescreveu.

– O que só torna a história ainda mais peculiar, mas, aparentemente, isso não faz diferença para Ross.

Peder pressionou as têmporas com os dedos.

A história que Torbjörn Ross lhes contara cobria todo o caso como um cobertor molhado. Elias Hjort agia como representante legal da pessoa que tinha escrito *Mercúrio* e *Asteroide*. Segundo Torbjörn, os livros foram transformados num filme *snuff*, confiscado pela polícia durante uma busca num clube de striptease. Torbjörn também dissera que Thea Aldrin era a autora dos livros, o que, para ele, era um sinal claro de sua loucura.

Na opinião de Peder, não fazia diferença se Thea Aldrin era louca ou não, porque isso não era crime nenhum. Muito menos escrever livros detestáveis. Peder não entendia em que ponto Torbjörn queria chegar. Torbjörn e os colegas concluíram que o filme era falso – na verdade, que não era um *snuff* verdadeiro e, pelo que Peder tinha entendido, eles não tinham descoberto nada que mudasse essa conclusão.

– Esse caso tinha alguma coisa errada – dissera Torbjörn. – Alguma coisa que não foi esclarecida na época.

Peder tinha certeza de que Alex não daria importância a essa maluquice. No entanto, tanto Alex quando Peder sabiam que não era mais possível desconsiderar Thea Aldrin na investigação. O fato de ela não poder falar era irrelevante. Eles teriam de visitá-la e tentar se comunicar com ela de alguma maneira. Se conseguissem fazê-la entender que a missão deles era importante, talvez ela colaborasse.

A voz de Alex interrompeu os pensamentos de Peder.

– Amanhã a gente começa interrogando Valter Lund. A imprensa vai enlouquecer, mas isso a gente não pode evitar. Precisamos descobrir o que aconteceu; se Rebecca e Valter tinham uma relação.

Peder pensou numa coisa.

– E Håkan Nilsson? Ele foi encontrado?

– Não, mas é só uma questão de tempo. O Lago Mälaren é grande, é claro, mas não o suficiente para alguém desaparecer por completo.

O que ligava um homem navegando no próprio barco a uma mulher silenciosa num asilo e a um dos empresários industriais mais influentes da Suécia? Peder não sabia; não conseguia sequer imaginar o que poderia ser.

– Vou para casa – disse ele. – Vou levar uma parte do material de Fredrika sobre a monografia de Rebecca Trolle.

– Boa ideia – disse Alex. – Também não vou demorar a ir embora.

Pelo tom da voz de Alex, Peder duvidou. Alex era sozinho, sem raízes. Qual o motivo de ir para casa quando era possível continuar no trabalho?

– Aliás, chegou alguma notícia do laboratório a respeito do último corpo?

– Apenas que provavelmente é uma mulher – respondeu Alex. – Por volta de 1,65 m. Jovem. Nunca teve filhos. Difícil dizer quanto tempo ficou enterrada, mas talvez por quarenta anos.

– Como ela morreu?

– O legista não quis se comprometer, mas notou que ela deve ter recebido várias punhaladas. Não soube dizer se foi a verdadeira causa da morte.

Peder deu um passo para trás.

– Punhaladas?

– Sim, havia marcas nas costelas. E também de golpes na cabeça. Ele notou um sulco profundo no crânio que não conseguiu explicar.

O sol da tarde que entrava pela janela bateu no rosto de Alex, projetando uma sombra sobre suas marcas de expressão.

– Você está pensando o mesmo que eu? – disse Peder. – O machado e a faca que estavam enterrados?

– Sim, pensei nisso.

– Talvez a gente descubra alguma coisa amanhã, caso se encaixem como armas do crime, digo.

– Acho que vamos descobrir, sim – disse Alex.

Peder se levantou, louco para ir para casa encontrar Ylva e os meninos.

– Parece que você está preocupado com alguma coisa – disse ele, parando junto à porta.

Alex parecia tenso.

283

– Fredrika – disse ele. – Espero que ela não esteja fazendo nada em Uppsala de que vá se arrepender depois.

Demorou várias horas para Tova Eriksson chegar em casa. Enquanto isso, Fredrika esperou, junto com Saga, sentada num banco do lado de fora do prédio. Fredrika reconheceu Tova por causa da fotografia que vira no site da universidade.

Tova tinha o cabelo claro e repicado. Grandes olhos azuis, sobrancelhas bem definidas e pele queimada de sol. Pernas compridas, saia curta, jaqueta pendurada no braço. Ela só notou a presença de Fredrika quando estavam a poucos metros de distância, cara a cara.

– Você sabe quem eu sou? – perguntou Fredrika.

A garota balançou a cabeça.

– Me desculpa, não sei. Acho que nunca nos vimos.

Fredrika deu um passo adiante. Tinha deixado o carrinho ao lado do banco, pois não queria sujar a filha com a presença de Tova.

– Meu nome é Fredrika Bergman. Eu moro com Spencer Lagergren.

A expressão sorridente de Tova mudou instantaneamente: ela fechou a cara, agora apavorada. Tentou rapidamente desviar de Fredrika, mas ela barrou a passagem.

– Pode esquecer – disse Fredrika. – Você não vai a lugar nenhum antes de conversar comigo.

O sol bateu nos olhos de Tova, e ela piscou.

– Não tenho nada para falar com você.

Ela empinou o nariz, tentando parecer durona.

Mas Fredrika era mais durona; certamente tinha mais a perder do que a própria reputação.

– Mas eu tenho algo para falar para você – disse ela. – Você está prestes a destruir completamente a vida de Spencer. E também a minha, e da filha dele. Você está destruindo uma família inteira, Tova.

Tentou olhar nos olhos de Tova; queria ver a mudança de sua expressão.

– Você precisa parar com isso enquanto pode.

Talvez fosse por causa do sol, mas os olhos de Tova se encheram de lágrimas.

– Não é minha culpa se você vive com um canalha doente. Ou se escolheu um monstro para ser pai da sua filha.

– Ele é um companheiro perfeito, uma pessoa maravilhosa – disse Fredrika, sentindo a voz falhar. – Não tenho dúvida de que ele é capaz de magoar os outros, mas você foi longe demais, Tova. Por que ele te deixou com tanta raiva?

Tova se transformou diante dos olhos de Fredrika. Tornou-se menor, mais patética. E Fredrika ficou admirada por não pensar no que estava fazendo. Torceu para que não criasse problemas ainda maiores para si mesma.

– Ele era um orientador ruim?

Era um argumento frágil, mas o mais próximo de um palpite razoável. Tova continuava em silêncio, recusando-se a responder Fredrika.

– Ou foi porque ele não quis você? Apesar do fato de você o querer?

Fredrika já tinha vivenciado a vergonha de ser rejeitada: era um buraco na alma. Sabia que a humilhação podia levar à loucura, mas não do tipo que parecia ter afetado Tova.

– Você vai se arrepender de ter me procurado!

Tova falou com a voz áspera, sem derramar nenhuma lágrima. Seus olhos brilhavam concentrados.

– E você vai se arrepender de tentar destruir minha vida – disse Fredrika enquanto Tova se distanciava.

Mas ela sabia que suas palavras eram vazias. Havia muito pouco a fazer sobre a situação de Spencer. Tudo que podiam fazer era rezar por um milagre. E para que as supostas evidências apresentadas contra ele fossem consideradas inválidas.

48

AQUELA ERA A TERCEIRA NOITE EM menos de uma semana, e Alex não podia mais negar, nem para si nem para ninguém, que alguma coisa estava acontecendo. Tampouco podia negar seus sentimentos.

Ânsia. Desejo. E tristeza.

Mais uma noite na casa de Diana.

Era cedo demais para começar um novo relacionamento – Lena tinha morrido havia menos de um ano.

Ou será que não era?

O que as crianças diriam? E seus superiores? Enquanto estivesse trabalhando no caso de Rebecca Trolle, era evidentemente irresponsável começar uma relação com a mãe dela.

Mas ele queria. E esse desejo projetava sombras imensas em suas dúvidas.

Ela sabia exatamente como ele se sentia, sabia exatamente por que estava sentada sozinha no sofá diante dele, com a mesa de café entre os dois. Ele achava que ela sabia lidar com o desejo que sentia por ele.

– Você ainda a ama – disse Diana, tomando um gole de vinho.

– Eu sempre vou amá-la.

Diana baixou os olhos.

– Isso não quer dizer que você não possa amar outra mulher. Tanto quanto ama Lena.

Alex foi dominado pela generosidade dela.

– Talvez.

O constrangimento dele a fez sorrir.

– Que tal um passeio noturno?

– Preciso ir pra casa.

– Mas faz apenas uma hora que você tomou uma taça de vinho.

– Mas eu preciso ir pra casa.

Ele sorriu.

Ela se levantou, contornou a mesa e segurou a mão dele.

– Meu querido inspetor, tenho certeza absoluta de que o ar fresco vai fazer bem para nós dois.

Não havia propósito em tentar resistir. Ele não queria nada mais do que ficar, nada mais do que ir embora. Um passeio parecia ser uma boa opção.

Eles caminharam pela área onde Diana morava, e ela o conduziu por uma viagem pela sua vida. Mostrou o parque onde as crianças costumavam brincar quando eram pequenas, e chorou quando chegaram perto de uma árvore em que Rebecca adorava subir. As lágrimas cessaram e, com um sorriso vacilante, ela mostrou onde o pai das crianças morou depois da separação.

– Nós tentamos manter as coisas o mais civilizadas possível – disse ela. – Nós dois achávamos que seria terrível se as crianças sofressem.

Alex falou para ela sobre a própria família. Sobre o filho, que tinha algo de uma alma perdida, mas que parecia ter amadurecido depois da morte da mãe. Sobre a filha, que agora também era mãe, e o tornara avô. Diana começou a chorar de novo, e Alex pediu desculpas.

– Me perdoa; foi uma péssima escolha de assunto.

Ela balançou a cabeça.

– Eu que devo pedir desculpas. Porque não consigo superar. Não consigo tirar da cabeça o fato de minha filha estar grávida quando morreu.

Alex engoliu; ele não queria discutir a morte de Rebecca com Diana. Apertou a mão dela.

– A gente não conhece nossos filhos tão bem quanto gostaríamos. Simplesmente não conhecemos.

Dava para ver que ela não concordou, mas não disse nada. Ela enxugou as lágrimas mais uma vez e apontou para mais um lugar.

– Quando Rebecca era bebê, eu costumava trazê-la para cá no carrinho – disse ela, apontando para um pedaço de grama alta, entre a área dos brinquedos e uma casa grande. – Era meu pequeno oásis. Eu me sentava na grama e lia enquanto ela dormia.

Para onde ele ia com os filhos quando eram pequenos? Alex não tinha memórias semelhantes. Tampouco precisara de um oásis; afinal de contas, sempre estivera no trabalho, enquanto Lena cuidava das coisas em casa. Que diabos eles tinham na cabeça naquela época? Ele começou a pensar na filha; esperava que ela não repetisse os erros cometidos por seus pais. Até mesmo um homem como Spencer Lagergren sabia da importância de tirar licença-paternidade. A base para uma boa relação com os filhos era estabelecida quando ainda estavam pequenos, não depois de crescidos. A gente só tem uma chance em algumas coisas, e a infância de um ser humano é uma delas.

Alex, no entanto, tinha dúvidas quanto a Spencer Lagergren. A decisão dele de tirar licença-paternidade tinha mais a ver com uma fuga dos problemas do que com um interesse genuíno na filha. Quando Alex pensou nos motivos para Spencer passar mais tempo em casa, se deu conta de que não tivera notícias de Fredrika desde que a telefonara quando ela estava em Uppsala. Uma sensação de intranquilidade em relação ao que ela poderia fazer para resolver sua própria vida o fez tensionar todo o corpo.

– No que você está pensando?

– Nada – disse ele. – Uma amiga que está passando por uns problemas no momento.

Começaram, então, a caminhar de volta para a casa de Diana. De onde vinham todas essas noites quentes de primavera? O telhado formava uma cobertura negra, destacando-se contra a escuridão. A porta era uma entrada para o desconhecido. Para um lugar aonde ele não ousava ir. Não ainda.

– Você vai ficar?

Ele queria. Mas não podia.

Mas queria.

Havia muito tempo Alex não sentia uma vontade tão forte de fazer alguma coisa. A necessidade de recusar era dolorosa. Lutou para encontrar as palavras certas, mas quando abriu a boca, disse as mais simples:

– Não posso.

Eles se despediram perto do carro dele. Ela fez o que fizera da última vez: inclinou-se e beijou-lhe o rosto. Ele abriu a porta a entrou no carro. Dirigiu cem metros antes de mudar de ideia. Parou o carro e retornou de ré para a casa dela. Saiu do carro e tocou a campainha.

Ele queria. E podia.

Havia algo de extremamente comovente em ver crianças pequenas dormirem, pensou Peder Rydh enquanto observava os filhos dormindo. A paz e a segurança no rosto deles eram tudo de que ele precisava para concluir que estava no caminho certo. Sair do trabalho numa hora razoável. Comportar-se como um adulto, e não como um adolescente apavorado. Assumir responsabilidades, mostrar respeito.

Ylva apareceu atrás dele. Deslizou os braços esguios em volta de sua cintura e repousou a cabeça contra suas costas. Ele adorava sentir aquela proximidade.

Eles saíram do quarto dos meninos e se sentaram na varanda, onde os papéis de trabalho de Peder estavam espalhados sobre a mesa. Ylva se sentou com um romance, e Peder continuou lendo uma matéria sobre Thea

Aldrin. As coisas tinham mesmo tomado um rumo maluco. Uma escritora e um homem morto. Um clube de cinema e uma carreira brilhante como autora. Um advogado morto e boatos de um filho morto.

"É o clube de cinema e a escritora que conecta toda essa confusão", pensou Peder. "Só que a gente não enxerga o caminho que pode levar a novas avenidas."

Pensou em Valter Lund, que talvez tivesse tido um relacionamento com Rebecca, e em Morgan Axberger, chefe de Valter, e membro do Anjos da Guarda. Eles receberiam Valter Lund na delegacia no dia seguinte, o que deixava Peder um pouco mais tranquilo. Ele tentou imaginar quais informações Rebecca havia descoberto que lhe custaram a vida. Folheou a monografia, pensando se a chave desse caso infeliz estaria naquelas palavras.

Como a pessoa que a matou descobriu que ela sabia de alguma coisa?

Peder leu as anotações de Fredrika. A despeito das outras figuras menos importantes na investigação, Håkan Nilsson não tinha nenhuma conexão com Thea Aldrin, ou com os outros membros do clube de cinema. Sua única conexão era com Rebecca Trolle e o filho que ela esperava. Se Håkan fosse o assassino, a monografia era totalmente irrelevante.

Peder olhou a fotografia de Håkan Nilsson e se perguntou como eles o fariam abrir a boca. Como conseguiriam enfrentá-lo e fazê-lo entender que a polícia estava fazendo de tudo para ajudá-lo? Na verdade, o fato de Rebecca não estar sozinha na cova era toda a prova que eles precisavam para inocentar Håkan, porque era impossível que ele também tivesse matado Elias Hjort.

E tinha de haver uma conexão.

Torbjörn Ross dissera que a polícia tinha investigado Elias Hjort por causa de um filme que poderia ser baseado nos livros que, a princípio, teriam sido escritos por Thea Aldrin. Livros que rendiam direitos autorais, recebidos por Elias Hjort. Mas o filme só teria algum valor se fosse verdadeiro – se fosse a gravação de um assassinato verdadeiro. Um filme *snuff*. Peder não sabia muito a respeito desse tipo de filme, mas sabia que a polícia não tinha encontrado um filme verdadeiro. Seus colegas do DNIC, o Departamento Nacional de Investigações Criminais, provavelmente teriam mais informações sobre isso. Ele telefonaria para eles no dia seguinte.

O telefone tocou e Ylva entrou para atender. Parecia agitada, vindo em sua direção.

– Peder – disse ela.

Ele se virou para ela; jamais esqueceria da expressão da esposa naquela noite. Com o telefone na mão, o rosto pálido e os olhos arregalados, ela disse:

– Aparentemente, Jimmy desapareceu.

INTERROGATÓRIO DE ALEX RECHT
03/05/2009, 15h00 (gravação em fita)

Presentes: Urban S., Roger M. (interrogadores um e dois), Alex Recht (testemunha).

Urban: Então, outro corpo.
Alex: Sim.
Roger: Deve ter sido deprimente.
Alex: Na verdade, não. Acho que essa última descoberta acabou facilitando as coisas.
Roger: Interessante. Poderia explicar isso melhor?
Alex: Foi só uma sensação que eu tive.
Urban: Elias Hjort. O advogado com o relógio de ouro. O que você fez em seguida, em relação a ele?
Alex: Graças ao trabalho de Peder, a gente conseguiu conectá-lo ao clube de cinema. Nesse ponto, começávamos a ter uma ideia de como tudo estava ligado, mas...
(Silêncio.)
Alex: ...ainda estávamos muito distantes da verdade.
Roger: E Fredrika Bergman?
Alex: Sim?
Roger: O que aconteceu com o companheiro dela, Spencer Lagergren?
Alex: Nós resolvemos interrogá-lo, mas a polícia de Uppsala o havia prendido.
Urban: E como você lidou com o fato de Fredrika ter ocultado informações importantes do resto da equipe?
Alex: Conversei com ela sobre o assunto e concluí que suas ações não impactaram a investigação.
Urban: Não impactaram? Como é que você pôde concluir isso? Ela escondeu informações cruciais!
Alex: Aquela informação era insignificante. Nós conseguimos eliminar Spencer da investigação.
Roger: Mas você não poderia ter sabido disso desde o início, não é? E o irmão de Peder? Ele estava desaparecido nesse estágio?

Alex: Tudo aconteceu ao mesmo tempo. Foi um caos absoluto. Jimmy tinha telefonado antes para Peder e dito que havia alguém espiando pela janela do prédio da frente.
Roger: E como Peder reagiu a isso?
Alex: Não reagiu. Jimmy é... quer dizer, ele tinha o jeito dele. Tinha algumas dificuldades. Quando disse que havia alguém parado no jardim espiando uma das vizinhas, Peder não levou muito a sério.
Urban: Até vocês se darem conta de quem era a vizinha.
(Silêncio.)
Roger: Peder ainda estava equilibrado nesse estágio?
Alex: Ele continuou agindo com tranquilidade e profissionalismo durante toda a investigação.
Urban: Exceto no final. Quer dizer, é justamente por isso que estamos aqui agora.
Alex: Pro inferno que é por isso. Estamos aqui porque vocês não têm mais o que fazer além de perseguir policiais decentes.

QUARTA-FEIRA

49

No MUNDO DOS CONTOS DE FADAS, o laço entre irmãos era sagrado. A mãe de Peder Rydh nunca o deixava se esquecer disso. A infância de Peder estava envolvida por memórias tenras de Peder e Jimmy sentados no colo da mãe enquanto ela lia histórias e mais histórias de garotos lutando contra tudo, de dragões a doenças. Só depois de adulto que Peder foi entender que as palavras sábias da mãe eram para ele. Seria Peder, e não Jimmy, o mais forte dos dois. Aquele que protegia e assumia as responsabilidades.

Na noite em que Peder ouviu que o irmão tinha desaparecido, tudo desabou. Não durante as primeiras horas, mas depois. Com o passar do tempo, quando a escuridão caiu sobre a cidade, ficou claro que Jimmy não tinha simplesmente saído para um de seus passeios e ido parar no quarteirão errado. Quando todos perceberam que Jimmy tinha mesmo desaparecido, o chão se abriu sob os pés de Peder e ele mergulhou num abismo que nem sabia que existia.

Peder só percebeu o que tinha acontecido depois, quando nada mais podia ser feito. Ylva havia percebido desde o princípio, e fizera tudo que podia para salvar o marido. Sem sucesso. Ela nunca tinha sido tão impotente na vida.

Depois do telefonema da casa de assistência, Ylva telefonou para a mãe e pediu para ela ir cuidar dos meninos. Ylva e Peder foram até o complexo e vasculharam a área, junto com os funcionários e os pais de Peder. Chamaram sem parar o nome de Jimmy. Peder teve a sensação de que os gritos estavam enraizados no seu cérebro – um eco recorrente que não acabava nunca. Em seguida, telefonou para a polícia e declarou o irmão como desaparecido.

Peder sabia muito bem como tudo funcionava. Os recursos da polícia não eram ilimitados; tudo era uma questão de prioridades. Quando alguém ligava e dizia que o irmão, um adulto com dificuldades de aprendizagem, tinha desaparecido de um complexo fechado nos arredores da cidade, outros casos seriam considerados mais urgentes. Ele teria reagido dessa maneira, e foi assim que seus colegas reagiram.

– Vamos encontrá-lo antes de amanhecer – disse o primeiro policial a chegar à cena.

"Como ele podia saber desde o princípio?", perguntou-se Peder depois. Como seu coração podia estar gritando de medo o tempo todo, mesmo que Jimmy tivesse desaparecido outras vezes e sempre voltado para casa, são e salvo?

– Ele costuma sair sozinho? – perguntou o colega.

Não muito. Acontecia, mas era raro. Numa ocasião específica e angustiante, Jimmy conseguiu pegar um ônibus no centro da cidade e foi encontrado na praça Sergels, fumando feliz um cigarro que um grupo de viciados havia lhe dado.

Peder quase explodiu naquela hora; a ansiedade que foi aumentando durante as horas em que Jimmy estava desaparecido culminou num ataque de raiva, e ele acabou batendo num dos viciados. Jamais teria escapado de uma investigação de assuntos internos se o rapaz o tivesse denunciado. Mas não aconteceu nada, e, depois de alguns meses, a lembrança do incidente começou a desaparecer.

Quando amanheceu, Jimmy continuava desaparecido. A luz do sol feria os olhos de Peder. Na escuridão, ele se sentia protegido; agora, não havia nada além de puro medo.

– Precisamos ir para casa e dormir algumas horas – disse Ylva enquanto voltavam para o estacionamento do complexo Mångården depois de dar uma volta pelos arredores, passando de cima para baixo, rua após rua, procurando Jimmy. Seus olhos percorriam o local como um raio laser, desesperados para que Jimmy aparecesse.

Ela passou a mão nas costas de Peder, mas ele se esquivou.

– Não vou a lugar nenhum.

– Nós somos inúteis agora – disse ela. – Estamos totalmente exaustos. É melhor deixar a polícia continuar procurando.

– Eu sou a polícia, caso tenha se esquecido.

Ylva não disse nada.

– A gente vai encontrá-lo. É só uma questão de tempo até ele aparecer.

Mas outras imagens passavam pela cabeça de Peder. Algumas pessoas desaparecem e não voltam nunca mais. Rebecca Trolle. Elias Hjort. A mulher desconhecida que ficou enterrada por quarenta anos. Ele teve a sensação de que seu peito ia explodir de tanto pânico. A ideia da vida sem Jimmy era insuportável.

Por favor, Deus, me dê um túmulo para que eu possa visitar.

Ylva se mexeu ao lado dele.

— Eu preciso ir para casa. Dormir um pouco. Vou ligar para o trabalho e dizer que não vou hoje.

Peder olhou para fora da janela do carro.

— Acho que seria melhor se você ficasse em casa — ele disse. — Jimmy pode aparecer por lá, e é bom que tenha em casa alguém que ele conheça.

Os dois sabiam que era impossível Jimmy aparecer no apartamento deles por vontade própria. Mas a esperança é a última que morre, então Ylva não fez objeções à sugestão de Peder.

— Você vai voltar tarde?

— Eu telefono.

Seu tom de voz era duro, e seu olhar estava fixado em algum ponto distante. Gentilmente, ela acariciou-lhe o rosto. Peder mal sentiu o gesto. Nada mais existia além da busca pelo irmão.

A cama parecia gigantesca, maior que nunca. Fredrika acordou com a sensação de que não havia dormido nada. Sentia o corpo pesado e cansado. Rolou na cama, parando no espaço vazio onde Spencer deveria estar. As lágrimas quentes eram intermináveis. Lembrou-se de repente do encontro com Tova Eriksson e cobriu a cabeça com o cobertor. Será que tinha destruído de vez alguma coisa ao visitar a moça responsável pela prisão de Spencer? Lembrou-se das palavras e dos alertas de Alex; ela sabia que tinha agido errado ignorando-o.

Levantou a cabeça do travesseiro e limpou o rosto. Não havia espaço para um colapso mental agora. Precisava continuar, por Saga e Spencer, nada mais.

Eram 6h da manhã. O dia se colocava diante dela como uma estrada deserta. Deveria ir para o trabalho? Ou melhor, suportaria ficar em casa? A resposta era não. Ela precisava ir para o trabalho, se concentrar no que fosse possível para verificar se Spencer era ou não importante na investigação dos assassinatos. E precisava dar o melhor de si para que a polícia de Uppsala o libertasse.

Mas por que será que ele tinha feito o pedido de um novo passaporte?

Quando Spencer foi preso, ele não sabia que Tova o tinha acusado de estupro. Então por que precisava de um passaporte?

Ele devia ter se dado conta de que tinha aparecido na investigação de assassinato em que Fredrika estava trabalhando. Era a única conclusão que fazia sentido. Era ainda mais difícil de entender por que ele não tinha confiado em Fredrika. Por que não dissera nada para ela? E por que ela não conversara com ele?

Ou conversara? Fredrika se lembrou das vezes que confrontara Spencer na semana anterior. Sobre os problemas dele no trabalho, sobre como ele conhecia Rebecca Trolle. Ele não tinha dito nenhuma palavra sobre nada disso. Fredrika sentiu as lágrimas ameaçarem cair mais uma vez. Será que tinham perdido o elemento mais importante de sua relação, a capacidade de conversar sobre tudo?

Se perdemos, acabou.

Fredrika levantou da cama e pegou a bolsa. Tinha levado trabalho para casa. Voltou para a cama e se sentou de pernas cruzadas. Releu a pequena matéria que Rebecca Trolle havia coletado sobre o clube de cinema conhecido como Anjos da Guarda, o grupo responsável por colocar mais uma vez o nome de Spencer na investigação. Alex tinha dito que, de acordo com uma das colegas de Rebecca, ela tinha procurado Spencer por mais de um motivo. Ela queria que ele fosse seu orientador, mas o nome dele também tinha aparecido na pesquisa dela.

"Por causa do clube de cinema", pensou Fredrika.

Ela leu a última palavra na página.

Snuff.

A palavra não aparecia em nenhum outro lugar, e não havia nenhuma explicação. Pouco antes de Spencer telefonar de Uppsala, Torbjörn Ross havia mencionado esse tipo de filme. Ou pelo menos tinha falado da filmagem dos livros que Thea Aldrin supostamente teria escrito.

Fredrika entrou na biblioteca e encontrou um dos dicionários de cinema de Spencer. Pelo que ela sabia, a ideia de que havia filmes *snuff* verdadeiros era um mito, bem como a crença de que existia alguma demanda por esse tipo de filme. A expressão "filme *snuff*" foi usada pela primeira vez no início dos anos 1970, baseada na expressão inglesa "snuff it", ou "morrer". Segundo a lenda, filmes violentos eram produzidos em segredo, com a gravação de assassinatos e estupros verdadeiros; depois, esses filmes eram vendidos por quantidades exorbitantes de dinheiro. As vítimas costumavam ser prostitutas sem teto, e os compradores do produto finalizado eram indivíduos ricos, poderosos, com tendências à perversão.

Segundo o dicionário, nenhuma autoridade policial havia relatado a descoberta de um filme *snuff* genuíno. Em todos os casos suspeitos, acabava comprovado que a gravação era falsa, o que significava que a vítima não tinha morrido. O mais perto disso eram assassinos que gravavam os próprios crimes para assistir depois, mas nesses casos o assassinato era mais importante do que a gravação, e os filmes não eram feitos para serem vendidos.

Fredrika recolocou o livro na estante. Por que a palavra aparecia nas anotações de Rebecca? Será que ela tinha feito a mesma conexão que Torbjörn Ross, entre Thea Aldrin e *Mercúrio* e *Asteroide*? No entanto, como isso seria possível? Não havia nada publicado na imprensa sobre o filme a que Ross se referiu.

Fredrika olhou mais uma vez para a matéria sobre o Anjos da Guarda. Não havia nada que a fizesse entender como Rebecca concluíra que o grupo estava ligado a filmes *snuff*. Certamente, alguns integrantes preenchiam o critério para o tipo de pessoa que poderia ter interesse nesse tipo de filme, mas para Fredrika era difícil perceber como Rebecca teria feito essa conexão.

Trechos de conversas e todas as informações que ela conseguira reunir na semana anterior passavam pela sua cabeça. O orientador de Rebecca havia comparado sua monografia a uma investigação policial. Sua mãe havia dito algo semelhante, mas Fredrika não encontrava nenhum sinal de que Rebecca pudesse ter contatado a polícia para discutir o caso de Thea Aldrin. Pelo menos Rebecca não tinha feito nenhuma anotação sobre isso.

Ou tinha? Será que eles deixaram passar alguma coisa? Fredrika pegou a cópia do diário de Rebecca e a lista das iniciais não identificadas.

HH, UA, SL e TR.

TR?

Torbjörn Ross. Não poderia ser outra pessoa.

Fredrika vasculhou os papéis, procurando pela lista de chamadas telefônicas. Alguém havia verificado se Rebecca tinha telefonado para a polícia? Ela não se lembrava de alguém ter falado nisso, mas, por outro lado, não parecia ser algo digno de nota. As pessoas ligavam para a polícia o tempo todo, por uma variedade de motivos.

Quanto mais pensava no assunto, mais convencida ela ficava. Rebecca Trolle deve ter entrado em contato com Torbjörn Ross. Nesse caso, por que Torbjörn não disse nada, nem quando Rebecca desapareceu, nem quando foi encontrada morta? Torbjörn Ross, que ainda visitava Thea Aldrin regularmente, com o objetivo de fazê-la confessar um assassinato que ninguém sabia se ela tinha cometido. Torbjörn Ross, que acreditava que Thea tinha escrito alguns dos livros mais controversos do século XX. E que achava possível conectar Thea Aldrin a um filme violento que seus colegas achavam ser falso. O que ele estava realmente escondendo?

Alex acordou sem saber muito bem onde estava. As cortinas brancas e compridas eram-lhe estranhas, bem como os lençóis e o papel de parede listrado. As lembranças começaram a fluir quando ele se virou e viu Diana deitada ao seu lado, dormindo de bruços e virada para ele.

Instintivamente, ele se sentou na cama e passou a mão no cabelo cheio de fios grisalhos. Uma mistura de prazer e medo percorreu seu corpo. Ele tinha ido para a cama com uma mulher que não era Lena. Deveria pedir desculpas para alguém?

A ideia quase o fez soltar uma risada alta e nervosa. Seus filhos certamente não estariam interessados numa desculpa; os dois queriam que ele seguisse em frente. Talvez se surpreendessem por ter acontecido tão rápido, mas, por outro lado, eles não precisavam saber de nada agora.

Alex se deitou de novo, pego de surpresa por pensamentos e sentimentos que não reconhecia. Nem tudo que acontecera durante a noite tinha sido boa ideia. Ele tinha ido para a cama com a mãe de uma vítima de assassinato, cuja morte ele estava encarregado de investigar. A polícia não tinha costume de fazer vista grossa para esse tipo de comportamento. Ele teria problemas se alguém descobrisse o que tinha acontecido.

Mas ele não conseguiu se conter.

Esse era seu pensamento recorrente. E era libertador.

Também era libertador, e tranquilizador, acordar perto de uma pessoa que ele sabia que queria ver de novo. Muitos de seus amigos e colegas se encontravam solitários depois de uma perda ou de um divórcio, e embarcavam na busca constante por uma mulher que não existe – que *não poderia* existir –, tornando impossível sustentar uma nova relação.

Alex havia prometido para si mesmo que não seria um desses homens.

Ao mesmo tempo, a dor era insuportável. Ele jamais encontraria em outra mulher o que teve com Lena. Não haveria mais filhos, nem uma nova família. Tudo que se colocava diante dele seria sempre incompleto, danificado.

Seu telefone tocou; Diana acordou quando ele atendeu.

– Jimmy desapareceu – disse Peder.

– Desapareceu?

– Eles ligaram da casa de assistência ontem. Eu e Ylva procuramos por ele a noite toda. É como se o chão o tivesse engolido.

A voz de Peder estava frágil e alta, com tanta ansiedade que Alex se esqueceu de todo o resto.

– Imagino que você já tenha falado com a polícia.

– É claro. Mas eles não o encontraram também.

– Certo, presta atenção: se você passou a noite inteira na rua, precisa ir para casa e dormir um pouco. Não quero que você...

– Não vou a lugar nenhum antes de encontrar meu irmão.

Não existe nada mais irracional do que uma pessoa sem dormir; Alex sabia disso muito bem.

– Nesse caso, você está colocando a investigação em risco – disse ele.

Um pouco mais rude do que o necessário, talvez, mas ele esperava que Peder racionalizasse a situação. Ao mesmo tempo, via sua equipe se desfazendo. O companheiro de Fredrika estava preso; agora, o irmão de Peder tinha desaparecido.

Não tinha como evitar: Alex teria de solicitar reforço.

Peder disse alguma coisa muito discretamente.

– Como?

– Eu disse que não sei o que vou fazer se a gente não o encontrar. Sou capaz de matar quem tirou meu irmão de mim.

– Não há nada que diga que ele morreu – disse Alex. – Absolutamente nada.

Ele estava tentando tranquilizar Peder, mas percebeu que o colega não estava ouvindo.

– Ele me ligou – disse Peder.

– Jimmy?

– Ele me ligou e disse que tinha alguém espiando pela janela. Alguém que o deixou assustado.

Alex ficou confuso.

– Alguém estava olhando pela janela de Jimmy?

– Não, pela janela da frente. Jimmy o viu e ficou assustado. Foi o que me disse quando me telefonou: "É um homem. Ele está olhando pela janela, de costas para mim."

50

O CHÃO SE ABRIU SOB OS PÉS de Malena Bremberg enquanto ela corria. À medida que se esforçava para seguir adiante, quilômetro após quilômetro, sentia o coração pulsando em todo o corpo. Dois anos antes, ela era como qualquer outro estudante. Tinha finalmente resolvido o que queria cursar na universidade, e tinha conseguido um alojamento e um emprego de meio período no asilo do complexo Mångården.

Demorou para Malena colocar a vida no caminho certo; já havia passado por muitos desvios. Seus anos de ensino médio foram marcados por uma nuvem de bebedeira, diversos namorados e notas baixas. Odiava se lembrar dessa época; não queria mais viver a vida que levava naquela época. Quando terminou o ensino médio, passou vários anos trabalhando no exterior como babá, modelo subnutrida e ajudante de férias.

Chegou em casa se sentindo mais vazia do que nunca.

– Sua vida só pertence a você e mais ninguém – dissera-lhe seu pai. – É você quem escolhe como vai viver. Mas se escolher não viver a própria vida, vai me deixar muito triste.

Naquele mesmo outono, se matriculou em cursos voltados para adultos. Começou a trabalhar numa loja de roupas. Aos poucos, construiu uma nova vida para si mesma e fez novos amigos – amigos muito diferentes dos que conviviam com ela no passado. Não tinha namorado; pela primeira vez, não precisava de um.

Ela comemorou o dia mais importante de sua vida quando finalmente foi aceita para estudar Direito na Universidade de Estocolmo. O sucesso a fez querer continuar. Ela sabia o que havia lhe custado conseguir aquele lugar, e agora estava determinada a progredir e vencer. Quando se tem mais de trinta, já é mais do que a hora de saber o que fazer da vida.

No início, ela achou que eles tinham se encontrado por acaso, na inauguração de um novo restaurante na Stureplan. De repente ele apareceu ao lado dela e parou bem próximo. Ela se sentiu incomodada, mas por pouco tempo. Acabou se entregando aos elogios e à presença dele – e com muita facilidade.

E também tinha a voz dele. Uma voz grave, quase hipnótica, que a fazia enrubescer, e por mais que quisesse, simplesmente não conseguia parar de escutá-la. Sentiu-se impotente diante dele.

Ela se lembrou de que as amigas a viram com ele e se perguntaram o que ela estava aprontando. Ele era muito mais velho. É claro que ele era poderoso e rico, mas principalmente era muito mais velho. Ela desconsiderou tudo que disseram, alegando ser inveja.

Ela desconfiou que havia alguma coisa errada no princípio, quando ele começou a fazer perguntas sobre Thea Aldrin. Ela não fez a conexão imediatamente, não percebeu que ele sabia desde o início onde ela trabalhava, e que por isso tinha se interessado por ela.

Ao olhar para trás, ela só sentia vergonha e repulsa. Tinha se deixado seduzir e enganar por um homem com um propósito que só podia ser descrito como doentio. Porque parecia emocionante demais, porque havia uma parte dela que jamais seria igual a ninguém, que nunca seria a boa moça. O desejo tinha surgido do nada, o desejo de fazer o que era perigoso, o que era tabu. Ela tinha brincado com fogo e quase se queimado. Enquanto ele documentava tudo num filme.

51

Eram 8h30 quando Fredrika chegou ao trabalho. Alex ficou surpreso quando a viu.

– Achei que você ia ficar em casa hoje, com sua filha.

– Minha mãe está cuidando dela. Não consigo ficar em casa. Preciso me ocupar.

Alex não questionou a justificativa de Fredrika. No entanto, deixou claro que ela não poderia se envolver na questão de Spencer.

– Mandei outro policial para interrogar formalmente Spencer em Uppsala – disse ele. – Imagino que isso vá pôr um fim à questão, do nosso ponto de vista. Mas eu queria ouvir o que ele tem a dizer sobre o clube de cinema e seus membros; talvez ele também possa nos dizer alguma coisa sobre Thea Aldrin.

Fredrika concordou com a cabeça.

– Por que Peder não foi interrogá-lo? – perguntou ela.

Alex empalideceu ao lhe contar sobre o irmão de Peder. Os olhos de Fredrika se encheram de lágrimas, e ela se sentou numa das cadeiras da sala de Alex.

– O que há de errado com vocês dois? – disse Alex ao ver a reação dela. – A gente vai encontrá-lo. Provavelmente saiu para dar uma volta e se perdeu. Tenho certeza de que esse tipo de coisa acontece com alguém como Jimmy.

Fredrika percebeu que Alex acreditava no que estava dizendo, e o admirou por isso. Pessoalmente, ela estava se sentindo um lixo dos pés à cabeça, e não conseguia ter um único pensamento positivo.

– Ele vai vir mais tarde? – perguntou ela.

– Talvez. Vamos ver.

Fredrika abriu a bolsa.

– Quanto ao clube de cinema – disse ela. – Pensei numa coisa hoje de manhã. Uma coisa que não tem nada a ver com Spencer.

Alex observou-a tirar os papéis da bolsa. Ela olhou para ele; havia alguma coisa diferente no rosto dele, como se estivesse envolvido numa aura de tranquilidade que não existia antes.

Ela se desconcentrou por um instante, e teve de pensar no que ia dizer. Depois se lembrou. Alex pareceu cético.

– Então você acha que Torbjörn Ross, meu colega desde os anos 1980, esteve em contato com Rebecca Trolle antes de ela morrer? E que ocultou essa informação da equipe?

Fredrika engoliu. A noite sem dormir começava a cobrar seu preço.

– Sim, acho que é possível.

Ela empurrou as anotações de Rebecca sobre a mesa. Apontou para a palavra no final. *Snuff*.

– É só uma palavra – disse Alex.

– É a palavra *dele* – respondeu. – É ele que acha que os livros foram filmados.

Alex pensou por um instante.

– Peça para Ellen dar uma olhada na lista de telefonemas – disse ele. – Veja se Rebecca ligou para a polícia, tanto pela central quanto por algum ramal direto. Talvez a gente tenha deixado isso passar, pensando que ela entrou em contato com a polícia por um motivo completamente diferente.

Fredrika se levantou.

– Vou fazer isso agora.

– E se Peder não vier, gostaria que você estivesse presente no interrogatório de Valter Lund. Ele vai chegar daqui a uma hora.

– E Thea Aldrin? – perguntou Fredrika.

– O que tem ela?

– Nós não vamos falar com ela também?

– Descubra onde ela está morando e a gente a procura mais tarde. Não que eu ache que vá fazer tanta diferença, já que ela não fala.

Fredrika tinha mais uma pergunta.

– E o que concluímos sobre Morgan Axberger? Não acha que devemos falar com ele de novo?

Alex suprimiu um suspiro.

– Vamos atrasar isso um pouco. Uma coisa de cada vez.

Fredrika correu até sua sala, depois seguiu até a sala de Ellen, que prometeu verificar os telefonemas de Rebecca o mais rápido possível.

– Aliás, você recebeu vários faxes da polícia da Noruega a respeito de Valter Lund – disse Ellen.

Mais papel, mais trabalho.

Fredrika voltou para sua sala e leu rapidamente o que os colegas noruegueses disseram. Tinham feito uma pesquisa detalhada. Entre outras coisas, informaram que o tio de Valter Lund prestara queixa de seu desaparecimento no início dos anos 1980, quando ele começou a trabalhar como tripulante de uma balsa de carros e nunca mais deu notícias. De acordo com a polícia, esse tio aparecia regularmente na delegacia local em Gol, ano após ano, para perguntar se eles tinham descoberto alguma coisa sobre seu sobrinho.

Mas por quê? Valter Lund era conhecido em toda a Europa setentrional, e aparecia com frequência nos jornais escandinavos. Será que o senhor não percebia que o homem bem-sucedido que morava agora em Estocolmo era seu sobrinho desaparecido?

Fredrika franziu a testa. Será que havia uma confusão? Será que havia mais de um Valter Lund que emigrou da Noruega para a Suécia no mesmo ano?

Provavelmente não.

Ela pegou uma fotografia de Valter Lund. Por que ele não tinha entrado em contato com seu único parente vivo na Noruega? E, mais especificamente, por que seu próprio tio não o reconhecia?

A noite tinha sido interminável. Os sons, cheiros e impressões desconhecidos penetravam a pele de Spencer Lagergren como agulhas, obrigando-o a continuar acordado. À medida que as horas solitárias passavam, uma nova certeza se formava na sua mente: mesmo que o deixassem sair, a vida que tivera antes havia acabado para sempre. Ele sempre seria lembrado como o homem que estuprava suas alunas. Que desprezava tanto as mulheres a ponto de sujeitá-las à violência física.

Não havia margem de erro no que se refere a abusos sexuais, e Spencer sabia disso. Depois dos desdobramentos de uma acusação, ninguém quer ser aquele que agiu errado ou que deu o benefício da dúvida. Por isso, não importava se Spencer fosse considerado inocente dos crimes que Tova o acusava; o veredito de seus colegas e do mundo lá fora continuaria sendo o fardo mais pesado que ele teria de carregar.

Não há fumaça sem fogo. Não quando se trata de abuso sexual.

E como se isso não bastasse, os colegas de sua companheira suspeitavam de que ele estivesse envolvido num assassinato. Ao olhar para trás, ele se arrependia amargamente de não ter contado para Fredrika, desde o início, o que estava acontecendo. Até certo ponto, ele culpou esse juízo obviamente errôneo aos seus problemas com Tova. Não havia espaço para duas situações tão graves; só conseguia lidar com uma de cada vez. Além disso, só recentemente ele tinha se dado conta de que era suspeito de assassinato – tarde demais para pensar em como se comportar. Só havia um pensamento na sua cabeça, um pensamento advindo de um estado de puro pânico: ele precisava de um passaporte para sair do país a qualquer momento.

Spencer nem ousava pensar no que esse erro tinha lhe custado, e não ajudava em nada dizer que tinha pedido um novo passaporte por ser suspeito de um crime completamente diferente: assassinato.

Eram mais de nove horas quando foi levado para uma sala de interrogatório. O agente policial de custódia lhe disse que a polícia de Estocolmo, e não de Uppsala, queria falar com ele. Spencer sabia muito bem qual era o motivo.

A policial de Estocolmo se apresentou como Cecilia Torsson. Um colega de Uppsala também estava presente. Spencer sentiu que Cecilia Torsson dava a impressão de ser quase uma caricatura de policial. O cumprimento foi a imitação de um aperto de mão normal: firme demais, longo demais. Se seu objetivo era ganhar respeito, ela tinha errado feio. Sua voz era alta, e ela enfatizava cada palavra, como se achasse que ele tivesse problema de audição. Em outro contexto, o comportamento dela teria feito Spencer sorrir. Naquele momento, ele só achava perturbador.

– Rebecca Trolle – disse Cecilia Torsson. – Como você a conheceu?

– Eu não a conheci.

– Tem certeza?

Spencer inspirou fundo, depois expirou. Ele tinha certeza?

Suas lembranças da primavera em que Rebecca Trolle tinha desaparecido eram relativamente claras. Ele tinha muito trabalho para fazer, e ele e Fredrika estavam se encontrando com uma frequência cada vez maior. Em casa, o silêncio era denso, e a distância entre ele e Eva, enorme. Como consequência, ele passava mais tempo no trabalho, mais tempo longe de casa, mais noites no apartamento em Östermalm com Fredrika.

Aquela primavera poderia muito bem ter sido uma das melhores de sua vida adulta.

Mas Rebecca Trolle se encaixava em algum lugar? Será que ela tinha passado tão rapidamente pela vida dele a ponto de ele não se lembrar? Vasculhou suas memórias, sentindo que seria capaz de se lembrar de alguns eventos.

– Ela me telefonou uma vez.

Spencer se surpreendeu com a própria voz.

– Ela te telefonou uma vez?

Cecilia Torsson inclinou-se sobre a mesa. Spencer assentiu; começava a se lembrar de tudo.

– Recebi uma mensagem da telefonista dizendo que uma moça com esse nome tinha tentado falar comigo, mas depois ela nunca mais ligou. Isso deve ter sido em março ou abril.

– E você não reagiu quando ela desapareceu?

– Por que eu faria isso? Quer dizer, eu me lembro que os jornais falaram sobre o desaparecimento dela, mas, para ser honesto, eu não sabia se era a mesma garota que tinha me telefonado, mesmo que o nome dela não fosse tão comum.

Cecilia Torsson deu a entender que tinha aceitado seu argumento.

– Ela não deixou uma mensagem pedindo para você ligar de volta?

– Não, só me disseram que ela tinha telefonado, e que tentaria de novo. Tinha a ver com uma monografia que ela estava escrevendo.

Mais lembranças lhe vieram à mente.

– Eu me lembro de pensar que não teria tempo para atendê-la. É comum que alunos telefonem para pedir ajuda.

Spencer encolheu os ombros.

– Mas eu raramente tenho tempo. Infelizmente.

– Eu entendo – disse Cecilia, virando a página do bloquinho. – Anjos da Guarda – disse ela.

As palavras provocaram um choque em Spencer, como se o teto tivesse despencado. Ele não escutava essas palavras havia muito, muito tempo.

– Sim? – disse ele.

– Você foi membro desse clube de cinema?

– Fui.

Spencer estava completamente alerta; não fazia ideia do rumo que a conversa tomaria.

– Poderia me falar um pouco sobre esse clube?

Spencer cruzou os braços, se esforçando para se lembrar de uma época tão longínqua. O que havia para dizer? Quatro adultos – três homens e uma mulher – que se encontravam regularmente para ver filmes, depois saíam para comer, beber e escrever críticas venenosas.

– O que você quer saber?

– Tudo.

– Por quê? O que o Anjos da Guarda tem a ver com isso tudo?

– Achamos que pode haver uma conexão entre o clube de cinema e o assassinato de Rebecca Trolle.

A risada surgiu do nada. Spencer se recompôs imediatamente quando viu a expressão no rosto de Cecilia Torsson.

– Pelo amor de Deus, aquele clube de cinema acabou há mais de trinta anos. Não é possível que você não vê o quanto é irracional...

– Se você puder simplesmente responder minhas perguntas, nós dois vamos sair daqui rapidinho. Infelizmente, não posso explicar por que o clube de cinema é relevante para nós, mas vamos agradecer qualquer informação que puder nos dar.

Seu tom de voz era quase de um apelo, como se ela esperasse que Spencer, num passe de mágica, transformasse instantaneamente todo o rumo da investigação.

– Sinto que vou decepcioná-la – disse ele, esperando soar honesto. – Eu fui a última pessoa escolhida como membro antes do fim do grupo. Eu e Morgan Axberger nos conhecemos num curso na França que frequentamos juntos em meados dos anos 1960. Isso foi antes de ele se tornar um sujeito conhecido; ele passava o tempo todo fumando, bebendo e escrevendo poesia.

A lembrança fez Spencer sorrir.

– Depois disso, tudo aconteceu muito rápido na vida dele. Morgan se tornou outra pessoa quando percebeu que podia ascender na carreira corporativa em tempo recorde. Mas ele continuou interessado em cinema, e, no início dos anos 1970, nós nos encontramos por acaso numa exposição de arte. Ele me falou sobre o clube de cinema. Eu já tinha visto algumas matérias sobre ele na imprensa, é claro, e ele disse que havia uma vaga, caso eu quisesse participar. Naturalmente, eu disse que sim.

– Fale sobre os outros membros. Você ainda tem contato com eles?

– Não, nenhum – respondeu Spencer. – Depois que Thea Aldrin foi presa e Elias Hjort saiu do país, ficamos só Morgan e eu. E nós não temos quase nada em comum, devo dizer. Foi natural que parássemos de nos encontrar.

Spencer pensou por um momento.

– O clube de cinema acabou por volta de 1975 ou 1976. Eu nunca entendi exatamente por quê, mas foi o que aconteceu. Na época que Thea Aldrin foi acusada de assassinato, o clube já não se reunia havia muitos anos.

Cecilia Torsson pareceu interessada.

– Você acha que é possível não ter percebido alguma desavença?

– Sim, é possível. Mas eu não saberia dizer os motivos. Se vocês conversarem com Morgan Axberger ou Elias Hjort, tenho certeza de que eles poderão falar mais a respeito disso. Thea também poderia contar muita coisa, é claro, mas se o que dizem os jornais for verdade, ela não fala desde que foi presa.

– Você sabe como os outros membros do grupo reagiram? Ao fato de ela ter assassinado o marido, quero dizer.

"Não me lembro", pensou Spencer. Ele não viu Morgan ou Elias depois que Thea foi presa. Lembrou-se de ter telefonado para Morgan para conversar. Morgan, que conhecia o ex-marido de Thea, estava chocado e não quis falar sobre o ocorrido.

– Não tínhamos praticamente nenhum contato nessa época – disse Spencer. – Eu era o mais novo dos quatro, e não tinha sido membro desde o início. Não conhecia o ex-marido de Thea, nem sabia nada sobre a relação dos dois. Mas, é claro, fiquei horrorizado quando soube do que ela tinha feito.

– Então você nunca questionou a culpabilidade de Thea?

Spencer deu de ombros.

– Ela confessou.

O ar dentro da sala era pesado; as paredes eram sujas. Quanto tempo mais ele passaria ali, falando sobre coisas que não tinha feito e nas quais não tinha nenhum envolvimento?

– Houve boatos de que Thea Aldrin tinha escrito *Mercúrio* e *Asteroide*. Ela escreveu os livros?

– Não que eu saiba. Nós falamos no assunto, é claro, mas não em detalhes. Foi só uma fofoca de mal gosto, nada mais.

Spencer sentiu um ódio repentino de todas as tentativas de arruinarem a reputação de Thea. Tudo era mera perseguição, como se uma força poderosa trabalhasse em segredo para destruir tudo que ela tinha conseguido. Spencer não entendeu os fundamentos disso na época, e continuava sem entender agora.

– O filho dela desapareceu – disse Cecilia. – Você se lembra de alguma coisa sobre isso?

– É claro – respondeu Spencer. – Podemos dizer que esse foi o começo do fim para Thea. Ela nunca superou a perda, e quem poderia julgá-la por isso? Mas na época o clube de cinema já tinha acabado, e eu raramente a via.

– Mas houve mais boatos; as pessoas disseram que ela matou o filho também.

Spencer balançou a cabeça.

– Isso foi absolutamente ridículo. O garoto desapareceu e nunca mais voltou. Não tenho ideia de o que aconteceu com ele, é claro, mas posso dizer com certeza que sua mãe não o matou.

O relógio no pulso de Cecilia brilhava, refletindo a luz do teto.

– Então o que você acha que aconteceu com ele?

Spencer não precisava mais se esforçar para se lembrar dos eventos de todos aqueles anos. Ele se lembrou exatamente do que pensou quando o menino desapareceu.

– Thea raramente falava do filho ou da sua relação com ele, mas eu sei que eles brigavam muito. Ele não parava de perguntar onde o pai estava, e não a tratava com o devido respeito.

As palavras travaram em sua garganta; por alguma razão, era mais difícil dizê-las agora do que naquela época.

– Muito bem, eles brigavam – disse Cecilia. – E...?

– Eu acho que ele fugiu de casa. Foi o que sempre achei. Ele era um rapaz muito corajoso e ousado.

– Você acha que ele fugiu e sofreu algum acidente, e por isso nunca foi encontrado?

– Não – disse Spencer. – Acho que ele foi embora com a intenção de nunca mais voltar. Acho que ainda está vivo.

52

O LUGAR ESTAVA CHEIO DE POLICIAIS. Thea Aldrin estava sentada no seu quarto observando pela janela, tomada pelo pavor.

Como isso pôde acontecer de novo?

Como os eventos ocorridos na década de 1960 ainda podiam fazer outras vítimas? Porque Thea não tinha dúvida sobre o destino que tivera o garoto que estava no canteiro junto de sua janela. Tampouco foi capaz de evitá-lo.

"Garoto" não era exatamente a palavra. Ele era um homem, mas era nítido que havia alguma coisa diferente com ele. O olhar dele perseguiria Thea para o resto da vida: uma mistura grotesca de súplica e incompreensão que quase a deixava sem ar.

Houve uma época em que ela acreditava que gozaria de uma vida rica e feliz. Uma época em que ela e Manfred eram apaixonados, faziam de sua vida juntos uma questão política e se recusavam a se casar, mesmo quando ela engravidou. Ela nunca achou que Manfred tinha dificuldade de lidar com o sucesso dela, ao contrário: ele a enaltecia e a elogiava com uma sinceridade profunda.

Mas nenhuma das coisas que ela dava como certas era verdadeira, e nenhuma das coisas que considerava sagradas permaneceu intocada. Ainda se lembrava do medo que a fizera morder a própria língua enquanto via as imagens brilhando na tela. E a impotência de quando o confrontou.

– Isso não é real, pelo amor de Deus! – gritou ele.

Na opinião de Thea, isso pouco importava. Ela não queria mais ficar perto de um homem com desejos daquele tipo. Tampouco o queria perto de seu filho por nascer.

Foi muito fácil afastá-lo da vida dela, o que ela sempre interpretou como um sinal de que o filme era verdadeiro. De que um assassinato tinha de fato acontecido. No gazebo da casa dos pais, que ela havia visitado inúmeras vezes. Sentindo o medo lhe apertar a garganta, ela tentou encontrar provas do que tinha acontecido lá. Não encontrou nada. No entanto, ela sabia que eles tinham estado lá, e que tinham destruído tudo. Manfred e mais alguém, que segurava a câmera. Só anos e anos depois é que descobriu quem era esse alguém.

Se ela pelo menos não tivesse entregado o filme quando ele foi embora... Era o preço que ela tinha que pagar; Manfred se recusou a ir embora sem o filme.

– Eu não confio em você – dissera ele. – Se você é doente o bastante para acreditar que o filme é real, não sei mais o que pensar de você.

Então ela lhe entregou o filme e concluiu que aquela era a última vez que o veria. Talvez devesse ter percebido como tinha errado ao pensar isso. Tudo que aconteceu depois foi uma consequência da primeira catástrofe. Mas ela não tinha como prever o resultado ruim das coisas. Se ela tivesse alguma ideia, teria agido diferente no passado.

Muitas coisas a deixaram assustada enquanto estava sentada, sozinha, em seu próprio silêncio. Será que alguém tinha ouvido o que aconteceu no seu quarto na noite anterior? Será que alguém tinha visto o garoto desaparecer? E, mais importante que tudo, será que alguém tinha ouvido Thea falar?

53

Não havia tempo para descansar ou se recuperar. Peder Rydh resolveu não ir para casa dormir, como havia sugerido Alex. Em vez disso, dirigiu mais uma vez pelas ruas, depois voltou para a casa de assistência.

Lembrava-se do telefonema do irmão com absoluta clareza.

É um homem. Está espiando pela janela. Está de costas para mim.

A polícia já tinha ido embora quando Peder voltou para o complexo; não havia motivo para continuarem lá. Ele procurou a gerente e pediu para visitar o quarto de Jimmy. Ela não parava de pedir desculpas.

– Não consigo entender como isso pôde acontecer – disse ela, enquanto o conduzia pelo corredor.

Ela tinha a aparência de quem havia chorado. Peder não se importou. E não entendia por que ela estava se desculpando; não estava trabalhando quando Jimmy desapareceu.

– Em um minuto ele estava aqui, no outro desapareceu.

Peder não respondeu; simplesmente passou por ela e entrou no quarto de Jimmy. Tudo estava em seu devido lugar, do jeito que Peder tinha visto durante a manhã. A cama coberta com a colcha que sua avó fizera, as estantes cheias de carrinhos, fotografias e livros.

A equipe telefonou para Peder e para os pais dele assim que percebeu que Jimmy tinha sumido. Era difícil saber por quanto tempo ele estava desaparecido; ninguém o vira durante a tarde. Não havia nada de incomum nisso: Jimmy gostava de ficar sozinho. Muitas vezes ele nem saía do quarto para jantar.

– Nós descobrimos que ele não estava aqui quando batemos na porta para ver se ele já estava pronto para dormir. Do contrário, ele fica acordado até de madrugada, você sabe.

Peder sabia. Era impossível levar Jimmy para a cama, desde criança. Ele queria ficar acordado o tempo todo; tinha medo de perder alguma coisa se fosse para a cama antes de todo mundo.

A gerente continuou falando, contando para Peder coisas que ele já tinha escutado na noite anterior.

– A única coisa que sumiu foi a jaqueta dele. E a porta do jardim estava aberta quando nós entramos, por isso achamos que ele pode ter saído por aqui.

Peder entendeu isso, só não conseguia entender para onde seu irmão tinha ido. Dava para contar nos dedos de uma mão as vezes que Jimmy havia saído sozinho.

Uma jaqueta sumida, uma porta aberta.

Para onde você foi, Jimmy?

Peder olhou pela janela.

– Quem mora ali na frente? – perguntou.

Pensou mais uma vez no que Jimmy tinha dito: ele tinha visto um homem olhando para a janela de outra pessoa.

– Faz parte do asilo – disse a gerente.

– É particular?

– Sim, eles só recebem poucos idosos por ano. Me parece que tem uma longa fila de espera.

Peder olhou para a fileira de pequenos jardins do outro lado do gramado. Onde devia estar parado o homem que Jimmy viu? Uma mulher mais velha chamou a atenção dos olhos de Peder. Ela era tão pálida e comum que ele quase não a notou. Parecia estar olhando para o quarto de Jimmy, diretamente para Peder.

Havia algo de familiar naquela senhora.

– Quem é ela? – perguntou Peder, apontando para a mulher.

– É uma das moradoras mais estranhas – disse a gerente. – Ela era escritora de livros infantis. O nome dela é Thea Aldrin. Já ouviu falar?

Valter Lund estava esperando na recepção na hora marcada. De terno preto e camisa branca, parecia um empresário qualquer. Fredrika o observou pela porta de vidro antes de entrar para interrogá-lo. Olhou para o rosto dele, que exibia um sorriso aberto, confiante e cordial. Estava com os ombros relaxados, as pernas cruzadas, e as mãos repousadas no colo.

Foi você que matou Rebecca, esquartejou seu corpo, colocou-o em sacos e depois carregou-o pela floresta?

Ele não estava acompanhado por nenhum advogado, o que surpreendeu Fredrika. Seu aperto de mão era firme, e sua voz era grave. Em outra época e outra vida, Fredrika o teria achado atraente.

Alex se juntou a ela para o interrogatório; ele e Fredrika se sentaram de frente para Valter Lund. Eram mais ou menos 9h30.

– Obrigado por tirar um tempo para vir aqui – começou Alex.

Quase sugerindo que comparecer a um interrogatório policial fosse algo voluntário.

– É claro, quero ajudar no que for possível.
– Rebecca Trolle – disse Alex.
– Sim?
– Você a conheceu.
– Sim, eu fui tutor dela.
– Era o único tipo de conexão ou relação que tinha com ela?

Fredrika fez de tudo para não deixar transparecer sua surpresa com a abordagem direta de Alex.

– Acho que não entendi a pergunta.
– Queremos saber se vocês passavam algum tempo juntos por outro motivo, além do fato de você ter sido tutor de Rebecca.
– Sim, passávamos.

O interrogatório parou antes mesmo de começar direito. Fredrika sabia que não era a única espantada com a honestidade de Valter Lund; Alex também estava surpreso. Não conseguiu conter um sorriso torto.

– Poderia falar mais sobre isso?

Valter Lund passou a mão sobre a superfície da mesa.

– Sem dúvida. Mas gostaria que vocês me garantissem que vão lidar discretamente com tudo que eu disser aqui.
– É muito difícil garantir isso quando não sabemos o que vamos ouvir.
– Entendo.

Fredrika pigarreou.

– Desde que suas informações não tenham nenhuma importância para o nosso caso, é claro que podemos garantir que nada virá a público junto com a documentação relacionada à investigação preliminar.

Isso pareceu ser suficiente para Valter Lund.

– Nós tivemos um breve relacionamento – disse ele.
– Você e Rebecca? – perguntou Fredrika.
– Nós percebemos quase de imediato que havia uma atração mútua. Uma coisa levou à outra, e em dezembro de 2006 eu a chamei para sair. Continuamos nos encontrando discretamente até o início de janeiro, quando resolvi que não podíamos continuar.
– Então foi mesmo uma relação breve.
– Sim.
– Você a levou para Copenhagen – disse Alex.
– É verdade. Foi depois de terminarmos. Nós dormimos em quartos separados no hotel, e pegamos voos diferentes para Kastrup. Infelizmente

eu percebi que Rebecca achou que a viagem era uma tentativa minha de reatar com ela. Ficou extremamente decepcionada quando expliquei que não era minha intenção.

A voz de Valter Lund preencheu a sala, e todo seu corpo irradiava calma e tranquilidade. Era o dono do interrogatório, o que Fredrika achou fascinante.

– Não surpreende que ela tenha interpretado mal um convite como esse – disse Alex. – Meu Deus, um fim de semana romântico em Copenhagen deixaria qualquer um com as pernas bambas.

Valter teve de sorrir.

– Naturalmente, eu percebi que tinha cometido um erro. Eu sabia que ela estava magoada porque eu tinha terminado e queria provar que continuava levando a sério meu papel de tutor. Foi estupidez da minha parte achar que ela entenderia a diferença no meu comportamento.

– O que aconteceu depois de Copenhagen?

– Não muita coisa. Ela me telefonou algumas vezes e decidimos nos encontrar uma tarde, mas não aconteceu.

– Porque ela desapareceu?

– Sim.

Alex olhou para as cicatrizes de sua mão, depois olhou rapidamente para Fredrika.

– Você era bem mais velho que Rebecca – disse ele.

Mais de vinte anos, concluiu Fredrika. A mesma diferença de idade entre ela e Spencer.

– E esse foi definitivamente um dos fatores que contribuíram para eu parar de vê-la. Não tínhamos nada em comum.

Ele falou como se isso fosse algo simples e evidente, mas Fredrika sabia que Rebecca devia encarar as coisas de um modo diferente, e por isso ficou magoada.

É o que teria acontecido comigo.

– Você contou para alguém sobre o caso? – perguntou Alex.

– Não.

– Ela contou? – perguntou Fredrika.

– Não que eu saiba.

– Você sabia que ela estava grávida?

A pergunta de Alex pairou no ar. Pela primeira vez, Fredrika percebeu que eles tinham tocado num assunto que Valter Lund não havia previsto.

– Grávida?

Ele sussurrou a palavra. Passou rapidamente a mão pela testa e baixou o braço.

– Meu Deus.

– Você não sabia?
– Não. Não, é claro que não.
– Mas o filho poderia ter sido seu?

Eles sabiam que esse não era o caso, mas Fredrika perguntou do mesmo jeito.

– Eu duvido. Ela disse que estava tomando pílulas.

De repente Valter Lund perdeu a imponência e pareceu incomodado.

– Ela era tão jovem – disse ele, com a voz baixa.

Alex esperou um momento, para que ele se recuperasse.

– Vocês conversaram sobre a monografia dela? – disse, por fim.
– Não.

Valter recobrou rapidamente sua postura. O choque e a tristeza foram embora.

– Mesmo?
– Sim. Quer dizer, obviamente eu sabia o que ela estava pesquisando, mas não achava que podia colaborar com aquele assunto específico.
– Nós achamos que talvez ela quisesse falar com Morgan Axberger sobre a monografia. Ela lhe pediu ajuda para marcar uma reunião com ele?
– Não.
– Tem certeza absoluta disso?
– Cem por cento de certeza. Eu me lembraria disso.
– Vocês falaram alguma vez sobre Morgan?
– Só superficialmente. Ela não tinha muito interesse no meu trabalho.

Alex interrompeu:

– Você compareceu ao evento dos tutores na noite em que ela desapareceu?
– Sim.

Pela primeira vez, Valter Lund pareceu genuinamente preocupado.

– Ficou surpreso por Rebecca não aparecer?
– É claro. Afinal, eu estava lá basicamente por causa dela.

Lund pensou durante um tempo; parecia que estava decidindo se falava ou não falava mais alguma coisa.

– A questão é que aconteceu alguma coisa naquele dia, mas nunca falei disso. Ou melhor, uma coisa que para mim não era tão importante.

Ele passou a mão sobre a mesa de novo.

– Pensando no seu interesse por Morgan Axberger: eu estava prestes a sair para o evento quando passei na sala de Morgan para conversar. Ele estava de pé, falando com alguém no celular. Quando cheguei mais perto, ouvi ele falar alguma coisa do tipo: "Esteja lá às 19h45, e eu te pego no ponto de ônibus. Conheço um lugar ali perto onde podemos conversar".

Valter Lund abriu as mãos.

– Não sei se isso é relevante ou não; quer dizer, ele podia estar falando com qualquer pessoa. Sobre qualquer coisa. Mas... lá no fundo eu sempre tive medo de que fosse Rebecca do outro lado da linha, porque o horário que ele mencionou era o mesmo em que ela desapareceu. Desculpem-me por não ter dito nada antes.

Fredrika tentou concluir se a informação era ou não importante. Morgan Axberger tinha telefonado para Rebecca antes do jantar e marcado um encontro? Havia uma chamada não identificada na lista. Alguém tinha telefonado para Rebecca antes de ela sair de casa.

Será que o telefonema era de Morgan Axberger?

Se fosse esse o caso, Rebecca deve ter entrado em contato com ele sem envolver Valter Lund. Como conseguiu fazer isso?

Eles encerraram a entrevista. Verificariam o que Valter lhes dissera, mas Fredrika não esperava encontrar inconsistências. Era óbvio que ele tinha concordado em dar um depoimento para a polícia com o intuito de ser retirado da investigação, e Fredrika achou que ele tinha conseguido. Morgan Axberger, por outro lado... Fredrika queria falar com ele imediatamente.

Eles se despediram junto às portas de vidro que davam para a recepção.

– Só mais uma pergunta – disse Fredrika.

Ele se virou.

– Seu tio – disse ela. – Irmão da sua mãe. Você fala muito com ele?

Nenhuma expressão no rosto de Valter.

– Meu tio? Eu não tenho tio. Minha mãe era filha única.

Nuvens no céu, nenhuma luz do sol. De repente, a noite parecia distante demais, quase completamente ofuscada pelos eventos da manhã. Alex se sentiu tranquilo, grato por ter se distanciado um pouco do que tinha acontecido. Estava convencido de que tudo tinha acontecido rápido demais. Bastou olhar para a foto de Lena para sua consciência ser tomada pela culpa.

Eu sempre vou te amar, Lena, nunca vou te abandonar.

Ellen entrou e confirmou que Rebecca Trolle tinha entrado em contato com a polícia nas semanas que antecederam seu desaparecimento. Como as chamadas foram feitas para a central, era impossível dizer com quem ela tinha falado. Mas Alex já sabia.

Torbjörn Ross.

A pergunta era: como ela tinha chegado ao nome dele? Torbjörn era jovem na época do julgamento de Thea Aldrin, uma figura periférica numa grande investigação policial. Talvez Rebecca tivesse ido aos arquivos, pedido para ver as anotações do caso e descoberto o nome de Torbjörn no meio do resto. Talvez tivesse feito uma lista com o nome de todos os policiais envolvidos no caso; talvez Torbjörn fosse o único que ainda estava em serviço.

Ou talvez tivesse conseguido o nome dele quando procurou Thea Aldrin, uma vez que Torbjörn ainda a visitava na esperança de solucionar mais um crime. Mas quem teria contado para ela? Thea Aldrin não falava nunca; e por que Rebecca questionaria os funcionários sobre as visitas que a senhora recebia?

– Está faltando alguma coisa – disse Fredrika.

Alex levou um susto quando ouviu a voz dela.

– Como assim?

– Rebecca era muito meticulosa quando fazia as anotações sobre sua monografia. Mas não consigo encontrar nenhuma palavra sobre sua visita a Thea Aldrin ou sobre seu contato com a polícia. Acho que podemos concluir com certeza que ela entrou em contato com a polícia, porque reli todo o material de novo e não há absolutamente nenhuma menção ao filme *snuff*. Ela conseguiu essa informação em outro lugar.

Sua voz estava tão trêmula que Alex teve de se esforçar para entender o que ela dizia.

– Você está bem? – perguntou ele.

– Estou uma merda, com o perdão da palavra.

Alex teve de sorrir. Fredrika se sentou.

– Não sei o que fazer comigo mesma.

– Vai dar tudo certo.

Ele não sabia disso, é claro, mas achou que tudo acabaria bem. Spencer Lagergren não seria culpado de estupro se a única evidência era uma declaração de uma aluna irritada. Se aquela fosse a única evidência. Ele esperava que fosse.

– Ele é mais frágil do que você pensa – disse Fredrika. – Não sei quanto tempo mais ele aguenta ficar preso.

– Eles vão liberá-lo amanhã, no máximo – garantiu Alex. – Não podem justificar mantê-lo preso por mais tempo.

– O passaporte.

– O passaporte é irrelevante, porque ele ia tirar um novo por um motivo completamente diferente, não é?

Fredrika abriu um sorriso sem graça.

– Sim, mas o motivo não era exatamente melhor.

– Não importa. A gente tem que assumir parte da culpa por isso; não lidamos muito bem com essa parte da investigação.

Alex mudou de assunto.

– Rebecca Trolle. Você achou que ela tinha entrado em contato com a polícia, e a lista de telefonemas confirma isso.

– E também acho que alguém retirou material dos pertences de Rebecca. Informações que ela conseguiu com a polícia.

Alex entrelaçou as mãos por trás da cabeça.

– Vamos supor que você esteja certa. Que tipo de anotações você guarda depois de entrevistar uma mulher que se recusa a falar?

– Não muita coisa, eu diria. Mas tenho certeza de que ela escreveria uma ou duas linhas.

Fredrika provavelmente estava certa. Alex decidiu ir até o fim dessa história, de uma vez por todas.

– Morgan Axberger – disse ele.

Um leve sorriso brotou nos lábios of Fredrika.

– Ele pode ter algum envolvimento. Pelo menos pode ter sido o motivo de ela ter pego o ônibus errado. Se foi com Rebecca que ele falou ao telefone, é claro.

– Precisamos falar com ele – disse Alex. – Resolver isso de uma vez.

O som do telefone tocando os interrompeu. Alex atendeu. Peder estava com a voz rouca.

– Onde você se meteu? Eu telefonei várias vezes.

– Interrogando Valter Lund. Aconteceu alguma coisa?

Que pergunta. O irmão de Peder estava desaparecido, e Alex pergunta se aconteceu alguma coisa.

– Adivinha quem mora na frente de Jimmy?

– Não tenho a menor ideia.

– Thea Aldrin.

Alex olhou confuso para Fredrika, que franziu o cenho.

– Thea Aldrin é vizinha do seu irmão Jimmy?

– Ela mora no prédio da frente. No primeiro andar. Tem um pequeno jardim que dá direto para o quarto de Jimmy. Você se lembra do que eu te contei hoje de manhã?

O tom da voz dele assustou Alex.

– Que Jimmy tinha visto um homem olhando pela janela de alguém.

– Claro. E você acha que essa janela era de quem?

– Peder, me escuta.

– Eu estou indo para lá agora dar uma prensa nessa velha.

Alex bateu a mão na mesa com tanta força que Fredrika deu um pulo.

– Você não vai fazer nada, Peder! Ela é uma das principais figuras de uma investigação de assassinato. Você não vai até lá no estado em que está. Entendeu?

Peder respirava ofegante do outro lado da linha.

– Nesse caso, você precisa mandar Fredrika para cá, ou outra pessoa. Se não tiver ninguém aqui em uma hora, eu mesmo vou falar com ela.

Com um clique, sua voz sumiu.

– Caralho.

Alex baixou o telefone e olhou para Fredrika.

– Preciso que você vá falar com Thea Aldrin agora.

Ele deu a ela o contexto necessário.

– Mas como o desaparecimento de Jimmy pode ter alguma coisa a ver com Thea Aldrin? Deve ser só uma coincidência.

– Eu também acho, mas Peder passou a noite procurando por ele e não está pensando com clareza. Quero que você vá até o complexo Mångården e tente conversar com ela, para que tudo corra bem como deve ser.

Uma memória de alguns anos se acendeu na mente de Alex: a época em que Fredrika começou a trabalhar na polícia e ele não sabia como tratá-la. Para ser honesto, ele não acreditava que um dia chegaria a valorizá-la, muito menos a confiar nela. Não como confiava agora.

– E Torbjörn Ross? – disse ela.

– Vou pressioná-lo com as informações que a gente tem. Se ele não falou com Rebecca sobre Thea Aldrin, talvez saiba quem falou.

Fredrika se levantou.

– Vamos mandar chamar Morgan Axberger? Acho que devemos falar com ele com uma certa urgência.

– Vou cuidar disso agora mesmo.

– Ok – disse Fredrika. – Depois pensamos por que Valter Lund mentiu para nós.

Alex levantou as sobrancelhas.

– Você acha que ele mentiu?

Fredrika lhe contou o que tinha acontecido quando se despediram.

– Telefone para a polícia da Noruega e peça uma fotografia do passaporte de Valter Lund para garantir que estamos falando da mesma pessoa – sugeriu Alex. – E consiga o contato do tio.

– Já está na mão – respondeu Fredrika.

O telefone de Alex tocou de novo. Era um dos policiais envolvidos na busca de Håkan Nilsson no lago Mälaren. O barco tinha sido encontrado. Håkan Nilsson estava desaparecido.

54

Começou a chover no momento em que Fredrika entrou no estacionamento do complexo Mångården. Era a primeira vez que ia até lá e ficou surpresa com a quantidade de grama. Prédios baixos separados por gramados, abandonados à chuva.

Não havia nenhuma barreira separando a casa de assistência do asilo, mas Fredrika logo notou a diferença. As janelas da casa de assistência tinham cortinas coloridas e brilhantes, com vasos de planta nos peitoris, e havia uma jovem olhando por uma das janelas. Do outro lado, onde moravam os idosos, as janelas não tinham vida. Quase funcionavam como a entrada para algum espetáculo, mas não revelavam nada sobre a idade dos habitantes do asilo.

Ela encontrou Peder do lado de fora do bloco onde morava Jimmy. Colocou a mão no ombro dele, e o sentiu se esquivar, impaciente. Mostrou a ela o quarto de Jimmy.

– Ele estava aqui quando falou comigo pelo telefone, tenho certeza. E isso é o que pode ter visto.

Ele apontou para o prédio do outro lado do gramado.

– É ali que ela mora? – perguntou Fredrika.

Peder assentiu com a cabeça. Os nervos de seu pescoço estavam tensionados; os olhos, embotados de cansaço.

– Vamos até lá agora – disse ele.

Eles seguiram pelo caminho em volta do gramado e chegaram ao asilo pela entrada da frente, do outro lado do prédio.

– Peder Rydh, polícia.

Mostrou sua identificação, e a cuidadora parou imediatamente o que estava fazendo e mostrou a eles o quarto de Thea Aldrin. O ar do corredor estava fresco, e não tinha o cheiro desagradável de outros asilos que Fredrika já tinha visitado.

A cuidadora parou na porta de uma das portas brancas e bateu com força antes de entrar.

– Vocês sabem que ela não fala?
– Sim.
Encontraram-se num pequeno corredor, depois entraram no quarto propriamente dito; era iluminado, bem amplo e com mobílias simples.
Thea Aldrin estava sentada em uma poltrona, olhando pela janela. Não moveu um músculo sequer. Não deu nenhum sinal de que os tinha ouvido entrar.
– Visitas, Thea.
Nenhuma reação. Peder deu a volta rapidamente pela poltrona e parou bem na frente dela.
– Meu nome é Peder Rydh. Polícia.
Fredrika parou ao lado dele e se apresentou com um tom de voz mais ameno. Puxou uma cadeira e se sentou. Peder fez a mesma coisa.
– Estamos aqui para lhe fazer algumas perguntas sobre uma investigação em que estamos trabalhando – explicou Fredrika. – A senhora se lembra de Rebecca Trolle?
Nenhuma resposta, nenhuma reação.
Thea não parecia ter envelhecido significativamente desde as últimas fotografias publicadas na imprensa quando ela saiu da prisão. Cabelo grisalho e curto. Sobrancelhas escuras, nariz afilado. Parecia uma mulher comum, como qualquer outra moradora.
Fredrika pegou uma fotografia de Rebecca e a suspendeu na frente de Thea.
– Nós sabemos que ela visitou a senhora uma vez – disse Peder. – Sabemos que ela queria falar sobre seu passado.
– Sobre o assassinato do seu ex-namorado – esclareceu Fredrika.
– E sobre o desaparecimento do seu filho – acrescentou Peder.
O silêncio era tão denso que Fredrika teve a sensação de que poderia tocá-lo, se quisesse. Peder não parou de falar. Não daria muitas chances para Thea falar antes de explodir.
– O clube de cinema – disse Fredrika. – A senhora se lembra do clube de cinema?
Thea talvez tenha começado a esboçar um sorriso, mas desapareceu tão rapidamente que Fredrika não teve certeza se viu alguma coisa.
– Para ser honesta, estamos bem confusos agora – disse ela. – Encontramos diversos corpos no lugar onde Rebecca estava enterrada, mas não entendemos as conexões. A única coisa que sabemos é que todos os caminhos levam até você, Thea.
A senhora ficou pálida, mas continuou sem dizer nada. Reclinou-se na cadeira e fechou os olhos, tentando calá-los de todas as maneiras possíveis.

– Havia um homem na cova: Elias Hjort. A senhora se lembra dele?

Peder falou com a voz ríspida e trêmula, suprimindo a irritação. E prosseguiu:

– Tem uma casa de assistência do outro lado do gramado. A senhora conhece algum dos moradores?

Ele se inclinou para a frente.

– Um deles desapareceu ontem à noite. A senhora sabe disso?

Thea contraiu os músculos do corpo e suas pálpebras tremularam. Não havia dúvida de que ela ouvia o que diziam, então por que insistia em continuar em silêncio?

– Um jovem que era ótimo para algumas coisas, não tão ótimo para outras. A senhora o viu, Thea? Ele é alto, de cabelo preto. Quase sempre vestido de azul.

Parecia que Peder estava a ponto de explodir em lágrimas.

Fredrika colocou gentilmente a mão em seu braço e olhou em seus olhos. Balançou a cabeça.

Não vamos chegar a lugar nenhum, precisamos parar agora.

Então ele viu que Thea começou a chorar. As lágrimas formaram rastros transparentes pelas bochechas. Seus olhos continuavam fechados.

Peder deslizou na cadeira e agachou na frente dela.

– A senhora precisa falar conosco – disse ele.

Sua voz implorava tanto que Fredrika não soube como agir.

– Se a senhora viu alguma coisa, qualquer coisa, precisa contar para a gente. Se alguém estiver ameaçando a senhora, pode contar para a gente também.

Thea enxugou as lágrimas com o dorso da mão. Fredrika não sabia o que pensar. A senhora estava com as costas aprumadas e era impassível, embora marcada claramente pela vida que tivera. Uma vez, tivera tudo que qualquer pessoa desejaria; agora, estava sentada num asilo, destituída de tudo que havia sido escrito nas estrelas para ela.

Thea se levantou e deitou na cama de costas para as visitas. Fredrika e Peder se levantaram.

– Nós vamos voltar – disse ele. – Escutou? Não vamos deixar por isso mesmo só porque a senhora se recusa a colaborar.

Quando saíram do quarto alguns minutos depois, Thea continuava deitada exatamente na mesma posição.

– Velha maluca – disse Peder quando eles já estavam no corredor.

Fredrika o ignorou e continuou procurando alguma das funcionárias. Viu uma moça que estava lendo algo que parecia ser o prontuário de algum paciente.

– Com licença.

A mulher levantou a cabeça com a expressão mais assustada que Fredrika já tinha visto. Seu rosto era pálido e confuso. Fredrika hesitou.

– Com licença – repetiu. – Eu poderia lhe fazer algumas perguntas sobre Thea Aldrin?

A jovem engoliu e sorriu levemente.

– É claro. Mas acho que não posso ajudar muito. Meu turno acabou de começar. Eles geralmente me chamam assim que chego aqui.

– Você trabalhou ontem?

O alívio se espalhou no rosto da moça.

– Não – ela respondeu como se não quisesse mesmo ajudar.

Fredrika leu o nome dela no crachá: Malena Bremberg. A ansiedade nos olhos dela era tão profunda que Fredrika sentiu sua pele formigar, e notou que Peder tinha percebido a mesma coisa.

– Precisamos saber se Thea recebeu alguma visita ontem – disse Fredrika.

– Nesse caso, vai ter de perguntar para outra pessoa – respondeu Malena. – Como eu disse, não trabalhei ontem.

Uma colega apareceu no corredor; deve ter ouvido a conversa e tomou para si a pergunta.

– Thea quase nunca recebe visitas. Ontem não foi diferente.

– Você estava trabalhando?

– O dia todo. A única pessoa que visita Thea regularmente é um detetive. Acho que o nome dele é Ross.

Fredrika não fez nenhum comentário sobre as atividades de Torbjörn Ross. Sentia vergonha por ele, e desejou que ele parasse com as visitas.

– Ele vem aqui com tanta frequência que quase chegamos a pensar que ele é quem envia flores para Thea todo sábado.

Pronto. Uma informação fresquinha.

– Ela recebe flores todo sábado?

– Recebe.

– E desde quando isso acontece?

– Desde quando ela veio para cá.

Instintivamente, Fredrika soube que essa informação era importante. Peder deve ter tido a mesma sensação, porque de repente entrou na conversa.

– Vocês não sabem de onde elas vêm?

A outra cuidadora sorriu, claramente gostando mais da atenção do que Malena Bremberg, que pediu desculpas e entrou em um dos quartos no final do corredor.

– Não temos a menor ideia. Eles entregam às 11h da manhã. Sempre o mesmo tipo de flores, sempre a mesma mensagem no cartão. "Obrigado", nada mais.

Então alguém tinha uma razão para agradecer Thea Aldrin, que talvez tivesse escrito romances pornográficos violentos usando um pseudônimo, e que tinha matado o ex-namorado a facadas.

– Queremos saber o nome da floricultura – disse Peder.

Fredrika conteve a respiração. Até agora, todas as pistas levavam a Thea. Agora eles tinham descoberto uma estrada que levava a outro lugar. A pergunta era: quem estava escondido do outro lado?

Enquanto esperava mais notícias sobre o desaparecimento de Håkan Nilsson e sobre a visita de Fredrika e Peder a Thea Aldrin, Alex resolveu confrontar Torbjörn Ross.

– Você ocultou informações, Torbjörn.

Uma declaração direta, sem espaço para negação.

Torbjörn olhou os papéis sobre sua mesa enquanto Alex se sentava diante dele.

– Você se encontrou com ela, não é? Ajudou Rebecca Trolle com a pesquisa da monografia.

Como Torbjörn não respondeu, Alex continuou:

– A memória falha muitas vezes, não é? Só hoje me dei conta de que você estava envolvido na investigação quando Rebecca desapareceu. Mas só na primeira semana, quando estávamos questionando todo mundo e vasculhando as coisas dela. Depois você pediu transferência para outro caso, não foi?

Alex sentiu a decepção formando um nó em sua garganta.

– Você pegou parte do material nas coisas de Rebecca que poderia ter sido útil para nós. Você ocultou pistas importantes de mim e dos outros.

Por fim, Torbjörn reagiu.

– Ocultei coisa nenhuma! Vocês todos ignoraram Thea Aldrin completamente; estavam ocupados demais procurando pelo namorado misterioso. Ninguém nunca o viu, mas todos estavam convencidos de que ele existia. Eu vi a ligação com Thea Aldrin, mas quando percebi que não levava a lugar nenhum, não vi motivos para repassar informações sobre uma linha de investigação irrelevante.

– Para de falar bobagem, Torbjörn. Você ficou quieto para salvar a si próprio e continuar sua investigação bizarra e infinita sobre o desaparecimento do filho de Thea.

O rosto de Torbjörn Ross ficou roxo.

– Ela matou o próprio filho, Alex. É claro que não pode continuar impune depois do que fez!

Alex balançou a cabeça.

– Você é a única pessoa do mundo que acredita nisso. É doentio. Você precisa de ajuda.

Torbjörn se levantou da cadeira, claramente agitado.

– Thea Aldrin estava bem na frente de vocês, e todos a ignoraram completamente.

– Na época, sim, mas não agora. E você sabia disso.

A semana anterior. A conversa que tiveram no barco. Torbjörn Ross é quem havia tocado no nome de Thea Aldrin e fingido surpresa ao saber que Rebecca Trolle estava escrevendo uma monografia sobre ela. Muito pelo contrário – Torbjörn só queria garantir que Alex não deixasse Thea Aldrin passar batido dessa vez.

– O que você retirou das coisas de Rebecca na primeira investigação?

– Algumas anotações, só isso.

Torbjörn falou com a voz tranquila. Sentou-se de novo.

– Anotações que incluíam seu nome, imagino?

Nenhuma resposta.

– O que mais?

Silenciosamente, Ross esticou o braço e pegou uma pasta fininha na última prateleira de seu cofre. Entregou-a para Alex.

Uma página arrancada do bloco de anotações de Rebecca, contendo anotações sobre a investigação do assassinato do ex-namorado de Thea. Datas, nomes. Inclusive o nome dele.

– Quem são as outras pessoas mencionadas aqui?

– Policiais envolvidos no caso. A maioria já se aposentou. Ela entrou em contato com a polícia e pediu para ver os registros da investigação preliminar. Foi assim que encontrou a mim e aos outros.

– Então ela telefonou para você?

Torbjörn assentiu.

– Nós nos encontramos uma vez, no Café Ugo, na Scheelegatan. Repassamos todo o caso e ela me fez umas perguntas banais. Só isso.

– Espera um minuto. Deve ter sido mais do que perguntas banais. Foi você que a levou ao filme *snuff*, não foi?

Torbjörn pareceu surpreso.

– Ela salvou algumas das anotações num disquete, e você deixou passar batido – disse Alex, tentando parecer triunfante. – Não entendemos por que a palavra *"snuff"* aparecia nas anotações, mas agora acho que já sabemos de onde ela saiu.

Torbjörn mexeu os olhos para todos os lados.

– Talvez eu tenha dado uma ajudinha, mas ela já estava caminhando nessa direção.

– Estava coisa nenhuma! – gritou Alex. – Foi você que colocou ideias na cabeça dela com essa maldita obsessão. E agora ela está morta.

– Exatamente!

Torbjörn levantou a voz.

– Agora ela está morta, e o que isso lhe diz, Alex? Não foi coincidência ela ter morrido. Ela deve ter se deparado com alguma informação que vocês não conseguem enxergar.

– Eu também não acho que é coincidência. A questão é se ainda temos chance de descobrir o que ela descobriu. Porque, ao contrário de você, ela achava que Thea era inocente do assassinato que a mandou para a prisão. Por que você acha que ela acreditava nisso? De onde ela tirou essa ideia?

Torbjörn não tinha resposta para isso.

– Ela falou sobre isso com você?

– Não. Quando a gente se encontrou, ela não falou absolutamente nada sobre a culpa de Thea Aldrin.

Alex pensou por um momento.

– Você sabe o que ela fez depois disso? Ela falou com mais alguém que trabalhou no caso de Aldrin nos anos 1980?

Torbjörn hesitou.

– Acho que ela deve ter seguido a pista do filme *snuff* depois que toquei no assunto. Ouvi dizer que ela conversou com Janne Bergwall; ele estava lá quando o filme foi encontrado, mas Janne e eu nunca tocamos no assunto.

Janne Bergwall. O mais durão de todos. Um canalha corrupto que devia ter pacto com o diabo, porque só isso explicava o fato de ele nunca ter perdido o emprego. Faltava um ou dois anos para se aposentar. Alex conhecia várias pessoas que ficariam aliviadas quando isso acontecesse.

Colocar Bergwall nessa investigação era a última coisa de que Alex precisava.

– Eu quero ver esse maldito filme antes de conversar com Bergwall – disse Alex. – Onde ele está?

– No arquivo. Quer que eu...?

– Não, obrigado; você já fez mais do que o suficiente.

Alex levantou a mão para indicar que Torbjörn devia manter distância a partir daquele momento.

Sua próxima tarefa seria assistir ao famigerado filme. Ficou pensando o que as imagens poderiam revelar.

Quem é que tinha tanta coisa para esconder, Rebecca?

55

O TEMPO ESTAVA CORRENDO PARA MALENA. Quando telefonaram do asilo perguntando se ela poderia fazer um turno extra naquele dia, o pedido soou como bênção a princípio, mas depois de falar com a polícia, a bênção não parecia mais ser possível.

Agora Malena conseguia ver com mais clareza como tudo se encaixava, como ela tinha se tornado um peão de um jogo que não compreendia, um jogo do qual nunca pedira para fazer parte. E percebeu que tinha bons motivos para abandoná-lo de vez.

Abandonar o jogo e ficar longe de um monstro dos infernos.

Malena odiava Thea Aldrin. Por não falar nada, por se recusar a assumir responsabilidade. Ela estava no centro de tudo, e mesmo assim ninguém a pegava, ninguém a obrigava a dizer o que precisava ser dito para que todos seguissem em frente. Para que todos tivessem sua vida de volta.

No horário do almoço, o medo de Malena se transformou em puro pavor. Ela mal ousava transitar pelos corredores estreitos do asilo, então buscava refúgio nos quartos dos residentes. Ela podia não estar ciente do quadro como um todo, mas sentia que sabia coisa demais.

Sentiu o pavor atravessar seu estômago como uma faca.

E se ela morresse? Isso não era como o filme que ela tinha feito. A morte era irrevogável.

Ainda tem tanta coisa que eu quero fazer.

Esse era o ponto chave para Malena, porque se existia uma coisa na vida que ela não aguentava mais era ser vítima. Isso tinha que parar. Chega.

Sem olhar para trás, ela saiu do asilo pouco antes do meio-dia e pegou sua bicicleta. As nuvens da manhã haviam se dispersado – provavelmente seria um belo dia de primavera.

Malena respirou fundo.

Aquele era o dia em que encontraria paz de espírito.

INTERROGATÓRIO DE PEDER RYDH
04/05/2009, 14h00 (gravação em fita)

Presentes: Urban S., Roger M. (interrogadores um e dois), Peder Rydh (suspeito).

Urban: Como você está, Peder?
(Silêncio.)
Roger: A gente sabe que as coisas estão difíceis nesse momento, mas é para o seu bem que precisa colaborar.
Urban: Você sabe como essas coisas funcionam. Quem não colabora com uma investigação interna acaba se dando muito mal.
(Silêncio.)
Roger: A gente acha que tem um quadro relativamente claro do que aconteceu em Storholmen, mas queremos muito ouvir a sua própria versão.
Peder: Não tenho minha própria versão.
Roger: Ok. O que isso significa?
Peder: Exatamente isso. Não tenho o que vocês chamam de "minha própria versão" do que aconteceu. Sou o único que estava lá. Por isso, a versão que eu der é a que tem de ser válida.
Urban: Nós entendemos seu raciocínio, mas não é assim que funciona, como você bem sabe.
Roger: Nós fizemos outra investigação depois de ouvir seu depoimento original, e não faz sentido.
Peder: Não?
Roger: Não. É impossível que você tenha atirado no suspeito em legítima defesa. Ele estava desarmado e indefeso, e você atirou no meio da testa dele.
Urban: Você é um bom policial, e também é alto e forte. Teria inúmeras chances de impedir qualquer ação do suspeito sem matá-lo.
Peder: Vejo a situação de forma diferente.
(Silêncio.)
Urban: Tem certeza, Peder?
Peder: Certeza de quê?
Roger: Quantas horas de sono você teve depois que Jimmy desapareceu?

Peder: Nenhuma.
Roger: Quase quarenta e oito horas sem dormir, com o sistema nervoso completamente abalado. É compreensível que uma série de coisas tenham dado errado.
Peder: Nada deu errado.
Urban: Tudo deu errado.
(Silêncio.)
Peder: Então o que vocês acham de verdade?
(Silêncio.)
Urban: Achamos que você atirou no suspeito a sangue frio, é isso que achamos. E o nome disso é homicídio culposo. Na melhor das hipóteses. O promotor pode muito bem chamar de crime premeditado.
Roger: Se você tem alguma coisa para nos dizer, é melhor dizer agora, Peder. Do contrário, você corre o risco de acabar com a sua vida. Entendeu?
Peder: Não tenho mais nada para dizer. Absolutamente nada.

56

O FILME PARECIA TER SIDO FEITO em algum tipo de gazebo, porque apesar de todas as paredes estarem cobertas com lençóis, o sol atravessava o tecido. Alex assistia ao filme em uma das salas do departamento de fotografia.

– Faz muito tempo que vocês lá não pedem um projetor – disse o técnico que o ajudou a colocar o filme para rodar.

Alex pediu para ficar sozinho; sua intuição lhe dizia que seria melhor assim. Desligou o celular, esvaziou a mente, que continuava voltando para a noite que passara com Diana Trolle, e ligou o projetor.

Percebeu de imediato que a câmera não estava fixada a um tripé, mas sim sendo operada por alguém que continuou anônimo do início ao fim. A porta do que Alex imaginou ser um gazebo se abriu; uma moça hesitou, depois entrou.

Ela era linda. Jovem e encantadora, o tipo de mulher que Alex ficaria feliz em ver ao lado de seu filho. Ou o tipo de garota por quem ele teria se interessado se ainda fosse jovem. Seu vestido sem mangas transparecia verão e anos 1960. O filme era colorido, e sua pele estava bronzeada. Ela sorriu hesitante para a câmera e disse algo que não era possível ouvir; não havia som.

A sala estava totalmente vazia: não havia móveis, nada. Uma arena aberta para o que estava por vir. A porta se abriu de novo e um homem entrou. Alto, corpulento, mascarado, segurando um machado. A aparência dele era atemporal; ele tinha a exata aparência que o mal sempre tivera. Alex sentiu náuseas quando a mulher se afastou e tropeçou num dos lençóis. A janela a impediu que caísse. O homem a segurou pelo braço e a puxou para o centro da sala.

Em seguida, suspendeu o machado e o golpeou contra o corpo dela, num ataque de fúria. Ela caiu no chão, e mesmo estando imóvel, ele continuou a golpeá-la com o machado, e com uma faca que de repente tirou de algum lugar. O vestido da mulher estava coberto de sangue, e quando ele finalmente se levanta, os talhos no tecido ficam claramente visíveis.

O filme acabou e Alex continuou sentado, em completo silêncio. Assistiu de novo. E de novo. Depois o arrancou do projetor e correu até a sala de Torbjörn Ross.

– Por que vocês concluíram que o filme não é verdadeiro?

– Era muito espetacular para ser real. Achamos que foi feito na década de 1960, obviamente inspirado pelo clima da época. E não achamos uma vítima de assassinato com ferimentos que correspondessem aos vistos no filme.

– Só isso?

Torbjörn deu de ombros.

– Durante muito tempo acreditei que o filme era verdadeiro, mas por fim acabei me convencendo do contrário porque nós não tínhamos encontrado uma vítima. Quer dizer, ela teria sido dada como desaparecida por alguém. Mas pelo que entendo, isso não importa. O filme era doentio, e a pessoa que o fez devia ser igualmente doente.

Alex pensou nos mitos que envolvem os filmes *snuff*, o argumento de que as vítimas costumavam ser pessoas que podiam desaparecer facilmente sem serem notadas por ninguém.

– Thea Aldrin. Você acha que Thea Aldrin fez esse filme? – perguntou Alex, suspendendo o rolo na mão.

– Com certeza ela estava envolvida – respondeu Torbjörn. – As conexões com seus livros repugnantes eram óbvias. A cena em que a mulher morre, no gazebo, estava nos dois livros. Não tem outra explicação.

Alex perdeu toda a paciência.

– Puta que pariu, Torbjörn, a gente nem sabe se foi ela que escreveu a merda dos livros! E você achava que o filme era falso!

– Nós descobrimos que Elias Hjort, o amigo de Thea, recebia os royalties dos livros. E adivinha, Alex? Quando resolvemos interrogá-lo, descobrimos que ele tinha deixado o país. De que isso importa agora, que sabemos que ele não deixou o país? Ele estava morto!

– Sua única ligação a Thea Aldrin era Elias Hjort – disse Alex. – E aquele maldito clube de cinema.

– E os rumores. Não existe fumaça sem fogo; você sabe disso tanto quanto eu.

Alex balançou a cabeça.

– O filme é real – disse.

O rosto de Torbjörn perdeu toda a cor.

– Real?

– Vou mostrar as imagens para o legista, mas tenho certeza absoluta. A moça que morre nesse filme é a moça que estava enterrada com Rebecca Trolle.

Spencer telefonou quando Fredrika estava a caminho da delegacia, depois de sair do asilo.
– Eles me soltaram.
Fredrika sentiu um vazio na alma e um calor no peito.
Qual a distância que nos separa nessa deriva?
– Eles arquivaram o caso?
– Não, mas eles não tinham nada que sugerisse que eu quisesse fugir por algum motivo. Bloquearam meu passaporte, e só posso pedir outro depois que tudo isso acabar.
Fredrika não disse nada. A situação tinha ultrapassado o limite do razoável e chegado a um ponto em que as palavras não eram mais possíveis.
– Eu não era o único que estava guardando segredos. E os seus segredos eram meus segredos.
Ela ouviu o que ele disse, mas foi incapaz de absorver as palavras.
Fredrika queria dizer que não tinha guardado segredo nenhum, mas sabia que isso era mentira. Vários dias tinham se passado desde a primeira vez que o nome de Spencer apareceu na investigação; vários dias de silêncio.
Mas nenhum silêncio era pior que o de Spencer. Ele mudou a vida dos dois para esconder os próprios problemas. Disse que queria tirar licença-paternidade, quando na verdade estava fugindo de uma situação difícil no trabalho, uma situação que podia lhe custar o trabalho e o futuro.
– Eu poderia ter ajudado você – disse Fredrika.
– Como?
– Dando alguns conselhos.
Aquilo não era verdade, e ela sabia. Não havia nada a ensinar a Spencer nesse sentido, nada que pudesse usar para apoiá-lo. Ainda assim, ela sentia como se ele tivesse rejeitado não só sua experiência profissional, mas seus sentimentos e seu amor. Ela não pôde estar com Spencer quando ele mais precisou.
E a dor era profunda.
– Nos vemos em casa.
Ele desligou o telefone. Fredrika entrou no estacionamento no subsolo e subiu correndo as escadas. Peder não estava lá, é claro – disse que continuaria procurando Jimmy –, e também não havia sinal de Alex.
Ellen foi até ela. Morgan Axberger tinha telefonado depois que Alex falara com sua secretária, a pedido de Alex. Ele prometeu telefonar de novo durante a tarde.

– Desde quando as pessoas decidem quando devem ser interrogadas? – quis saber Fredrika.

– Desde que começamos a procurar os figurões da indústria sueca – respondeu Ellen.

Um dos policiais que havia encontrado o barco de Håkan telefonou; Håkan continuava desaparecido.

Fredrika sentiu um arrepio de ansiedade quando desligou o telefone. Eles concluíram que Håkan tinha fugido para se livrar da polícia, mas talvez estivessem errados. Talvez tivesse achado que sua vida estava correndo perigo, e por isso precisava de um lugar para se esconder. Mas, nesse caso, por que não falou com a polícia e pediu proteção?

Ela pensou nos acontecimentos do dia. O encontro com Valter Lund não tinha sido tão útil quanto esperavam, e servira apenas para gerar mais confusão quanto a sua identidade. Era óbvio que ele estava tentando esconder alguma coisa, mas o quê? E o fato de Valter Lund não ser a pessoa que dizia ser tinha ou não algo a ver com o caso?

Um homem com raízes em Gol, fora da área encantadora de Hemsedal. Um homem que, teoricamente, tinha tido uma criação catastrófica e não tinha parentes vivos – com exceção de um tio confuso que procurava a delegacia local todo ano para saber se seu sobrinho tinha sido encontrado. Um tio que obviamente não reconhecia o sobrinho nas fotografias de Valter Lund.

Além disso, houve o encontro com Thea Aldrin. Uma mulher que escolheu viver em silêncio por décadas. Ela tinha sido condenada por assassinato premeditado, e desde que foi solta, passava todo o seu tempo num asilo. Será que havia alguma ligação com o desaparecimento de Jimmy, ou o fato de serem vizinhos era apenas coincidência?

Não acredito mais em coincidências.

Rebecca Trolle certamente achava a mesma coisa, porque tinha seguido a pista do filme *snuff*, imaginando que fosse relevante. Fredrika e seus colegas ainda precisavam reconhecer a conexão com os corpos encontrados; só sabiam que poderia haver uma conexão entre Thea Aldrin e o filme *snuff*. Fredrika se lembrou de que Alex é quem estava cuidando dessa parte da investigação; na verdade, provavelmente estava trabalhando nela naquele exato instante.

Fazia um silêncio sinistro no corredor. Fredrika caminhou até a sala de Alex: vazia. Todo mundo parecia estar fora. Voltou para sua sala. Só havia um caminho nessa confusão que continuava levando-os de volta a Thea Aldrin e ao seu silêncio: as flores entregues no asilo todo sábado.

A solícita cuidadora encontrou rapidamente o nome da floricultura: Masters, uma loja na Nybrogatan, em Östermalm. Fredrika não quis perder mais tempo com especulações e telefonou para eles.

– Estou telefonando para saber das flores que vocês entregam todo sábado para uma senhora chamada Thea Aldrin.
– Sinto muito, mas as informações sobre nossos clientes são confidenciais. Eles têm o direito de confiar na nossa discrição.
– Obviamente vamos tratar qualquer informação que nos der com muito cuidado, mas nós estamos no meio de uma investigação de assassinato, e eu realmente preciso da sua ajuda.

O dono da floricultura continuou em dúvida, e Fredrika achou que teria de conseguir um mandado judicial para fazê-lo falar.

– É um pedido permanente – disse ele, por fim. – Fazemos a mesma entrega toda semana há mais de dez anos. O pagamento é feito em dinheiro; uma vez por mês, a representante do cliente vem até a loja fechar o pedido.
– E qual o nome do cliente?
– Infelizmente, eu não sei.
– Você não sabe?

Fredrika ouviu um suspiro do outro lado da linha.

– Nós questionamos essa entrega no início, mas depois pensamos que não fazia sentido fazer isso. Quer dizer, dificilmente isso seria uma atividade criminosa, e o pagamento sempre foi feito em dia. É claro que ficamos curiosos; quer dizer, Thea Aldrin é muito conhecida, mas...

A voz dele sumiu.

A cabeça de Fredrika não parava de funcionar. Alguém mandava flores para Thea Aldrin todo sábado. Anonimamente. Pagamento em dinheiro por uma terceira pessoa.

– Você não tem nenhum contato do cliente? – perguntou ela. – Um número de telefone, endereço de e-mail, nada?
– Só um momento.

Ela ouviu o farfalhar de papéis. Em seguida, o proprietário pegou o telefone de novo.

– Na verdade, nós temos um número de celular. Nós insistimos; precisamos conseguir entrar em contato com alguém, caso uma entrega não possa ser realizada.

O coração de Fredrika quase saltou do peito.

– Poderia me dar o número? Seria extremamente útil.

57

As coisas precisavam ser feitas na ordem correta; do contrário, tudo daria errado. Primeiro, Alex mandou o filme e o projetor para o legista.

– Sente-se numa sala escura e veja essa merda repugnante – disse, pelo telefone. – Depois me ligue e diga o que acha.

Se a moça encontrada morta fosse a mesma que estava no filme, haveria uma conexão clara entre os assassinatos. Primeiro, uma pessoa foi morta no filme; depois, outras morreram para que o segredo fosse guardado.

Mas que segredo?

Alex encontrou Janne Bergwall na sala dele. Era óbvio que o colega estava fazendo hora extra nesse mundo, por assim dizer. As paredes estavam praticamente cobertas por diplomas, matérias de jornal e outras lembranças que Janne colecionara ao longo dos anos. Alex olhou para os itens: nada daquilo atestava um feito notável, o que correspondia exatamente ao que ele pensava de Janne – um homem que podia afundar em um lago congelado centenas de vezes e nunca se afogar ou morrer por hipotermia. Era como se ele procurasse os lugares onde o gelo fosse mais fino para que pudesse ouvir o familiar estalo do gelo prestes a se romper.

Dessa vez, no entanto, ele tinha pisado várias vezes no mesmo lugar.

Alex não achou necessário perder tempo se apresentando; em vez disso, gastou sua energia explicando por que estava ali.

– Rebecca Trolle – disse ele. – A garota cujo corpo desmembrado nós encontramos em Midsommarkransen.

Janne olhou para ele com os olhos semicerrados.

– Sim?

– Imagino que ela o tenha procurado.

– Talvez.

Alex respirou fundo.

– Não, não talvez. Já passamos muito do ponto em que você pode continuar em silêncio sobre isso. A garota está morta, e eu quero saber como ela foi parar numa cova com mais duas pessoas que estavam mortas havia décadas.

Ele se sentou diante de Janne, que estava com cara de poucos amigos. Seu rosto carregava as marcas do tempo, marcas de problemas cuja culpa era apenas dele e de mais ninguém.

– Comece a falar. Quando ela te procurou e o que você disse para ela?

Janne fechou os olhos por um segundo, como se não quisesse olhar para Alex enquanto tomava uma decisão.

Quando abriu os olhos, sua expressão era indecifrável.

– Eu não sabia que a garota ia sofrer algum mal.

Mas sofreu, não é?

Alex continuou quieto.

– Ela veio falar comigo depois de procurar Torbjörn Ross. Ela pesquisou os relatórios iniciais sobre o caso de Thea Aldrin e o assassinato do ex-namorado, e encontrou o nome de Torbjörn. Acho que ele devia ser o único que ainda continuava na equipe. Enfim, pelo que entendi, eles tinham conversado não só sobre o assassinato, mas também sobre os livros que a velha teria escrito. A garota obviamente duvidava de que Thea fosse a autora, e Torbjörn disse que os livros tinham se transformado num filme. Depois disso ela encontrou as anotações dessa investigação também.

– Você fala da busca no clube pornô, o Ladies' Night? – disse Alex.

– Exatamente.

– E o que você contou para Rebecca?

– Coisa demais.

Janne pigarreou e cruzou os braços.

– Contei como tínhamos encontrado os filmes, e que tentamos rastrear a pessoa que teria escrito os livros para nos ajudar a descobrir se o filme era verdadeiro. Mas só chegamos até Elias Hjort, que recebia os direitos autorais da editora, a Box. No início, achamos que era um beco sem saída, até chegarmos ao clube de cinema. Elias Hjort e Thea Aldrin se conheciam do clube.

Janne ficou em silêncio, mas Alex sabia que ele ainda tinha o que dizer. Depois de alguns segundos, continuou:

– Mostrei para Rebecca Trolle as anotações do caso original e as repassei com ela. Por exemplo, ela descobriu quem mais estava no clube pornô no dia da busca.

Alex se mexeu na cadeira desconfortável, desejando que o colega prosseguisse. Janne pegou uma pasta no arquivo, retirou uma folha de papel e a entregou para Alex.

Uma lista de nomes. Quase todos de homens.

– Os clientes que estavam no clube naquela noite. Reconhece alguém? – disse Janne, erguendo as sobrancelhas.

Alex passou os olhos pela lista e parou no penúltimo nome.

Morgan Axberger.
Ele levantou a cabeça.
– Outro membro do Anjos da Guarda.
– Exatamente – disse Janne.
Alex encolheu os ombros.
– Um diretor-executivo que frequenta clubes pornográficos; não é algo particularmente interessante.
– Não fosse um pequeno detalhe que acabou passando na investigação original. – Janne encarou Alex. – Era Morgan quem estava com o filme.
Alex franziu o cenho.
– Ficou surpreso, não é? – disse Janne. – Eu também. Infelizmente, nunca descobrimos como ou por que Morgan tinha esse filme. Ele conseguiu se esquivar rapidamente. Pagou um dos caras envolvidos na busca para dizer que o filme tinha sido encontrado no escritório do clube. A verdade só apareceu anos depois, quando o idiota do cara – o policial, quero dizer – ficou bêbado numa festa de Natal e contou para alguém o que tinha feito.
Ele riu ironicamente.
– E o que aconteceu depois?
– Absolutamente nada. Naquela altura, o promotor já tinha desconsiderado a apreensão do filme como elemento importante, e a gente não se preocupou em confrontar Morgan com as novas informações. Afinal, não é contra a lei andar por aí com um filme no bolso.
– Desde que não seja um *snuff* verdadeiro – disse Alex.
– Mas não era verdadeiro.
Janne parecia tão convencido que Alex teve vontade de lhe dar um soco na cara. Cerrou os punhos por baixo da mesa; estava furioso.
– Você não faz ideia de o que o seu silêncio custou para o meu caso. Como é que você pôde ficar quieto sobre o fato de ter dado informações desse tipo para Rebecca?
– O que você quer dizer com "informações desse tipo"? Estou dizendo, era irrelevante. O filme era falso, e Morgan era intocável. Simples assim.
Alex levantou tão abruptamente que a cadeira balançou.
– Eu vou voltar, Janne. Até lá, vê se cala a sua boca sobre o que sabe. Fui claro?
Ele viu o brilho nos olhos de Janne.
– Pense muito bem antes de me ameaçar, Alex.
Alex deu um passo adiante, inclinou-se sobre a mesa e sussurrou:
– O filme era verdadeiro, seu canalha de merda. Você se deparou com um segredo que causou a morte de pelo menos três pessoas. Se eu fosse você, abaixava a cabeça.

Com essas palavras, Alex saiu da sala de Janne, batendo a porta. Uma nova ideia lhe veio à cabeça quando ouviu o estrondo. E se houvesse mais filmes por aí? Morgan Axberger saberia responder à pergunta.

A exaustão tomou conta de seu corpo depois do almoço. Peder se pegou piscando diversas vezes para enxergar melhor. Sabia que precisava comer, mesmo que não estivesse com fome. Ylva telefonou.
– Ainda nenhum sinal de Jimmy?
Peder mal sabia como responder. Nenhum sinal, era isso que as pessoas diziam quando alguém desaparecia?
– Não, ainda não o encontramos.
Ainda. Uma palavra otimista, dadas as circunstâncias. Havia alguma possibilidade de ser tarde demais?
Não pense no impensável.
Os olhos de Peder se encheram de lágrimas. Se Jimmy estivesse morto, Peder encararia, pela primeira vez, algo que jamais conseguiria aceitar. O elo que ele tinha com o irmão era inquebrável, duraria para sempre. Jimmy era a eterna criança, a eterna responsabilidade.
– O que vai acontecer com Jimmy quando eu e seu pai não estivermos mais aqui? – dissera a mãe de Peder alguns anos antes.
Peder reagiu com raiva.
– Jimmy vai ficar comigo. Eu nunca vou abandoná-lo. Nem por um segundo.
A promessa continuava válida, mesmo que Jimmy estivesse desaparecido. Peder jamais o abandonaria, jamais deixaria de procurar por ele. Mas por que estava tão difícil descobrir onde Jimmy estava? Ele não conseguia explicar, mas sabia que tinha alguma coisa a ver com Thea Aldrin. Jimmy tinha visto alguém parado na janela, espiando a senhora. E Peder achou que fosse um mal-entendido, fruto da imaginação do irmão.
O que você viu, Jimmy?
Não era preciso conversar muito tempo com Jimmy para perceber que ele não tinha a mente de um adulto. No entanto, alguém se sentiu ameaçado o suficiente para raptá-lo.
Sua ansiedade se transformou em pavor. Ensopado de suor, Peder se sentou no carro. Agora ele tinha certeza de que Jimmy não estava perdido, mas que tinha sido privado de sua liberdade por alguém que o queria fora do caminho. Alguém que já tinha cometido vários assassinatos, e que definitivamente não pensaria duas vezes antes de matar de novo.
Peder teve vontade de chorar. Precisava se recompor, rápido. Não podia achar que tinha perdido, não podia desistir. Não ainda. Precisava voltar para

o Casarão e tentar entender como o desaparecimento do irmão encaixava com todo o resto.

Não havia tempo para comer ou descansar. A única coisa que importava era encontrar Jimmy.

Fredrika colidiu de frente com Alex quando saía da sala de Ellen. Ele pareceu feliz por vê-la, mas a tensão era nítida no rosto dele.

– Precisamos falar com Morgan Axberger o mais rápido possível – disse ele, atualizando Fredrika com as informações que conseguira de Janne Bergwall.

Ela ficou tão chocada quanto Alex.

– Como Torbjörn e Janne puderam ficar quietos sobre isso tudo?

– Eles acharam que era irrelevante – disse Alex. – Não acharam que tivesse alguma coisa a ver com o desaparecimento de Rebecca. Deviam ter percebido que era impossível chegar a essa conclusão sem ver o quadro como um todo.

Seu telefone tocou.

– Reúna toda a equipe no Covil em quinze minutos – disse ele para Fredrika. – Só preciso resolver uma coisa.

Levou menos de três minutos para reunir todos os envolvidos no caso. Fredrika se sentou e começou a ler o último fax recebido do Kripos, na Noruega. Eles haviam anexado uma fotografia do passaporte de Valter Lund aos dezoito anos.

Não era ele.

Mesmo que a qualidade da imagem fosse baixa, Fredrika poderia perceber, a uma distância de vários metros, que o homem da fotografia não era o mesmo Valter Lund que eles tinham interrogado no dia anterior.

Será que o Kripos tinha cometido algum erro? Praticamente impossível.

Ela tentou calar o falatório dos colegas na sala de reuniões. Se Valter Lund tinha roubado a identidade de outro homem, devia ter feito isso quando ainda muito jovem. Seria possível fazer isso?

Olhou para o homem na fotografia do passaporte. Ele tinha a expressão séria; cabelo comprido, uma tatuagem na base do pescoço, visível acima da gola da camiseta. Como seu caminho se cruzou com o do homem que agora era uma figura bem conhecida no mundo empresarial? E como houve essa troca de identidades? Assassinato?

A despeito de quem ele realmente fosse, Valter Lund era jovem demais para ter matado a mulher que estava enterrada havia mais tempo. Ele podia ter matado Elias Hjort, mas nesse caso teria de conhecer a pessoa ou as pessoas que mataram a mulher, pois, do contrário, não teria enterrado o corpo de Elias no mesmo lugar.

Alex entrou. Todos endireitaram o corpo e pararam de falar.

– Inacreditável – disse ele, jogando o telefone sobre a mesa. – Eles tiraram os guardas do local das covas ontem porque terminaram o serviço, e aparentemente algum idiota foi até lá e começou a encher a cratera.

Ele balançou a cabeça.

– Como? – disse um dos colegas. – Alguém apareceu no meio da noite e começou a encher de novo o buraco com terra?

– Aparentemente – respondeu Alex. – Mas vamos continuar. Temos coisas mais importantes para discutir.

Fredrika tinha colocado a folha sobre a mesa para poder ouvir melhor, mas ficou ansiosa. Por que alguém iria até o lugar das covas, no escuro, e começaria a encher o buraco?

Alex atualizou a equipe a respeito dos últimos acontecimentos. Começou com o interrogatório de Valter Lund, e prosseguiu até sua investigação sobre o filme bizarro.

Alguém assoviou quando ele terminou de falar.

– Um filme *snuff* verdadeiro. Caramba.

Alex levantou o dedo, em alerta.

– Uma série de coisas sobre o filme continua obscura, incluindo a ligação com os dois livros infames, *Mercúrio* e *Asteroide*. O filme foi feito na década de 1960, enquanto os livros só foram publicados na década de 1970. Isso deixa dúvida sobre se o filme inspirou a pessoa a escrever os livros ou vice-versa. E ainda não sabemos por que Rebecca Trolle fez uma conexão entre o Anjos da Guarda e os filmes *snuff*.

– Mas precisamos ter uma conexão concreta? – perguntou Fredrika. – Parece que ela já tinha conseguido muitas informações com Janne Bergwall. O filme *snuff* leva tanto a Elias Hjort quanto a Morgan Axberger, e o fato de serem membros do Anjos da Guarda, junto com Thea Aldrin, não era segredo.

– E Spencer Lagergren, o quarto membro? – perguntou um colega.

Fredrika olhou para a mesa, envergonhada.

– Ele está completamente limpo – respondeu Alex. – Conversamos com ele só para verificar nossas informações, e ele não tem nada a ver com os outros eventos.

Quantas pessoas naquela sala sabiam que Spencer e Fredrika formavam um casal? Era difícil concluir qualquer coisa olhando para o rosto das pessoas ao redor da mesa, mas a expressão de Alex transmitia claramente apoio e segurança. Ele abriu um sorriso para Fredrika.

– Alguma notícia de Morgan Axberger? – perguntou Alex.

– Não – disse Fredrika. – Não desde de manhã, quando ele falou com Ellen.

– Vamos esperar mais uma hora; se ele não der notícias, vamos apanhá-lo em seu escritório.

– A não ser que ele já tenha deixado o país – disse Fredrika. – Se ele achar que estamos atrás dele, quero dizer. Se ele é quem a gente procura.

– E ele é?

– Talvez. Ele ou Valter Lund.

Ela explicou o que tinha descoberto com o pessoal do Kripos.

– Valter Lund é jovem demais – interrompeu Cecilia.

– Foi o que pensei também – respondeu Fredrika. – Mas ele está vivendo com uma identidade falsa, apesar dos riscos que isso envolve em sua posição social.

Ela fez silêncio, pensando no que poderia estar escondido no passado de Valter. Imagens passaram na sua cabeça, imagens de braços fortes cavando em Midsommarkransen.

Não é ele.

Sua intuição não deixou dúvidas: a pessoa que procuravam não era Valter Lund. No entanto, ele parecia ser uma peça importante no jogo.

– Precisamos falar com Valter de novo – disse Alex. – Não me interessa se ele esteve aqui há poucas horas; vamos trazê-lo de volta.

– E Morgan.

A voz de Peder surgiu do nada. Ninguém o escutara abrir a porta da sala de reuniões.

Fredrika engoliu quando o viu de pé na entrada da sala. Estava com os olhos pesados, as pálpebras exaustas, o rosto abatido. Seus ombros estavam caídos, e o cabelo, despenteado. Não havia sentido em mandá-lo ir para casa até que encontrassem Jimmy.

– Naturalmente, também precisamos falar com Morgan Axberger – disse Alex, gentilmente. – Sente-se, Peder.

Peder puxou uma cadeira e se sentou perto de Fredrika.

Ellen bateu na porta e entrou.

– Eu sei quem está mandando flores para Thea Aldrin. Ou pelo menos sei de onde elas vêm.

– Quem?

– Uma mulher chamada Solveig Jakobsson. Quando ela percebeu por que eu estava ligando, se recusou a colaborar. Depois pesquisei e descobri onde ela trabalha: na Axbergers. A telefonista me disse que ela é secretária particular de Valter Lund.

58

Thea Aldrin sabia que era só uma questão de tempo até que tudo acabasse. A visita da polícia era o indício de que o espetáculo tinha chegado ao seu ato final, e em poucos minutos todos os atores seriam chamados ao palco para receber os aplausos do público.

Ela não achava que podia ter feito alguma coisa diferente. O mais importante era sua preocupação com o garoto, com seu filho. O garoto que se tornara um homem e perdera sua confiança em tudo no dia que entrara no sótão para pegar uma mala e encontrara os manuscritos de *Mercúrio* e *Asteroide*.

O grito de ódio que ele dera ainda ecoava na cabeça de Thea.

– Sua psicopata de merda – gritara ele. – Tudo que eles falam é verdade, você é uma doente mental.

Ela achava que estaria fazendo um favor a ele não contando a verdade. Achava que a raiva dele ia passar. Mas isso não aconteceu. Na manhã seguinte, sua cama estava vazia, e ele não voltou mais. Ela não se surpreendeu por ele conseguir ficar distante. Sempre fora um rapaz genuinamente talentoso, motivado e ambicioso. E também muito bonito.

Por isso ela não ficou ansiosa da maneira como as pessoas esperavam. Procurou a polícia, é claro, e deu o filho como desaparecido. Viajou para longe tentando encontrá-lo. Mas à medida que os dias foram passando e ela não sofreu um colapso, a atitude da polícia começou a mudar. Por que a mãe do garoto não sofria como deveria? Por que sempre havia uma certeza e uma segurança nos olhos dela?

Thea se aproximou da janela e olhou para o bloco onde morava o garoto desaparecido. O fato de ele ter entrado no caminho lhe doía mais do que conseguiria expressar. Bastava olhar para ele para perceber como eram as coisas; ele jamais seria capaz de contar para ninguém o que tinha ouvido e visto de uma maneira que fizesse sentido.

O que tinha ouvido, sobretudo. A voz de Thea. No mundo dele, o fato de uma senhora estar falando não impressionava, mas para quem sabia que ela não abria a boca desde 1981, era uma grande notícia. Segundo os rumores, Thea tinha escolhido o silêncio eterno, mas os rumores estavam errados. Ela praticava o uso da voz todos os dias. Quando tinha certeza de que estava totalmente sozinha. Com o volume do rádio bem alto. Ou quando estava no chuveiro.

Thea chorou pensando no irmão do rapaz desaparecido. Ninguém lhe dissera que o detetive que a havia visitado junto com a outra policial naquela mesma tarde era irmão do rapaz desaparecido, mas Thea percebeu imediatamente. Eles tinham muitas características em comum: os mesmos olhos, o mesmo nariz inconfundível, o mesmo queixo.

E a preocupação. Ela queimava nos olhos do policial.

Thea enxugou as lágrimas. Era improvável que encontrasse o irmão. Também não saberia em qual cova ele seria colocado para descansar.

59

– Eu sei quem ele é.

O queixo de Fredrika estava projetado para a frente como sempre ficava quando ela sabia que estava prestes a ser contestada.

– Eu também – respondeu Alex.

– Valter Lund é o filho de Thea Aldrin.

Alex tinha chegado à mesma conclusão.

– Podemos concluir que Thea sabe que ele lhe manda flores toda semana?

– Não tenho nenhuma dúvida disso – disse Fredrika.

– Então, mãe e filho. O que eles estão escondendo?

O telefone de Fredrika tocou, e Alex a observou rejeitar a ligação.

– Se for o Spencer, não tem problema nenhum se quiser falar com ele.

Ela balançou a cabeça.

– Só consigo pensar em uma coisa por vez nesse momento.

Seus olhos brilharam como seixos dentro da água.

"Pelo amor de Deus, o que há de errado com meus colegas", pensou Alex. "Todo mundo está mal."

Peder bateu na porta de Alex; entrou e a fechou.

– Estou incomodando?

– De jeito nenhum.

A aparência exausta de Peder preocupou Alex. Ele entendia muito bem a agonia de Peder por causa do irmão desaparecido. O problema é que Peder não conseguia perceber que sua capacidade de raciocínio prejudicada pela falta de sono colocava em risco toda a investigação. Alex não deixaria isso acontecer.

– Não acha que deveria ir pra casa descansar por algumas horas?

Peder balançou a cabeça.

– Tudo bem, não estou cansado.

Mentira.

Alex se virou para Fredrika.

– Se Valter Lund na verdade é Johan Aldrin, então onde está o verdadeiro Valter Lund? Você conversou com o tio dele?

– Ainda não. Mas, segundo a polícia norueguesa, que conversou com o tio dele diversas vezes, Valter começou a trabalhar a bordo de uma balsa de carros em 1980 e nunca mais foi encontrado.

– Johan Aldrin era jovem quando desapareceu; ainda não tinha terminado a escola. Será que também trabalhou na balsa?

– Vou entrar em contato com a transportadora.

Ela fez uma anotação no caderninho.

Peder olhou para um e para o outro.

– Morgan Axberger – disse ele.

– Acabamos de mandar uma viatura para buscá-lo.

– Ótimo.

Peder se mexeu na cadeira, desconfortável.

– Vocês acham que Rebecca Trolle descobriu quem era Valter Lund?

Alex tensionou o corpo.

– Quer dizer, e se os dois forem malucos, mãe e filho? E se Valter Lund matou Rebecca?

– A relação dos dois – disse Fredrika. – Rebecca sabia que estava grávida, mas não sabia quem era o pai. Ela pode ter confrontado Valter Lund, exigindo que ele assumisse a responsabilidade.

– Nesse caso, Lund é um excelente ator – disse Alex. – Porque tive a impressão distinta de que ele não sabia da gravidez de Rebecca quando a mencionei.

– Precisamos falar com ele de novo – disse Fredrika. – Assustá-lo um pouco, fingir que o consideramos culpado para ele começar a falar.

Peder olhou para eles com os olhos exauridos.

– O que tanto ele agradece?

– Como? – perguntou Alex.

– Ele sempre escreve "Obrigado" no cartão entregue junto com o buquê. O que tanto agradece à mãe?

Quando Fredrika voltou para sua sala, estava com tanta pressa que não notou a presença de Spencer.

– Ocupada?

Ela quase soltou um grito.

– Deus, que susto!

Por um momento, se sentiu perdida. Um segundo depois, soube exatamente o que fazer.

– Eu estava tão preocupada.

As lágrimas vieram do nada, e ela caminhou diretamente para os braços dele.

Sentiu a respiração dele no cabelo enquanto ele lhe passava a mão nas costas. Parecia que também estava chorando.

– Encontrei sua mãe quando cheguei em casa.

Fredrika enxugou as lágrimas.

– Pedi para ela ficar com Saga; não consegui ficar lá sem fazer nada.

Spencer deu um passo para trás. Eles ainda precisavam resolver algumas pendências; precisavam conversar sobre algumas coisas, mas não ali, naquele momento.

– Imagino que eu não seja mais suspeito na sua investigação – disse ele.

– Isso mesmo.

Fredrika fez força para engolir e retirou uma mecha de cabelo do rosto.

– Por isso, não vai precisar de outro passaporte.

Spencer deu a entender que ia rir, mas seu rosto voltou a ficar sério. Fredrika notou que ele foi ficando mais agitado.

– A gente precisa conversar, mas vamos ter que esperar eu voltar pra casa.

– E a que horas você volta?

– Mais tarde. Tarde, na verdade.

Spencer vestiu a jaqueta que estava segurando e caminhou até a porta.

– Eu nunca quis mentir pra você – disse ele.

Fredrika sentiu as lágrimas ameaçando cair mais uma vez.

– Não faça isso de novo, Spencer.

Ele balançou a cabeça lentamente.

– Mas você mentiu também.

– Eu não menti, eu ocultei informações. É uma grande diferença.

Ele sorriu, entristecido.

– Talvez.

E saiu em seguida.

Fredrika continuou na sala, sozinha. Envolveu-se nos próprios braços. Sentia-se solitária quando sozinha, e solitária quando os dois estavam juntos.

Alex entrou na sala.

– Quem era aquele?

Ela deduziu que ele estava falando de Spencer.

– Aquele é o pai da minha filha.

Alex ficou tão chocado que ela começou a gargalhar, mas o riso foi acompanhado por mais lágrimas.

– Desculpa – disse ela, batendo de leve nos olhos.

Alex colocou a mão no ombro dela.

– Escuta, se precisar parar um pouco e quiser ir pra casa, está tudo bem.
Eram quase 16h. Não havia tempo para "parar um pouco".
– Vou ficar até terminarmos – respondeu Fredrika. – O que aconteceu com Morgan Axberger?
– Ele não estava na sala dele. A secretária disse que ele teve uma reunião de emergência.
– Você acredita nisso?
– Por enquanto, mas não por muito tempo. Deixamos bem claro que queremos falar com ele sobre um assunto importante, e mesmo assim ele escolheu não colaborar. Valter Lund, por outro lado, estava onde imaginamos que estaria, e agora está aqui.
Fredrika pegou o caderninho e a caneta.
– Ele tem muita coisa para explicar.
– Tem sim – concordou Alex. – Mas ele vai ter que esperar, porque primeiro você precisa falar com uma moça chamada Malena Bremberg.
– Malena Bremberg?
Fredrika ficou surpresa. Tentou se lembrar de onde conhecia aquele nome. Não era a assistente que tinha ficado bem tímida quando questionada no asilo?
Peder passou pela porta a caminho do corredor, depois se virou e voltou.
– Vou sair para procurar Jimmy de novo.
Procurar o irmão que estava desaparecido havia quase vinte e quatro horas. O irmão que tinha sumido sem deixar rastros; como se tivesse desaparecido sem que ninguém visse nada.
Exceto Thea Aldrin, que se recusava a falar.
A inquietação que Fredrika sentiu durante a reunião começou a voltar. Era algo que Alex tinha dito. Uma coisa que tinha passado pela cabeça dela com tanta rapidez que ela não conseguiu apreender.
O telefone de Alex tocou, e ele atendeu. Peder levantou a mão para se despedir e saiu pelo corredor.
– Era um dos caras que estava em Midsommarkransen – disse Alex. – Eles estão finalizando. O buraco foi fechado, e estão retirando o isolamento policial.
Ali.
A mesma ideia de novo.
Fredrika sentiu um aperto gelado no coração.
– Você disse que alguém esteve lá durante a noite e começou a encher a cratera – disse ela.
– Algum idiota qualquer, sem dúvida – disse ele. – Sem mais o que fazer.
– Precisamos abrir o buraco de novo – disse Fredrika.
Alex olhou para ela como se Fredrika tivesse enlouquecido.
– Jimmy – sussurrou. – Acho que o enterraram lá ontem à noite.

60

No sonho, Jimmy estava voando cada vez mais alto no balanço. Seu rosto era radiante, e ele gritou para Peder:

– Está vendo? Está vendo como vou lá no alto?

Em seguida, estava caindo.

Ou voando pelos ares.

Peder geralmente acordava na segunda vez que Jimmy batia no chão. Era como se sua mente o protegesse do resultado doloroso e inevitável. Peder já tinha visto o irmão bater a cabeça contra uma pedra uma vez e era mais do que o suficiente.

Sua mãe telefonou enquanto ele estava no carro, voltando para a casa de assistência.

– Você precisa ir para casa descansar um pouco.

Sua voz era trêmula de ansiedade.

Já perdi um filho, não me faça passar pelo mesmo inferno de novo.

– Eu estou bem, mãe.

– Nós estamos preocupados com você, Peder. Por que não vem pra casa comer alguma coisa?

Nós. Isso devia significar seus pais e Ylva. Comer? Peder não se lembrava da última vez que tinha comido. Fora na noite anterior, quando ele e Ylva se sentaram na varanda? Parecia que tinha sido há muito tempo.

– Aonde você vai?

– No Jimmy. No complexo Mångården, quer dizer.

– Me liga logo. Promete?

– Prometo.

Poucos instantes depois, entrou no estacionamento. Bateu a porta do carro e saiu pisando firme até a casa de assistência, onde os moradores estavam no meio de uma refeição. Uma das moças que trabalhavam lá se levantou assim que viu Peder.

– Eu sei onde fica – disse ele, indo para o quarto de Jimmy.

Fechou a porta e parou no meio do quarto, tentando encontrar alguma coisa fora do comum, algum indício de onde Jimmy poderia ter ido. Mas não havia nada fora do lugar, nada danificado. Nada.

Ele não pode simplesmente ter saído durante a noite e desaparecido.
– Peder?
Ele se assustou com a voz da cuidadora.
– Sim.
Ele se virou e a viu parada na porta com um dos amigos de Jimmy. Eles bateram antes de abrir a porta? Não teve certeza.
– Michael quer lhe dizer uma coisa.
Michael. Um rapaz que Peder já tinha visto diversas vezes. Era corpulento, de cabelos escuros. Sofria de algum distúrbio indefinido que o deixava preso na eterna infância, como Jimmy. Ele adorava Jimmy, e achava que Peder era o cara mais legal da Suécia, por ser policial.
– O que foi, Micke?
– Não sei se posso dizer.
Peder forçou um sorriso.
– É claro que pode. Sou policial, não sou? Sei guardar segredo.
– Jimmy falou que viu um homem lá fora, espiando.
Ele apontou para o quarto de Thea Aldrin, do outro lado do gramado.
– Era segredo?
Michael assentiu com a cabeça várias vezes.
– Sim. Foi o que ele disse. Que era segredo. Por isso achei que era melhor não falar a outra coisa até agora.
– Que outra coisa?
– Eu vi Jimmy saindo ontem. Eu estava olhando pela janela, e vi Jimmy indo até o quarto daquela senhora e parar do lado de fora. Ele olhou pela janela.
Michael engoliu. Peder se esforçou para manter a compostura.
– E o que aconteceu depois?
Michael hesitou, mas resolveu continuar.
– Um homem saiu do quarto da senhora. Pela porta. Saiu para o jardim. Ele falou com Jimmy, mas só um segundo. Depois eles saíram.
O coração de Peder quase parou.
– Para onde eles foram, Micke?
– Não sei. Eles foram para o estacionamento e um carro saiu. Não voltaram mais. Esperei a noite toda. Acho que ele deve estar com frio; não estava de tênis.

Havia segredos que eram grandes demais para serem guardados. Segredos que não tinham lugar dentro de um corpo normal, de um coração normal; segredos que, com o tempo, exigiam cada vez mais espaço.

Malena Bremberg parecia estar carregando um desses segredos. Seu rosto estava pálido e confuso quando Fredrika a cumprimentou. Recusou o café, mas disse que aceitava uma xícara de chá.

– O que você queria me contar?

Não havia muito tempo. Para nada.

Alex mandou a escavadeira de volta para reabrir o buraco em Midsommarkransen, de modo que os cães pudessem sentir o cheiro de um corpo.

– Vamos rezar para que você esteja errada – disse ele para Fredrika.

Ela se sentia tão impotente que queria chorar.

E Valter Lund, ou Johan Aldrin, estava esperando na outra sala.

Malena Bremberg deu um gole no chá enquanto lutava para encontrar as palavras certas.

– Não tenho certeza do que se trata tudo isso – disse ela, por fim. – Mas eu acho que sei alguma coisa que vocês deveriam saber. Sobre Rebecca Trolle.

Respirou fundo e tomou mais um gole de chá. Fredrika esperou. Esperou e ouviu.

– Há dois anos, eu tive um breve relacionamento com um homem mais velho que conheci num bar. Morgan Axberger.

Fredrika ficou surpresa.

– Mas você é tão mais jovem que ele!

Malena enrubesceu.

– Esse era o ponto. O fato de ele ser quarenta anos mais velho do que eu. Eu sei que ele parece chato, mas pode ser incrivelmente charmoso.

Fredrika não teve o que comentar; nunca havia visto Morgan Axberger.

– O que ele queria de você? – perguntou.

O rosto de Malena perdeu toda a cor.

– Ele queria saber se Thea Aldrin já tinha recebido visitas. No início, achei que ele estava interessado em mim porque... eu achei que ele queria ter um relacionamento comigo. Mas não era isso, na verdade. Ele queria uma espiã dentro do Mångården.

– Ele estava apenas usando você?

– Quando eu me dei conta do que ele estava fazendo, tentei acabar com a relação. Me recusei a colaborar. Mas deu tudo errado.

Era demais para Malena. As lágrimas começaram a rolar pelo seu rosto.

– Em quais visitantes de Thea ele estava interessado? – perguntou Fredrika.

– Todos. Mas ela não recebia muitas visitas. Havia um policial, Torbjörn Ross, que a visitava havia anos, além de algum jornalista estranho de vez em quando. E, de repente, Rebecca Trolle apareceu. Disse que queria falar com Thea porque estava escrevendo uma monografia sobre ela.

Malena assoou o nariz.

– Você falou para Morgan Axberger que Rebecca esteve lá?

– Sim. Por acaso, eu estava trabalhando naquele dia.

Fredrika fez força para engolir. Morgan Axberger parecia ter bons motivos para ficar longe da polícia. Além disso, era velho o bastante para ter matado todas as vítimas encontradas em Midsommarkransen.

– Você disse que as coisas deram errado quando tentou terminar com ele – disse Fredrika.

Malena disse com resignação:

– Ele me pegou numa manhã quando eu estava indo ver uma palestra. Naquela época, eu já tinha percebido que ele era violento, então fiquei longe dele. Mas não foi bom. Ele me fez prisioneira por vinte e quatro horas.

– E o que ele fez?

Mais lágrimas. Depois, um sussurro.

– Ele me mostrou um filme.

Fredrika se sentiu desconfortável com o rumo que a conversa estava tomando, mas ela precisava saber.

– Que tipo de filme?

– Um filme macabro. Um daqueles filmes sem som, de poucos minutos.

Fredrika prendeu a respiração.

– No início, não entendi o que eu estava vendo. O filme tinha sido gravado numa sala com todas as paredes cobertas com lençóis. Uma moça entra, depois um homem usando uma máscara...

Fredrika sabia. Alex havia lhe falado sobre o filme, e ela resolveu que não o assistiria.

Malena estava soluçando.

– Ele a atacou com um machado. Depois com uma faca. Eu achei que era uma brincadeira doentia. Até que acabou. Depois, o homem se inclina sobre a moça, que estava deitada no chão, e olha para a câmera, para o homem que estava segurando a câmera. Ele estava rindo quando tirou a máscara; era horrível. Era um filme muito antigo, mas eu consegui ver claramente o rosto do homem. Era o demônio em pessoa.

A boca de Fredrika secou.

– Espera um minuto, você está dizendo que depois que a garota morreu, o homem que a matou tirou a máscara?

O tempo parou dentro da sala de interrogatório.

Malena assentiu.

– Eu não tenho a menor ideia de quem ele era. Ele ria para o homem que segurava a câmera; parecia bastante satisfeito. Quando o filme acabou,

Morgan saiu para o corredor e voltou com um machado na mão. Acho que nunca gritei tão alto em toda minha vida.

Encolheu os ombros, com o rosto branco como giz.

– Eu corri, e ele me perseguiu como se eu fosse um animal. Tentei sair para a varanda, mas ele foi mais rápido. Me jogou no chão, suspendeu o machado e bateu com ele várias vezes no chão, bem perto da minha cabeça. Eu tive certeza de que ele ia me matar. Quando levantou o machado pela última vez, parou de repente e se inclinou sobre mim. Perguntou se eu queria viver ou morrer. Se eu quisesse viver, precisava ficar quieta e continuar trabalhando no asilo enquanto Thea Aldrin estivesse viva. E se eu o enfrentasse de novo, ele voltaria. Com o machado.

Malena passou a mão pelo cabelo despenteado, e Fredrika imaginou que deveria haver várias cópias do filme *snuff*, incluindo uma que tinha sido encurtada para não revelar a identidade do criminoso e ser mostrada para outras pessoas. Talvez até vendido.

– Você não achou que poderia procurar a polícia? – perguntou Fredrika.

– Não naquelas circunstâncias. Ele deixou bem claro que a polícia jamais conseguiria pegar alguém como ele. Ninguém acreditaria em mim se eu dissesse que Morgan Axberger tinha aparecido no meu apartamento com um machado, ameaçando me matar.

Verdade. Lamentável, mas verdade.

Fredrika sentiu que Malena tinha mais coisas para dizer.

– Ele estava me filmando – sussurrou Malena.

– Como?

– Ele me mostrou depois. Ele me filmou enquanto eu assistia o filme, e quando tentei fugir. Que doença é essa?

Fredrika pensou por um momento, dando tempo para Malena se recuperar.

– Você vai ter que prestar um novo depoimento, Malena.

– Eu sei.

– Mais uma coisa. – Fredrika olhou as anotações. – Você disse que o assassino sorriu para o homem atrás da câmera. Você o viu? O homem que segurava a câmera, quero dizer.

– Não, não vi.

– Mas você tem certeza de que era um homem?

Malena concordou com a cabeça, e quando sussurrou a resposta, Fredrika congelou.

– Morgan me falou. Quando ele levantou o machado pela última vez, ele se inclinou sobre mim e disse: "Agora você entendeu que era eu que estava segurando a câmera?".

61

PEDER RYDH SAIU DO QUARTO DE Jimmy do mesmo modo que imaginou o irmão saindo: pela porta que dava para o jardim. Deixando a cuidadora e Micke para trás, ele atravessou o gramado até o quarto de Thea Aldrin. Thea não teve tempo de perceber que ele estava indo na direção dela; do contrário, provavelmente tentaria trancar a porta.

Ela levou um susto quando ele entrou.

– Você não deveria sentar aqui com a porta aberta, Thea.

A voz dele soava completamente diferente do habitual.

Thea estava olhando para ele; baixou o livro que estava lendo.

– Você se esqueceu de mencionar algumas coisas para mim e meus colegas. Se você não fala como uma pessoa normal, então vai ter que escrever. Porque eu só vou sair daqui quando você me disser o que aconteceu com meu irmão Jimmy. O garoto que vivia aqui em frente; ele veio até sua janela ontem.

Quando Thea não respondeu, Peder teve um surto de raiva. Agarrou a senhora pelos ombros e a puxou, colocando-a de pé.

– Você. Vai. Me. Falar.

Delicada, Thea tentou se libertar; viu que seria inútil.

– *Fala!*

O silêncio dela resolveu a questão. Ele olhou para ela durante um bom tempo, depois sussurrou:

– A gente sabe quem te manda flores.

As palavras tiveram um efeito imediato. Thea balançou a cabeça e tentou se soltar mais uma vez.

Mas Peder não a largou.

– A gente sabe, sim. A gente sabe que Valter Lund é seu filho desaparecido, Johan. A única coisa que a gente não sabe, sua bruxa, é o que esse filho da puta acha que tem que agradecer. Todo sábado.

Ela não chorou. Mas continuou balançando a cabeça, e depois falou. *Ela falou.*

Peder ficou tão surpreso que a soltou.

– Por favor. Por favor.

A voz dela era rouca e rascante. Nitidamente fraca, mas funcional.

– Você fala.

Ele começou a xingar. Suas palavras soaram infantis e o destituíram de sua autoridade.

– Quase todo mundo fala – disse Thea.

Ainda apavorada. Suas pernas bambearam, e ela se sentou.

– Mantenha o Johan fora disso! Escutou?

Peder teve de se sentar também. Sua cabeça rodava. A ansiedade em relação a Jimmy desapareceu por um momento. Dia após dia, eles tinham seguido uma pista depois da outra. Todas elas levavam a Thea. Agora que estava sentado no chão do quarto dela, não tinha ideia de como conseguiria levantar.

– Eu só quero saber uma coisa.

Seu coração batia tão forte que dava para senti-lo vibrando nas costelas.

– O que aconteceu com Jimmy?

Thea se agarrou aos braços da cadeira.

– Johan não tem nada a ver com o desaparecimento dele.

– Me fala o que aconteceu.

Ele precisava telefonar para Alex e Fredrika. Contar o que tinha acabado de descobrir: que a grandiosíssima escritora era perfeitamente capaz de falar. Que seu filho era um assunto extremamente delicado, e que ela obviamente estava disposta a sacrificar qualquer coisa por ele. Inclusive a proteção que seu silêncio tinha fornecido durante todos esses anos.

Ela pigarreou em silêncio diversas vezes, depois tossiu secamente. Por um segundo, Peder pensou que a voz dela não sairia.

Nesse caso, ela teria de escrever.

– Ele ouviu por acaso uma conversa que não podia ter ouvido.

Peder notou que ela hesitava, escolhendo as palavras com muito cuidado. Ele levantou um dedo e notou que estava tremendo.

– Preste atenção, Thea. Não minta pra mim. Estou avisando. Não minta.

Ela balançou a cabeça.

– Não estou mentindo. Foi isso que aconteceu. Ele estava parado do lado de fora, perto da janela. A gente não ouviu ele chegar, mas ele gritou. Como se estivesse assustado. A gente teve uma discussão muito séria.

– A gente? Quem mais estava aqui?

Seus olhos se encheram de lágrimas.

– Não posso falar. Me perdoa.

– É claro que pode – sussurrou ele. Depois, obteve de novo o controle da situação. – Foi seu filho Johan?

Thea arregalou os olhos.

– Não, de jeito nenhum. Ele nunca veio aqui. Nunca.

– Então quem era?

Outra pausa dramática. Depois, as palavras congelaram o sangue de Peder.

– Morgan Axberger.

Peder se levantou lentamente. Morgan Axberger, aquele milionário desgraçado que esteve na periferia da investigação o tempo todo, o homem que ninguém ousava apontar como suspeito.

– O que aconteceu?

– Eu não sei. Eu só vi Morgan levando seu irmão embora. Depois disso, não entrou mais em contato. Eu sinto muito.

Sente muito por quê? Peder sentiu enjoo de tanta angústia.

– Do que vocês estavam falando quando Jimmy escutou?

– Do passado.

Não havia tempo. Ele queria muito ouvir toda a história de Thea, mas não havia tempo. Jimmy era a coisa mais importante. Onde ele estava?

– Ok, se você não *sabe* o que aconteceu com Jimmy, o que você *acha* que aconteceu?

Thea escondeu o rosto atrás das mãos e chorou.

– Acho que algo muito ruim pode ter acontecido com seu irmão. Se ele ainda estiver vivo, você precisa encontrá-lo com urgência. Porque Morgan Axberger nunca teve misericórdia com nenhum ser humano, vivo ou morto.

Nenhuma misericórdia. As palavras se assentaram e adquiriram um novo significado. Se Jimmy estivesse vivo...

Então eu *não terei misericórdia.*

– Onde eu vou encontrá-lo? Onde está Morgan Axberger agora? A polícia foi até o escritório dele, mas ele não está lá.

– Há alguns anos, a empresa de Axberger comprou uma nova propriedade. É na ilha de Storholmen, saindo de Lidingö. Tente lá. Não consigo imaginar ele se escondendo em outro lugar.

– Poderia me dar mais detalhes sobre onde fica esse lugar?

A expressão de Thea se tranquilizou. Parecia até que ia sorrir.

– A empresa comprou a antiga casa dos meus pais. O Anjos da Guarda costumava se encontrar lá de vez em quando. Morgan disse que a comprou porque sempre gostou do gazebo no jardim.

O interrogatório principal. Não o último, mas o mais importante. Alex Recht respirou fundo várias vezes. Se eles não conseguissem descobrir os últimos elementos da história de Valter Lund, estariam perdidos.

Peder não atendia o telefone. Sua esposa não sabia onde ele estava. Nem sua mãe.

– O que aconteceu com Jimmy? – ela perguntou quando Alex a telefonou. – Vocês o encontraram?

Mais uma pessoa sentindo falta de um ente querido. Mais uma pessoa querendo saber se Alex estava fazendo tudo que podia para encontrá-lo.

Alex pensou na escavadeira que mandou de volta a Midsommarkransen. Não havia como escavarem à mão dessa vez. Precisavam agir mais rápido. A cada minuto, Alex se convencia de que Fredrika estava certa. Jimmy estava esperando por eles debaixo da terra. Morto e enterrado.

Assim o ciclo se fecharia. Alex daria a outra família um túmulo para visitar.

As lágrimas surgiram do nada, ameaçando cair. Alex prendeu a respiração e contou silenciosamente até dez. Fredrika já estava esperando na sala de interrogatório junto com Valter Lund. Sabe lá Deus como ela conseguia manter a compostura tão bem depois de tudo que tinha acontecido.

Naquele momento, Diana ligou. Seu primeiro impulso foi rejeitar a chamada, mas se recompôs e atendeu.

– Não estou numa boa hora – disse.

– Não importa. Só queria ouvir sua voz.

E eu queria ouvir a sua.

Podia ser simples assim? Diana era sua nova mulher? Era isso que ela queria?

É isso que eu quero?

Fredrika abriu a porta da sala de interrogatório e deu um passo para o corredor.

– Você vem?

Era preciso um barco para chegar a Storholmen. Peder estava parado no píer, olhando para a beleza estonteante do arquipélago de Estocolmo. Pequenas ilhas por todos os lados. Cada uma delas guardava os próprios segredos. Habitadas por pessoas de todos os tipos.

Nesse dia terrível, toda a paisagem estava banhada de dourado pelo sol, como em um conto de fadas. Em todos os aspectos, um dia adorável para morrer.

Um jovem veio andando até o píer, carregando uma sacola em cada mão.

– Está procurando alguém?

Peder protegeu os olhos da luz do sol com a mão e olhou para as ilhas.

– Preciso de uma carona até Storholmen.

O homem assentiu.

– Você pode vir comigo. Está indo visitar alguém?

– Sim.

Peder ajudou a carregar as sacolas, e o homem abriu o cadeado imenso que prendia o barco ao píer. Jogou a corrente no chão.

– Colete.

Entregou a Peder um colete salva-vidas vermelho, bem grande. Peder o vestiu e apertou as tiras de plástico com força em volta do corpo.

– Sei que é um trajeto curto até Storholmen, mas cuidado nunca é demais – disse o homem.

– É verdade – respondeu Peder.

Tempo e espaço se tornaram uma coisa só. Ele ouvia o que o homem dizia, e respondia automaticamente. Tentava parecer simpático. Normal. Mas, por baixo da superfície, era o caos. Não conseguia ter um único pensamento lógico.

Com um rugido, o motor deu partida.

– Eles não puderam vir até aqui apanhar você?

Peder se sentou na proa e olhou para a água se dividindo à medida que se afastavam do píer.

– Houve um mal-entendido. Eles acharam que eu viria mais cedo.

Ele nem pensou em dizer a verdade. Que era um caçador atrás de uma presa.

– Mas eles vão te trazer de volta, não é?

O homem sorriu com as mãos no leme.

– Com certeza.

Peder não tinha a menor ideia de como ia voltar. Não fazia diferença. Encontrar seu irmão era a única coisa que importava.

Jimmy. Jimmy. Jimmy.

Thea Aldrin havia explicado onde ficava a casa dos pais. Chegar até lá não seria problema. Ela tinha começado a falar de um filme antigo; achou que ele devia saber do que se tratava. Peder não se lembrava de ter visto um filme feito num gazebo. Seria o filme que Torbjörn Ross tinha mencionado?

A viagem de barco durou menos de dez minutos.

– Vou te deixar naquele píer grande ali, se não se importar.

O jovem apontou.

– Está ótimo.

Quando se aproximaram do píer, Peder tomou impulso e saltou sobre a terra firme.

– Obrigado pela carona.

– Sem problema.

O rapaz levantou a mão e se despediu, hesitante.

– Não quer que eu espere você?

– Não, eu devo demorar.

Peder colocou as mãos nos bolsos; o rapaz ainda parecia preocupado.

– Tudo bem então, se tem certeza.

Inverteu o sentido do barco e se afastou do píer.

Peder observou enquanto ele avançava sobre as águas. Depois se virou de costas e começou a subir pelo caminho que o levaria à ilha.

62

— Quem é Valter Lund?

Alex Recht não perdeu tempo com preliminares; em vez disso, fez primeiro a pergunta mais importante. Fredrika se sentou em silêncio ao lado dele. Não teve dúvida de que ela tinha tantas perguntas para fazer quanto ele.

O famoso empresário que vinha usando o nome de Valter Lund havia quase três décadas, mas cujo nome verdadeiro era Johan Aldrin, levou um susto na cadeira.

— Um rapaz de Gol, na Noruega. Nós nos alistamos na mesma balsa na Noruega, em 1980. Annie era o nome dela. Da balsa, quero dizer. Uma balsa de carros imensa. A gente ia viajar o mundo todo, cruzar todos os oceanos.

— Vocês já se conheciam? — perguntou Fredrika.

— Não. Foi mera coincidência. Éramos da mesma idade, dois recrutas, então eles nos colocaram na mesma cabine. Ele dormia na cama de cima do beliche, e eu, na de baixo.

— Vocês não eram muito parecidos, tanto na personalidade quanto na aparência.

Fredrika olhou seriamente para a fotografia do antigo passaporte de Valter Lund.

— Não, mas com o passar do tempo, isso deixou de ter importância. Embora eu pinte meu cabelo regularmente. Na verdade, ele é bem claro.

Alex olhou para o cabelo castanho. Parecia totalmente natural.

— Onde está Valter Lund?

— Ele morreu.

— O que houve?

— Ele morreu num acidente a bordo. — Johan se mexeu na cadeira. — Estávamos trabalhando no turno da noite. Ele tinha um problema com bebida. Tentei tocar no assunto com os nossos superiores, mas eles preferiram me ignorar. Éramos mão de obra barata, então desde que a gente fizesse nosso trabalho, não havia motivo para se importar. Mas eu sabia que, mais cedo ou mais tarde, ele ia se machucar ou machucar alguém. Estava sempre no meio do caminho. Era atrapalhado e incompetente. E não era só a bebida, era o jeito dele mesmo.

Johan pegou a fotografia do passaporte que estava com Fredrika.

– Ele escorregou e bateu a nuca na pata de uma âncora que estava no deque; a âncora era de um dos botes salva-vidas. Estava chovendo torrencialmente naquela noite, e ele estava bêbado demais para andar no chão molhado.

– Então ele escorregou e quebrou o pescoço?

– Pior. A âncora perfurou sua nuca, bem no meio do pescoço. Estava morto quando o encontrei. Não tinha como ajudá-lo.

– E o que você fez? – perguntou Alex.

Ele conseguiu imaginar a cena. Noite, céu escuro. Chuva torrencial, pouca visibilidade. Não era uma boa combinação com a bebida, independentemente do seu posto no navio.

– Eu o joguei na água.

Johan pronunciou as palavras sem hesitar e cruzou os braços.

– Ninguém daria falta dele. E eu precisava desesperadamente de uma nova identidade. Então o joguei no mar. No dia seguinte, paramos em Sydney. Só foram dar falta dele na tarde seguinte, quando acordei depois de trabalhar a noite toda. Eu disse que o vi saindo da cabine de manhã, mas que não sabia para onde ele tinha ido. Depois menti pela última vez; disse que ele tinha me falado que adoraria morar na Austrália, e que estava pensando em abandonar a balsa quando chegássemos lá. E que seria impossível fazer isso sem fugir, porque havíamos assinado contratos irrevogáveis.

Johan encolheu os ombros.

– Eles acreditaram na sua história? – perguntou Fredrika.

– Por que não acreditariam? Nós saímos de Sydney dois dias depois; o capitão ficou furioso. Chamou Valter de traidor. Ele nunca foi dado como desaparecido; todos concluíram que eu estava certo, e que ele tinha descambado em Sydney para começar uma vida nova na Austrália.

Alex baixou devagar a caneta que segurava.

– E você nunca parou para pensar que o que fez foi errado?

– Muitas vezes. Se ele tivesse pais ou alguém que se importasse com ele, eu teria agido diferente.

– Ele *tinha* alguém que se importava com ele – disse Fredrika, com raiva. – Um tio em Gol, que não tinha parentes. Ele ainda vai até hoje na delegacia local perguntar sobre o sobrinho.

Johan olhou demoradamente para Fredrika.

– Por isso você me perguntou se eu tinha visto meu tio.

Ela não respondeu. Em silêncio, olhou de volta para Johan Aldrin. Com quem ele se parecia? Com a mãe ou com o pai? Ele tinha os olhos grandes da mãe, mas o nariz vinha de outro lugar. Ou parecia que vinha de outro lugar.

– Por que era tão ruim ser filho de Thea Aldrin? Por que você precisava de uma nova identidade?

– Ah. A pergunta de um milhão de dólares.

Johan bateu as mãos na mesa, pensando em como continuar.

– Já ouviram falar de *Mercúrio* e *Asteroide*?

Fredrika e Alex assentiram brevemente. Estavam bem cientes dos famigerados livros.

– Eu também – disse Johan. – O país inteiro estava falando deles. Na escola, todo mundo ria pelas minhas costas, dizendo que a puta da minha mãe tinha escrito os livros. Que ela era doente mental. Eu estava cansado dessa merda toda. Sempre defendi minha mãe, desde criança. Sempre sozinho, muitas vezes encarando mais de uma pessoa. Apesar da minha lealdade, ela se recusava a responder minhas perguntas. Disse que eu não entenderia por que meu pai tinha deixado a gente, que eu era jovem demais para lidar com uma história tão horrorosa. Entendem?

Ele olhou para Fredrika e Alex.

– Ela falava que existia uma "história horrorosa", mas não passava disso. Quer dizer, tenho certeza de que vocês podem imaginar o que passava pela minha cabeça. Enfim. Um dia, subi ao sótão para procurar uma mala que minha mãe tinha pedido. Ela tinha muitos pontos positivos, mas organização não era um deles. O sótão estava uma zona, com caixas e outras coisas espalhadas para todo canto. Por acidente, esbarrei numa caixa pequena que estava em cima de uma outra caixa menor, num canto. Estava cheia de papéis; manuscritos, presumi. Comecei a juntá-los rapidamente. Os manuscritos dela eram sagrados. Ninguém mais podia tocá-los, então fiquei nervoso. Sem querer, li algumas linhas numa das páginas.

Johan mexeu no relógio. Parecia que suas memórias eram extremamente dolorosas.

– Foi a coisa mais repugnante que já li na vida. Eu me lembro que minhas pernas bambearam, e eu me sentei no chão. Fiquei lá, sentado, lendo por uma hora. Os boatos eram verdadeiros, aparentemente. Minha mãe era mesmo a escritora dos livros mais doentios do século.

Johan balançou a cabeça.

– Tanta coisa se encaixou e fez sentido. Por que ela vivia sozinha. Por que não tinha tido mais filhos. Ela era perturbada, não tinha outra explicação.

Doente mental. Talvez fosse até perigosa. Todo meu corpo desabou. Tudo estava imundo, destruído. Então eu fugi. Consegui um trabalho na Noruega e passei um ano limpando peixe, depois me inscrevi para trabalhar na balsa de carros e conheci Valter Lund.

– Havia tantos boatos sobre sua mãe – disse Fredrika. – Sobre os livros, sobre seu desaparecimento, sobre o fato de ela não ser casada. De onde eles surgiram?

– A gente nunca soube – respondeu Johan. – Mas sei que ela pensava muito neles. Acho que naquela época não era estranho as pessoas reagirem ao fato de ela morar sozinha, mas o resto... não fazia sentido.

O som de um telefone celular cortou o silêncio quando Johan terminou a frase. Alex pediu desculpas e saiu para atender a ligação.

Era o policial responsável pela nova escavação em Midsommarkransen. Os cães tinham sinalizado que havia alguma coisa lá. Arriscar havia dado resultado.

– Em meia hora, vamos saber se é o irmão de Peder – disse o policial.

Alex fez uma oração silenciosa, esperando que não fosse.

– Você voltou. E entrou em contato com sua mãe de novo – disse Fredrika.

Johan tirou a jaqueta e a estendeu sobre o encosto da cadeira.

– Sim. Na verdade, eu não fugi imediatamente. Quando encontrei os manuscritos no sótão, confrontei minha mãe. Perguntei que tipo de doença mental ela tinha. Ela se defendeu até o fim, devo dizer. Disse que queria me poupar de tudo aquilo. Que meu pai tinha escrito os livros, não ela. E que por isso ela tinha mandado ele ir embora antes de eu nascer.

– Mas você não acreditou nela?

A situação que Johan descreveu foi tão bizarra que Fredrika não conseguiu entender.

– Não. Quer dizer, se fosse verdade, por que ela guardava os manuscritos? Por que não deixou que ele os levasse embora? Eu achei que tinha sido o contrário, na verdade. Que os manuscritos eram, sim, antigos como ela dizia, mas que ela é que tinha escrito os livros e meu pai tinha encontrado. Descoberto tudo e a abandonado.

– Quando você percebeu que ela estava dizendo a verdade?

– Fui visitá-la depois do julgamento. O caso chamou muita atenção da imprensa. Li tudo que chegava às minhas mãos, e acompanhei o caso a distância o máximo que pude.

– Você estava morando na Suécia na época? – perguntou Alex.

Johan hesitou.

— Temporariamente. Minha imigração formal para a Suécia aconteceu depois.

Um jovem sueco que foge da própria mãe; muda-se para a Noruega, rouba a identidade do colega, depois volta como imigrante para o próprio país.

— Ela deve ter ficado muito feliz ao ver você.
— Sim, ficou.

Johan sorriu, entristecido.

— Por que você continuou vivendo como Valter Lund?
— Por razões puramente práticas. Na época, a ideia de reconhecer que eu era o filho desaparecido de Thea Aldrin, que de repente tinha ressurgido do mundo dos mortos, parecia impossível; porque muita gente, é claro, acreditava que ela tinha matado o próprio filho.

— Ela falou para você por que os livros foram publicados? — perguntou Fredrika.

— Para me proteger.
— Para proteger você? De quê?
— Na verdade, ela obrigou meu pai a ir embora por um motivo totalmente diferente. Ele e mais alguém tinham feito um filme no gazebo da antiga casa dos meus avós, o que hoje eles chamam de filme *snuff*. Minha mãe encontrou o filme por acaso, e não se importou em descobrir se era verdadeiro ou não. Queria meu pai fora de casa, de uma vez por todas. Ele foi embora e levou o filme com ele. Depois, ela encontrou os manuscritos no sótão e percebeu que meu pai tinha escrito os livros. Quando de repente ele voltou depois do meu aniversário de doze anos e visitou minha mãe em segredo, ela publicou os livros e ameaçou revelar o nome do verdadeiro autor se meu pai não ficasse longe de nós. É claro que funcionou, mas um dia, ele voltou. Querendo se vingar. Foi então que ela o matou.

Fredrika inclinou a cabeça para o lado, tentando entender toda a história que Johan Aldrin havia contado. Então quem fizera o filme tinha sido o ex-namorado de Thea Aldrin. Fredrika ainda tinha inúmeras perguntas, mas não poderia fazer todas elas. Estavam com pressa, e precisavam de respostas para pontos importantes.

— Você viu o filme que sua mãe encontrou? — perguntou Alex.
— Não.
— E você não sabe quem mais estava envolvido, além do seu pai?
— Não.

Alex reclinou-se na cadeira.

— Se eu dissesse que era Morgan Axberger, você ficaria surpreso?

Alex tinha ficado chocado quando Fredrika lhe contou as coisas que Malena Bremberg havia dito.

— Eu ficaria totalmente surpreso.

Johan levantou a sobrancelha.

— Deixa eu lhe dizer uma coisa — disse Alex, devagar. — Existe uma coisa que, para mim, é muito difícil de aceitar: coincidências. Como você acabou indo trabalhar na empresa de Axberger?

— Morgan sabe quem eu sou. Segundo minha mãe, ele queria muito me ajudar quando voltei para a Suécia. Aparentemente, ele devia um favor a ela.

— Você acha que ela sabia que ele estava envolvido no filme? — perguntou Fredrika.

— É possível. Eu nunca o assisti. Talvez ela soubesse que ele estava envolvido e decidiu ficar quieta para poder usar essa informação depois, a seu favor. Eu não sei.

Nem Fredrika. Mas ela sabia que embora existissem pelo menos duas versões do filme, era impossível saber quem estava por trás da câmera nos dois. Se Thea sabia que era Axberger, alguém devia ter lhe contado. Pensou em qual versão ela devia ter visto. Será que ela sabia que o filme era verdadeiro?

— Onde podemos encontrar Morgan Axberger? — perguntou Alex.

— Não tenho a menor ideia.

— Pense. Existe algum lugar específico para onde ele possa ir nessas circunstâncias?

Johan pensou por um momento.

— Ele pode ter ido para uma casa da empresa. Fica na ilha de Storholmen. Ele comprou a antiga casa dos meus avós.

— Por que justamente essa casa?

— É exatamente o que estou me perguntando.

Alex passou a mão pelo cabelo. Johan tinha mais explicações a dar. Muitas.

— Rebecca Trolle — disse Alex.

Johan assentiu.

— Ela descobriu que você era filho de Thea?

— Não que eu saiba. Ela nunca falou nada. E eu não contei para ela.

— Não é coincidência você se tornar tutor justo dela? — disse Fredrika.

— É claro que sim. Eu sei que parece improvável, mas quando me tornei tutor de Rebecca, eu não tinha a menor ideia de qual era o tema de sua monografia. Se eu soubesse, podem ter certeza de que eu não a teria aceito.

Ou teria? A única coincidência que Alex estava preparado para aceitar era que Valter Lund tivesse entrado para o programa de tutoria porque estava interessado de verdade nos jovens e em suas ambições, e que por acaso tinha sido escolhido como tutor de uma garota cuja monografia falava da sua mãe. No entanto, Alex não acreditou, nem por um segundo, que Johan teria recusado ser o tutor de Rebecca se soubesse de antemão o assunto da monografia. Ele fazia o tipo que gostava de estar no controle de tudo.

– Não a teria aceito – repetiu Alex. – Na verdade, você teve uma relação com ela. Nesse estágio, você já devia saber qual era o assunto da monografia.

– Eu cometi um erro, admito isso. A monografia estava demorando muito para ficar pronta, e eu queria saber até onde ela tinha chegado.

É claro.

– E até onde ela tinha chegado?

Johan começou a ficar impaciente.

– Vocês não acham que eu mesmo tenho várias perguntas sobre minha mãe? É claro, eu estava curioso.

– Então você seduziu Rebecca, deixou-a acreditar que queria um relacionamento com ela?

Johan respondeu com a voz tênue:

– Sim.

Fredrika, então, fez a última pergunta que só Johan podia responder.

– O que você agradece quando manda flores para sua mãe?

Uma breve hesitação. Depois, respondeu com a mesma franqueza que demonstrou durante todo o interrogatório.

– Agradeço o fato de ela ter me perdoado quando voltei. E o silêncio dela. Graças à minha mãe, estou livre do meu passado.

"Ou estava", pensou Fredrika. Agora que a polícia tinha exposto sua falsa identidade, sua vida viraria de cabeça para baixo. Era pouco provável que Valter Lund continuasse sendo respeitado quando as pessoas descobrissem que sua vida tinha sido construída sobre uma mentira.

O celular de Alex tocou de novo. Dessa vez, o policial em Midsommarkransen não tinha dúvida. Eles conseguiram desenterrar o corpo que havia sido enterrado na noite anterior.

Jimmy estava morto.

63

Era fim da tarde na ilha de Storholmen. O céu era de um belíssimo tom de azul, adornado apenas com algumas nuvens, que sabiam exatamente o seu lugar e mantinham-se distantes do sol, que quase se punha. Peder caminhou pela ilha diversas vezes, olhando as casas isoladas; a maioria delas estava vazia, esperando os ocupantes de verão. Jardins e gazebos de todos os tamanhos e cores. Um lugar pacífico e tranquilo. O tipo de lugar que Ylva adoraria.

Talvez um dia eles conseguissem comprar uma casa de veraneio ali. Se tivessem como pagar. Quando tudo terminasse. Quando ele encontrasse Jimmy e o levasse de volta para Mångården.

Ele foi tomado pela náusea.

Jimmy. Jimmy. Jimmy.

Todo seu corpo se cobriu de pavor. Era uma sensação bem física. Seu coração parecia ter perdido o ritmo natural, e ele precisava se lembrar de respirar regularmente. Inspirar, expirar. Inspirar, expirar.

A falta de sono e de comida combinada com todo o estresse das últimas quarenta e oito horas estava destruindo todas as funções de seu cérebro. Ele apoiou a cabeça nas mãos, sentindo que ela poderia explodir a qualquer instante.

O celular estava no bolso, desligado. Devia telefonar para Alex. Ou para Ylva. Ou para sua mãe. Ninguém sabia que ele estava ali. Ninguém. Ficou preocupado. Poderia morrer em Storholmen e ninguém jamais o encontraria.

Peder parou do lado de fora da casa que Thea Aldrin tinha descrito com riqueza de detalhes. Amarelinha, com as calhas brancas. Cantos irregulares, duas varandas amplas. O jardim era imenso. Árvores cheias de frutos, arbustos coloridos. Do outro lado, dava para ver um gazebo. O sol se refletia nas janelas. Era tão bonito que lhe feria os olhos.

Era ali que Thea Aldrin passava os verões de sua infância. Peder imaginou a cena: Thea correndo pelo jardim com um caderninho e uma caneta, escondendo-se no gazebo. Ou talvez não corresse; talvez só sentasse lá dentro.

Não dava para adiar mais. A casa parecia escura e deserta, mas Peder sentia a proximidade do inimigo.

Lentamente, começou a andar pelo caminho que levava até a porta.

Alex estava do lado de fora da delegacia quando Ylva telefonou.

– Peder não atende o telefone.

Alex sentiu uma dor tão aguda no peito que seus olhos se encheram de lágrimas, e ele foi incapaz de falar por um instante.

Deus, existe alguma coisa mais angustiante que a morte?

– Alex, está me ouvindo?

Quantas vezes Alex tinha falado com a esposa de Peder? Três? Quatro? Não se lembrava exatamente, mas lembrava-se de Ylva. Ela era a mesma da imagem mental que Alex criara pelas descrições de Peder: forte e bonita. A turbulência dos últimos anos definitivamente tinha deixado uma marca, mas ela dava a impressão de estabilidade.

Conseguiria lidar com a verdade.

– Estou ouvindo.

Sua voz tremeu levemente enquanto falava.

– Ylva, me escute. Sinto dizer, mas não tenho boas notícias.

Ela deve ter percebido o que ele ia dizer, porque já estava chorando antes de ouvir as palavras.

– Jimmy morreu. Nós o encontramos... há poucos minutos.

– Como...?

– Isso não importa agora. O importante, a única coisa importante, Ylva, é que Peder não saiba pelo telefone. Entendeu o que eu disse? Nós é que precisamos dar a notícia, e só depois de encontrá-lo. Tenho medo de ele fazer alguma coisa e se arrepender pelo resto da vida.

A decisão tinha sido tomada depois do interrogatório com Johan Aldrin. Alex mandou uma patrulha até Storholmen atrás de Morgan Axberger, e outra para o asilo em Mångården. Se Thea Aldrin tivesse escrito o que aconteceu quando Jimmy sumiu, a verdade viria à tona. Quando encontraram o corpo de Jimmy, descobriram que ele sofreu uma forte pancada na nuca. Não havia dúvida de que seu desaparecimento estava diretamente ligado à investigação iniciada com a descoberta do corpo de Rebecca Trolle.

O legista também tinha telefonado para confirmar que a outra moça encontrada na cova tinha provavelmente sido morta como no filme. Portanto, a moça do filme e da cova eram a mesma pessoa.

Morgan Axberger era o assassino que eles procuravam desde o princípio.

Primeiro, ele matou uma jovem por puro prazer. Depois, matou um advogado de 55 anos para que aqueles livros, que obviamente tinham sido escritos antes de o filme ser feito, não pudessem ser conectados a ele ou a Manfred, ex-namorado de Thea. Depois, uma jovem que tinha chegado bem perto da verdade.

Morgan Axberger. O assassino mais improvável, o mais inimaginável.

Alex se culpou por não ter conseguido enxergar todo o quadro.

Seu celular pesava na mão. Tomara que encontrem Morgan Axberger antes de anoitecer. Ele carregava muitos crimes na consciência, era impossível prever o que faria caso se sentisse acuado.

Alex apertou o celular na mão, sabendo exatamente para quem deveria telefonar.

Diana.

Lena, você me perdoa?

Algumas pessoas achavam ser possível conversar com os mortos. Alex não era uma delas. Mas desde a morte de Lena, ele conseguia sentir a presença dela. Quando estava sozinho na cama. Enquanto tomava café da manhã. Quando via os filhos.

Hesitando, teclou o número que seus dedos queriam teclar. Ela atendeu imediatamente.

– Eu queria lhe perguntar uma coisa – disse Alex.

Ele não tinha muito tempo; precisava ser breve.

– Sim?

Ele notou que ela estava contente por falar com ele, e pensou: seria possível ter encontrado outra mulher capaz de aceitar que era quase impossível falar com ele a qualquer hora, ou que ele estava sempre sem tempo, nunca no mesmo lugar que ela?

Essa questão pode esperar.

– Gostaria de se encontrar comigo mais tarde?

Pronto. Estava feito. Pela primeira vez, a iniciativa tinha partido dele, e não dela.

– Claro, eu adoraria.

– Ótimo. Falo com você mais tarde.

Ele desligou o telefone, que tocou imediatamente.

– Onde você está? – perguntou Fredrika.

– Na porta do Casarão. Acabei de falar com a equipe que foi para Storholmen.

– Diga para se apressarem.

– Algum motivo especial?

– Peder.

– Ele não sabe nada ainda, Fredrika. Ele nem sabe que Jimmy está morto.

– Mas pode descobrir – disse Fredrika, calmamente. – Meu medo é ele ter ido atrás de Morgan Axberger, porque ele é a única pessoa que não interrogamos ainda. Jimmy é mais próximo dele do que qualquer pessoa na vida. Acredite em mim, Peder vai procurar o irmão dia e noite, se for necessário.

Alex desligou o telefone com uma sensação bastante familiar. A sensação de que tudo, mais uma vez, estava prestes a dar errado.

Telefonou para a patrulha enquanto voltava correndo para a delegacia.

– Andem logo com isso – gritou. – A gente não tem tempo!

Quando levantou o dedo para tocar a campainha, Peder hesitou. O que faria quando, ou se, Morgan Axberger abrisse a porta? Perguntar se ele estava mantendo Jimmy como prisioneiro? Perguntar se podia levá-lo de volta?

Ele estava armado. Não era exatamente um consolo, mas pelo menos o fazia se sentir um pouco mais seguro. Seus olhos coçavam, e por mais que piscasse, sua visão ficava cada vez pior. Pensou se não seria melhor voltar atrás e dar uma volta em torno da casa. Não tinha feito uma inspeção suficiente para saber qual era a extensão da casa. Se perdesse o controle da situação, era importante conseguir fugir. Principalmente se Jimmy estivesse com ele.

Jimmy. Será que ainda estava vivo?

Thea Aldrin havia lhe dado a resposta mais honesta que ousaria dar. Era uma questão de urgência, dissera ela. Porque Morgan Axberger não tinha misericórdia. Peder pensou na cova. Imaginou Morgan caminhando pela floresta com um corpo depois do outro, enterrando-os num lugar que ninguém mais conhecia.

Os parentes das vítimas devem ter passado anos pensando no que pode ter acontecido.

Peder lembrou-se da visita que tinha feito às covas. Pensou na quantidade de terra retirada do solo, nos dias que os colegas passaram cavando meticulosamente, centímetro por centímetro, com medo de fincar a pá em algum corpo por engano.

Estranho que algumas pessoas não respeitem a santidade de uma cova. Um policial na delegacia havia lhe contado o que Alex tinha dito durante a reunião: aparentemente, algum idiota foi até a cratera das covas no meio da madrugada e resolveu encher o buraco de terra. Por que alguém faria uma coisa dessas?

Peder levou um susto com um passarinho que saiu de uma árvore perto dos degraus e desapareceu no jardim da casa vizinha.

Por que alguém faria uma coisa dessas?

A resposta era simples. Não faria. As pessoas podiam ir até lá e dar uma olhada, mas não começariam a devolver a terra para o buraco. Peder sentiu uma tonteira – o mundo inteiro rodou à sua volta e ele achou que precisaria se sentar.

De repente, uma certeza.

Jimmy estava morto.

O anjo da morte tinha atravessado a floresta de novo, dessa vez para enterrar o irmão de Peder.

Mas essa foi sua última cova.

Bateu com força na porta. Gritou – ou será que berrou e urrou? – que era a polícia, abra agora essa porta. O silêncio que o envolveu foi cortado pelo vento, que farfalhava na copa das árvores. Esmurrou a porta de novo, desesperado para que alguém a abrisse. Mas ninguém parecia ouvir as batidas, os golpes, os chutes. Ninguém respondeu seus gritos e berros.

Seguiu correndo até os fundos da casa e subiu os degraus até a varanda que dava para o gramado. Não havia ninguém lá. Uma porta de vidro dava acesso à casa. Fechada, mas estaria trancada? Peder segurou a maçaneta e a sentiu ceder; a porta abriu.

Seu coração batia tão forte que ele pensou escutar o som da própria pulsação dentro do corpo. Lentamente, ele empurrou a porta. Olhou dentro da sala. Entrou. Não havia nenhuma luz acesa. Nenhuma janela aberta. Nenhuma louça suja deixada nos cantos. Também não escutava som nenhum – apenas aquele silêncio maldito vindo de todos os lados. Deu alguns passos adiante. E escutou a própria voz ecoar pelas paredes.

– Olá, alguém em casa? Polícia; meu nome é Peder Rydh!

Na entrada, havia uma escada que levava para o andar de cima. Por diversas razões, não sentiu vontade de subir.

Vou continuar aqui embaixo, onde ainda tenho como sair.

Virou-se para a primeira sala. Era uma espécie de sala de recepção. Havia um objeto sobre uma mesa no canto.

Um projetor.

Já havia um filme carregado. Seria o mesmo sobre o qual ouviram falar durante a investigação? Peder deu a volta pelo projetor, tentando descobrir como funcionava. Um som vindo do jardim interrompeu seus pensamentos e o fez olhar pela janela. A porta do gazebo estava escancarada. Estaria aberta antes?

Ele saiu rapidamente e parou na porta da varanda. O jardim estava em silêncio de novo, mas agora Peder podia definitivamente sentir a presença de outra pessoa. O sol estava mais baixo, criando sombras alongadas. E foram elas que denunciaram Morgan Axberger. Ele estava agachado atrás de uma das árvores, fora do campo de visão de Peder. Mas a sombra projetada pela árvore estava distorcida pela presença de Morgan, e Peder viu o homem antes que ele tentasse sair do jardim.

Eles não disseram nada. Foi por que Morgan sabia quem era Peder?

Peder atravessou lentamente a varanda e pisou no gramado.

– Peder Rydh, polícia. Gostaria de fazer algumas perguntas sobre uma pessoa desaparecida.

Foi você que matou meu irmão?

Aproximou-se mais um passo do homem que agora saía de seu esconderijo. Ele olhou para Morgan Axberger, que era mais alto do que parecia nas fotografias que Peder tinha visto em vários jornais. Corpulento. Seu olhar era penetrante, acinzentado. Poderia perfeitamente pertencer a um homem de 35. Seu cabelo era escuro e grosso. Na verdade, quase nada sugeria que Morgan tivesse mais de 70 anos.

– É sobre um rapaz que desapareceu da casa de assistência Mångården ontem à noite. Você sabe alguma coisa a respeito disso?

Morgan Axberger balançou lentamente a cabeça.

– Acho que houve um mal-entendido. Não sei nada sobre uma pessoa desaparecida.

É mesmo?

A mentira disparou a adrenalina pelo corpo de Peder.

– De acordo com Thea Aldrin, você o levou até seu carro. Ela viu você saindo com ele. O nome dele é Jimmy Rydh.

Morgan Axberger sorriu.

– E Thea Aldrin falou isso?

– Sim.

– Thea Aldrin não fala.

– Ela falou comigo.

O sorriso desapareceu.

– Quem é você?

– Já disse. Polícia. Peder Rydh.

Peder engoliu, sentindo um nó na garganta. Sua voz rouquejou de repente; parecia um sussurro.

– Sou irmão de Jimmy.

O movimento de Morgan deslizando a mão para dentro da jaqueta foi tão rápido que Peder imediatamente sacou sua arma.

– Parado aí!

O homem que matava havia tantos anos parou no meio do movimento. Sua mão continuava no bolso.

— Tire a mão do bolso! Devagar!
Morgan fez como Peder pediu.
— Eu sei que você sabe onde ele está. Me diga onde o Jimmy está!
A arma tremia na sua mão. Peder a segurou com força. Mais força. Não podia perder o controle.
Nem agora, nem nunca.
Como Morgan não respondeu, mas simplesmente continuou olhando para ele com olhos de aço, Peder continuou:
— Acabou tudo pra você. A gente já sabe de tudo. A gente sabe que você matou Rebecca Trolle e aquele advogado. Acabou.
— Eu entendo.
Duas palavras patéticas. *Eu entendo.*
— Que merda você entende?
Um leve sorriso brotou no rosto do homem.
— Que minha sorte acabou — disse ele, ficando sério de novo.
Peder respirava profundamente. Uma confissão no silêncio da ilha. Ele pensou em Rebecca. Sem mãos. Sem cabeça.
— Foi aqui que você esquartejou o corpo dela?
Por que ele perguntou isso? Jimmy era a coisa mais importante agora.
Para sua surpresa, Morgan respondeu.
— Não, não foi aqui. Eu a levei para um dos depósitos da empresa, em Hägersten.
— Por quê? Ela era pesada demais para carregar?
— A gente não fica mais jovem com o passar do tempo — disse Axberger. — Obviamente, eu tirei a cabeça e as mãos para ninguém identificar o corpo. Não sei se você se lembra daquele inverno, mas ficou frio bastante tempo. Quando cavei para enterrá-la, o solo ainda estava duro por causa da baixa temperatura, e só consegui retirar a primeira camada de terra.
Então, se Rebecca não podia ser enterrada profundamente, era preciso evitar a identificação. A explicação lógica de Morgan provocou náuseas em Peder. Imaginou onde estariam as mãos e a cabeça dela, mas foi incapaz de colocar a questão em palavras. Mas Morgan continuou a história.
— Eu queimei as partes que retirei dentro de um tambor aqui na ilha.
Por um breve instante, Peder achou que ia vomitar.
Jimmy. Preciso pensar em Jimmy.
Morgan rompeu o silêncio.
— Peder, é esse o seu nome, não é? Ótimo. Peder, deixa eu propor um acordo simples. Tudo bem?
Peder segurou a arma com força.
— Não vai ter acordo nenhum.

— Mas você ainda não escutou minha proposta. Para ser honesto, acho que você não está nem aí para as pessoas que acabou de mencionar, a moça e o advogado. Estou certo? Mas seu irmão é diferente. Então, essa é minha proposta. Eu digo onde seu irmão está e você me dá o tempo de que preciso para sair de Storholmen, deixar a Suécia e a situação na qual agora me encontro em definitivo, por assim dizer.

Peder piscou.

Um acordo?

De repente, Peder foi transportado no tempo para um caso totalmente diferente dois anos antes, quando outro criminoso sugeriu um acordo. Naquela ocasião, o desfecho foi um desastre.

— Ele está vivo? Jimmy está vivo?

Morgan Axberger pareceu furioso.

— Que tipo de homem você acha que eu sou? É claro que ele está vivo. Infelizmente, ele escutou sem querer uma conversa entre mim e Thea, o que significa que não tive escolha a não ser tirá-lo do caminho... temporariamente. Tenho certeza de que você já se viu em situação semelhante.

Não, não tinha. Peder nunca teve segredos da magnitude dos crimes de Morgan Axberger.

— Onde ele está?

— Calma aí. Primeiro, você vai abaixar essa arma.

— Sem chance. Se você me disser onde ele está, eu te dou três horas. Três horas. É o máximo que posso fazer.

Morgan Axberger pensou por um momento.

— Ok, acordo fechado.

Uma lufada de vento atravessou o jardim, e Peder sentiu um arrepio. Estava congelado.

— *Onde ele está?*

— Está no meu chalé particular em Norrtälje.

A resposta foi simples, dada em tom prosaico. Jimmy estava vivo. Estava num chalé em Norrtälje. Peder sentiu alívio.

— Mas que merda — sussurrou Peder, sentindo as lágrimas brotando nos olhos. — Eu achei que... eu realmente achei que...

Morgan Axberger pareceu comovido.

— Como eu disse, sinto muito se seu irmão entrou no caminho, mas espero que tudo acabe bem para vocês dois.

O som de alguém pedalando uma bicicleta pela estrada atravessou o jardim, e Peder percebeu que tinha mais perguntas.

— Como vou saber que você não está blefando?

— Como *eu* vou saber que *você* não está blefando?

Morgan semicerrou os olhos até parecerem duas fendas.
– Vamos ser honestos, você poderia telefonar para seus colegas no momento em que eu sair daqui. Você é que está no controle da situação, não eu.

Peder engoliu. O argumento de Axberger era lógico e ilógico ao mesmo tempo.

Eu tenho que saber.

– A propósito, sobre um assunto totalmente diferente – disse Morgan.

Peder escutou.

– Sim?

– Você falou sobre a garota que encontrou na cova. Eu não fui o único que a colocou lá.

Peder olhou para ele.

– Quem mais estava envolvido? – disse, estupidamente.

O sorriso voltou.

– Acho que nós dois sabemos a resposta.

Peder não entendeu.

– Håkan Nilsson?

– Quem? – Morgan pareceu confuso, depois incomodado. – Você pode fazer melhor do que isso. Como você acha que eu descobri que havia uma garota na universidade escrevendo uma monografia sobre Thea Aldrin?

A boca de Peder secou; sua cabeça girava.

Não tenho a menor ideia.

Ele mudou a direção.

– E o advogado?

– Aquele fui eu. Elias Hjort tinha informações particularmente delicadas sobre mim, que não podiam vazar sob nenhuma circunstância.

Peder refletiu, tentando entender como tudo se encaixava.

– Sobre os livros?

– Os livros foram obra de Manfred. Mas foi ideia minha fazer um filme de alguns trechos. Neste gazebo maravilhoso, inclusive.

Ele apontou.

– Quem era a garota que morreu?

– Uma puta insignificante que encontrei na rua. Ninguém a deu como desaparecida, então a perda para o mundo pode ser considerada insignificante.

– Mas o que Elias Hjort sabia? Ele estava envolvido no filme?

Morgan Axberger cerrou os lábios.

– Não. Mas Thea descobriu que eu tinha feito um filme mostrando seu precioso namorado como assassino, e infelizmente contou para Elias. Depois disso, quando começaram os burburinhos sobre os livros, e a informação de que ele era o intermediário entre editora e autor vazou, ele tentou me chantagear. Prometeu sair do país se eu lhe desse dinheiro, e disse que nunca mais pisaria na Suécia se eu pagasse o que ele queria.

– Mas você o matou?

– Foi melhor para todo mundo. Quando o filme foi parar na mão da polícia, a situação se tornou insustentável. Elias precisava desaparecer.

Peder se perguntou como alguém podia pensar daquele jeito, acreditar que tinha o poder sobre a vida e a morte como se fosse Deus, apontando o dedo e declarando quem deve viver e quem deve morrer.

Ele sentiu o telefone encostado na perna através do fino tecido do bolso da calça. Hesitantemente, ele o pegou.

– O que você está fazendo? – perguntou Morgan com a voz grave, em tom de afronta.

– Vou ligar para o meu chefe e dizer que tive uma pista sobre onde Jimmy está – disse Peder. – Ele não sabe o que eu sei. Que foi você quem levou Jimmy. Eu fui atrás de Thea sozinho. Se eu telefonar para ele, a polícia seguirá até lá ao mesmo tempo em que eu deixo você ir embora.

Morgan pareceu em dúvida, mas aceitou em silêncio o que Peder disse.

Alex atendeu quase imediatamente.

– Que inferno, onde você se meteu?

A voz de Alex deixou Peder relaxado; de repente, percebeu o quanto estava exausto.

– Eu estava procurando Jimmy. Acho que sei onde ele está.

Alex não falou por um momento, depois disse:

– Peder não vamos resolver isso pelo telefone. Volte para o Casarão, por favor. Fredrika e eu estamos te esperando. Ylva está aqui também.

Ylva?

– Ylva? O que Ylva está fazendo aí?

– Ela acabou de chegar. A gente está há horas sem notícias suas, é claro que ficamos preocupados.

Havia alguma coisa estranha. Peder pressionou o telefone contra a orelha.

– O que você falou?

– Eu disse que ninguém tinha tido notícias suas há horas...

– Antes disso.

– Eu disse não vamos resolver isso pelo telefone. Onde você está? A gente pega você aí.

– Como assim, não vamos resolver isso? O que você não quer me falar pelo telefone? Eu sei onde Jimmy está.

Ele ouviu Alex suspirar, depois falar baixinho com alguém sentado ao lado dele.

– Peder, eu sinto muito que você tenha descoberto isso sozinho. Se eu tivesse conseguido falar com você, as coisas teriam sido diferentes.

Morgan Axberger começou a se afastar lentamente de Peder, que continuava parado no mesmo lugar.

– Alex, não estou entendendo.
– Você poderia voltar para a delegacia?
– Eu sei onde ele está.

Sua voz era tênue. Fraca. Como a de uma criança.

– Eu também sei – disse Alex, delicadamente. – Nós abrimos a cova e encontramos Jimmy. Volte, Peder.

Não.

Não não.

Não não não.

Peder ouviu alguém gritar, e em seguida viu Morgan Axberger correndo. Então notou que era ele mesmo quem gritava, alto o bastante para assustar os pássaros pousados tranquilamente nas árvores. Eles saíram agitados, em pânico, batendo as asas furiosamente no céu.

Peder soltou o telefone como se tivesse queimado seus dedos. Alex desapareceu, e também Morgan Axberger.

– Parado!

Morgan parou quando ouviu os passos pesados de Peder atrás dele.

– É verdade?

Ele não conseguia parar de gritar, repetindo a mesma frase.

– É verdade? É verdade? Ele está morto?

Finalmente, o olhar cansado de Morgan.

– É claro. Que outra merda você estava esperando?

Por um momento, o tempo parou. Não havia som, nada se movia.

Jimmy. Estava. Morto.

E, para Peder, a vida também tinha acabado.

Eu jamais vou aprender a conviver com isso.

Peder suspendeu a arma, mirou em Morgan Axberger e deu dois tiros.

Depois, o silêncio mais uma vez.

INÍCIO DE MAIO

64

As pessoas não davam o devido valor ao Parque Kronoberg. Essa era a opinião de Fredrika Bergman. A princípio, parecia um pesadelo empurrar um carrinho por ali naquele terreno íngreme, irregular e cheio de mato. No entanto, qualquer pessoa que se esforçasse para chegar até a área dos brinquedos voltaria depois.

Fredrika e Alex compraram uma salada para almoçar no Café Vurma e caminharam entre as árvores.

– Aqui – disse Alex.

Um banco no parque, iluminado pelo sol. Eles se sentaram e começaram a comer.

– Como estão as coisas com Spencer?

Fredrika não soube o que dizer.

– Ele está melhorando.

– Ele deve estar se sentindo péssimo. Eu sei que me sentiria assim.

– Acho que o que mais o chateia é o fato de não ter tido apoio dos colegas – disse Fredrika, mexendo na salada.

Spencer. Seu amado companheiro. Os eventos recentes estavam cobrando seu preço, muito mais alto que o do acidente de carro no ano anterior.

– Você precisa superar isso – sussurrara ela no ouvido dele uma noite. – Por Saga, e por mim.

Ele não respondeu, e o silêncio a deixou mais preocupada.

– Mas que bom que ele foi inocentado – disse Alex, secamente. – Do contrário, ele estaria muito pior.

Um consolo, pelo menos. O promotor tinha considerado as evidências fracas demais e se recusou a levar o caso para o tribunal. Spencer ainda estava de licença-paternidade. Para a surpresa – e desespero – de Fredrika, dava sinais de que queria antecipar sua aposentadoria.

– Eu não posso deixar isso acontecer – dissera ela para uma amiga enquanto tomavam uma taça de vinho alguns dias antes. – Se ele desistir do trabalho, não vai restar mais nada de Spencer.

Fredrika deixou de lado tudo que estava pensando sobre o companheiro.

– Quando nosso amigo Håkan Nilsson vai voltar pra casa?

Håkan Nilsson, que havia frustrado a polícia desde o primeiro dia de investigação e depois desaparecido do seu barco. No mundo atual, era muito mais difícil fugir do país do que trinta anos antes, quando Johan Aldrin se meteu nas sombras na Noruega. Håkan só conseguiu chegar até Atenas, quando foi pego pelas autoridades gregas metido numa agressão.

– Vão colocar ele num avião no fim de semana.

"Mas para que ele voltaria para casa?", pensou Fredrika. Um policial havia ido até Atenas interrogá-lo quando foi preso, basicamente para saber de uma vez por todas por que ele se comportou daquele jeito.

E Håkan finalmente explicou.

Um dia antes de Rebecca desaparecer, Håkan a pressionou usando a fotografia do ultrassom do bebê, exigindo saber por que ela não tinha dito nada. Foi quando ela disse que não tinha certeza se ele era o pai. Ele contou que ficou enfurecido quando descobriu que Rebecca tinha um amante. Pressionou-a várias vezes, mas ela se recusava a dizer quem era.

Por fim, a situação chegou a um ponto inimaginável. Num acesso de raiva, Håkan perdeu o controle e gritou para Rebecca:

– É melhor você tomar cuidado, sua puta desgraçada! Eu vou te matar, sua vagabunda!

Ele se arrependeu no mesmo dia, mas Rebecca não quis falar com ele. Em seguida, desapareceu. Para evitar chamar a atenção da polícia, Håkan fez tudo que podia para encontrar Rebecca. Durante um tempo, ele estava convencido de que ela tinha ido embora por causa do que ele havia dito. O medo de ser acusado de alguma coisa que ele não tinha feito se transformou em culpa.

Quando o corpo de Rebecca foi encontrado, ele teve medo de novo de se tornar suspeito, e resolveu dizer o mínimo possível. Ironicamente, isso só serviu para torná-lo ainda mais interessante para a polícia.

O policial que o entrevistou concluiu que, na sua opinião, Håkan Nilsson parecia mais um zumbi, e pediu para as autoridades gregas o vigiarem constantemente para que não cometesse suicídio; o risco de ele tirar a própria vida era grande.

– Ele deve ser extremamente solitário – disse Fredrika.

– Håkan? Isso é atenuar as coisas. Acho que ele não tinha mais ninguém além de Rebecca – disse Alex.

— E ela não o queria.
Fredrika mudou de assunto.
— E Peder?
Alex contraiu os músculos do corpo todo.
— Só vamos ter notícia em junho. Mas as coisas não vão bem, isso eu posso dizer.
— Ele insiste que foi legítima defesa.
— Ele também insiste em dizer que Thea Aldrin falou com ele, e nós sabemos que ela não fala. Ela não disse uma palavra sequer para os policiais que foram vê-la enquanto estávamos indo para Storholmen. A gente tem que admitir que a morte de Jimmy deixou Peder confuso. Doente.
— Mas se não foi Thea Aldrin que disse a ele que Morgan Axberger tinha levado Jimmy, como ele descobriu? Como sabia que precisava ir para Storholmen?
Eles já tinham discutido essa questão várias vezes e sempre chegavam ao mesmo resultado.
— Vamos deixar isso de lado antes que a gente discuta de novo — disse Alex. — Ele deve ter concluído que Jimmy estava enterrado na cova. Pensou e concluiu, como você. E depois teve a ideia de que Morgan Axberger era o culpado.
Fredrika começou a sentir muito calor por causa do sol. Encolheu-se para tirar a jaqueta.
— E aquela outra questão? O que Morgan Axberger pode ter dito?
— O fato de que ele não era o único culpado pela morte de Rebecca Trolle?
— Sim.
— Esquece isso, Fredrika. Assunto encerrado.
— Mas é sério... não há *nada* nas anotações que explique como Morgan Axberger soube até que ponto Rebecca tinha chegado na sua pesquisa.
— Pelo amor de Deus, Fredrika!
Alex baixou a salada e limpou a boca. Olhou para uma mulher que lia um livro no banco próximo e baixou a voz.
— Morgan Axberger era um depravado. Pervertido. Quando a polícia confiscou o filme, ele matou Elias Hjort, que sabia quem era o verdadeiro autor dos livros. Quem sabe talvez Morgan fosse coautor? Os anos passaram e de repente uma garota começa a meter o dedo nessa confusão toda; Morgan descobre através de Malena Bremberg, sua espiã no asilo. Pode acreditar, ele já estava de olho naquele lugar muito antes de conseguir pôr as garras em Malena. Enfim. Como Rebecca chegou ao ponto de visitar Thea e ainda demonstrar interesse em Morgan, ele achou que estava na hora de parar a garota.

Alex pegou a salada de novo.

– Para mim, não faz sentido – disse Fredrika. – Ele não pode ter matado Rebecca só porque ela visitou Thea. Ele devia ter informações mais concretas sobre o que ela tinha descoberto. E como Morgan saberia que Rebecca queria falar com ele se ninguém lhe contasse? Nós vasculhamos os e-mails e os registros de chamada dele, e nada indica que Rebecca tenha entrado em contato com ele.

– Esqueça, Fredrika. Morgan Axberger é o único assassino. Rebecca soube através de Janne Bergwall, nosso estimadíssimo colega, que Morgan tinha sido flagrado num clube pornô com um filme *snuff* dentro do bolso, e que o filme podia ter alguma ligação com *Mercúrio* e *Asteroide*. Depois disso, ela sumiu.

Fredrika jogou a salada na lixeira perto do banco.

– É totalmente possível – disse ela. – Mas Morgan não teria descoberto isso sozinho. Alguém o colocou no caminho certo. Alguém que queria vê-la morta antes de Morgan.

Johan Aldrin, que ainda estava se chamando de Valter Lund e tinha sido apontado como o sucessor de Morgan para o cargo de diretor-executivo, dissera que Morgan Axberger o recebera em seu império porque devia um favor a Thea. Isso podia ser verdade, mas dada a imensa ambição e energia de Johan, Fredrika duvidava de que ele fosse o tipo de homem que precisava da ajuda da mãe para se dar bem na vida.

Esse foi o primeiro aspecto do caso que a deixou incomodada. Por que Johan não se afastou de um homem como Morgan Axberger quando voltou para a Suécia?

O segundo aspecto era a identidade de Johan Aldrin. Por que ele continuava fingindo que era Valter Lund? Por que não defendeu a mãe e explicou as circunstâncias extremas que precederam o assassinato de seu pai?

O terceiro aspecto era seu relacionamento com Rebecca Trolle. Ela estava se encontrando com o filho de Thea Aldrin durante vários meses, primeiro como aluna e depois como amante, enquanto dedicava cada vez mais tempo a pesquisar o passado de Thea. Johan Aldrin não pensou em dizer quem ele era nenhuma vez. Na verdade, se envolvera numa relação com ela depois de descobrir o assunto da monografia. Isso não podia ser descartado como "curiosidade", como ele mesmo dissera.

Mas o que Fredrika achava mais difícil de entender era por que Rebecca Trolle insistia, com a obstinação de uma lunática, que Thea Aldrin era inocente? Por que Rebecca chegou a essa conclusão, depois de toda sua pesquisa?

Fredrika pediu uma cópia das anotações do caso relacionadas ao esfaqueamento de Manfred na garagem de Thea. Alguma coisa levou Rebecca a suspeitar de que havia algo de errado, e Fredrika não ia descansar enquanto não descobrisse o que era.

Ela demorou quase um dia inteiro, mas acabou encontrando uma coisa, um detalhe estranho que não tinha chamado muita atenção nas anotações. Quando a cena do crime foi examinada, três impressões digitais tinham sido encontradas: a de Thea, a de Manfred e a de uma outra pessoa desconhecida. Fredrika telefonou para Torbjörn Ross, que estava suspenso enquanto um processo interno decidia seu futuro na polícia. Fredrika esperava que o exonerassem.

— As impressões digitais — disse ela. — Quem era a terceira pessoa na garagem quando Manfred foi assassinado?

— De um rapaz que costumava cortar a grama para Thea. Mas não nos importamos em ir atrás disso. As impressões podiam ter sido deixadas lá em qualquer momento. Não tinham necessariamente a ver com o assassinato.

Fredrika folheou os papéis.

— Como vocês definiram que as impressões pertenciam ao rapaz que cortava a grama?

O silêncio do outro lado da linha era tudo que Fredrika precisava ouvir.

— Vocês não checaram, não é?

Torbjörn se colocou na defensiva.

— Não era necessário. A gente tinha todas as provas necessárias.

— Mas vocês encontraram fios de cabelo também — disse Fredrika. — E eles não são de Thea, nem de Manfred.

— Também não faz diferença. São do rapaz que cortava a grama.

Como se pudesse ler os pensamentos dela, Torbjörn prosseguiu:

— Ela *confessou*, lembra? Não havia motivo para continuar vasculhando.

Fredrika desligou o telefone. Pensou nas flores que recebia todo sábado. Do filho dela. Agradecendo à mãe por tê-lo aceitado de volta na vida dela. Depois de ela esfaquear o pai até a morte.

Fredrika deu mais um telefonema, dessa vez para a floricultura.

— Gostaria de fazer uma pergunta — disse ela, depois de se apresentar. — Alguém, além de mim, telefonou alguma vez para saber quem mandava flores para Thea Aldrin?

— Não recentemente.

— Mas no passado? Alguém ligou?

Silêncio por um breve momento.

– Na verdade, uma garota ligou há uns dois anos. Ela estava desesperada para saber quem mandava as flores, mas eu não disse nada.

O dono da floricultura começou a rir.

– Desculpa, mas qual é a graça? – perguntou.

– Eu estava me lembrando do quanto ela era persistente. Veio aqui várias vezes, se recusou a desistir. Por fim, eu falei para ela quando a pessoa que representava o remetente vinha fazer o pagamento, então ela apareceu e ficou esperando. Mas acabou não falando com a mulher.

– Não?

– Não, mas ela a seguiu depois que a mulher pagou e foi embora.

Então Rebecca tinha dado uma de detetive particular e seguido a secretária de Johan Aldrin que cuidava do pagamento mensal das flores. Ela provavelmente seguiu a secretária até o escritório e notou para quem ela trabalhava. Talvez tivesse até a reconhecido; afinal, Rebecca tinha visitado seu tutor no trabalho.

Até onde a pesquisa de Rebecca a levara? Será que tinha descoberto quem era seu amante? Será que o havia confrontado, exigindo uma explicação?

Fredrika tentou se lembrar de algum detalhe que pudesse ajudá-la a seguir adiante.

Me ajuda, Rebecca. Me ajuda a ver o que você viu.

Pela centésima vez, Fredrika colocou os eventos principais do caso em ordem cronológica. O resultado era sempre o mesmo. Rebecca morreu porque tinha chegado muito perto da verdade sobre os livros e o filme *snuff*. E Morgan Axberger não teria descoberto sozinho até que ponto ela tinha chegado. Portanto, ele deve ter ficado sabendo por outra pessoa, alguém que sabia de tudo e que também queria Rebecca fora do caminho.

Pelo que Fredrika tinha entendido, essa pessoa só podia ser Johan Aldrin.

– Não é o bastante – disse Alex para Fredrika quando ela o procurou.

– Como?

Alex parecia exausto.

– Você não tem nada. Nada. Nada além de uma evidência circunstancial. E fraca. Por que Johan Aldrin falaria para Morgan Axberger sobre o trabalho de Rebecca *esperando* que ele a matasse? Parece totalmente... doentio.

Fredrika abafou um suspiro.

– Alex, isso é doentio. Em todos os aspectos. Precisamos ter a ousadia de contestar nossas próprias hipóteses. Rebecca acreditava que Thea era inocente porque havia rastros de outra pessoa no lugar onde Manfred foi encontrado morto. Rastros que Torbjörn Ross admite que não foram verificados. Eu acho que Rebecca descobriu quem mandava flores para Thea toda semana e por que a pessoa escrevia "Obrigado" no cartão.

– Mas a gente também sabe disso.

– Não, a gente sabe o que Johan Aldrin escolheu contar. Mas eu acho que ele manda as flores para agradecer Thea por ter confessado o assassinato de Manfred, quando na verdade quem o matou foi Johan.

– Mas ele estava na Noruega na época, não?

– Como a gente sabe disso? Ele já tinha falado que vinha à Suécia antes de se mudar de vez para cá. Por que ele não poderia estar aqui quando o pai morreu? Acho que Rebecca chegou à mesma conclusão, e por isso Johan Aldrin envolveu Morgan Axberger na situação – um homem que já tinha matado antes e que parecia não ter problema nenhum em lidar com esse tipo de dilema. Johan Aldrin tinha tanto a ganhar com o desaparecimento de Rebecca quanto Morgan. Mas ele era fraco demais para cometer o crime, apesar de ter matado o próprio pai num acesso de fúria.

Alex baixou a cabeça e olhou para as mãos cicatrizadas, repousadas sobre a mesa. Sabia o que um erro numa investigação podia custar.

– Prove – disse ele. – O fato de Torbjörn Ross e os outros terem sido relaxados não é suficiente.

– Se você trouxer Johan Aldrin para mais um interrogatório e conseguir as impressões digitais e uma amostra de DNA, eu falo com Thea Aldrin.

Alex ficou perplexo.

– Pelo amor de Deus, você é tão maluca quanto Peder. Ela não fala. E quando se trata de impressões digitais e DNA... acho que a gente vai precisar convencer o promotor.

– Eu posso convencer qualquer promotor que você quiser, porque sei que estou certa – disse Fredrika. – E é claro que Thea fala com quem ameaça expor seu filho. É exatamente o que pretendo fazer.

65

O ASILO DO COMPLEXO MÅNGÅRDEN estava tão tranquilo quanto em sua última visita. E Thea continuava em silêncio. Fredrika sentiu o estômago embrulhar quando entrou no quarto dela. Pensou em Jimmy e no terrível destino do rapaz. As lembranças do funeral lhe vieram à mente; ela nunca mais esqueceria a dor sem fim que tinha visto no rosto dos pais de Peder.

Merda, não posso pensar nisso agora.

Fredrika sentiu um nó na garganta. Por que havia tão poucas histórias com final feliz nesse mundo?

Thea estava sentada, olhando para fora. Como da última vez, mas com uma pequena variação: agora notava-se um sinal de alívio em seu rosto.

É claro. Agora que Morgan Axberger estava morto, ela concluíra que seus problemas tinham chegado ao fim.

Fredrika puxou uma cadeira e se sentou diante dela.

– Eu lia suas histórias sobre anjos quando era criança – disse ela, depois de pensar um momento. – Eu e todo mundo. – Ela sorriu. – Deve ser maravilhoso saber que você era uma das maiores escritoras da época.

Thea não moveu um músculo sequer, mas Fredrika viu que os olhos dela mudaram. Havia uma mistura de luz e escuridão. Um dia, Thea tivera aquilo tudo; agora, não tinha mais nada. Além do filho. E ele era um homem que, naquele momento, evitava a luz do dia.

– Eu sei que você pode falar – disse Fredrika. – Você falou com meu colega, Peder, há algum tempo. Tenho certeza de que se lembra disso, não é?

Como Thea não respondeu, Fredrika continuou:

– Enfim, tenho mais algumas perguntas. Parece que existe uma ou duas lacunas na nossa investigação.

Ótimo – como se Thea se importasse com isso.

– Nós achamos que Morgan Axberger teve ajuda de alguém quando matou Rebecca Trolle. Ajuda de Valter Lund. Seu filho, Johan Aldrin.

Thea ficou completamente sem ar e abriu a boca imediatamente. Parecia que estava sufocando; as palavras travaram na sua garganta.

– Nós acabamos de prendê-lo. Vai passar um bom tempo na cadeia por isso. Achei que você gostaria de saber.

Tudo mentira. Alex só concordou em ir atrás de Johan Aldrin se Fredrika apresentasse evidências sólidas que provassem que ele estava envolvido. Ele não podia ser julgado pelo assassinato do pai mesmo que Thea fosse absolvida. O crime já tinha prescrevido.

Fredrika se levantou. Espantosamente, Thea se levantou na mesma hora.

– Por favor, não é isso que você está pensando.

O som da voz de Thea fez Fredrika parar onde estava, como uma estátua. Peder tinha dito a verdade: ela podia falar.

– Não?

– Não, não é. Ele jamais faria uma coisa dessas.

Thea estava desesperada. Segurou o braço de Fredrika.

– Vocês não podem fazer isso.

– Podemos e faremos – respondeu Fredrika. – Pense na mãe de Rebecca Trolle. Ela tem o direito de saber o que aconteceu.

Thea afundou na cadeira, murmurando algo ininteligível para Fredrika.

– Manfred – disse ela. – É tudo culpa dele. Se não fosse por ele...

– ...você nunca teria tido Johan. É verdade, não é?

De repente, Fredrika achou que ia chorar. Não é que ela não entendesse Thea, porque entendia. Será que havia alguma coisa no mundo que ela não faria por Saga? Não. Nada era mais importante que o bem-estar da sua filha.

Fredrika estava tensa, preparando-se para a rajada final.

– Nós sabemos que Johan estava lá na noite em que Manfred morreu – disse ela. – A tecnologia evoluiu desde aquela época. Temos evidências tanto das impressões digitais quanto do DNA de Johan na cena do crime.

Outra mentira. Eles ainda não tinham conseguido comparar as impressões ou o DNA, mas Fredrika sabia que a comparação seria positiva.

Thea também sabia.

– Fui eu que o matei.

– Não, Thea – disse Fredrika. – Não foi você. Você pegou a faca da mão de Johan, limpou as impressões digitais do seu filho, depois a segurou. Para que a gente pensasse que foi você, e não Johan.

– Você não pode provar isso.

– Acredite em mim, podemos. Já temos evidências suficientes.

Mais mentiras.

– Você não estava lá – sussurrou Thea. – Se ele fosse seu pai... você teria feito a mesma coisa.

Teria? Fredrika se lembrou de um caso que a polícia tinha resolvido no ano anterior. Filhos matavam os pais, mas era raro.

– O que aconteceu?

Thea se jogou na cadeira.

– Ele voltou. Meu filho adorado. Eu sabia desde o princípio que ele estava vivo, mas achava que nunca mais o veria. Manfred apareceu na mesma noite. Ele não tinha nenhuma intenção de ficar longe de mim, mesmo depois de eu ter publicado aqueles livros repugnantes e de ter ameaçado revelar que ele era o autor. Ele jurou que diria o oposto – que eu tinha escrito os livros. E que eu estava envolvida no filme, pois tinha sido filmado na casa dos meus pais. A situação saiu de controle. Eu e Johan corremos para a garagem para tentar fugir de carro. Manfred veio atrás da gente. Ele estava armado com uma faca. Quando me dei conta, ele estava deitado no chão. E Johan... Johan estava sentado lá, olhando para o nada. Então eu fiz o que tinha que fazer.

– E confessou um crime que não cometeu?

Thea assentiu.

Um relógio na parede soou quatro horas, e Fredrika Bergman sentiu uma satisfação amarga. Johan Aldrin tinha matado o próprio pai. A situação havia mudado, dessa vez para a vantagem de Fredrika.

– Rebecca Trolle – disse ela. – Ela esteve aqui antes de morrer.

Thea assentiu de novo.

– Do que ela sabia?

Thea suspirou de novo.

– Ela havia lido algumas anotações antigas do caso, e falou sobre o fato de a polícia ter ignorado evidências que levariam a outro criminoso. Ela também sabia do filme.

Fredrika ficou sem palavras quando Thea continuou:

– Se ela tivesse parado por aí, talvez tudo teria acabado de outro jeito. Mas ela viu as flores.

Thea fez silêncio.

– E as flores levaram a um segredo ainda mais importante, não é? – disse Fredrika.

– Eu vi a expressão dela mudar quando leu o cartão – disse Thea. – Ela me perguntou na mesma hora, queria saber quem estava me agradecendo e por quê. Eu não respondi, é claro, mas isso não importava. Ela já tinha se perdido nos próprios pensamentos, e eu sabia que ela não ia desistir enquanto não descobrisse quem tinha mandado as flores. Mas isso não podia acontecer, então entrei em contato com Morgan e...

O silêncio se instalou no quarto. Fredrika ficou impaciente. Thea não podia parar de falar agora que estava tão perto do fim.

– E...? – perguntou.

Thea sussurrou:

– Eu falei para ele que a garota sabia demais. Dei a entender que ele seria descoberto se não agisse.
– Como você entrou em contato com ele?
Thea ficou ofendida, apesar do cansaço.
– Eu tenho mobilidade plena, na verdade, e não sei se percebeu, mas não há nada de errado com minha capacidade de falar. Telefonei para ele uma noite, depois que todos foram dormir.
Foi só então que Fredrika notou o telefone na parede do quarto de Thea.
– Ridículo, não é? – disse Thea, apontando com a cabeça para o telefone. – Mas, aparentemente, tem de haver um telefone em cada quarto, e como estou na lista de espera para um dos quartos maiores do outro lado do prédio, eles não se preocuparam em tirar esse daqui. Imagino que pensaram que a probabilidade de o próximo morador também não falar era muito pequena.
Fredrika pensou. A informação que Thea lhe dera seria suficiente para culpá-la de incitação a crime?
– No entanto, se entendemos a situação direito, Morgan já tinha sido alertado do perigo iminente – disse Fredrika, depois de um instante.
– Não acho. Quem teria dito isso para ele?
– Seu filho. Johan.
Thea balançou a cabeça.
– Não foi isso que aconteceu.
Ela estava protegendo o filho mais uma vez, assumindo a responsabilidade pelas ações dele. Thea começava a parecer muito cansada; Fredrika não tinha mais muito tempo para fazer perguntas.
– Você sabia que Morgan Axberger estava envolvido no filme feito no gazebo da casa dos seus pais?
– Sim.
– Como descobriu?
– Manfred me contou quando voltou da primeira vez. Ele riu de mim porque eu o tinha rejeitado, mas achava que Morgan era um amigo.
"É claro", pensou Fredrika. *Por que eu não percebi isso antes?*
– Foi por isso que o Anjos da Guarda acabou?
– Sim.
Fredrika pensou em mais uma coisa.
– Por que você publicou os manuscritos de Manfred?
– Ele levou o filme com ele na noite em que foi embora. Quando voltou pela primeira vez, a única coisa que eu tinha para ameaçá-lo eram os manuscritos que encontrei. Manfred também tinha ambições como escritor, sabe? Mas se as pessoas descobrissem que ele tinha escrito aqueles livros repugnantes, ele nunca mais teria a chance de uma carreira.

– E da segunda vez que ele a procurou, foi quando morreu na garagem?
– Sim.

Fredrika pensou no que Thea tinha dito. Ela com certeza tinha impedido o ex de ter qualquer sucesso no meio literário, mas a um preço; ela era suspeita de ter escrito os livros. Quem tinha começado os boatos? Morgan Axberger? Ou Elias Hjort?

Uma última pergunta.

– Johan sabia do envolvimento de Morgan no filme?

– Tudo que eu falei para Johan foi que Morgan me devia um favor, então ele deu um emprego para Johan – sussurrou Thea. – Ele não sabia de mais nada.

Fredrika sabia que ela estava no seu limite. Não conseguiria mais nada com Thea.

– A gente vai voltar – disse ela enquanto caminhava até a porta. – Vou precisar falar com você de novo.

A autora que tinha permanecido quase trinta anos em silêncio acompanhou Fredrika com os olhos enquanto ela saía do quarto. Talvez estivesse na hora de deixar o silêncio para trás.

Fredrika pensou em Rebecca. De certa forma, ela conseguiu atingir seu objetivo: tinha mostrado que Thea Aldrin era inocente do crime pelo qual fora condenada. No entanto, era impossível falar em reparação com uma pessoa como Thea, que, apesar de nunca ter matado ninguém, tinha muito sangue nas mãos.

Quando Fredrika chegou ao estacionamento um pouco depois, telefonou para Alex para falar da conversa que tivera com Thea. Ele prometeu que chamaria Johan Aldrin para mais um interrogatório, mas deixou claro que não esperava chegar a lugar nenhum.

– Ele vai dizer exatamente o que disse da última vez – disse Alex, com o peso da resignação. – Que Rebecca nunca lhe pediu ajuda para contatar Morgan. Que ele não sabia que Rebecca sabia do seu passado. E que por isso ele não deu nenhuma informação para Morgan que poderia levar à morte dela. E quanto ao assassinato do pai dele... infelizmente, mesmo que a gente consiga conectá-lo à cena do crime, a gente não tem nenhuma evidência que prove que ele foi o assassino. O fato de Thea, que já foi condenada pelo assassinato, dizer que ele foi quem matou não é suficiente. E, como a gente já falou, o crime já prescreveu.

– Não dou a mínima – disse Fredrika. – Eu só quero ver o nome de Johan afundado na lama. Não importa se sua mãe ficará com a culpa ou não; a gente sabe que foi Johan quem deu a pista para Morgan.

Ou não sabe?

Fredrika tinha certeza de onde estava pisando. Thea estava salvando o filho pela segunda vez. Pelo que Fredrika sabia, ela não se importava quanto tempo levaria. Um dia ela colocaria um fim na história de sucesso de Johan Aldrin, e o faria responder pelo que tinha feito.

Terminou a conversa com Alex, depois fez outra ligação. Margareta Berlin, chefe do Recursos Humanos, atendeu imediatamente.

– Fredrika Bergman. Preciso dar meu relato final. Você me pediu para ficar de olho em Alex Recht depois que voltasse da licença-maternidade.

– Sim?

– Ele está ótimo. Você não precisa pensar duas vezes. Ele está perfeitamente bem para realizar seu trabalho.

Ela estava prestes a desligar, mas Margareta Berlin deixou escapar um comentário.

– Recebi outras informações que dizem exatamente o contrário.

– É mesmo?

– Ele se envolveu com Diana, a mãe de Rebecca Trolle. Durante uma investigação em curso. Não é um sinal de bom discernimento.

Fredrika não soube o que dizer.

– Alex está com Diana Trolle?

– É o que parece, mesmo que ele diga que as coisas não são bem assim.

Margareta Berlin riu secamente.

Fredrika recostou-se no banco do carro, olhando para o céu azul. Por que as pessoas viam coisas ruins em algo que na verdade era muito bom?

– Alex foi ao inferno e voltou – disse Fredrika, sem pensar muito. – Se você e seus colegas se meterem no caminho da felicidade dele, eu me demito imediatamente.

Sem esperar uma resposta, ela desligou o telefone.

Em seguida, telefonou para Spencer, que parecia ser quem menos sabia das coisas no Anjos da Guarda. Fredrika sentia pavor só de pensar no clube e no filme *snuff*. O fato de existirem várias versões do filme indicava que Manfred e Morgan tinham a intenção de exibi-lo, talvez até de distribuí-lo, mas sem correr o risco de expor seu próprio envolvimento. Será que existia mesmo uma demanda para aquele tipo de coisa? Fredrika evitou um pensamento desagradável. Ela não acreditava. Quem gostaria de ver um filme feito há mais de quarenta anos, mostrando uma jovem morrer da maneira mais brutal?

A voz de Spencer estava cansada, e Fredrika ouviu a filha balbuciando do outro lado da linha. Pressionou o telefone contra a orelha e sussurrou três palavras que precisava dizer, as palavras que achou que ele queria ouvir.

– Estou com saudades.

66

A SENSAÇÃO DE COMPLETO DESCONTENTAMENTO geralmente surgia com o cair da noite. E era mais forte nas noites em que ficava sozinho. Não podia dizer honestamente que ainda amava a esposa, mas ela sabia como equilibrar seu lado bom com seu lado ruim. Por isso, não estava mentindo quando às vezes sussurrava em seu ouvido que jamais teria conseguido sem ela, porque era a mais pura verdade. Sem ela, ele estaria perdido, apesar do fato de a principal função dela ser agir como uma espécie de pano de fundo para ele.

Ele sabia que era um homem bem-sucedido. Os jornais mencionavam o nome dele de vez em quando, citando seus comentários como se viessem de alguma força superior. Ele gostava do papel que executava, em parte escondido atrás das conquistas e dos relatórios anuais da empresa, e em parte à vista de todos que quisessem vê-lo.

Um homem normal. Ele achava que as pessoas o viam assim, o que lhe dava certa paz de espírito naquelas tardes em que o desejo era forte demais. A primeira vez que o sentiu, não tinha conseguido entender o que havia de errado. Espalhou-se como uma coceira por todo seu corpo, sem nenhuma trégua.

Nesse aspecto, ele era eternamente grato à tecnologia moderna. Nos últimos dez anos, tinha ficado significativamente mais fácil entrar em contato com indivíduos afins. Ele tomava cuidado, é claro. Era fundamental não deixar rastros – do contrário, sempre havia o risco da humilhação, de ser lembrado apenas por seus erros.

Sentiu um calafrio.

O clima tinha esfriado. O último resquício de frio antes do verão, previram os meteorologistas. Como de costume.

O desejo aumentou quando ele se levantou, pulsando no seu corpo no ritmo do seu coração. Pelo visto, seria uma daquelas noites. Suspirou cansado enquanto caminhava pela casa. A fragrância do perfume dela estava em todos os lugares. Às vezes ele se perguntava se ela passava borrifando o perfume em segredo por todos os cômodos, para que ele sentisse sua presença em todos os lugares. Mesmo quando ela não estava lá.

Ele abriu a porta do escritório e entrou. O cheiro do perfume desapareceu assim que fechou a porta. Pelo menos ali ela não podia entrar. Ela tinha parado de perguntar havia muitos anos por que não podia entrar no escritório dele. Talvez tivesse aceitado o argumento de que ele queria um cômodo na casa que fosse somente seu. Talvez ela tivesse entendido que não queria saber o motivo de não ser bem-vinda.

Ele ligou a luminária da mesa, ajoelhou-se diante da estante e retirou vários livros da última prateleira. Com mãos ágeis, empilhou os livros no chão e puxou o objeto que estava escondido atrás deles. Um projetor. A tecnologia moderna existia para a comunicação, não para a experiência. Havia momentos em que ele preferia assistir filmes com som, mas naquela tarde, ele queria um clássico. E o clássico era mudo.

Colocou o projetor sobre a mesa, olhando a parede branca do outro lado da sala. Baixou a poltrona atrás da mesa e colocou o rolo de filme na máquina. Em seguida, apertou o botão para rodar o filme, e as primeiras imagens ganharam vida na parede. O gazebo inconfundível com todas as janelas cobertas por lençóis apareceu, depois entrou uma jovem.

Não conseguia evitar o sorriso quando via seu rosto ansioso. Era tão perfeito que doía olhar para tela. O filme havia lhe custado uma pequena fortuna, e haviam lhe garantido que a distribuição era extremamente limitada. Sempre soube que seu desejo particular era muito raro, que havia poucas pessoas como ele no mundo. A percepção de que ele era especial, escolhido, fazia as lágrimas brotarem nos seus olhos.

Não podia ser melhor do que isso.

Sem tirar os olhos do rosto da mulher, esticou o braço e desligou a luminária.

Em seguida, havia apenas o filme e o grito silencioso da mulher no gazebo.

AGRADECIMENTOS DA AUTORA

O LIVRO QUE VOCÊ ACABA DE LER é uma ficção. Para mim, não tem nenhuma conexão com a realidade. Se houver quaisquer semelhanças, elas são totalmente involuntárias.

O terceiro livro. E não tenho a menor ideia de como isso aconteceu. Por que de repente comecei a escrever? Eu me lembro de estar entediada, sem saber como me livrar daquela sensação no futuro próximo. Então, escrevi um romance policial. Fechei os olhos, me deixei ser levada adiante, e agi sem pensar. *Bang*.

Depois de começar, não consegui mais parar. Um livro não foi suficiente; eu queria escrever mais. Então veio outro livro, e em seguida mais um. Nesse momento, estou escrevendo a trama para um quarto livro, apesar de ter feito planos de que pararia de escrever por um tempo.

Imaginação é algo que não me falta. Mas não posso dizer o mesmo quanto à minha paciência. Não tenho quase nenhuma, na verdade. Enquanto escrevia este livro, consegui reconhecer, com uma satisfação cruel, que melhorei em certas coisas. Eu me perdia mesmo, e a narrativa quase se escreveu sozinha. Quase. Portanto, é mais do que apropriado que eu agradeça a quem me ajudou no meu trabalho.

Em primeiro lugar, obrigada a todas as pessoas maravilhosas e especiais da minha editora, a Piratförlaget. Vocês são meu santuário quando se trata de revigoramento e inspiração. Muito obrigada à minha editora, Sofia, e à minha revisora, Anna, que juntas levaram minha escrita a novos patamares.

Muito obrigada também a todas as pessoas da Agência Salomonsson, que continuam garantindo que meus livros alcancem leitores do mundo todo. Maravilhoso!

Obrigada a Nina Leino, por ter feito mais uma capa brilhante.

E obrigada a Mats e Malena, por me permitirem mais tempo para escrever. Malena, de modo geral, é um prazer. Mats, boa sorte no novo emprego.

Por fim, obrigado à minha família e aos meus amigos, que continuam demonstrando um entusiasmo inabalável e uma alegria imensa pela minha obra e pelo meu sucesso. É inestimável ter o apoio de vocês enquanto me sento para escrever no computador.

Obrigada.

Kristina Ohlsson
Viena, inverno de 2011

Este livro foi composto com tipografia Electra e impresso
em papel Off-White 70 g/m² na gráfica Assahi.